Le libraire de Wigtown

SHAUN BYTHELL

Le libraire de Wigtown

ROMAN

Traduit de l'anglais (Royaume-Uni)
par Séverine Weiss

J'AI LU

Note de l'éditeur

Pour les livres cités déjà traduits, nous avons repris le titre de l'édition en français. Les titres de ceux qui, à ce jour, n'ont pas d'édition en français, ont été traduits par nos soins, voire librement adaptés.

TITRE ORIGINAL
The Diary of a Bookseller

ÉDITEUR ORIGINAL :
Profile Books LTD, Londres

FÉVRIER

> Me plairait-il d'être *libraire de métier** ? En fin de compte, malgré l'amabilité dont mon patron a fait montre à mon égard et malgré les quelques jours heureux que j'ai passés dans cette boutique, ma réponse est non.
>
> George ORWELL
> « Quand j'étais libraire ».

La réticence d'Orwell à s'engager dans le métier de libraire n'a rien d'étonnant. Le stéréotype du propriétaire impatient, intolérant et asocial – incarné avec tant de justesse par Dylan Moran dans la série *Black Books* – paraît (dans l'ensemble) conforme à la réalité. Bien sûr, il y a des exceptions, et nombre de libraires sont loin de ce cliché. Malheureusement, pas moi. Cela n'a pas toujours été le cas, cependant, et j'ai souvenir d'avoir été, avant d'acheter la boutique, quelqu'un de plutôt souple et chaleureux. La pluie de questions assommantes dont on m'accable, la

* En français dans le texte.

situation financière alarmante de mon commerce, mes continuelles prises de bec avec le personnel et les incessants et épuisants marchandages des clients ont fini par me rendre tel. Y changerais-je quoi que ce soit ? Pas le moins du monde.

La première fois que j'ai vu la librairie The Book Shop, j'avais dix-huit ans, je vivais encore dans ma ville natale, Wigtown, et j'étais sur le point d'entrer à l'université. Je me souviens nettement d'être passé devant avec un ami et d'avoir parié qu'elle fermerait avant la fin de l'année. Douze ans plus tard, alors que j'étais revenu fêter Noël chez mes parents, je suis entré dans la boutique pour voir s'ils avaient *Trois Fièvres* de Leo Walmsley et, tout en papotant avec le propriétaire, je lui ai avoué que j'avais du mal à trouver un travail qui me plaisait. Il m'a proposé de racheter son commerce, m'expliquant qu'il avait hâte de prendre sa retraite. Quand je lui ai dit que je n'avais pas un sou en poche, il m'a répliqué : « Vous n'avez pas besoin d'argent – à votre avis, les banques, ça sert à quoi ? » Moins d'un an plus tard, le 1er novembre 2001, un mois (jour pour jour) après mon trente-et-unième anniversaire, je suis devenu propriétaire des lieux. Avant de prendre la relève, j'aurais peut-être mieux fait de lire « Quand j'étais libraire », un texte de George Orwell publié en 1936. Il sonne aussi juste aujourd'hui qu'au moment de sa parution, et avertit de manière salutaire quiconque d'aussi naïf que moi à l'époque que l'univers de la librairie d'occasion n'est pas tout à fait ce monde idyllique dans lequel on reste assis dans un fauteuil près d'un joli feu de cheminée, les pieds surélevés et chaussés de pantoufles, à fumer la pipe en lisant *Histoire de la décadence et de la chute de l'Empire romain* de Gibbon, tandis qu'un flot de sympathiques clients engagent avec vous une conversation des plus spirituelles avant de repartir en vous laissant des liasses de billets. De fait, on pourrait difficilement être plus loin de la vérité. De toutes les observations qu'Orwell nous livre dans son essai, la plus pertinente est peut-être bien celle-ci : « La plupart des clients qui pénétraient dans la boutique appartenaient à cette catégorie de gens qui sont toujours et partout un fléau public, mais qui sévissent dans une librairie avec une virulence toute particulière. »

Orwell a travaillé à mi-temps au Booklovers' Corner de Hampstead de 1934 à 1936, alors qu'il était plongé dans l'écriture de *Et vive l'Aspidistra !* Son ami Jon Kimche le décrit comme « un homme contrarié à l'idée de vendre quoi que ce soit à des gens, même des livres » – un sentiment connu, assurément, de nombre de libraires. Pour illustrer les points communs – et souvent les différences – entre la vie d'une librairie aujourd'hui et à l'époque d'Orwell, chaque mois de ce journal sera inauguré par un extrait de « Quand j'étais libraire ».

La Wigtown de mon enfance était très animée. Mes deux sœurs cadettes et moi-même avons grandi dans une petite propriété agricole à un ou deux kilomètres de la ville – laquelle nous semblait une métropole florissante, comparée aux marais salants monotones et ponctués de moutons qui entouraient la ferme. Accueillant un peu moins d'un millier d'habitants, Wigtown se trouve dans le Galloway, un recoin oublié du sud-ouest de l'Écosse. Elle se dresse au milieu d'un paysage vallonné de drumlins, dans la péninsule des Machars (d'après *machair*, en gaélique, qui signifie « prairie basse et fertile »), et se voit bordée par soixante kilomètres d'un littoral extrêmement varié, mêlant plages de sable, hautes falaises et cavernes. Au nord se trouvent les collines du Galloway, une étendue sauvage de toute beauté, presque totalement déserte, à travers laquelle serpente un sentier de randonnée nommé Southern Upland Way. La ville est dominée par les County Buildings : jadis siège municipal de ce que l'on nomme dans la région « le comté », il s'agit d'une imposante mairie dont l'architecture évoque un hôtel de ville français. L'économie de Wigtown a longtemps été soutenue par une coopérative laitière et la distillerie de whisky la plus au sud de l'Écosse, nommée Bladnoch, qui, à elles deux, employaient une grande partie de la population. À l'époque, l'agriculture offrait beaucoup plus de débouchés aux ouvriers agricoles qu'aujourd'hui, si bien qu'il y avait du travail à la fois en ville et dans ses alentours. La laiterie a fermé en 1989, laissant cent quarante-trois personnes sur le carreau ; la distillerie – créée en 1817 –, en 1993. Cela a modifié la ville en profondeur. La quincaillerie, le marchand de primeurs, la boutique de cadeaux, le magasin de chaussures, le confiseur et l'hôtel ont laissé place à des portes closes et des fenêtres condamnées.

De nos jours, cependant, la ville a retrouvé une certaine prospérité, et avec elle un sentiment d'optimisme. Les bâtiments inoccupés de la laiterie ont peu à peu été repris par de petites entreprises : un maréchal-ferrant, un studio d'enregistrement et un fabricant de poêles occupent désormais la majeure partie des locaux. Confiée aux mains enthousiastes de Raymond Armstrong, un homme d'affaires nord-irlandais, la distillerie a rouvert en 2000 et produit désormais à petite échelle. La ville elle-même a vu sa chance tourner, et Wigtown accueille de nos jours toute une communauté de libraires. Les portes et fenêtres autrefois condamnées sont à nouveau ouvertes, et derrière elles, de petits commerces prospèrent.

Tous ceux qui ont un jour travaillé à la librairie m'ont fait cette remarque : les échanges avec les clients, à eux seuls, fournissent une matière plus que suffisante pour écrire un ouvrage – ce dont témoignent assez les *Propos cocasses et insolites entendus en librairie* de Jen Campbell. Souffrant d'une très mauvaise mémoire, j'ai alors commencé à consigner les événements tels qu'ils advenaient dans ma librairie, en guise d'aide-mémoire – pour me permettre d'écrire quelque chose plus tard, peut-être. Si la date initiale semble arbitraire, c'est tout simplement parce qu'elle l'est. L'idée m'en a traversé l'esprit un 5 février, et l'aide-mémoire est devenu journal.

MERCREDI 5 FÉVRIER

Commandes en ligne : 5
Livres trouvés : 5

Coup de fil à 9 h 25 d'un homme du sud de l'Angleterre qui envisage d'acheter une librairie en Écosse. Il voulait savoir comment on évalue le stock d'une librairie contenant vingt mille ouvrages. Au lieu de m'exclamer : MAIS VOUS ÊTES FOU ! – réponse la plus évidente à sa question –, je lui ai demandé ce que la propriétaire actuelle lui en avait proposé. Elle lui avait annoncé que le prix moyen d'un livre dans sa boutique était de 6 £ et qu'elle lui offrait de diviser par trois la somme totale, à savoir 120 000 £. J'ai expliqué à l'homme qu'il fallait diviser cette somme au moins par dix, voire probablement par trente. Il est presque impossible d'écouler de grandes quantités de livres de nos jours : rares sont les gens prêts à dévorer des piles entières d'ouvrages, et les quelques clients qui le font les paient une misère. Les librairies sont devenues rares, et le stock ne manque pas. Sur ce marché, ce sont les acheteurs qui sont en position de force. Même en 2001, quand les affaires marchaient bien – l'année où j'ai acheté la librairie –, le propriétaire précédent avait évalué les cent mille ouvrages de son stock à 30 000 £.

Peut-être aurais-je dû conseiller à l'homme au bout du fil, avant qu'il ne se lance dans l'achat de cette boutique, de lire – en plus du

« Quand j'étais libraire » d'Orwell – un extraordinaire ouvrage de William Y. Darling intitulé *Nouvelles Confessions d'un libraire fauché*. Les aspirants libraires seraient bien avisés de lire ces deux textes. En vérité, Darling n'était en rien le libraire fauché évoqué dans l'ouvrage, mais un marchand de tissus d'Édimbourg qui s'est amusé à faire croire – de manière parfaitement crédible – à l'existence d'un tel individu. Son texte est singulièrement précis et détaillé. Le libraire fictif de Darling – « débraillé et maladif jusqu'à la nonchalance, un personnage totalement dépourvu d'intérêt, et cependant, une fois sorti de sa torpeur, capable de parler plutôt bien des livres » – est un bon portrait du libraire d'occasion.

Nicky travaillait à la librairie aujourd'hui. La boutique ne peut plus se permettre d'avoir des employés à temps plein, notamment pendant les longs et rigoureux hivers, et je compte sur Nicky – aussi compétente que farfelue – pour tenir le magasin deux jours par semaine, afin de me dégager du temps pour aller acheter des livres ou mener à bien d'autres tâches. Elle approche de la cinquantaine, a deux grands fils, vit dans une petite exploitation agricole donnant sur la baie de Luce, à quelque vingt-cinq kilomètres de Wigtown, et elle est témoin de Jéhovah, détail qui – tout comme son goût pour la fabrication d'« objets artisanaux » singulièrement inutiles – la caractérise parfaitement.

Elle confectionne elle-même la plupart de ses vêtements et se montre aussi économe qu'un vieux grippe-sou, quoiqu'incroyablement prodigue du peu qu'elle possède. Tous les vendredis, elle m'apporte une surprise, qu'elle a dénichée la veille au soir en allant fouiner derrière le supermarché Morrisons de Stranraer, après sa réunion à la Salle du Royaume. Elle appelle ça les « Vendredis gourmands ». Son fils la traite de « gitane débraillée », mais elle est partie intégrante de la boutique, au même titre que les livres, et sans elle la librairie perdrait une grande partie de son charme.

Nous n'étions pas vendredi aujourd'hui, mais elle a malgré tout débarqué munie de quelques répugnants restes alimentaires glanés lors de son petit saut au Morrisons : un sachet de samoussas tellement ramollis qu'on avait peine à voir de quoi il s'agissait. Se précipitant à l'intérieur pour échapper à la pluie battante, elle me l'a fourré sous le nez en me disant, avec son fort accent écossais : « Eh, t'as vu, des samoussas. Génial ! », avant d'entreprendre d'en manger un, répandant des miettes flasques sur le sol et le comptoir.

Pendant l'été, j'embauche des étudiantes – une ou deux, pas davantage. Cela me laisse le loisir de me livrer à l'une ou l'autre des activités qui rendent la vie dans le Galloway tellement idyllique. L'écrivain Ian Niall a un jour raconté que lorsqu'il était petit et allait à l'école du dimanche, il était persuadé que

« le pays du lait et du miel » dont parlait le moniteur était le Galloway – parce qu'on trouvait des deux en abondance dans le garde-manger de la ferme de son enfance, mais aussi parce que, à ses yeux, cette contrée était une sorte de paradis. Je partage son amour de la région. Les jeunes filles qui travaillent à la librairie m'offrent le luxe de pouvoir grappiller un peu de temps pour aller pêcher, nager ou me balader. Nicky les appelle mes « bichettes ».

Le premier client (à 10 h 30) était M. Deacon, l'un de nos rares habitués. C'est un homme d'environ cinquante-cinq ans à l'élocution soignée, affligé du tour de taille caractéristique des hommes d'âge mûr qui manquent d'activité physique ; ses cheveux noirs et clairsemés sont ramenés sur son crâne dégarni de cette façon peu convaincante qu'ont certains chauves de vouloir persuader les autres qu'ils sont toujours pourvus d'une crinière abondante. Il est assez élégamment vêtu, au sens où ses habits sont manifestement de bonne facture ; mais ils ne tombent pas bien sur lui, étant donné le peu d'attention qu'il accorde à des détails tels que pans de chemise, boutons et braguette. On dirait que quelqu'un a fourré ses vêtements dans la gueule d'un canon, fait feu dans sa direction – et qu'ils sont retombés sur lui n'importe comment, avant de rester posés là. À bien des égards, c'est le client idéal : il ne feuillette jamais les livres, et ne passe à la librairie que lorsqu'il sait exactement ce qu'il veut. Sa demande s'accompagne généralement d'une critique de l'ouvrage découpée dans le *Times*, qu'il montre à quiconque se trouve alors derrière le comptoir. Il s'exprime de manière tranchante et précise, et évite toute parole inutile, mais il n'est jamais impoli et paie toujours ses livres comptant. À part ça, je ne sais rien de lui, pas même son prénom. En fait, je me demande parfois pourquoi il passe par moi pour commander des ouvrages, alors qu'il pourrait si facilement le faire sur Amazon. Peut-être qu'il n'a pas d'ordinateur. Peut-être qu'il n'en veut pas. Ou peut-être qu'il fait partie de cette espèce en voie d'extinction qui comprend que, si l'on veut que les librairies survivent, il faut les soutenir.

À midi une femme en treillis, béret sur la tête, s'est approchée du comptoir avec six ouvrages, dont deux presque neufs – des livres d'art coûteux et en excellent état. Le tout s'élevait à 38 £. Elle m'a demandé une remise. Quand je lui ai annoncé qu'elle pouvait les avoir pour 35 £, elle a répliqué : « 30 £, c'est possible ? » Que des clients – à qui l'on a proposé une ristourne sur des articles déjà bradés – se sentent autorisés à réclamer presque 30 % de remise, voilà qui ébranle grandement ma foi dans la décence humaine. J'ai donc refusé de baisser le prix davantage. Elle a payé les 35 £. La journaliste Janet Street-Porter a un jour proposé de parachuter de force en zone démilitarisée tous les gens qui s'habillent en treillis. Cette suggestion reçoit dorénavant mon plus indéfectible soutien.

Montant dans la caisse : 274,09 £[1]
27 clients

JEUDI 6 FÉVRIER

Commandes en ligne : 6
Livres trouvés : 5

Notre catalogue en ligne contient dix mille ouvrages, pour un stock total de cent mille. On entre leurs références dans une base de données nommée Monsoon – comme la « mousson » –, qui les envoie vers le serveur d'Amazon et d'AbeBooks. Aujourd'hui, un

---

1. Ce chiffre ne tient pas compte de nos ventes en ligne, pour lesquelles, tous les quinze jours, Amazon verse la somme correspondante sur le compte bancaire de la librairie. Le chiffre d'affaires sur Internet est considérablement moindre que celui du magasin – 42 £ par jour en moyenne. Depuis 2001, au moment de mon rachat de la librairie, les modifications significatives du marché du livre ne nous ont pas laissé d'autre choix que de nous adapter. À l'époque, la vente en ligne était encore relativement récente, et AbeBooks le seul véritable acteur dans le domaine du livre d'occasion – Amazon ne vendant alors que des livres neufs. Comme AbeBooks était géré par des libraires, les coûts étaient maintenus aussi bas que possible. C'était un excellent moyen de vendre des ouvrages onéreux –

client d'Amazon m'a envoyé un e-mail au sujet d'un ouvrage intitulé *Pourquoi y a-t-il quelque chose plutôt que rien ?* L'objet de sa réclamation : « Je n'ai pas encore reçu mon livre. Merci d'arranger ça. Jusqu'à présent je n'ai jamais laissé de commentaire sur votre service. » Grâce au système d'évaluation mis en place par Amazon, cette menace à peine

---

le genre de livre que, sinon, j'aurais eu du mal à écouler dans la boutique ; et comme à cette époque nous étions relativement peu nombreux à vendre par ce biais, on en obtenait un prix plutôt correct. Aujourd'hui, évidemment, Amazon dévore tout sur son passage – même AbeBooks, racheté en 2008. Le marché en ligne est désormais saturé d'ouvrages, qu'il s'agisse de livres papier ou électroniques. Pour écouler notre stock sur Internet, nous n'avons cependant guère le choix, quelle que soit notre réticence : il nous faut passer par Amazon et AbeBooks. La concurrence a tellement fait baisser les prix qu'aujourd'hui, vendre des livres en ligne ne peut relever que du passe-temps – ou alors de la grande industrie, dominée par quelques gigantesques acteurs bénéficiant d'énormes espaces de stockage et de fortes remises sur leurs envois postaux. Les petites ou moyennes entreprises ne peuvent lutter contre de telles économies d'échelle. Au cœur de ce système se trouve Amazon et, s'il serait injuste de faire peser sur cette entreprise tous les malheurs de l'industrie du livre, elle a indubitablement changé la donne pour l'ensemble de ses acteurs. Jeff Bezos n'a pas enregistré pour rien le nom de domaine relentless.com – à savoir « implacable.com ».

Le nombre total de clients évoqué dans cet ouvrage peut lui aussi être trompeur : il n'est pas représentatif de la fréquentation de la librairie, seulement du nombre de gens ayant acheté un livre. De manière générale, la fréquentation est environ cinq fois plus élevée que le nombre d'acheteurs.

voilée est de plus en plus fréquente, et il arrive que certains clients sans scrupules s'en servent pour négocier un remboursement partiel, voire total, une fois qu'ils ont reçu le livre commandé. L'ouvrage en question a été posté mardi dernier, et devrait déjà être arrivé à l'heure qu'il est. Cela signifie soit que ce client cherche à être remboursé, soit qu'il y a eu un problème avec le service postal de la Royal Mail, ce qui est extrêmement rare. Je lui ai répondu en lui demandant d'attendre jusqu'à lundi, après quoi, si son livre n'est toujours pas arrivé, nous le rembourserons.

Après le déjeuner, j'ai trié des cartons d'ouvrages théologiques qu'un pasteur de l'Église d'Écosse à la retraite m'a apportés la semaine dernière. Les collections monothématiques sont généralement très excitantes : au milieu d'elles se cachent souvent, perdus dans la masse, quelques ouvrages susceptibles d'intéresser les collectionneurs – et généralement de valeur. La théologie constitue sans doute la seule exception à cette règle, j'en ai eu la confirmation aujourd'hui même : il n'y avait absolument rien d'intéressant là-dedans.

Après la fermeture du magasin, à 17 heures, je suis allé à la coopérative acheter de quoi dîner. Un trou a récemment percé la poche gauche de mon pantalon – ce qui ne m'empêche pas, oublieux de sa présence, de continuer d'y verser ma monnaie. Quand je me suis déshabillé pour me coucher, j'ai trouvé 1,22 £ dans ma botte gauche.

Montant dans la caisse : 95,50 £
6 clients

VENDREDI 7 FÉVRIER

Commandes en ligne : 2
Livres trouvés : 2

Il faisait beau et chaud aujourd'hui. Nicky est arrivée à 9 h 13, vêtue de la combinaison de ski canadienne entièrement noire qu'elle a achetée 5 £ à la friperie de Port William. C'est sa tenue de travail ordinaire, du mois de novembre jusqu'au mois d'avril. Dans cette grenouillère rembourrée conçue pour faire du ski, elle ressemble à un Télétubby égaré. Pendant toute cette période de l'année, elle passe son temps à se plaindre de la température du magasin – qui est, il faut l'avouer, plutôt frisquette. Nicky possède un minibus bleu qui s'accorde à merveille à son habitude compulsive de ne rien jeter. Les sièges en ont été retirés, remplacés par tout et n'importe quoi, du sac de fumier à la chaise de bureau cassée. Elle appelle sa camionnette « Bleuette », mais j'ai pris l'habitude de la nommer « Brouette », parce que c'est là sa fonction principale.

Norrie (un ancien employé qui travaille désormais comme menuisier à son compte) est passé à 9 heures s'occuper d'une fuite sur le toit de la Tanière du Renard, le pavillon d'été dans le jardin.

Il y a eu pas mal de mouvement au niveau du personnel ces quinze dernières années, mais – jusqu'à récemment – j'avais toujours au moins un salarié à temps plein. Certains ont été formidables, d'autres absolument catastrophiques ; presque tous sont restés des amis. Au début, j'embauchais des étudiants pour me filer un coup de main dans la boutique le samedi, car le personnel à temps plein rechignait à travailler ce jour-là. Entre 2001 et 2008, le chiffre d'affaires n'a cessé de croître de manière forte et régulière, malgré l'essor très net des sites de vente en ligne ; mais après la faillite de Lehmann Brothers, en septembre de cette année-là, le marché a dégringolé, et le chiffre d'affaires est retombé à son niveau de 2001 – à la différence près que les frais généraux avaient considérablement augmenté dans l'intervalle.

Norrie et moi avons construit la Tanière du Renard il y a quelques années. Tous les ans, pendant le Festival du livre de Wigtown, elle sert de lieu de rencontre pour de petits événements insolites. L'an dernier, l'homme le plus tatoué d'Écosse est venu y parler pendant vingt minutes de l'histoire du tatouage et, pour illustrer les diverses composantes de son exposé, s'est peu à peu dévêtu jusqu'à se retrouver en slip. Une vieille dame, prenant le bâtiment pour des toilettes, a malencontreusement débarqué à la fin de son discours, alors qu'il se tenait presque nu au milieu de la pièce. Je ne suis pas sûr qu'elle s'en soit remise.

Juste avant de partir, Norrie s'est lancé dans un débat houleux avec Nicky dont je n'ai entendu que la fin – sur la théorie de l'évolution, semble-t-il. C'est l'un des sujets de discussion préférés de Nicky, et il n'est pas rare de retrouver des exemplaires de l'*Origine des espèces* au rayon Fiction, placés là de sa main. Je me venge en rangeant des volumes de la Bible (qu'elle considère comme un texte historique) au milieu des romans.

En fouillant dans les ouvrages théologiques apportés par le pasteur à la retraite, j'ai déniché un roman champêtre de 1930 intitulé *Gai Supplice,* dont l'auteur, aussi improbable que cela puisse paraître, se nomme H. A. Manhood, soit « Virilité ». Il semble que ce monsieur Virilité ait vécu dans un wagon de train aménagé, quelque part dans le Sussex.

Montant dans la caisse : 67 £
4 clients

SAMEDI 8 FÉVRIER

Commandes en ligne : 4
Livres trouvés : 4

Aujourd'hui, Nicky m'a remplacé à la librairie afin que je puisse aller à Leeds jeter un coup d'œil à une bibliothèque privée constituée de six cents ouvrages sur l'aviation. Anna et moi sommes partis à 10 heures. Au moment où nous quittions les lieux, Nicky m'a livré ce conseil : « Regarde les livres, pense à un chiffre, et divise-le par deux. » Elle m'a aussi annoncé qu'à l'heure de l'Apocalypse (ou toute autre variante de la fin du monde de son cru – je n'écoute pas vraiment quand elle commence à parler de religion), quand il ne resterait sur Terre que les témoins de Jéhovah, elle avait la ferme intention de passer chez moi récupérer mes affaires. Force est de constater qu'elle reluque régulièrement diverses pièces de mon mobilier, comme pour faire son choix.

Anna est ma compagne. Elle est américaine, écrivain, et a douze ans de moins que moi. Nous partageons le cinq-pièces au-dessus du magasin avec un chat noir nommé Captain, en hommage au capitaine aveugle d'*Au bois lacté* de Dylan Thomas. Anna travaillait pour la Nasa, à Los Angeles ; en 2008, elle a pris un congé pour venir à Wigtown satisfaire son désir de travailler dans une librairie écossaise près de la mer. Nous nous sommes tout de suite plus, et après être brièvement retournée en Californie, elle a décidé de s'installer en Grande-Bretagne. En 2012, son histoire a piqué la curiosité d'Anna Pasternak, une journaliste qui se trouvait à Wigtown cette année-là pour le Festival du livre : elle en a fait un article pour le *Daily Mail*. Peu après, Anna a été contactée par un éditeur qui souhaitait qu'elle écrive ses mémoires, et en 2013 son premier ouvrage, *Trois Choses à savoir sur les fusées*, a été publié en bonne et due forme par Short Books. Malgré sa réussite sur le plan littéraire, Anna reconnaît elle-même avoir « un rapport impressionniste au langage » et une tendance à réinventer la langue quand elle parle, de manière à la fois touchante et parfaitement exaspérante. Sa façon d'interpréter les mots qu'elle n'écoute qu'à moitié et de les répéter dans une variante relativement proche de l'original, mais en en brouillant les contours, génère une véritable bouillie verbale parfois incompréhensible, relevée d'une poignée de termes yiddish empruntés à sa grand-mère.

La femme qui vend les livres sur l'aviation avait téléphoné la semaine dernière et s'était montrée relativement insistante. La collection appartenait à son mari, décédé il y a un an. Elle a vendu sa maison et déménage en mars. Nous sommes arrivés chez elle à 15 heures. J'ai été immédiatement distrait par sa perruque bien visible – sans parler des marrons disséminés sur le sol, près des portes et fenêtres. Elle nous a expliqué que son époux était mort d'un cancer et qu'elle était désormais elle aussi soignée pour cette maladie. Les ouvrages se trouvaient dans un grenier aménagé auquel on accédait par un escalier étroit. La négociation a pris un peu de temps, mais nous avons fini par convenir de la somme de 750 £ pour quelque trois cents livres.

La femme ne semblait pas trop contrariée que je ne prenne pas les autres. Si seulement ça se passait toujours comme ça : le plus souvent, les gens veulent se défaire de tout le lot, surtout quand il s'agit d'une succession. Anna et moi avons chargé quatorze cartons dans la camionnette et sommes rentrés à la maison. La veuve semblait soulagée d'être parvenue à dire adieu à ce qui constituait visiblement la passion de son mari – des ouvrages dont elle savait à l'évidence qu'elle aurait du mal à se défaire, même si le sujet ne l'intéressait en rien. Juste avant de partir, Anna l'a questionnée sur les marrons répandus près des portes et fenêtres. Elle nous a confié qu'elle avait peur des araignées, tout comme Anna ; les marrons, nous a-t-elle expliqué, libèrent une substance répulsive.

J'ai acheté cette camionnette (un Renault Trafic rouge) il y a deux ans et l'ai presque usée jusqu'à la corde. Même sur de courts trajets, il n'est pas rare que les automobilistes qui roulent en sens inverse me fassent de grands signes de la main, me prenant manifestement pour leur facteur.

Cette collection sur l'aviation contient vingt-deux tomes des *Histoires de l'aéronautique* publiées aux éditions Putnam. Il s'agit d'une série d'ouvrages sur les avionneurs et certains modèles d'appareils – Fokker, Hawker, Supermarine et Rocket Aircraft. Par le passé, ces livres se sont toujours bien écoulés, que ce soit en ligne ou dans le magasin, à un prix oscillant entre 20 et 40 £ le volume. J'ai donc calculé mon prix en supposant que je vendrai assez vite la série Putnam et rentrerai dans mes frais.

Dans le domaine du livre, beaucoup de transactions commencent par le coup de fil d'un parfait inconnu qui vous explique qu'un proche vient de mourir et qu'on l'a chargé de se défaire de ses ouvrages. Naturellement, les gens sont souvent encore en plein deuil, et il est presque impossible de ne pas être entraîné, ne serait-ce qu'un peu, dans la spirale de leur chagrin. Fouiller dans les ouvrages d'un défunt donne une idée de la personne qu'il était, de ses centres d'intérêt et, dans une certaine mesure, de son caractère. Désormais, même quand je rends visite à des amis, je m'intéresse à tous les livres qui me tombent sous les yeux et porte une attention particulière à la moindre incongruité sur les étagères susceptible de me dévoiler un aspect inconnu de leur personnalité. Ma propre bibliothèque recèle autant de livres inavouables que celle de n'importe qui : au milieu des romans contemporains et des ouvrages sur l'art et l'histoire de l'Écosse qui peuplent mes rayons figurent *Apprenez l'argot yiddish* et *Cuillères de collection du Troisième Reich* – le premier offert par Anna, le second par mon ami Mike.

Anna et moi sommes revenus de Leeds sous une pluie hivernale, en passant par la lande d'Ilkley, et avons regagné la boutique aux alentours de 19 heures. Quand j'ai ouvert la porte, j'ai découvert des tas de livres posés à même le sol, des cartons éparpillés un peu partout, et des dizaines d'e-mails laissés sans réponse. Nicky semble trouver une sorte de plaisir sadique à laisser traîner des montagnes de livres et de cartons dans tout le magasin, sans doute parce qu'elle sait à quel point je tiens à ce que les surfaces demeurent dégagées. Peut-être parce qu'elle est elle-même d'un naturel brouillon, elle trouve mon goût pour l'ordre et l'organisation parfaitement incongru et très divertissant ; si bien qu'elle génère volontairement le chaos dans la boutique, puis m'accuse de souffrir de trouble obsessionnel compulsif quand je lui en fais le reproche.

Montant dans la caisse : 77,50 £
7 clients

LUNDI 10 FÉVRIER

Commandes en ligne : 8
Livres trouvés : 7

Parmi les commandes du jour s'en trouvait une pour *Les Meilleures Émissions TV sur la cuisson de la viande*.

Comme nous envoyons pas mal de courrier, nous bénéficions d'un contrat avec la Royal Mail : plutôt que de déposer les colis au comptoir pour que Wilma, la receveuse des postes, se charge de leur envoi, nous gérons les frais d'envoi sur Internet, puis

Nicky (ou moi-même) transporte le sac de plis affranchis jusque dans l'arrière-boutique de la poste, où ils sont collectés et emportés au centre de tri.

La poste de Wigtown, comme c'est souvent le cas à la campagne, partage les lieux avec un autre commerce ; en l'occurrence, il s'agit d'un magasin de journaux et de jouets tenu par un Irlandais du Nord nommé William. William est l'exact contraire d'une nature enjouée, quelle que soit la définition que l'on donne à ce terme. On peut difficilement faire pire en la matière. Il ne sourit jamais et se plaint d'absolument tout. S'il se trouve dans la boutique au moment où je dépose les sacs postaux, je mets un point d'honneur à lui souhaiter une bonne journée. Les rares fois qu'il daigne formuler une quelconque réponse, il s'agit à tous les coups d'un « Je ne vois pas ce qu'elle a de bon », ou d'un « Ce serait peut-être une bonne journée si je n'étais pas coincé dans cet horrible endroit », grommelé dans sa barbe. De manière générale, plus le salut est guilleret, plus sa réponse se fait hostile. Pour mesurer la profondeur du gouffre de tristesse humaine qui est le sien, il suffit de savoir qu'il attache tous les magazines du présentoir avec trois morceaux de Scotch, afin d'empêcher les clients de les feuilleter. Wilma, quant à elle, se montre spirituelle, joviale et sympathique. Autant dire que le contraste est saisissant. Le bureau de poste est vraiment le cœur de la communauté de Wigtown – tout le monde y passe chaque semaine, à un moment ou à un autre ; c'est là que s'échangent les ragots, et que sont affichées les dates des obsèques.

Après le déjeuner, comme j'étais à court de papier pour les tickets de caisse, je suis allé en chercher une bobine et me suis aperçu que c'était la dernière. J'en ai commandé vingt rouleaux, qui devraient suffire pour les deux ou trois ans qui viennent. Ou moins, avec un peu de chance, si les affaires reprennent.

Deux nouveaux abonnés au Club du livre aléatoire aujourd'hui. Le Club du livre aléatoire est une émanation de la librairie : je l'ai créé il y a quelques années, quand le chiffre d'affaires était en chute libre et que l'avenir se présentait mal. Pour 59 £ par an, les abonnés reçoivent un livre tous les mois ; mais ils n'ont pas leur mot à dire sur le type d'ouvrage que je leur envoie, et je suis seul garant de sa qualité. Je réfléchis toujours longuement à ce que je vais mettre dans le carton de livres destinés à être empaquetés et expédiés aux abonnés. Comme il s'agit de toute évidence de gros lecteurs, je prends soin de sélectionner des textes qui sont à mon avis susceptibles de plaire à quiconque aime lire pour le plaisir. Aucun ne nécessite de compétences techniques particulières. J'opte généralement pour un mélange de fiction et d'essais, avec un léger avantage en faveur des essais, agrémenté d'un peu de poésie. Parmi les ouvrages qui seront envoyés ce mois-ci figurent le recueil de poèmes *D'autres passeports* de Clive James, *L'Île de Prospero* de Lawrence Durrell, la biographie de Sartre par Iris Murdoch, *Le Testament* de Neville Shute, ainsi qu'un ouvrage intitulé *Plus de 100 principes de génétique*. Tous ces livres sont en bon état, aucun ne provient d'une bibliothèque, et certains – il y en a plusieurs dans ce cas tous les ans – ont été imprimés il y a plus de deux cents ans. Selon moi, si les abonnés décidaient de vendre leurs livres sur eBay, ils feraient plus que rentrer dans leurs frais. J'ai mis en place un forum sur le site web, mais personne ne s'en sert jamais, ce qui me donne une petite idée du genre de personne séduite par le concept : les membres de mon club n'aiment pas qu'on les oblige à dialoguer. Peut-être est-ce avant tout pour ça que j'ai proposé ce principe – une sorte d'approche à la Groucho Marx de l'idée de club. Il y a environ cent cinquante abonnés en ce moment ; mais à part une promotion minimale dans la *Literary Review*, la seule publicité que je m'autorise est un site web, ainsi qu'une page Facebook – que je n'ai pas actualisés depuis un petit moment. Le bouche-à-oreille semble avoir été la meilleure façon de faire connaître ce club, lequel m'a sauvé de la gêne financière lors d'une période très difficile pour le marché du livre.

Montant dans la caisse : 119,99 £
11 clients

MARDI 11 FÉVRIER

Commandes en ligne : 7
Livres trouvés : 5

Norrie a tenu la boutique pour que je puisse me rendre aux enchères de Dumfries, à quelque quatre-vingts kilomètres de Wigtown. Comme il s'agit de ventes non spécialisées, on ne peut jamais savoir ce qu'on y trouvera : la salle propose de tout – chaises longues, lave-linge, lustres, tapis, porcelaine, bijoux, et parfois même voitures. Au début, j'y achetais des livres, mais je me suis vite rendu compte que le mobilier vendu aux enchères était le moyen le moins coûteux de meubler l'appartement au-dessus du magasin (qui était vide au moment de mon achat). Un mardi sur deux, si j'ai un employé dans la boutique, je vais donc religieusement y faire un tour dans l'espoir de dénicher de bonnes affaires – à savoir des meubles anciens beaucoup plus beaux et infiniment moins chers que leurs équivalents modernes achetés chez Ikea. J'en reviens rarement avec un carton de livres, beaucoup plus souvent avec un secrétaire de l'époque géorgienne, un écureuil empaillé, une lampe sur pied ou un fauteuil en cuir. J'y retrouve souvent Angus, un charmant sous-marinier à la retraite. Lui et moi aimons nous asseoir l'un à côté de l'autre et dégoiser sur les autres clients. Il a gratifié d'un surnom tous les habitués – Dave le Chapeau, l'Évêque, et bien d'autres encore ; ces sobriquets n'ont rien de cruel, mais sont toujours d'une incroyable justesse. Aujourd'hui, je repars avec une paire de skis en bois Lillywhites, que je compte exposer en vitrine avant de les mettre en vente.

Quand Anna vient me voir, nous tentons toujours de nous y rendre, malgré l'effort que cela représente, et je me débrouille alors pour trouver quelqu'un qui gardera la boutique. Anna adore les enchères, mais comme ses offres ne dépassent jamais 3 £, elle en revient toujours avec pas mal de camelote. La vente d'aujourd'hui n'échappe pas à la règle : dans son lot d'articles figurent pêle-mêle un corgi en laiton, cinq dés à coudre, un vieux jeu de clés et un porte-toasts cassé. Un jour, cependant, elle est montée jusqu'à 15 £ pour un coffret de bijoux fantaisie dans lequel se trouvait une bague qui, selon elle, pouvait se révéler intéressante. Elle l'a fait expertiser gratuitement chez Bonhams, où on lui a suggéré de la confier à une vente aux enchères. La bague s'est vendu 850 £.

Depuis quelques années, tous les mardis après-midi, je cède l'élégant salon du premier étage à un cours d'arts plastiques mené par un artiste local, Davy Brown. Le groupe se compose d'une dizaine de dames à la retraite. Je les laisserais volontiers profiter gratuitement du lieu, mais elles ont la gentillesse de me payer assez pour couvrir les frais de chauffage et que j'en mette un peu de côté. En cette période de l'année, un froid glacial règne dans la maison, aussi ai-je laissé des consignes à Norrie pour qu'il fasse un feu et allume le radiateur une heure avant l'horaire prévu pour le cours – sauf qu'il a oublié. Il a presque fallu réanimer l'une des vieilles dames.

Quand Anna et moi sommes revenus à la boutique, j'ai remarqué que la devanture de gauche était complètement inondée (il y a une grande fenêtre de chaque côté de la porte du magasin, que nous utilisons pour créer des vitrines thématiques). Elles ont toujours un peu pris l'eau, mais jamais à ce point. J'ai dû en retirer tous les livres détrempés et les jeter à la poubelle. Désormais, six tasses, une serviette et une casserole recueillant les gouttes décorent ma vitrine. Chaque année, au moins un élément de la maison exige la visite d'un maçon, et bien sûr cela tombe en hiver, quand la météo est d'une violence implacable et que l'argent dans la caisse se fait rare. J'essaie de prévoir tous les ans dans mon budget une enveloppe de 7 000 £ pour garder un toit au-dessus de ma tête et éviter que les murs ne s'effondrent – jusqu'à présent, c'est à peu près ce que ça m'a coûté.

Eliot – le directeur du Festival du livre de Wigtown – est arrivé à 19 heures. Le festival a lieu pendant la dernière semaine de septembre et les premiers jours d'octobre. Depuis que je tiens la librairie, ce qui n'était alors qu'une petite manifestation à l'auditoire clairsemé et majoritairement composé de gens du coin s'est muée en une gigantesque fête, avec des chapiteaux pouvant accueillir au moins trois cents personnes, une programmation riche de plus de deux cents événements, et la présence de sommités du monde de la culture. C'est un festival extraordinaire, qui accueille des milliers de personnes venues du monde entier et bénéficie désormais d'un bureau avec cinq employés – alors qu'à ses modestes débuts, il n'était géré que par une poignée de bénévoles. Eliot est un ancien journaliste, et non des moindres. Quand il a emménagé à Wigtown, il y a quelques années, il s'est rapidement imposé comme le candidat idéal pour diriger le festival, si bien qu'on a trouvé l'argent pour le payer et créer un poste de salarié. Nous sommes devenus bons amis, et je suis parrain de son second enfant. Aujourd'hui, malheureusement, il vit à Londres, et je le vois moins souvent que je ne le voudrais ; mais quand il est de passage à Wigtown, pour assister à une réunion du conseil d'administration de la compagnie qui gère le festival, il dort toujours chez moi. Comme d'habitude, à peine était-il arrivé qu'il a retiré ses chaussures et les a balancées sur le sol. Il n'a pas fallu dix minutes avant que je ne trébuche dessus.

Montant dans la caisse : 5 £
1 client

MERCREDI 12 FÉVRIER

Commandes en ligne : 15
Livres trouvés : 14

Journée froide, sombre et maussade. Pluie battante toute la journée. Eliot a occupé la salle de bains de 8 h 15 à 9 heures, si bien que je n'ai pas pu me laver les dents ni faire ma toilette avant d'ouvrir le magasin.

Comme pour contraster avec la météo, Nicky s'est montrée enjouée toute la journée, de manière particulièrement exaspérante. Nous avons discuté du référencement de certains ouvrages dans la catégorie « Fulfilled by Amazon » (FBA), à savoir « Expédié par Amazon ». Il s'agit d'un service proposé par la firme : nous enregistrons certains livres dans notre base de données et les étiquetons avant de les envoyer dans l'entrepôt Amazon de Dumferline, où ils sont stockés jusqu'à ce qu'un client les commande. Les employés d'Amazon vont alors chercher les titres et préparent les colis au fur et à mesure des demandes. Cela résout le problème du manque de place dans la boutique, et se révèle particulièrement commode pour les ouvrages ayant peu de chances de trouver preneur à Wigtown ; mais Nicky refuse catégoriquement de se servir de la fonction « Expédié par Amazon », en se fondant sur toute une série d'affirmations discutables qui s'égarent vers le champ de la morale et autres domaines philosophiques sans lien avec le sujet. Je ne comprends pas du tout ce qui peut motiver un rejet si farouche, si ce n'est qu'il s'agit d'une transaction impliquant Amazon – par lequel nous vendons déjà une partie de notre stock. Les libraires sont rarement favorables au géant de la vente en ligne, mais nous sommes malheureusement contraints de composer avec lui. Je n'essaie même plus de faire entendre raison à Nicky : elle acquiesce avec obligeance à mes demandes, puis s'entête à agir exactement comme bon lui semble, sans tenir compte le moins du monde de ce que j'ai pu dire.

Nous avons passé une partie de la matinée à composer une devanture sur le thème des jeux Olympiques d'hiver dans la vitrine qui ne prend pas l'eau, en nous servant de la paire de skis en bois Lillywhites des années 1920 que j'ai achetée hier aux enchères. L'autre vitrine est toujours pleine de casseroles et de tasses recueillant l'eau des fuites.

À l'heure du déjeuner, Anna et moi sommes allés à Newton Stewart, où elle a pris le bus pour Dumfries, puis le train pour Londres.

À 14 heures, un homme arborant une moustache à la Mugabe m'a apporté deux cartons de livres sur l'art et le cinéma. Comme il lorgnait deux ou trois ouvrages du magasin, nous sommes convenus qu'il bénéficierait d'un avoir de 30 £ pour les livres qu'il m'avait apportés. Ce type de transaction a lieu de manière quasi quotidienne : au même titre que les visites chez les particuliers, c'est un moyen non négligeable de renflouer notre stock, et une centaine d'ouvrages nous arrivent chaque jour par ce biais. En général, on en refuse les trois quarts, mais ceux qui les apportent insistent souvent pour nous laisser le lot entier. D'où le problème suivant : le magasin se remplit de cartons de livres dont nous ne voulons pas. Pour ce genre de transaction, le paiement se fait le plus souvent en espèces, et chaque achat est consigné sur un élégant registre datant de l'époque victorienne.

Alors que je venais d'acheter la librairie, un jeune homme qui partait vivre au Canada est entré dans la boutique pour me vendre plusieurs cartons de livres. Quand je lui ai demandé de signer le registre, il a écrit « Tom Jones », comme le héros de Henry Fielding. J'ai éclaté de rire et lui ai montré d'autres noms de toute évidence inventés, en le félicitant d'être le premier à se servir de Tom Jones – ce à quoi il s'est contenté de répondre : « C'est assez banal, comme nom », avant de s'en aller. Plus tard, en étiquetant ses ouvrages, je me suis aperçu que sur la feuille de garde de chaque livre se trouvait bien le nom de Tom Jones, écrit au stylobille. Ses goûts littéraires étaient très proches des miens – même si quelques titres m'étaient totalement inconnus. Partant du principe que j'aimerais ceux-là également, j'en ai prélevé une dizaine et les ai mis de côté pour mon usage personnel. Parmi eux se trouvait *À l'assaut du Khili-Khili*, un classique de W. E. Bowman qui parodie la littérature de montagne.

Montant dans la caisse : 104,90 £
8 clients

JEUDI 13 FÉVRIER

Commandes en ligne : 4
Livres trouvés : 4

Eliot est reparti pour Londres à 14 heures.

Une jeune femme et sa mère ont passé presque tout l'après-midi dans la librairie. La mère paraissait bien équipée contre le froid, mais la fille ne semblait pas avoir conscience de l'atmosphère quasi glaciale des lieux. Au moment de payer, elle s'est mise à papoter avec moi d'un air jovial : elle s'appelait Lauren McQuistin et se préparait à devenir chanteuse d'opéra. Son visage me semblait vaguement familier ; elle avait déjà dû passer à la librairie. Elle a acheté une pile impressionnante d'ouvrages assez savants et m'a conseillé de lire *À livre ouvert* de William Boyd. Je crois qu'*À livre ouvert* est l'ouvrage que l'on m'a le plus souvent suggéré de lire. J'ai tendance à éviter tout ce que l'on me recommande, préférant naïvement exploiter mon propre filon littéraire ; mais ma cliente s'était montrée tellement enthousiaste qu'après le dîner j'ai fait un feu dans le poêle et commencé à le lire. Quand l'heure est venue d'aller me coucher, je ne pouvais plus m'en détacher.

Montant dans la caisse : 13 £
2 clients

VENDREDI 14 FÉVRIER

Commandes en ligne : 4
Livres trouvés : 4

Si quelqu'un mérite d'être considéré comme une véritable institution à Wigtown, c'est bien Vincent. De mémoire d'homme, il a toujours vécu ici, bien qu'il ait passé son enfance près de la Clyde. C'est un homme apprécié de tous, intéressant et espiègle. Le bruit court qu'il a fait ses études à Cambridge, mais pour autant que je sache, personne n'a jamais été capable d'en fournir la preuve. Malgré son âge avancé – il a sans doute plus de quatre-vingts ans –, il passe encore de longues heures au travail, davantage que les mécaniciens qu'il emploie. Autrefois, le garage de Vincent était une concession Renault, dont il vendait les nouveaux modèles. De fait, l'ancienne salle d'exposition est toujours là, arborant tous les symboles de la marque, délavés et craquelés par le temps. Aujourd'hui, les voitures neuves et rutilantes de son parc ont cédé la place à des véhicules qui, pour le dire poliment, ont connu des jours meilleurs. Un jour que je passais faire le plein de diesel chez Vincent en compagnie d'un ami botaniste, ce dernier a bondi de la camionnette et foncé vers l'un des véhicules de Vincent que, depuis mon retour à Wigtown, j'avais toujours vu garé hors de la salle d'exposition, les quatre pneus à plat. Il m'a montré une fougère qui poussait au-dessus d'une roue : il s'agissait, paraît-il, d'une variété rare.

Après le déjeuner, je suis allé dans une ferme aux environs de Stranraer afin d'expertiser des livres pour l'homologation d'un testament. J'ai été accueilli par un paysan trempé et taciturne coiffé d'une casquette de tweed qui m'a donné l'ordre de rouler derrière son quad ; pour parfaire le tableau, il était accompagné d'un colley à l'allure pitoyable juché de manière instable à l'arrière du véhicule, qui a passé tout le trajet à aboyer en direction de ma camionnette. Nous n'avons pas tardé à atteindre un corps de ferme de sinistre apparence niché au creux d'un vallon boueux, qu'une pluie incessante et drue rendait plus lugubre encore.

Une fois à l'intérieur, il m'a dit que la maison avait appartenu à son oncle et sa tante, décédés l'un après l'autre quelques années plus tôt. Visiblement, tout était resté intact depuis lors. Devant la fenêtre, un chat à l'air esseulé, couché sur une couverture posée sur un radiateur, contemplait rêveusement les champs détrempés. Le paysan venait tous les jours changer sa litière et lui donner sa pitance. Tout était recouvert de poils et de poussière. Au milieu de ce décor se trouvaient environ deux mille ouvrages, entassés dans les moindres recoins de la bâtisse – même dans l'escalier, à raison d'une pile de livres par marche. C'était la tante qui lisait : L. M. Montgomery, *Star Trek*, Agatha Christie, des grands classiques illustrés de la Folio Society, et beaucoup d'ouvrages jeunesse, y compris plusieurs séries complètes. La plupart étaient des éditions de poche, et – en partie à cause du chat – en assez mauvais état. J'évaluais l'ensemble à 300 £ ; l'homme m'a alors demandé si j'aurais à tout hasard envie de les acheter moi-même, une fois qu'il en aurait discuté avec sa famille. Je lui ai répondu par l'affirmative, tout en précisant que beaucoup d'entre eux ne valaient pas grand-chose. Sans surprise, il m'a précisé qu'il n'accepterait de me les vendre qu'à la condition que je prenne tout le lot.

À 15 heures, j'étais de retour à la boutique. Un client s'est dirigé vers le comptoir d'un pas décidé et a aboyé, sans même me dire bonjour : « Marquage de l'or ! » J'ai ravalé un soupir et lui ai indiqué le rayon Joaillerie.

Montant dans la caisse : 307,50 £
4 clients

SAMEDI 15 FÉVRIER

Commandes en ligne : 6
Livres trouvés : 6

Encore une journée bien maussade, et le coup de fil que j'ai reçu à 9 h 10 n'a rien fait pour arranger les choses : « C'est une honte ! Vous avez vraiment du culot de vous prétendre libraire, à envoyer aux gens des saletés pareilles », etc. Mon interlocuteur a poursuivi dans la même veine pendant plusieurs minutes. J'ai fini par comprendre qu'il avait commandé un ouvrage dans une librairie elle aussi nommée The Book Shop (un nom assez banal, comme aurait dit Tom Jones), et qu'il était mécontent de son état. Quand il est devenu évident qu'il avait appelé la mauvaise librairie et que toute cette affaire n'avait rien à voir avec nous, il a simplement déclaré qu'il « n'en resterait pas là » avant de raccrocher.

Une femme vêtue de ce qui ressemblait à un sac de couchage percé d'un trou pour la tête et d'un autre pour les pieds s'est plainte de la température glaciale régnant dans la librairie. C'est une vaste bâtisse ancienne, froide et labyrinthique, dont la façade en granit donne sur la grand-rue de Wigtown. Au début du XIXe siècle y vivait un certain George McHaffie, maire de la ville. C'est lui qui a rénové la maison dans le style géorgien qu'elle possède encore de nos jours. Tout le rez-de-chaussée est désormais dévolu aux livres – il y en avait près de cent mille lors du dernier inventaire. Au cours des quinze dernières années, nous avons remplacé toutes les étagères et abattu un travail considérable, aussi bien au niveau de la structure que sur le plan esthétique. Les clients décrivent parfois ma boutique comme une « caverne d'Ali Baba », ou comme un « dédale ». J'ai retiré les portes intérieures pour les inciter à s'aventurer davantage dans les lieux ; mais ce choix – et le fait qu'il s'agisse d'une grande et vénérable demeure, au chauffage inadapté – me vaut parfois des commentaires peu amènes concernant la température.

Montant dans la caisse : 336,01 £
8 clients

LUNDI 17 FÉVRIER

Commandes en ligne : 9
Livres trouvés : 8

Pluie torrentielle, une fois de plus. Une cliente d'un certain âge m'a complimenté pour ma devanture, s'imaginant que les casseroles et les tasses placées là à la suite des fuites d'eau étaient les composantes d'une vitrine à thématique culinaire.

Je n'ai pas vu le chat depuis samedi. Selon Anna, il est tyrannisé par un matou rival qui entre dans la maison la nuit et lui vole ses repas. Le fait est qu'il semble engloutir une quantité impressionnante de nourriture et qu'une odeur de pisse de chat plane dans l'air, alors que Captain fait toujours ses besoins à l'extérieur.

Ce matin, alors que je fouillais dans des cartons issus de notre entrepôt et dont j'avais complètement oublié l'existence, j'ai découvert un livre dédicacé par Sir Walter Scott. Il provenait d'un ensemble d'ouvrages achetés à un château situé dans l'Ayrshire. C'est toujours exaltant de manipuler un livre que quelqu'un dont le génie littéraire perdure depuis plus de deux siècles a lui-même tenu un jour entre les mains. La boutique n'est pas le meilleur endroit pour vendre ce genre de livres, et ils finissent généralement sur eBay, ou chez Lyon & Turnbull, une salle des ventes d'Édimbourg qui obtient généralement un bon prix des lots que je lui expédie. Concernant celui-ci, je vais tenter le coup sur eBay, avec un prix de réserve de 200 £ – et s'il ne se vend pas, je l'enverrai à L&T.

Notre entrepôt se trouve dans le jardin : c'est un bâtiment garni d'étagères, qui dispose aussi d'un petit bureau avec des toilettes. Aujourd'hui, nous l'utilisons pour ranger les cartons que la librairie n'est pas en mesure d'accueillir ; mais en 2006, lors de sa construction, il devait nous servir à développer la vente en ligne. À l'époque, un salarié à temps plein se consacrait exclusivement à cette activité – d'abord Norrie, puis un ami de Bladnoch, un village voisin, qui passait ses journées à enregistrer les nouveaux arrivages, gérer les commandes et répondre aux demandes d'informations. Pendant quelque temps, cela m'a rapporté un peu d'argent ; mais quand la concurrence a progressivement envahi le marché, les prix se sont mis à baisser. En 2012, il était devenu évident que la vente en ligne ne rapportait même pas assez d'argent pour couvrir un salaire. J'ai donc été contraint, vraiment à contrecœur, de licencier le dernier employé à temps plein pour raisons économiques et d'expédier mon stock à un ami de Grimsby, dont l'affaire était plus rentable. Avant d'agir ainsi, cependant, j'ai fouillé tout l'entrepôt en quête d'ouvrages susceptibles, par leur qualité, de trouver leur place en boutique – puis les ai rangés dans des cartons, et complètement oubliés jusqu'à aujourd'hui. La dédicace de Walter Scott se trouvait dans l'un d'eux.

Même si Scott était déjà connu quand il a dédicacé cet ouvrage (à Mary Stewart), c'était six ans avant qu'il ne publie *Waverley* et que son nom ne devienne vraiment célèbre. Les dédicaces et les exemplaires envoyés à titre gracieux soulèvent aussi le problème du dédicataire : peut-être que Stuart Kelly – l'un de mes amis proches, auteur du *Pays de Scott : l'homme qui créa une nation* – aura une idée sur la question.

À 11 heures, le téléphone a sonné. C'était une femme du pays de Galles, qui me passe un coup de fil tous les deux ou trois mois. Elle a la voix la plus déprimée du monde, et me demande à chaque fois si j'ai des ouvrages sur la théologie du XVIIIe siècle. Quand je lui énumère les titres que nous avons en stock, elle répond de manière invariable : « Oh, comme c'est décevant. » Cela fait maintenant plusieurs années qu'elle m'appelle : au début, je lui lisais les intitulés des ouvrages et tentais de voir si nous n'avions pas en réserve quelque chose susceptible de l'intéresser ; mais après des années passées à endurer sa déception, j'ai jeté l'éponge et me contente désormais d'inventer des titres.

Le paysan de Stranraer a rappelé pour renouveler sa proposition de nous céder sa collection d'ouvrages, à condition que nous les prenions tous. C'est là une décision délicate, étant donné qu'on y trouve quantité de livres dépourvus de valeur, que la maison est d'une saleté repoussante, et que nombre de volumes se trouvent dans des endroits particulièrement difficiles d'accès – ce qui signifie qu'il me faudra plus de temps pour vider les lieux. Qui plus est, mon dos craque et me lâche : j'ai de plus en plus de mal à me tortiller en tous sens pour accéder à de minuscules recoins. J'ai quand même accepté son offre. Nous avons rendez-vous mardi prochain.

Montant dans la caisse : 282,90 £
21 clients

MARDI 18 FÉVRIER

Commandes en ligne : 5
Livres trouvés : 3

Ce matin, j'ai reçu un message d'Amazon m'informant que notre performance en ligne était passée de « bonne » à « correcte », et que si ça ne s'améliorait pas, ils suspendraient mon compte. L'un des plus grands plaisirs du travail indépendant, c'est de ne pas avoir à obéir aux ordres d'un patron ; mais comme Amazon mène tambour battant sa croisade « boutique à tout vendre », elle devient lentement mais sûrement le patron de tous les détaillants qui travaillent à leur compte. Je vais devoir décrocher de nouveaux abonnements au Club du livre aléatoire, si je veux me libérer de son joug de plus en plus pesant. La mesure de la performance du vendeur tient compte de différents facteurs, parmi lesquels le taux de commandes défectueuses, le taux d'annulations de commande, le taux d'expéditions en retard, le temps de réponse aux messages et le nombre de violations de la politique d'Amazon. Ce ne sont pas les critères d'évaluation les plus simples à suivre au jour le jour, alors j'ai tendance à ne pas trop m'en soucier – jusqu'à ce qu'on m'avertisse par e-mail que je suis dans de sales draps.

Une famille de quatre personnes est entrée dans la boutique à midi et demi. Chacun de ses membres a acheté un livre ; et chacun m'a livré une réponse différente à la question suivante : « Voulez-vous un sac ? »

La mère – « Oh, pourquoi pas. »
Le père – « Non. »
Fils n° 1 – « Oui. »
Fils n° 2 – « Seulement si vous en avez. »

À 13 heures, Carol Crawford est passée me voir. J'aime bien avoir quelques nouveautés en stock – cent cinquante titres environ. Nous les achetons à Booksource, un diffuseur principalement tourné vers les ouvrages en lien avec l'Écosse. Carol travaille pour eux comme représentante. Elle est d'agréable compagnie, et nous discutons toujours de tout un tas de choses avant d'aborder l'objet de sa visite. Son fils, qui n'était qu'un enfant la première fois qu'elle est venue me voir, est désormais à l'université. Jusqu'à l'année dernière, elle arrivait chez moi équipée de porte-documents contenant des bons de commande et des couvertures de livres sous pochettes plastifiées, rangées dans des classeurs. Désormais, elle n'a plus qu'un iPad. Elle vient me voir environ quatre fois par an, et c'est toujours délicat pour moi de savoir quoi lui prendre, surtout depuis que les clients ne considèrent plus le prix de vente d'une nouveauté comme la somme que l'on attend effectivement qu'ils déboursent – Amazon et Waterstones ont mis fin à tout ça. Je me retrouve donc une fois de plus dans la position suivante : si je le voulais, je pourrais probablement acheter moins cher sur Amazon les ouvrages que je me procure chez Booksource, le distributeur pour qui Carol travaille. Je lui ai commandé une quarantaine de nouveautés, en deux ou trois exemplaires chacune. Il s'agit surtout d'ouvrages d'intérêt local, ou bien écrits par des gens que je connais.

En 1899, les plus grandes maisons d'édition britanniques ont décidé qu'elles n'approvisionneraient les librairies qu'à la condition que les ouvrages soient vendus au prix indiqué sur la couverture, et non avec remise. À la moindre infraction à cette règle, ont-elles décrété, le coupable ne recevrait plus aucun livre des maisons d'édition en question. Cet accord sur le prix unique se nommait le Net Book Agreement (NBA). Le système a marché comme sur des roulettes pour tout le monde jusqu'en 1991, quand sont apparues Dillons et Waterstones, deux chaînes qui se sont mises à faire de l'ombre aux petits commerces indépendants. Elles n'ont pas tardé à s'apercevoir qu'elles pouvaient contourner le NBA en vertu d'une clause excluant de l'accord les ouvrages abîmés : il leur a donc suffi de tracer une croix au feutre sur la tranche des livres qu'elles souhaitaient vendre à moindre coût. Il m'arrive encore de temps à autre, lors de mes achats, de tomber sur l'un de ces ouvrages. Une âpre lutte entre les éditeurs et les chaînes s'est ensuivie.

Elle a pris fin à la suite d'un jugement du Bureau de régulation de la concurrence, qui a déclaré le NBA illégal en 1997.

Le NBA avait entre autres avantages celui de générer une stabilité financière permettant aux éditeurs de publier des ouvrages privilégiant la valeur culturelle, non la valeur financière. Maintenant que cet accord a disparu, les maisons d'édition ne peuvent plus se permettre de courir de tels risques. De fait, s'il est vrai que le nombre de livres imprimés tous les ans au Royaume-Uni a augmenté, le nombre de titres a diminué : circulent aujourd'hui davantage d'exemplaires d'un moins grand nombre d'ouvrages. De nos jours, le marché du livre est tenu non par les éditeurs mais par ceux qui achètent des ouvrages pour Waterstones, Tesco et autres « trusts », comme aurait dit Orwell.

L'odeur de pisse est de plus en plus forte.

Montant dans la caisse : 111,50 £
12 clients

MERCREDI 19 FÉVRIER

Commandes en ligne : 8
Livres trouvés : 5

Enfin un jour où il ne pleut pas. J'ai passé l'essentiel de mon temps à emballer les ouvrages destinés au Club du livre aléatoire et à me coltiner le système d'affranchissement en ligne de la Royal Mail, qui date du Néolithique. Le bureau de poste de Wigtown étant fermé le mercredi après-midi, il va falloir que je passe voir Wilma demain matin pour lui demander si elle peut m'envoyer le facteur dans l'après-midi, afin qu'il vienne récupérer les six sacs de colis.

Ce matin, j'ai mis en vente sur eBay le livre contenant la signature de Walter Scott. Ça ne servirait pas à grand-chose de le mettre en vente sur Amazon ou sur AbeBooks : ce dernier a beau avoir une section « livres signés », il ne s'agit pas d'un ouvrage écrit par Scott lui-même, ce qui veut dire que personne ne le trouverait en passant par le moteur de recherche.

Quatre dames d'âge mûr sont entrées dans le magasin à 10 h 30. Je travaillais devant l'ordinateur et leur tournais le dos, mais je les ai entendues se demander où pouvaient bien se trouver les ouvrages de loisirs créatifs. Après quelques minutes de discussion, l'une d'elles m'a repéré, à l'angle de la pièce, et a lancé aux trois autres : « Ce serait plus simple de demander à la dame, non ? »

Norrie pense avoir identifié l'origine de la fuite d'eau dans la vitrine et m'a proposé d'y remédier.

J'ai atteint le passage d'*À livre ouvert* dans lequel le fils de Logan décide de nommer son groupe de musique Les Âmes mortes. Logan lui rit alors au nez, en lui expliquant que c'est le titre d'un livre de Nicolas Gogol. Il se trouve que je l'ignorais complètement, et je me suis senti aussi stupide que le fils de Logan. Ce sera ma prochaine lecture.

Montant dans la caisse : 24 £
4 clients

JEUDI 20 FÉVRIER

Commandes en ligne : 6
Livres trouvés : 6

Nicky est arrivée sans se presser à 9 h 15 – donc avec quinze minutes de retard –, a posé les yeux sur la pendule et lâché : « Oh, déjà ? », avant de jeter sac, chapeau et manteau sur le sol, au beau milieu du magasin, et de monter à l'étage pour passer aux toilettes et se préparer une tasse de thé.

Montant dans la caisse : 88 £
7 clients

VENDREDI 21 FÉVRIER

Commandes en ligne : 5
Livres trouvés : 5

Aujourd'hui, parmi les commandes en ligne, figurait l'un des titres les plus barbants qu'il m'ait été donné de lire depuis un bon moment : *Catalogue de bibliothèque des films sur le système ferroviaire britannique depuis 1966*. Il répertorie des films aussi fascinants que *Procédures à suivre pour conduire une locomotive électrique à courant alternatif, L'Électrification de la ligne Shenfield-Southend,* ou encore *Congères à Bleath Gill*. Aux yeux de la plupart des gens, les ouvrages sur le chemin de fer sont d'un ennui mortel – et le fait que les passionnés de train aient la réputation d'être des raseurs en anorak qui se nourrissent de sandwichs à la banane n'est sans doute pas pour rien dans ce préjugé. Les livres sur les trains sont pourtant ceux qui se vendent le mieux dans la boutique. Les acheteurs sont tous des hommes, et barbus pour la plupart. Ils figurent, à de rares exceptions près, parmi les clients les plus aimables qui soient, peut-être parce que l'ampleur de mon rayon Chemin de fer – qui comprend deux cents titres en temps normal – les met au comble de la joie.

Une cliente chaussée de Crocs jaunes m'a demandé où se trouvaient les parcmètres à Wigtown. Quand je lui ai répondu qu'il n'y en avait pas, et que d'ailleurs il n'existait aucune limitation de stationnement dans la ville, elle a eu l'air complètement abasourdie et m'a fait cette remarque : « Mon Dieu, c'est merveilleux. On dirait que cet endroit est prisonnier d'une machine à remonter le temps et vit comme il y a cinquante ans. »

J'ai verrouillé la chatière hier soir, une fois Captain rentré. Aucune odeur de pisse de chat ce matin. Anna avait peut-être vu juste concernant les visites importunes d'un autre matou.

Montant dans la caisse : 24,50 £
1 client

SAMEDI 22 FÉVRIER

Commandes en ligne : 4
Livres trouvés : 4

Le premier coup de fil de la journée venait de Mme Phillips, qui vit près de Dumfries : « J'ai quatre-vingt-treize ans et je suis aveugle, vous savez. »

J'ai expertisé ses livres il y a environ deux ans – une collection intéressante, et une très jolie maison. Elle avait préparé à déjeuner pour son petit-fils, qui était chez elle en visite, mais également pour moi. J'avais déjà mangé – un sandwich tout sec à la garniture non identifiable acheté à la station-service de Newton Stewart ; mais je n'ai pas eu le cœur de décliner son invitation, avec tout le mal qu'elle s'était donné. Il faut dire qu'elle nous avait concocté des crevettes en gelée. Aujourd'hui, elle appelle pour commander *Babar*, qu'elle a l'intention d'offrir à son arrière-petite-fille. Elle fait partie des rares clients qui commandent encore des livres en passant par une librairie.

L'une des abonnées au compte Facebook de ma boutique est venue aujourd'hui acheter des livres. Son petit copain et elle ont l'intention de s'installer à Wigtown, et je l'ai entendue chuchoter à son ami : « Ne dis pas de connerie, il le mettrait sur Facebook. » J'écrirai quelque chose de méchant sur elle plus tard. Quand j'ai créé le compte Facebook du magasin il y a quatre ans, j'ai jeté un coup d'œil à celui des autres libraires. À de rares exceptions près, leur contenu me paraissait franchement terne et ne transmettait pas vraiment ce sentiment de parfaite horreur et d'exquise joie qu'il y a à travailler dans une librairie. À mes risques et périls, je me suis donc délibérément concentré sur le comportement des clients – en privilégiant leurs questions stupides et leurs remarques grossières. Selon toute apparence, ma stratégie de communication a porté ses fruits ; et la jubilation des abonnés au compte de la librairie semble se mesurer à l'aune des insultes que je déverse sur les clients. J'ai récemment regardé qui étaient mes *followers* : un nombre significatif de confrères figuraient dans la liste.

Montant dans la caisse : 227,45 £
14 clients

LUNDI 24 FÉVRIER

Commandes en ligne : 3
Livres trouvés : 3

La pluie tombait de manière déprimante à mon réveil, mais à 9 h 30 le soleil resplendissait dans le ciel. Des maçons polonais sont venus arracher la haie de cyprès et la remplacer par un mur en pierre. Après avoir coupé la haie, ils ont décidé d'y mettre le feu – recouvrant ainsi les trois quarts de la ville d'une épaisse fumée âcre. J'ai passé l'essentiel de la journée à regarder des clients franchir la porte d'un pas chancelant, en toussant et lançant des jurons.

Montant dans la caisse : 277 £
16 clients

MARDI 25 FÉVRIER

Commandes en ligne : 4
Livres trouvés : 4

Sandy, l'homme le plus tatoué d'Écosse, m'a apporté des bâtons de randonnée de sa fabrication. Nous avons passé un accord : il obtient 6 £ de crédit dans le magasin pour chaque bâton qu'il me donne et que je revends 10 £ pièce. Cela marche plutôt bien – j'en vends un ou deux par semaine. Sandy les orne d'une étiquette qui précise le nom du bois choisi et livre quelques coutumes locales sur cette essence. Ses goûts, en matière de lecture, se portent sur le folklore écossais et l'Antiquité. Il pratique le paganisme et vit non loin de Stranraer, mais passe à Wigtown tous les quinze jours avec un ami et profite de cette petite virée pour se faire plaisir, en allant manger au restaurant, boire un café, flâner dans les magasins. C'est un homme extraordinairement affable et débonnaire, quelles que soient les circonstances, et il s'avère toujours passionnant de discuter avec lui. Cerise sur le gâteau, il adore asticoter Nicky.

À midi, je me suis préparé un sandwich avant de rouler avec Anna jusqu'à la vieille ferme des environs de Stranraer, avec une cinquantaine de cartons vides au fond de la camionnette. Le paysan aux cheveux gris et à la casquette mouillée nous a rejoints et guidés une fois de plus vers la demeure du couple défunt. C'était encore plus crasseux que dans mon souvenir. Anna et moi avons commencé à empaqueter les livres et à les porter jusqu'à la camionnette. Le chat solitaire lançait un miaulement haletant et brisé à chacun de nos passages, avant de se remettre à contempler d'un œil mélancolique les champs gorgés d'eau et couverts de bétail, dont la croupe se dessinait sous la pluie battante.

Comme c'est souvent le cas quand on déplace des ouvrages qui n'ont pas bougé depuis longtemps, nous avons fini couverts de poussière et de poils de chat – un aspect trop méconnu du noble métier de libraire. J'ai payé le paysan, et nous avons lentement rebroussé chemin dans l'allée remplie de nids-de-poule. La camionnette grinçait et les pneus crissaient sous le poids de sa charge.

Vider la maison d'un mort est une expérience banale pour la plupart des bouquinistes, et l'on finit peu à peu par s'y habituer – sauf dans des situations comme celles-ci, lorsque le couple disparu n'a pas de descendance. Pour une raison que j'ignore, les photos accrochées au mur (le mari dans son bel uniforme de la RAF, sa femme encore jeune fille en visite à Paris) ont fait naître en moi une mélancolie particulière, que je n'éprouve pas lorsque des enfants ont survécu au couple. Démanteler une telle collection d'ouvrages, c'est un peu comme porter le coup fatal à tout ce qu'étaient ces gens : charge à moi d'effacer la dernière preuve de leur existence. Les livres de cette femme sont autant de témoins de son tempérament et de ses centres d'intérêt. Ils constituent à mes yeux, plus que tout ce qu'elle a pu laisser derrière elle, une sorte de patrimoine génétique. Peut-être est-ce la raison pour laquelle son neveu a tellement attendu avant de nous demander d'évaluer ces livres – un peu comme ces parents qui perdent un enfant et ne peuvent supporter de modifier quoi que ce soit dans sa chambre pendant plusieurs années.

Montant dans la caisse : 124 £
9 clients

MERCREDI 26 FÉVRIER

Commandes en ligne : 4
Livres trouvés : 4

Ce matin, un client m'a demandé des livres de Nigel Tranter, de toute évidence convaincu que nous n'en aurions pas. Je lui ai indiqué le chemin de ce que nous appelons la « salle écossaise », où se trouvent la plupart des œuvres de Tranter – y compris ses ouvrages sur l'architecture, à une ou deux exceptions près. Quelques minutes plus tard, l'homme a précipitamment quitté le magasin, en essayant de ne pas se faire remarquer. Certains clients ont juste envie de vous faire connaître leurs goûts en matière de lecture, et n'ont aucunement l'intention d'acheter quoi que ce soit.

Une femme à la voix incroyablement hautaine a téléphoné, exigeant de se voir attribuer le « Lit du festival » pour toute la durée de la manifestation. Il s'agit d'un couchage en mezzanine que nous avons construit l'année dernière dans la boutique, en hommage à la librairie parisienne Shakespeare and Co, mais aussi pour nous faire de la pub, et parce que nous avons besoin de temps à autre d'un lit supplémentaire. Quand je lui ai annoncé que nous n'envisagions pas d'offrir le gîte cette année – ce qui était bien sûr un mensonge éhonté –, elle a fait la sourde oreille et a continué à marteler qu'il lui fallait absolument ce lit, au moins pour le soir du

29 septembre. Puis elle a prononcé ces mots inquiétants : « Je ne vous l'ai pas dit, mais j'ai une autre raison de venir. Je veux vous parler, à Anna et vous. »

Elle m'a alors révélé qu'elle avait écrit son autobiographie, intitulée *Je déteste la balançoire*. Son discours était truffé d'allusions à ses contacts dans l'édition (« Je n'ai pas l'intention de la publier à compte d'auteur, vous savez ») et de sa volonté de trouver elle-même le correcteur pour les épreuves (« Je sais de source sûre que la plupart des correcteurs sont des incapables »), le tout ponctué de longues pauses qu'elle supposait manifestement lourdes de sens.

Après tout ce laïus, elle m'a déclaré qu'elle estimait devoir faire partie de la programmation 2015 du festival. Autant dire que jamais elle n'y sera invitée.

J'ai fini *À livre ouvert* – que j'ai absolument adoré – et commencé *Les Âmes mortes* de Gogol (j'en ai déniché un exemplaire au rayon des classiques Penguin).

Montant dans la caisse : 66 £
7 clients

JEUDI 27 FÉVRIER

Commandes en ligne : 4
Livres trouvés : 1

Sur les conseils de ma sœur, j'ai regardé sur TripAdvisor si quelqu'un avait parlé de la librairie. Il y avait neuf commentaires, dont deux qui évoquaient la qualité de la nourriture. Nous ne servons pas à manger. Nous n'avons jamais servi à manger. Deux autres internautes se plaignaient que le magasin « n'était pas aussi grand » qu'ils l'avaient imaginé.

Saisi par l'inspiration, j'ai rédigé un commentaire ridicule louant l'extraordinaire beauté du propriétaire des lieux, son charme ensorcelant, l'odeur envoûtante qui se dégage de lui, l'incroyable collection d'ouvrages qu'il propose, l'atmosphère électrique qui règne dans la librairie, et tout un chapelet d'autres superlatifs parfaitement improbables. En moins de temps qu'il n'en faut pour le dire, mon commentaire avait été supprimé, et TripAdvisor m'avait envoyé un e-mail au ton comminatoire m'avertissant de ne plus jamais recommencer. Je suis immédiatement retourné sur leur site pour écrire un autre commentaire dithyrambique, avant d'encourager les abonnées à la page Facebook de la librairie à faire de même.

Après le déjeuner, je suis allé faire un tour sur eBay : le livre contenant la signature de Walter Scott s'était vendu 250 £. J'ai envoyé un e-mail à l'enchérisseur victorieux, en y joignant la facture.

Ce n'est pas toujours facile de repérer qu'un ouvrage contient la dédicace de quelqu'un de célèbre ou une inscription de valeur. Un jour, alors que je tenais la librairie depuis peu, j'ai acheté dix cartons de livres pour 100 £ à un confrère qui ne s'était même pas donné la peine de les ouvrir. Cet homme s'appelait David McNaughton, et cela faisait presque quarante ans qu'il était dans le métier. Il m'a garanti que le lot était convenable : j'avais déjà fait affaire avec lui, et n'avais aucune raison de mettre sa parole en doute. En revanche, je ne m'attendais pas à trouver dans ces cartons un livre dédicacé par Florence Nightingale à l'une de ses infirmières. C'était un ouvrage de Charles Kingsley – j'ai oublié lequel. Florence Nightingale aimait bien dédicacer des livres et les offrir à ses amis, ce qui fait qu'il y en a un certain nombre en circulation ; mais celui-ci, vendu sur eBay à une infirmière du Missouri, m'a quand même rapporté 300 £. J'ai envoyé un carton de vin à David en guise de remerciement et lui ai expliqué toute l'histoire.

Malheureusement, David est mort il y a quelques années. C'était l'un des derniers survivants de ce que l'on peut appeler aujourd'hui la « librairie traditionnelle ». Avant l'apparition de sites Internet comme Amazon et AbeBooks, auxquels on peut en un clin d'œil se référer pour estimer le prix d'un ouvrage, les libraires se devaient d'acquérir une somme phénoménale de connaissances. Mon ami ne dérogeait pas à cette règle : David était un véritable puits de science, aussi bien dans le domaine biographique que bibliographique ou littéraire. Ce savoir accumulé pendant une vie entière était autrefois tenu en haute estime, et permettait à son détenteur de bien gagner sa vie. Mais c'est désormais une époque révolue. Les libraires capables de vous donner la date de publication, l'éditeur, l'auteur et le prix d'un livre rien qu'en le regardant se font rares, et leur nombre se réduit comme peau de chagrin. J'en connais encore un ou deux, et ils comptent parmi les personnes que j'admire le plus dans le métier.

Un chat de gouttière errait dans la Salle écossaise quand j'ai fermé boutique. Il a craché et a franchi d'un bond la chatière quand je l'ai mis dehors.

Montant dans la caisse : 11 £
3 clients

VENDREDI 28 FÉVRIER

Commandes en ligne : 6
Livres trouvés : 6

Sara Maitland m'a apporté trois cartons de livres provenant de sa bibliothèque personnelle. Nous avons évoqué l'un de ses ouvrages les plus connus, *Sur le silence*, et l'organisation éventuelle d'un événement à la Saint-Sylvestre : peut-être une marche silencieuse, suivie d'une discussion sur l'importance du silence. Sara vit dans la région – près de New Luce, dans les collines –, et elle passe de temps en temps à la librairie. C'est toujours un plaisir de la voir.

Ce matin, je suis passé chez Callum récupérer trente cartons que j'avais entreposés dans son garage. Il s'agit d'un lot de cinq cents ouvrages sur le golf, que j'ai achetés à un particulier de Manchester l'année dernière et dont j'essaie désespérément de me débarrasser depuis lors. Je n'avais à l'époque plus de place sur les étagères de ma librairie, et mon entrepôt était plein à craquer ; alors, quand Callum m'a proposé de les stocker provisoirement dans son garage, j'ai saisi la perche avec gratitude. Mais il a désormais besoin de cet espace. Il va falloir que je trouve une autre solution.

Callum est un ami proche, de deux ans mon aîné. On se connaît depuis une douzaine d'années, et de temps à autre on va se promener à pied ou à vélo, ou bien faire un petit tour en bateau. Originaire d'Irlande du Nord, il vit dans une vieille ferme près de Kirkinner, à six ou sept kilomètres de Wigtown, en compagnie de ses trois fils, âgées de dix à quinze ans. Il a fait plein de boulots différents au cours de son existence, tous plus fascinants les uns que les autres, de l'exploration géologique au Venezuela à la cueillette de pommes de pin sylvestre dans les Highlands, en passant par le conseil en gestion de patrimoine. En ce moment, il coupe et vend du bois de chauffage – entre autres. J'ai dans l'idée que si nous nous entendons si bien, c'est en partie parce que lui comme moi avons toujours considéré que nous étions incapables de « faire carrière », quelle que puisse être la carrière en question. Et malgré nos différends sur certains sujets, nos pensées s'accordent dans bien des domaines.

Le magazine *Dumfries and Galloway Life* est venu faire une séance photo dans la boutique cet après-midi. Je ne sais pas trop ce que les photographes avaient en tête, mais il leur fallait beaucoup de livres en arrière-plan. Ils sont restés moins de soixante minutes – à 16 heures, ils étaient repartis.

Montant dans le tiroir-caisse : 51 £
3 clients

MARS

> À l'époque où j'étais vendeur chez un bouquiniste – un de ces endroits qu'on s'imagine facilement, lorsqu'on n'y a jamais travaillé, comme une sorte de paradis où d'attendrissants vieux messieurs viennent flâner parmi les volumes aux reliures pleine peau – j'ai surtout été frappé par le petit nombre de véritables connaisseurs.
>
> George ORWELL
> « Quand j'étais libraire ».

Les vrais lecteurs sont rares, même si une multitude de gens se considèrent comme tels. Ces derniers sont particulièrement faciles à repérer : quand ils entrent dans la librairie, ils se présentent souvent comme des « passionnés de lecture » et répètent avec insistance : « Nous, on adore les livres. » Ils arborent des tee-shirts ou des sacs ornés d'inscriptions illustrant l'image de dévoreurs de livres qu'ils ont d'eux-mêmes. Mais le plus sûr moyen de les identifier, c'est qu'ils n'achètent *jamais* de livres.

Pour ma part, je dois reconnaître que je n'ai que rarement le temps de lire en ce moment ; mais quand je peux enfin me payer le luxe de me plonger dans un ouvrage, j'en éprouve un plaisir incommensurable, qui dépasse toute autre expérience sensorielle. Une relation amoureuse qui a beaucoup compté dans ma vie a pris fin alors que j'avais une trentaine d'années. Je ne me sentais plus capable de rien, si ce n'est de lire. Alors j'ai réuni une pile de livres dans laquelle je me suis plongé, de manière à échapper au monde qui m'entourait aussi bien qu'à mon monde intérieur. Les univers de Jonathan Meades, William Boyd, José Saramago, John Buchan, Alastair Reid, John Kennedy Toole et de bien d'autres encore m'ont protégé de mes propres pensées – qui se sont vues reléguées au second plan, où elles pouvaient défiler en silence sans me déranger. J'ai édifié, au sens propre, un véritable mur de livres sur mon bureau ; et au fur et à mesure de mes lectures, le mur s'est peu à peu abaissé jusqu'à totalement disparaître.

De manière plus terre à terre, le livre est le produit dont je fais commerce, et la gigantesque quantité d'ouvrages qui circulent dans le monde enflamme une autre partie de mon cerveau. Quand je me rends chez un particulier pour acheter des livres, le sentiment d'impatience qui m'envahit est à nul autre pareil. C'est un peu comme lancer un filet de pêche dans l'eau et ne pas savoir ce qu'on va trouver en le remontant. Je suppose que les antiquaires connaissent la même excitation que les libraires quand ils donnent suite à un coup de fil. Comme le dit Gogol dans *Les Âmes mortes*, « jadis, aux temps lointains de ma jeunesse, aux temps de mon enfance à jamais disparue, je me réjouissais en arrivant pour la première fois dans un endroit inconnu[1] ».

1. Traduction d'Henri Mongault, Paris, Bossard, « La Bibliothèque russe et slave », 1925, chapitre 6.

SAMEDI 1er MARS

Commandes en ligne : 5
Livres trouvés : 5

La journée était belle et gorgée de soleil.

Notre évaluation vendeur sur Amazon est passée à « Médiocre ».

Kate, la factrice, est venue apporter le courrier à 10 heures, comme à son habitude. Parmi les habituelles factures et appels au don d'organismes caritatifs se trouvait une lettre de la Royal Mail m'informant que – dans le cadre d'une amélioration de ses services – elle augmentait ses tarifs. Si l'on en croit ce courrier, nous allons tous économiser de l'argent parce que cette hausse est moins élevée que l'inflation. Or, après quelques rapides calculs, je suis parvenu à la conclusion que le prix moyen de mes colis allait passer de 1,69 £ à 1,87 £, ce qui correspond à une hausse de 10 %. La dernière fois que j'ai regardé, l'inflation était d'environ 2 %. Amazon va-t-elle augmenter le montant des frais de port qu'elle facture à ses clients, pour s'aligner sur la hausse de la Royal Mail ? J'en doute fort. En ce moment, les 2,80 £ qu'Amazon facture aux clients pour l'expédition d'un ouvrage n'ont strictement rien à voir avec le coût réel de l'envoi de livres à l'unité. Cela signifie, de manière fort exaspérante pour nous, que certains livres plus lourds nous font perdre de l'argent, étant donné le coût de l'affranchissement ; tandis que des livres plus légers que la moyenne nous font économiser sur les frais de port, ce qui agace cette fois-ci le client. Le seul gagnant est Amazon, qui empoche 49 pence sur les frais facturés au client, et laisse les 2,31 £ de frais de port à la charge du libraire.

À l'heure du déjeuner, un client m'a demandé s'il nous arrive de perdre de l'argent à cause des voleurs. Malgré le caractère labyrinthique de la boutique, qui fournit effectivement aux gens malhonnêtes nombre d'occasions d'agir, je n'ai jamais vraiment réfléchi à la question. Il m'est bien arrivé par le passé d'être incapable de mettre la main sur tel ou tel ouvrage, et de supposer qu'il avait été volé ; mais ils ont tous fini par réapparaître, à un endroit ou à un autre. Cela dit, je ne sais pas pourquoi, mais les gens semblent moins culpabiliser à l'idée de voler un livre que, au hasard, une montre. Peut-être parce que l'on considère généralement que les livres permettent de s'instruire : acquérir le savoir qu'ils recèlent aurait donc plus de valeur, sur le plan social et individuel, que les conséquences de ce délit – ou bien les atténueraient grandement. Irvine Welsh a développé cette idée dans *Trainspotting,* quand Renton et Spud sont pris la main dans le sac dans une librairie Waterstones. Au tribunal, Spud admet qu'il a volé les livres pour les revendre, tandis que Renton soutient qu'il a chapardé l'exemplaire de Kierkegaard qu'on a retrouvé sur lui parce qu'il avait envie de le lire. Quand le magistrat, sceptique, l'interroge sur sa connaissance du philosophe existentialiste, Renton réplique :

> Je m'intéresse aux concepts de subjectivité et de vérité qu'il développe, et particulièrement à sa conception du choix ; à savoir que tout choix véritable est tissé de doute et d'incertitude et privé du recours à l'expérience ou au conseil d'autrui. Il ne serait pas illégitime de voir là une philosophie foncièrement bourgeoise et existentielle, dont la vocation logique serait de saper les fondations de la sagesse sociale collective. Cependant, c'est aussi une philosophie libératrice, en ce que nier ladite sagesse sociétale permet d'affaiblir le contrôle de la société sur l'individu et... Chuis en roue libre, là. Je m'interromps. Les merdeux qui ramènent trop leur gueule, ils détestent. T'as vite fait de te manger une amende plus grosse à force d'avoir discouru ou, putain de merde, une peine plus lourde. De la déférence, Renton, oublie pas, de la déférence[1].

Le magistrat acquitte Renton, et déclare Spud coupable.

Quoi qu'il en soit, je hais les caméras de vidéosurveillance, et je préfère perdre un livre de temps à autre que d'instaurer ce genre de contrôle indiscret dans la boutique. On n'est pas dans *1984*.

1. Irvine Welsh, *Trainspotting*, nouvelle traduction de Jean-René Étienne, Au Diable Vauvert, 2013.

Ça recommence à sentir la pisse de chat.

Montant dans le tiroir-caisse : 236 £
14 clients

LUNDI 3 MARS

Commandes en ligne : 9
Livres trouvés : 8

Encore une belle journée aujourd'hui, précocement gâchée par un client en short et chaussettes de laine tirées sur les mollets qui a renversé une pile d'ouvrages et ne s'est même pas donné la peine de les ramasser. Peu de temps après, un homme arborant une queue-de-cheval et ce que je ne peux que supposer être un chapeau prêté par un clown a acheté en sifflotant *L'Alchimiste* de Paulo Coelho – avec pour seul objectif, je crois, d'ébranler ma foi en l'humanité et de me démoraliser davantage encore.

Un livre vendu sur Amazon, intitulé *L'Orient-Express : une odyssée personnelle,* que nous avons expédié il y a trois semaines, nous est revenu accompagné d'une note disant ceci : « Malheureusement pas ce que j'attendais. Ai besoin d'une version avec plus d'images. Merci de le remplacer ou de me rembourser. » Je soupçonne ce client de nous prendre pour une bibliothèque en ligne et d'avoir bien lu le livre.

Eliot est arrivé à 17 heures, pour un séjour d'une durée que j'ignore. Il me semble qu'une réunion du conseil d'administration du festival est prévue cette semaine, mais il ne m'a encore rien dit.

Montant dans la caisse : 90 £
4 clients

MARDI 4 MARS

Commandes en ligne : 6
Livres trouvés : 6

L'un des clients réguliers de la librairie se fait appeler tantôt William, tantôt Agnes, selon l'envie qui lui prend quand il ou elle se lève le matin. Comme d'habitude, il/elle est arrivé(e) avec un sac de livres à vendre. William ou Agnes est un homme/femme transgenre octogénaire originaire d'Irvine, qui se déplace en voiture à trois roues. Je ne sais pas bien de quel sexe à quel autre il/elle est passé(e), d'où le il/elle employé ici. De gigantesques créoles pendaient à ses oreilles. Il/elle était enthousiasmé(e) par les livres qu'il/elle m'avait apportés – et qui, comme d'habitude, n'avaient absolument aucun intérêt. Je lui en ai offert 4 £. Il/elle a passé un certain temps à se plaindre de la complexité du système d'allocations sociales, concluant sa diatribe par : « Je suis un homme-tiret-femme très occupé(e). »

Depuis que Wigtown s'est vu attribuer le statut de Village du livre, elle attire un nombre croissant de visiteurs venus vendre des livres aussi bien qu'en acheter. Le concept de Village du livre a été initié dans les années 1970 par un libraire du pays de Galles nommé Richard Booth. Il a convaincu plusieurs libraires de venir s'installer à Hay-on-Wye, un village des Borders, pour mettre à l'épreuve la théorie suivante : une commune qui a beaucoup de librairies attire davantage les visiteurs, ce qui donne un coup de fouet à l'économie locale. L'expérience s'est révélée tellement concluante que le concept a fini par atteindre l'Écosse. Le projet Wigtown Village du livre a été lancé en 1998. S'il s'est d'abord heurté à la méfiance de nombreux habitants de la région, il a vraiment profité à la ville, et Wigtown, en adéquation avec sa devise – « Let Wigtown Flourish » –, est à nouveau florissante. Quand j'ai quitté Bristol pour revenir vivre ici, en 2001, je me souviens d'avoir lu dans la *Galloway Gazette* le courrier d'une lectrice qui se plaignait de ne même plus pouvoir acheter de chaussettes à Wigtown, et reprochait aux libraires leurs « singeries ». Cette rancœur a presque totalement disparu aujourd'hui, et il faudrait être sacrément de mauvaise foi pour soutenir que le projet « Village du livre » n'a pas grandement amélioré le sort de la ville. De nos jours, on ne peut même plus acheter de chaussettes dans le bourg voisin de Newton Stewart. Cette femme doit être verte de rage à l'heure qu'il est.

Bev, mon amie qui customise de la vaisselle en porcelaine, m'a apporté des tasses sur lesquelles elle a imprimé la couverture de *Gai Supplice*.

Montant dans la caisse : 57 £
5 clients

MERCREDI 5 MARS

Commandes en ligne : 3
Livres trouvés : 3

Un client australien a payé un livre coûtant 1,50 £ en petite monnaie. Il n'avait visiblement aucune idée de la valeur respective de chacune des pièces qu'il avait dans la main, et il lui a fallu pas moins de cinq minutes pour rassembler le montant exact. Tout en se livrant à cette opération, il s'est écrié : « À quoi ça vous sert, ces pièces d'un penny et de deux pence ? »

Quand Anna a appelé, à 15 heures, nous nous sommes remémoré un magnifique exemple de son « impressionnisme linguistique » : un jour, son amie Sarah est venue d'Amérique pour la voir, et nous nous sommes tous trois rendus à Glentrool, dans les collines du Galloway. Glentrool n'est pas seulement une belle région montagneuse, parcourue de ruisseaux à l'eau tumultueuse et constellée de lacs, c'est aussi le lieu d'une importante bataille qui, en 1307, a marqué le début de la campagne de Robert de Bruce contre la domination anglaise en Écosse – achevée en 1314 par la bataille de Bannockburn. Tandis que nous marchions en direction d'une cascade, Anna a expliqué à Sarah que « Glentrool, c'est là que Robert de Burns a mené son dernier combat », parvenant ainsi, d'une seule phrase lapidaire, à mêler le roi Robert de Bruce du XIIIe siècle, le poète romantique Robert Burns, et le « dernier combat » du général Custer, autrement appelé « bataille de Little Big Horn » – réécrivant ainsi de A à Z l'issue d'une bataille cruciale dans l'histoire de l'Écosse.

Montant dans la caisse : 70,49 £
11 clients

JEUDI 6 MARS

Commandes en ligne : 7
Livres trouvés : 7

J'ai passé la matinée à décharger les cartons de livres sur le golf récupérés chez Callum samedi dernier. J'ai déjà essayé par deux fois de les vendre sur eBay dans la catégorie « lot d'articles divers » – en vain. Je vais probablement devoir les mettre en vente aux enchères de Dumfries, une fois que j'aurai vérifié que ces cartons ne contiennent rien qui mériterait d'être ajouté à notre catalogue en ligne. Nicky pourra regarder ça à la fin de la semaine. Ça commence à être un peu la pagaille dans l'entrepôt.

Un client arborant une énorme croix en or au bout d'une chaîne m'a lancé : « Avez-vous un rayon dédié aux bibles anciennes et autres trucs ecclésiastiques ? » Je n'étais pas certain de bien comprendre ce qu'il voulait dire par « trucs ecclésiastiques », alors je lui ai indiqué le rayon Théologie. Le fait est que nous vendons de belles bibles anciennes à un prix tout à fait modique – même si les gens qui demandent à les voir ne les achètent jamais, absolument jamais. L'homme a réussi à dénicher une bible de poche datant de 1870 dont le prix n'était pas indiqué, et m'a demandé à combien je la lui faisais. Je lui ai répondu 4 £. Il ne l'a pas prise. De toute évidence, la découverte d'un ouvrage dénué de prix déclenche quelque chose de spécial dans la tête des clients : quand on leur annonce le coût du livre en question, si modique soit-il, cela semble toujours trop cher à leurs yeux. Je ne compte plus le nombre de fois où des gens ont déposé sur le comptoir des livres que nous n'avions pas encore étiquetés en disant : « Celui-ci n'a pas de prix. Il est gratuit, j'imagine. » La blague n'était déjà pas drôle la première fois ; quatorze ans plus tard, elle a complètement perdu le charme qu'elle n'a jamais eu.

Juste avant l'heure de la fermeture, une femme avec un fort accent du Yorkshire m'a acheté un livre de cuisine en s'exclamant : « Vous, vous n'êtes pas du coin ! » Je lui ai rétorqué que j'avais grandi à Wigtown. Ça aussi, je l'ai si souvent entendu que ça finit par me rendre complètement dingue. Elle m'a alors expliqué que j'avais une « drôle de voix nasillarde ».

Montant dans la caisse : 47 £
3 clients

VENDREDI 7 MARS

Commandes en ligne : 4
Livres trouvés : 4

Après le petit déjeuner, quand j'ai gagné le rez-de-chaussée pour ouvrir la boutique, j'ai découvert que Nicky était déjà là et avait allumé toutes les lampes. Elle m'a accueilli de son mélodieux « Bonjououour ! » d'usage avant de trottiner jusqu'à l'étage pour ranger dans le frigo toutes les horreurs qu'elle a glanées hier soir au Morrisons.

Eliot est parti à 14 heures, abandonnant derrière lui une paire de chaussures – dans deux pièces différentes.

Ce matin, alors que je farfouillais dans des sacs de livres, j'ai découvert une liste de courses. L'écriture ressemblait beaucoup à celle de Nicky. On y trouvait entre autres : « Répugnant amas de poils », « Rasoirs pour les jambes », et « Lotion pour visage (celle avec noisetier des sorcières) ». Quand j'ai demandé à Nicky si c'était elle qui l'avait écrite, elle a nié en bloc et m'a expliqué qu'elle ne se rasait jamais les jambes en hiver – libre à moi de vérifier, si l'envie m'en prenait.

À 14 heures, je suis allé à Dumfries attraper le train direction Londres : je passe le week-end avec Anna dans le quartier de Hampstead. J'ai laissé Nicky avec les trente cartons de livres sur le golf à vérifier et à enregistrer comme « Expédié par Amazon ». Une fois de plus, elle s'est amèrement plainte de devoir se livrer à cette tâche, mais a accepté à contrecœur de s'en charger.

J'ai lu *Confessions du pécheur justifié* de James Hogg pendant le trajet – un ouvrage incroyablement moderne, si l'on songe qu'il a été écrit en 1824.

Montant dans la caisse : 90,50 £
6 clients

SAMEDI 8 MARS

Suis à Londres.

Montant dans la caisse : 305,48 £
28 clients

LUNDI 10 MARS

Commandes en ligne : 7
Livres trouvés : 4

Nous avons eu une belle journée ensoleillée. Callum m'a appelé pour savoir si j'avais envie de faire une petite balade dans les collines, mais j'étais seul à tenir la boutique, alors j'ai dû refuser.

Vers midi, une petite famille est entrée dans la librairie : les parents, un garçon d'environ sept ans, et une fillette qui devait en avoir neuf. Le garçon s'est dirigé tout droit vers le rayon Littérature jeunesse et ne l'a pas quitté pendant une heure, jusqu'à ce que ses parents lui disent qu'il était temps d'aller déjeuner – suite à quoi il s'est arraché de mauvaise grâce au fauteuil installé près des livres pour enfants et a supplié sa mère de lui acheter un album de Winnie l'Ourson, *La Maison d'un ours-comme-ça*. Elle s'est approchée du comptoir et a payé 2,50 £ pour un exemplaire de poche en me lançant, l'air exaspéré : « Je n'ai jamais vu un gamin lire autant. C'est tout ce qu'il sait faire : lire. Il claque tout son argent de poche en bouquins. »

Nicky n'a pas réussi à enregistrer un seul ouvrage dans le catalogue au cours du week-end parce que, comme l'indique son petit mot : « L'imprimante veut pas marcher. » J'ai vérifié. La machine n'était pas allumée.

La nouvelle du jour, pour les habitants du coin, c'est que la distillerie Bladnoch a déposé le bilan.

Montant dans la caisse : 47 £
3 clients

MARDI 11 MARS

Commandes en ligne : 6
Livres trouvés : 6

C'était encore une belle journée aujourd'hui, et assez chaude de surcroît. Nicky est arrivée judicieusement enveloppée d'une écharpe, d'un chapeau et d'un manteau. Il faut avouer que même quand la journée est frisquette, il fait parfois plus chaud dehors qu'à l'intérieur de la boutique.

J'ai passé les trois quarts de la matinée à fouiller dans des cartons de livres stockés depuis un an dans mon entrepôt et provenant d'une imposante demeure victorienne non loin de Castle Douglas. Il neigeait à gros flocons quand je suis allé les chercher. Au moment de mon départ, la camionnette, accablée sous leur poids, semblait à peine capable de gravir la pente menant à la grand-route, et j'ai bien cru que j'allais devoir passer la nuit dans cette immense bâtisse en compagnie de l'homme étrange qui me les avait vendus – mais j'ai finalement réussi à quitter les lieux. Comme je ne disposais pas d'espace de stockage à l'époque, les cartons ont atterri dans le garage de Callum, à côté des livres sur le golf. Parmi les ouvrages que j'ai triés aujourd'hui se trouvait un opuscule rare contenant une dédicace de Seamus Heaney. Harrington, un marchand londonien de livres précieux, propose à 225 £ le seul autre exemplaire disponible en ligne ; j'ai donc mis le mien en vente à 140 £.

Cours d'arts plastiques des vieilles dames à l'étage – personne n'est mort d'hypothermie.

À la fin de la journée, j'ai décidé de rouvrir la chatière, dans l'espoir que l'intrus, las de se cogner la tête contre le battant, ait déniché une autre demeure dans laquelle pisser tout son soûl.

Montant dans la caisse : 49 £
6 clients

MERCREDI 12 MARS

Commandes en ligne : 4
Livres trouvés : 3

Calme plat aujourd'hui.

Juste avant la fermeture, M. Deacon a surgi, le visage rouge et l'air agité, pour me demander si je pouvais obtenir un ouvrage sur Jacques Ier pour sa tante, qui fête son quatre-vingt-dixième anniversaire vendredi prochain. Comme d'habitude, il a brandi un article du *Times* et me l'a laissé afin que je passe la commande. Je devrais recevoir son exemplaire la semaine prochaine.

Alors que je verrouillais la porte du fond, j'ai entendu des oies qui cacardaient dans le marais salant au bas de la colline. Leurs cris se mêlaient au bêlement de jeunes agneaux dans les prés, et au coassement des grenouilles dans la mare. Aucun être humain.

Aucun ronronnement de voiture. Pour qui a grandi dans la campagne écossaise, ces bruits sont des signaux familiers, annonciateurs du printemps – ma période préférée de l'année. Je suppose qu'après quelques années passées en ville, on devient indifférent à ces indices du changement saisonnier – dont les grenouilles, les agneaux et les oies, tels des présages aquatiques, terrestres et célestes du printemps, souhaitent pourtant nous avertir.

Montant dans la caisse : 28,49 £
4 clients

JEUDI 13 MARS

Commandes en ligne : 4
Livres trouvés : 4

Nicky est venue travailler aujourd'hui parce qu'elle prend un jour de congé demain (normalement, elle est là deux jours par semaine, le vendredi et le samedi). Elle a commencé la journée en se plaignant que ça sentait de nouveau la pisse de matou. Je lui ai expliqué que c'était un chat de gouttière, et que Mike, de la coopérative, avait emprunté un piège à Cats Protection, la ligue de protection des chats, pour tenter de l'attraper. Cela ne l'a pas empêchée de continuer à incriminer Captain. Le fond du jardin de Mike donne sur le mien, et Captain fréquente autant sa cuisine que ses chats la mienne.

Quant au félin en goguette, il arrose également sa demeure.

Eliot m'a demandé de l'aider à rédiger un business plan pour notre projet Open Book, « Le Livre ouvert », afin de déterminer s'il est tenable sur le plan financier. Le cas échéant, il fonctionnera sous l'égide de la compagnie chargée du festival. Le Livre ouvert est une idée d'Anna, Finn et Eliot : le but est de récupérer les locaux d'une boutique vide de la ville disposant d'un logement à l'étage, de la transformer en librairie, et de proposer à des volontaires de la gérer pendant une quinzaine de jours, pour leur permettre de découvrir le métier. Finn est un ami d'enfance qui vit dans les environs. Il tient une ferme laitière bio, et c'est l'un des êtres les plus spirituels que je connaisse. Il y a une dizaine d'années, il a été coopté pour présider le comité chargé du Festival de Wigtown. Un an plus tard, il en avait fait la « Wigtown Festival Company », et lui avait donné le statut d'association caritative (ce qui signifiait qu'elle pouvait bénéficier de nouveaux financements). Le petit groupe de bénévoles enthousiastes mais inexpérimentés avait définitivement cédé la place à un organisme professionnel bien huilé. Après quelques années de congé, Finn est désormais de retour au conseil d'administration. Pour en savoir plus sur les business plans, j'ai tapé « gérer une librairie » dans Google. Est ironiquement apparu, tout en haut de la page, un livre vendu par Amazon intitulé *Le Grand Guide du gérant de librairie*.

En début d'après-midi, j'ai reçu l'appel d'une femme du site yell.com concernant mon annonce dans les Pages jaunes et mes coordonnées en ligne. Elle m'a demandé si mon entreprise était « située dans le comté de Wigwam », qu'elle a qualifié de « région de localisation » ; et a poursuivi en m'expliquant qu'elle allait me donner « un exemple, par exemple ». Elle a également décrit la page me concernant sur son site comme ayant « une apparence complètement différente, mais très semblable ». À quoi, je n'en ai aucune idée.

Aujourd'hui, sept personnes sont venues me vendre des cartons de livres. Comme c'est souvent le cas en cette période de l'année, j'achète plus que je ne vends.

Montant dans la caisse : 120 £
9 clients

VENDREDI 14 MARS

Commandes en ligne : 3
Livres trouvés : 2

Pas de Nicky aujourd'hui. Aux dernières nouvelles, elle a décidé de se débarrasser de la pagaille qui encombre son intérieur. L'une des commandes en ligne du jour concernait un ouvrage sur les instruments de mesure de la radioactivité, pour un client vivant en Iran.

À 11 h 30, le téléphone a sonné. C'était Nicky : « Tu veux mon frigo ? Je me débarrasse de tous mes appareils électriques. » Dès qu'elle ouvre la bouche une nouvelle perle en sort, d'une forme incroyablement pure.

Ma mère a débarqué à 14 heures avec quatre paniers fleuris à suspendre devant la façade. Elle me fait le coup tous les ans, même si je proteste et lui affirme que je peux parfaitement m'en charger moi-même.

Montant dans la caisse : 42 £
3 clients

SAMEDI 15 MARS

Commandes en ligne : 3
Livres trouvés : 2

Le premier client à franchir la porte aujourd'hui était un petit homme à la barbe fine et clairsemée qui m'a fait sursauter en jaillissant devant le comptoir. Il a souri jusqu'aux oreilles et m'a susurré : « Vous en avez des trucs ici, hein ? Quel bazar. Quel bazar. » Il est reparti avec *Bilbo le Hobbit*. Je construis peu à peu dans ma tête un profil-type de Hobbit, un peu comme un puzzle dont les pièces mêleraient les caractéristiques physiques de tous les clients à qui j'ai un jour vendu cet ouvrage.

Après le déjeuner, un client m'a demandé si nous avions *Ne tirez pas sur l'oiseau moqueur*. Ce n'était pas le cas. Peu après son départ, une femme est entrée dans la librairie pour me vendre deux cartons de livres, dont l'un en contenait un exemplaire. C'est tellement plus gratifiant quand c'est l'inverse qui se produit.

Montant dans la caisse : 78,98 £
13 clients

LUNDI 17 MARS

Commandes en ligne : 7
Livres trouvés : 6

Parmi les commandes du jour : *Le Sexe de vos poulettes*.

Le premier client de la journée était une femme – une Maltaise à l'élégance peu commune dans la région qui m'a raconté qu'il n'y avait pas de bouquiniste à Malte. Je n'ai pas bien compris ce qu'elle faisait à Wigtown mais elle avait l'air charmante, même si elle n'a rien acheté. Au moment même où elle partait, le téléphone s'est mis à sonner. C'était le bibliothécaire du centre bouddhiste Samye Ling d'Eskdalemuir, à une centaine de kilomètres d'ici. Ils viennent de faire le tri dans de vieux stocks de livres et veulent en vendre certains. Je lui ai fixé un rendez-vous pour la semaine prochaine.

Ma mère est entrée dans la boutique alors qu'il y avait pas mal de clients et s'est mise à livrer haut et fort à la ronde son point de vue peu flatteur sur le Parti national écossais.

Elle est originaire de l'ouest de l'Irlande, et même si elle vit depuis près de cinquante ans en Écosse, sa voix conserve les inflexions du pays de son enfance. Enfin, c'est ce que prétendent mes amis – pour ma part, je ne m'en rends pas compte. Son aptitude au bavardage demeure inégalée en ce monde, de cela je suis certain : elle a horreur du silence de la même façon que la nature a horreur du vide. À de multiples occasions, je l'ai entendue raconter la même histoire (généralement la description de ce qu'elle avait mangé au déjeuner ce jour-là, ou bien l'endroit où elle s'était rendue le matin même) de plus de dix façons différentes, sans reprendre son souffle. Mon père, à l'inverse, n'est pas un homme causant. Selon lui, c'est parce que le babillage incessant de ma mère ne lui laisse guère l'occasion de parler. C'est un homme de haute taille – un mètre quatre-vingt-douze – qui a fait des études d'ingénieur mais s'est tourné vers l'agriculture à l'approche de la trentaine. À eux deux, ils sont parvenus à monter diverses affaires et à envoyer mes deux sœurs et moi en pensionnat.

Les visites impromptues de ma famille et de mes amis sont loin d'être rares, et ne constituent assurément pas le domaine réservé de ma mère. Quand mes proches passent à la boutique, ils entreprennent généralement de parler ouvertement de choses qui ne me semblent pas devoir tomber dans l'oreille d'étrangers. Je me dis souvent que pour la plupart des gens, les librairies – ces lieux calmes et paisibles dans lesquels il est possible d'échapper aux rigueurs implacables de la vie moderne et à ses exigences numériques – ont peut-être avant tout une fonction récréative. Ma famille et mes amis débarquent ainsi volontiers à la boutique sans prévenir, et n'hésitent pas à m'interrompre dans mes activités. Ils se soucient manifestement assez peu que ce soit mon lieu de travail. Si j'étais employé à la coopérative ou à la bibliothèque, je doute qu'ils viendraient me dire bonjour de manière aussi cavalière. De la même façon, je suis convaincu qu'ils ne s'exprimeraient pas aussi librement en présence de parfaits inconnus dans tout autre lieu de travail.

Après la fermeture, j'ai appelé M. Deacon : sa biographie de Jacques Ier est arrivée.

Montant dans la caisse : 41 £
4 clients

MARDI 18 MARS

Commandes en ligne : 2
Livres trouvés : 2

La matinée était froide et humide, alors j'ai fait du feu. À 11 heures, cinq clients à peine avaient franchi le seuil de la boutique, et tous étaient repartis les mains vides. C'est alors qu'un grand type émacié en sweat à capuche est entré et m'a demandé si nous avions des ouvrages sur la pharmacologie, parce qu'« ils viennent juste de me filer ce nouveau produit de substitution à l'héroïne et que j'ai envie d'en savoir plus sur ce truc ».

M. Deacon est passé à l'heure du déjeuner et a payé le livre qu'il avait commandé. L'anniversaire de sa tante a lieu samedi : il devrait avoir le temps de le lui faire parvenir.

Montant dans la caisse : 82,99 £
9 clients

MERCREDI 19 MARS

Commandes en ligne : 2
Livres trouvés : 2

À 10 h 30, je suis monté à l'étage pour me préparer une tasse de thé. Quand je suis redescendu, une odeur familière, légèrement terreuse, a assailli mes narines. À peine m'étais-je assis et avais-je commencé à rentrer des livres dans le catalogue qu'un petit Irlandais barbu tout débraillé a surgi de derrière une étagère. Au-delà de son apparence (et de son odeur) se cache un fin connaisseur des livres. Deux ou trois fois par an, il gare sa camionnette – dans laquelle il vit, de toute évidence – devant ma boutique et m'apporte une flopée de bons bouquins. Aujourd'hui, il s'agissait de quatre cartons d'ouvrages sur le chemin de fer et deux cartons de livres sur Napoléon, en échange desquels je lui ai donné 170 £.

À 14 heures, le téléphone a sonné. C'était une femme de l'administration locale chargée de trouver du travail aux personnes qui rencontrent des difficultés d'apprentissage.

La femme : « Nous avons un jeune homme qui voudrait travailler en librairie. Il a le syndrome d'Asperger. Vous savez ce que c'est, le syndrome d'Asperger ? »

Moi : « Oui. »

La femme : « Bon, vous savez que les gens atteints par ce syndrome sont parfois hyper doués dans un domaine bien précis, comme les maths ou le dessin ? »

Moi : « Oui. »

La femme : « Eh bien ce n'est pas son cas. »

J'ai donc accepté de le prendre à l'essai. Il commence mardi.

Avant que la boutique ne ferme, j'ai timbré et mis dans des sacs tous les livres destinés au Club du livre aléatoire, puis (enfin, je l'espère) convaincu Wilma par des paroles charmeuses de m'envoyer le facteur avec sa camionnette demain pour qu'il les récupère.

Quand on a passé des années à acheter, évaluer, cataloguer et vendre des livres, on finit par bien connaître certaines maisons d'édition : les quantités significatives de livres publiées par Macmillan au début du XXe siècle ; Blackie and Son, avec les illustrations de Talwin Morris en couverture, facilement reconnaissables ; A. & C. Black et leurs célèbres guides de voyage en Écosse ; Fullarton et Cassell, deux éphémères maisons d'édition qui, tout comme Newnes et Gresham, ont profité de la révolution technologique permettant de faire du papier avec de la pulpe de bois, au milieu du XIXe siècle – et dont les publications se distinguent par leurs pages cireuses ; Ward Lock et sa collection de guides de voyage au Royaume-Uni, à la couverture rouge ; David & Charles, de Newton Abbot, dont les ouvrages sur les chemins de fer régionaux restent inégalés à ce jour ; Hodder and Stoughton, l'éditeur de la collection autrefois très recherchée des *King's England* – des ouvrages historiques et topographiques qui n'intéressent plus personne aujourd'hui ; et puis Nelson, dont les éditions reliées en toile rouge des œuvres de John Buchan se vendent toujours de manière substantielle.

D'autres se distinguent moins par leur graphisme ou leur aspect que par leur contenu. Hooper and Wigstead, par exemple, l'éditeur des *Contes anciens de l'Écosse* de Francis Grose, qui contiennent dans leurs pages la toute première version jamais publiée du *Tam o' Shanter* de Burns ; William Creech, qui a publié la première *Notice statistique sur l'Écosse* de Sir John Sinclair – et introduit le terme « statistique » dans la langue anglaise ; John Wilson, qui a produit l'édition Kilmarnock des *Poèmes, principalement en dialecte écossais* de Burns ;

John Murray, qui a édité *De l'origine des espèces ou des lois du progrès chez les êtres organisés* ; William Strahan, qui a fait découvrir au monde *Recherches sur la nature et les causes de la richesse des nations* d'Adam Smith.

Des éditeurs plus récents ont pu avoir un impact tout aussi considérable : Penguin, que l'édition britannique non expurgée de *L'Amant de Lady Chatterley* a envoyé au tribunal ; Shakespeare & Company, qui a eu le courage de publier *Ulysse* ; de petites maisons d'édition comme l'éphémère Kelmscott Press de William Morris ; ainsi que Golden Cockerel Press, pour laquelle Eric Gill (le créateur de caractères typographiques, entre autres ceux de la Gill Sans et de la Perpetua) a conçu une police spécifique. La liste est longue, mais ces maisons d'édition-là – ces éditeurs-là, avec leur personnalité propre – ont pris des risques pour faire naître des idées nouvelles, qu'il s'agisse du contenu même de l'ouvrage, de son graphisme, de sa typographie ou du soin apporté à sa fabrication.

Montant dans la caisse : 131,33 £
10 clients

JEUDI 20 MARS

Commandes en ligne : 4
Livres trouvés : 4

Dave la Banane est arrivé peu après l'ouverture du magasin et a acheté trois livres du rayon Aviation. C'est un homme cultivé, à l'allure négligée et la barbe broussailleuse, qui, pour une raison que j'ignore, est légèrement parano à l'idée qu'un cabinet d'avocats ou de notaires de la région ait une dent contre lui. S'il porte ce surnom, c'est parce qu'il est toujours affublé d'au moins deux sacs bananes, l'un pendu à son cou, l'autre enserrant sa taille. Lors des grandes occasions, il en ajoute d'autres – en plus de traîner presque toujours avec lui une valise ou un sac à dos. Il est aussi équipé d'une montre à affichage numérique qui émet un bip toutes les deux ou trois minutes, ainsi que d'un téléphone portable – si ce n'est plusieurs – qui semble continuellement émettre divers bruits agaçants. Il vit à Sorbie, non loin d'ici, et passe sa journée à se balader dans la région en bus, en profitant de tous les équipements gratuits mis à sa disposition – la bibliothèque, entre autres. Aujourd'hui, en partant, il m'a demandé à quelle heure était le bus pour Whithorn. Quand je lui ai répondu que je n'en savais strictement rien, il m'a assené : « C'est le genre de choses que vous devriez connaître. Vous êtes censé fournir un service public. » Première nouvelle.

Un vieux monsieur a téléphoné en début d'après-midi. Il avait repéré un livre de notre catalogue en ligne vendu 3 £ et voulait l'acheter sans passer par Internet. Comme il était dur de la feuille, la conversation a été assez fastidieuse, et j'ai passé une demi-heure à m'occuper de lui. Le facteur est passé prendre les cinq sacs de livres aléatoires pendant que j'étais au téléphone.

À 17 h 15, Dave la Banane – qui traînait encore dans les parages, avec ses divers équipements sonores – m'a demandé si nous avions un rayon Animaux domestiques. Je lui ai répondu que oui, mais que nous étions fermés. À 17 h 25, il flânait encore dans la boutique, en marmonnant je ne sais quoi sur les avocats qui l'arnaquaient.

Montant dans la caisse : 107,49 £
14 clients

VENDREDI 21 MARS

Commandes en ligne : 5
Livres trouvés : 4

Nicky est revenue travailler aujourd'hui. Nous avons eu notre querelle habituelle au sujet de la pagaille qu'elle sème dans la boutique et des livres qu'elle range dans les mauvais rayons. Elle a menacé de démissionner, comme elle le fait une fois par mois.

À l'heure du déjeuner, je me suis mis en route pour Samye Ling, la retraite de bouddhistes tibétains d'Eskdalemuir. En chemin, je suis passé à la gare de Dumfries chercher Anna, qui avait envie de faire une pause dans sa vie londonienne.

Samye Ling s'est considérablement agrandi depuis mon dernier passage il y a vingt ans de ça, et détonne de manière spectaculaire au milieu de la morne lande écossaise, avec ses bouddhas en or, ses pagodes, ses temples et bâtisses aux couleurs vives disséminés un peu partout. On y trouve aussi quelques préfabriqués à moitié en ruine et autres vestiges des débuts du centre. Nous avons trouvé la bibliothèque et fait la connaissance de son employée, Maggie – une femme d'une soixantaine d'années en fauteuil roulant.

Le bâtiment, flambant neuf, est un gigantesque espace dépourvu d'étagères, dans lequel les livres sont empilés à même le sol. J'ai parcouru le stock dont ils voulaient se défaire et en ait offert 150 £ à Maggie. À l'évidence, elle s'attendait à plus ; mais quand je lui ai affirmé que ça ne me dérangeait pas du tout de les lui laisser pour qu'elle puisse les faire évaluer par quelqu'un d'autre, les bénévoles qui travaillaient dans la pièce ont crié « Non ! » en chœur, si bien que j'ai dû repartir avec toute leur camelote. Il y avait quand même quelques ouvrages valables dans le lot – un mélange grand public de littérature et d'essais, le genre de livres que l'on s'attend plus à trouver dans la demeure d'un particulier que dans la bibliothèque d'un monastère tibétain. À l'évidence, ils avaient sorti de la liste tous les titres appropriés à leur bibliothèque.

Anna était complètement sous le charme de Samye Ling – le contraste entre le paysage et l'architecture, voire entre les différents endroits du site, dont certains semblaient authentiquement orientaux quand d'autres avaient l'allure de logements sociaux construits juste après la Seconde Guerre mondiale.

Nous avons regagné Wigtown, et Anna s'est calmée à mesure que nous approchions de la boutique. Son premier réflexe, en entrant dans le magasin, a été de chercher Captain le chat. Quelques instants plus tard, ils étaient joyeusement réunis.

Le transformateur de l'une des lampes de la Salle écossaise a sauté. Comme j'en ai assez de devoir à tout bout de champ changer les ampoules de ces néons, j'ai acheté trois lustres français en cuivre d'occasion sur eBay.

Isabel est venue s'occuper des comptes. Son mari et elle tiennent une ferme près de Newton Stewart, et Isabel maîtrise parfaitement le logiciel de comptabilité SAGE. Elle accepte de s'acquitter de cette tâche pour moi et me délivre ainsi de la corvée la plus redoutable de la semaine. D'habitude elle vient le mercredi, mais l'une de ses filles participait à un concert cette semaine, alors elle a décalé sa venue. Elle m'a quitté sur ces mots : « Tu as plein d'argent sur ton compte. » C'est la première fois que quelqu'un parle de moi en utilisant ces mots-là dans cet ordre.

Montant dans la caisse : 122 £
11 clients

SAMEDI 22 MARS

Commandes en ligne : 3
Livres trouvés : 3

Le soleil a brillé toute la journée, et la température a été assez clémente pour que je puisse laisser la porte ouverte. Nicky est arrivée à l'heure habituelle, à savoir avec quinze minutes de retard, et nous avons commencé à décharger les cartons de livres en provenance de Samye Ling. Nicky a déniché une entreprise nommée Cash for Clothes qui paie 50 £ la tonne de livres d'occasion, et leur a proposé de passer mercredi à la librairie pour faire une collecte. On devrait réussir à se débarrasser de l'essentiel de la camelote provenant de Samye Ling.

Il y a quelques semaines, une femme a acheté *La Ville des hommes sans larmes* d'Emma Blair. J'ai alors appris, à mon grand étonnement, que Blair n'était pas une femme, mais un homme d'un mètre quatre-vingt-douze nommé Ian Blair, originaire de Glasgow, amateur de bière et fumeur invétéré. Ses romans à l'eau de rose n'avaient rencontré le succès que lorsqu'il s'était choisi un nom de plume féminin. Avant de devenir écrivain, Blair avait été acteur. Il semble que sa carrière ait pris brutalement fin quand, alors qu'il devait passer une audition pour un rôle dans *Les Aventuriers de l'Arche perdue*, on l'avait tellement fait attendre que lorsque Spielberg avait fini par entrer dans la pièce pour lui dire : « Vous pouvez revenir demain ? », il avait répondu : « Non, bordel, je peux pas. » Il est mort en 2011. Ces vingt dernières années, ses ouvrages ont fait partie des livres le plus souvent empruntés dans les bibliothèques écossaises.

Les lustres sont arrivés en même temps que Norrie, qui passait à la boutique chercher de la peinture livrée chez moi par erreur. Il m'a proposé de les emporter pour les réparer – je dois bien reconnaître qu'ils ont connu des jours meilleurs.

Montant dans la caisse : 160,38 £
17 clients

LUNDI 24 MARS

Commandes en ligne : 8
Livres trouvés : 5

Au moment où je revenais de la cuisine, une tasse de thé à la main, un client vêtu d'un pantalon en polyester trop court de quinze centimètres et d'une veste avec des empiècements en cuir sur les épaules m'a foncé dessus, manquant de peu de renverser ma tasse, avant de me lancer : « Vous avez déjà eu des morts, non ? Personne ne s'est jamais brisé le cou en tombant de l'un de vos escabeaux ? » Je lui ai rétorqué : « Pas encore, mais j'espère qu'aujourd'hui sera mon jour de chance. »

Parmi les e-mails du jour figurait celui d'une ancienne employée, Sara, qui a travaillé pour moi pendant les vacances scolaires il y a quelques années :

> Salut Grs-Nichons, j'ai besoin d'une recommandation. Le doc est en pièce jointe. T'as intérêt à assurer, ducon, sinon tu me le paieras.

Alors j'ai rédigé ceci en retour :

> Tél. : 01988 402499 www.the-bookshop.com
> 17 North Main Street, Wigtown DG8 9HL
>
> Lundi 24 mars 2014
>
> À QUI DE DROIT
> LETTRE DE RECOMMANDATION CONCERNANT SARA PEARCE
> Sara a travaillé tous les samedis pendant trois ans à la librairie The Book Shop, 17 North Main Street, Wigtown, alors qu'elle était élève au lycée Douglas Ewart. Quand je dis « travaillé », j'emploie ce terme dans une acception très large. Elle passait la journée soit devant le magasin, à fumer et lancer des propos hargneux aux gens qui essayaient d'entrer dans la boutique, soit à regarder des rediffusions d'un feuilleton en VOD sur Channel 4. Bien que globalement ponctuelle, elle arrivait souvent ivre, ou avec une bonne gueule de bois. Généralement grossière et agressive, elle ne répondait que rarement à mes demandes et jamais, au cours des trois années qu'elle a passées ici, elle n'a fait quelque chose de constructif de sa propre initiative. Elle laissait toujours derrière elle une traînée de détritus – habituel constituée de canettes de soda, de paquets de chips, d'emballages de chocolats et de paquets de cigarettes –, chapardait systématiquement les briquets et les boîtes

d'allumettes qu'elle pouvait trouver dans le magasin, et se montrait non seulement déplaisante, mais souvent violente à mon égard.
C'était un membre apprécié du personnel et je la recommande sans hésitation.

Montant dans la caisse : 109,39 £
12 clients

MARDI 25 MARS

Commandes en ligne : 3
Livres trouvés : 3

Deux des commandes du jour concernaient des ouvrages sur les horaires des bus du nord de l'Angleterre dans les années 1960.

Andrew, le bénévole qui a le syndrome d'Asperger, a débarqué à 11 heures, accompagné d'une femme de l'administration locale chargée de vérifier qu'il arrivait sain et sauf et que tout était en règle. Elle m'a suggéré de lui confier le classement par ordre alphabétique du rayon Romans policiers. À midi, une fois parvenu au B, il est rentré chez lui.

Peu de temps après le départ d'Andrew, une vieille femme incroyablement malpolie a exigé un exemplaire de la biographie de Staline de Simon Sebag Montefiore. Nous en avions un au rayon Russie, qu'elle a rapporté au comptoir. Il était en très bon état – ce qui n'est pas fréquent –, recouvert de sa jaquette vert menthe, et n'avait manifestement jamais été ouvert. Le prix de vente originel était de 25 £. Elle m'a demandé combien il coûtait. Je lui ai montré du doigt l'étiquette indiquant 6,50 £. Elle a repoussé le livre de la main, m'a tourné le dos, puis est sortie en grommelant : « Trop cher. » Comme je suis à peu près sûr qu'elle reviendra, j'ai fait passer le prix à 8,50 £.

Lucy, une amie d'Anna, est venue nous voir. Elle reste jusqu'à lundi prochain.

Montant dans la caisse : 34,50 £
7 clients

MERCREDI 26 MARS

Commandes en ligne : 5
Livres trouvés : 4

Belle journée ensoleillée. Ai continué à trier les cartons de livres de Samye Ling.

Isabel est venue s'occuper de la comptabilité aujourd'hui. Le joyeux « Tu as plein d'argent sur ton compte » sur lequel s'était achevé sa dernière visite n'était plus qu'un lointain souvenir : elle s'en est allée cette fois-ci en m'avertissant d'une voix posée de l'état alarmant de mes finances.

Pas de nouvelles de Cash for Clothes.

Carol-Ann est arrivée à 17 heures. Elle dort ici cette nuit parce qu'elle doit se rendre à Stranraer demain matin pour son travail. Comme Sarah, Carol-Ann travaillait à la librairie le samedi quand elle était ado. Désormais, elle a autour de vingt-cinq ans et c'est devenu une bonne copine. Anna et elle s'entendent à merveille, et sont toujours en train d'échafauder des projets d'entreprises parfaitement invraisemblables qui, par bonheur, ne se concrétisent jamais.

Nicky travaille à la librairie demain et a décidé de dormir dans le Lit du festival. Autant dire que la maison était bondée et bien bruyante ce soir : Carol-Ann, Anna, Lucy et elle sont toutes de vraies pipelettes.

Montant dans la caisse : 95,75 £
8 clients

JEUDI 27 MARS

Commandes en ligne : 5
Livres trouvés : 5

Lucy, Carol-Ann et Nicky ont exigé des pains au bacon pour le petit déjeuner : j'ai donc passé le début de la matinée enchaîné à la poêle à frire. Quand j'ai demandé à Nicky pourquoi Cash for Clothes n'était pas venu, elle m'a expliqué qu'elle ne les avait pas recontactés pour confirmer la collecte parce que « t'étais grognon, alors j'ai pas voulu t'embêter ». Elle les a appelés depuis lors – ce qui signifie, espérons-le, que nous pourrons bientôt dégager un peu de place dans le magasin.

La priorité du jour, c'est de retirer les livres empilés sur la table et de les ranger sur les étagères, pour pouvoir ouvrir d'autres cartons et proposer de nouveaux ouvrages. J'ai l'impression qu'il y a des cartons entassés partout, jusque dans les cabanes à outils des copains. Après le déjeuner, je suis allé à la banque de Newton Stewart déposer la recette. Quand je suis revenu, Nicky avait ouvert presque tous les cartons (négligeant de manière éhontée la règle du « un carton à la fois » que j'ai instaurée dans la boutique) et n'avait débarrassé qu'une moitié de la table – pourtant la seule tâche que je lui avais confiée en partant. Une vigoureuse discussion s'est ensuivie. Lucy, l'air embarrassé, a inventé une excuse pour se retirer à l'étage. Carol-Ann, quant à elle, riait comme une baleine et mettait de l'huile sur le feu.

Quelqu'un a posté un lien sur Facebook permettant d'accéder à un site web de bibliothécaires hongrois qui se sont pris en photo, le visage masqué par un livre dont la couverture représente elle-même un visage. J'ai passé la soirée à tenter de convaincre Lucy et Anna de faire de même, mais avec des magazines porno des années 1980 que j'ai dégotés il y a un an. Sans résultat pour l'instant.

Montant dans la caisse : 128 £
15 clients

VENDREDI 28 MARS

Commandes en ligne : 4
Livres trouvés : 4

La vieille dame qui s'était plainte du coût de la biographie de Staline est revenue. Quand elle a découvert que j'en avais augmenté le prix, elle s'est exclamée que je n'avais pas le droit de faire une chose pareille. Je lui ai répondu que si. Elle était hors d'elle, mais elle l'a quand même acheté – non sans marmonner qu'elle ne remettrait plus les pieds ici.

Nicky est arrivée à 9 h 15, comme d'habitude. Après une brève reprise de notre dispute d'hier, un nouvel accrochage a eu lieu, concernant cette fois-ci le travail que j'attends d'elle dans la boutique. Pour que les choses soient bien claires, nous avons décidé de dresser chaque matin la liste des diverses tâches qu'elle doit accomplir. J'ai découvert ultérieurement qu'elle avait fait quelques menus ajouts à la liste du jour, comme « Dire et redire à Shaun qu'il doit rappeler les gens qui ont téléphoné » ; « Prendre Shaun au sérieux » ; « Ne pas perdre un temps précieux à se pavaner devant la caméra pour poster des vidéos sur Facebook » ; ou encore « Proposer aux gens venus vendre des livres de les acheter au moins au triple de leur valeur ».

À ma plus grande joie, Nicky se voit gratifiée depuis peu d'un timide prétendant. Chaque fois qu'il voit Brouette (sa camionnette) garée près de la boutique, il passe la saluer et bavarder avec elle. Immanquablement ivre, quelle que soit l'heure de la journée, il tente de dissimuler l'odeur de l'alcool en s'aspergeant de Brut de Fabergé. Nicky ne fournit que peu d'efforts – voire aucun – pour dissimuler l'aversion qu'il lui inspire ; mais cela ne semble qu'attiser l'ardeur de son soupirant.

Après le déjeuner, je suis allé acheter du lait à la coopérative. Mike m'a dit qu'il avait attrapé le matou errant qui pisse chez lui et dans ma boutique. C'est Captain qui va être content. Ça fait des semaines qu'il est nerveux, et la librairie empeste la pisse de chat.

Dans l'après-midi, Anna, Lucy et moi sommes allés aux jardins de Galloway House cueillir de l'ail des ours, puis nous avons passé la soirée à préparer du pesto, en y ajoutant de l'huile d'olive, du parmesan et des noix. Anna, elle aussi, adore le début du printemps.

Dans le lot provenant de Samye Ling, le monastère bouddhiste, Nicky a déniché un livre intitulé *Cordes et soupirs : apprenez à improviser*. À notre grande déception, il ne s'agissait que d'un ouvrage technique sur le piano.

M. Deacon est passé commander un livre juste avant la fermeture. Il m'a confirmé que sa tante avait bien reçu la biographie de Jacques Ier et était enchantée de sa lecture.

Montant dans la caisse : 97 £
10 clients

SAMEDI 29 MARS

Commandes en ligne : 6
Livres trouvés : 6

Nicky a pris un jour de congé : une fois de plus, je me suis retrouvé seul à tenir la boutique. Six commandes aujourd'hui, notamment une sur la poésie écossaise médiévale, expédiée à Bagdad.

Un couple âgé est arrivé après le déjeuner, muni d'un sac Farmfoods – la chaîne de produits surgelés – rempli de livres. Ce n'est jamais bon signe. Ils venaient de vider la maison d'une tante et étaient tombés sur quelques vieux bouquins qui, m'ont-ils dit, constituaient une collection incomplète d'ouvrages de Dickens datant des années 1920 – le tout dans un état lamentable. Ils voulaient en faire estimer le prix. Quand le mari a sorti le premier volume du sac, je lui ai clairement dit que ce livre ne valait rien. De toute évidence, l'homme ne m'a pas cru, car il a entrepris de me montrer les suivants, l'un après l'autre, en me répétant : « Et celui-ci ? » J'ai tenté de lui faire comprendre qu'il était inutile de me montrer les autres, s'ils provenaient tous de la même collection ; mais cinq minutes plus tard, il était encore là à me les tendre.

En fin d'après-midi, je me suis rendu à l'étage – mais à peine avais-je atteint la cuisine qu'une voix me convoquait au rez-de-chaussée. Planté au milieu de la boutique se trouvait un grand hipster barbu avec une casquette en tweed, un sac de supermarché Tesco rempli de livres à la main. Certes, un sac Tesco est susceptible de contenir de meilleurs ouvrages qu'un sac Farmfoods, mais l'écart est faible. Les livres, dans ce cas précis, étaient effectivement un peu plus intéressants, mais il s'agissait d'ouvrages que j'avais déjà en quantité et je les ai refusés – surtout parce qu'il passait son temps à m'appeler « mon pote ».

Montant dans la caisse : 105 £
12 clients

LUNDI 31 MARS

Commandes en ligne : 5
Livres trouvés : 5

J'ai ouvert le magasin avec une demi-heure de retard aujourd'hui parce que j'ai oublié qu'on avait changé d'heure pendant la nuit.

Monsoon ne tournait pas rond, alors j'ai vérifié les réglages. Cela m'a involontairement permis de découvrir certains des termes « fréquemment utilisés » par Nick pour décrire les ouvrages dans nos catalogues en ligne :

« aucune tache d'encre »
« probablement jamais ouvert »
« très belles illustrations ! »

Ceux dont je me servirais normalement pour parler des livres seraient plutôt du genre :

« Nom du propriétaire précédent sur page de garde »
« Gaufrage à sec sur couverture cartonnée, cinq faux nerfs »
« Pages non ébarbées, plats biseautés »

Cependant, ainsi que Nicky ne cesse de me le répéter, ces termes-là ne sont utiles que lorsqu'on s'adresse à des professionnels. Ils ne servent à rien quand on commerce avec des gens ignorant tout du jargon des livres. Ian, mon ami libraire à Grimsby, en parle souvent avec sa femme : celle-ci est convaincue que le vocabulaire de la bibliophilie appartient au passé et qu'Internet l'a rendu complètement obsolète, sauf pour les catalogues de ventes aux enchères. Quand j'ai acheté la boutique, en 2001 – avant qu'Internet ne devienne la monstrueuse machine à vendre qu'il est en partie devenu –, de nombreux libraires faisaient encore parvenir des catalogues de leur stock aux clients inscrits sur leur liste de diffusion : ils étaient donc bien obligés de fournir des descriptions détaillées des titres qu'ils vendaient. De nos jours, cependant, des termes comme « dentelle dorée », « verso », « recto », « in-octavo », « fleuron » ou « colophon » n'ont presque plus rien à voir avec la vente de livres. À ma connaissance, plus personne dans le métier n'envoie de catalogue ; et avec le rapide – et, semble-t-il, inexorable – déclin des librairies traditionnelles, j'ai bien peur que nous ne suivions le même chemin. Notre époque, cependant, n'est pas la première période de transition dans l'histoire de l'édition et de la librairie. Comme le souligne Jen Campbell dans *Le Grand Livre de la librairie*, quand Gutenberg a inventé le caractère mobile et que les premiers ouvrages « grand public » sont devenus disponibles, « Vespasiano da Bisticci, célèbre libraire de Florence, était tellement indigné à l'idée que les ouvrages ne soient plus écrits à la main qu'il a fermé son magasin dans un accès de colère, devenant ainsi la première personne de l'histoire à prédire la disparition de l'industrie du livre ».

Notre évaluation Amazon est remontée à « Bonne ».

Comme il faisait beau, j'ai repeint les bancs devant le magasin pendant la pause déjeuner. Une vieille dame du voisinage que je connais à peine – j'ai acheté les livres de la succession de sa sœur il y a plusieurs années – est passée par là avec son Caddie, en route pour la coopérative. Elle s'est arrêtée devant la boutique pour papoter et m'a expliqué qu'elle avait payé une coquette somme le banc de son jardin, quinze années plus tôt, parce que c'était la première fois qu'elle avait un jardin bien à elle et qu'elle avait eu envie de se faire plaisir. Quand je lui ai demandé où elle avait vécu avant de s'installer à Wigtown, elle a énuméré un certain nombre d'endroits, notamment Tokyo et Jérusalem, où elle avait contribué à la création du premier dictionnaire hébreu. Je ne savais absolument pas que sa vie avait été aussi remplie. Comme on a tort de se faire des idées sur les gens ! De toute évidence, je commets la même erreur tous les jours avec mes clients, en refusant de prendre au sérieux tel ou tel individu qui me semble n'être qu'un clown tout juste bon à jouer avec ses clés, quand il peut très bien s'agir d'un chef de troupe ayant débarqué sur les plages normandes ou d'un pionnier de la recherche médicale.

Après le déjeuner, j'ai déposé Anna et Lucy (chacune dotée d'un pot de pesto à l'ail des ours) à la gare de Dumfries, pour qu'elles puissent prendre leur train direction Londres. J'étais de retour à la librairie à 16 heures.

Dans l'heure précédant la fermeture, une famille de six personnes – la mère, le père et leurs quatre filles âgées de six à seize ans – a déambulé dans la boutique. Quand le moment est venu de passer à la caisse, la mère m'a raconté qu'ils étaient partis en balade le matin même et que les filles n'avaient cessé de faire la tête, en dépit du beau temps. Quand elle leur avait demandé la raison de leur morosité, elles avaient répondu en chœur qu'elles n'avaient qu'une envie, faire un tour dans ma librairie, « parce que ça faisait deux ans qu'elles n'y étaient pas allées et qu'elles étaient impatientes d'y retourner ». Ils m'ont laissé 175 £ et sont repartis avec six sacs de livres. Ce genre de choses arrive trop peu souvent, mais quand c'est le cas, cela me rappelle – et ça fait du bien – pourquoi j'ai choisi ce métier, et à quel point les librairies peuvent compter aux yeux des gens.

Ma mère est passée à 16 heures et m'a laissé une boîte de trois œufs fourrés à la crème fondante pour Pâques. Je ne raffole pas tant que ça du chocolat, mais quand j'en mange, mon goût en la matière est sans prétention. Anna, quant à elle, est très portée sur le chocolat noir extra-fort, tout comme Callum, et ils se liguent régulièrement contre moi pour tourner en dérision mes goûts dignes d'un écolier. Les rares fois où je suis saisi d'une fringale de chocolat, ma préférence se porte sur le chocolat au lait bien sucré, et les œufs fourrés à la crème fondante répondent parfaitement à mes attentes.

Après la fermeture, j'ai fait quelques courses à la coopérative et suis tombé sur Mike. Il m'a appris que la ligue de protection des chats avait stérilisé le matou arroseur qu'il avait pris au piège. Emma (sa compagne) et lui ont décidé de le garder.

Montant dans la caisse : 288,48 £
14 clients

AVRIL

> Il y avait dans le magasin où je travaillais un assortiment d'ouvrages de tout premier ordre, et pourtant je ne pense pas qu'il y ait eu un client sur dix capable de reconnaître un bon livre d'un mauvais.
>
> George ORWELL
> « Quand j'étais libraire »

Bien sûr, un bon livre pour l'un sera mauvais selon un autre : tout cela est parfaitement subjectif. L'un de mes amis vend de la joaillerie fine à Londres. Un jour, je lui ai demandé comment il décidait de ce qu'il allait acquérir quand il assistait à une vente aux enchères. Il m'a expliqué qu'à ses débuts dans le métier, il achetait des bijoux d'aspect inoffensif, qui – selon lui – plairaient à tout le monde. Il n'a pas tardé à s'apercevoir qu'ils ne se vendaient pas particulièrement bien, et rarement à bon prix, alors il a changé de stratégie : « Maintenant, si je vois quelque chose qui suscite chez moi une réaction forte, je l'achète. Que je l'adore plus que tout ou que je le haïsse parfaitement, je suis sûr d'en tirer un bon prix. »

Beaucoup de libraires se spécialisent. Pas moi. La boutique a autant de domaines et d'ouvrages qu'elle peut en contenir, et j'ai toujours l'espoir que chacun y trouvera son compte. Que quelqu'un achète une romance Harlequin pour 2,50 £ ou un vieux livre de poche de l'*Éthique* de Spinoza pour la même somme n'a aucune espèce d'importance. Chacun tirera, je l'espère, un égal plaisir de sa lecture. Malheureusement, malgré les cent mille titres de mon stock, nombre de visiteurs s'en vont les mains vides.

MARDI 1er AVRIL

Commandes en ligne : 2
Livres trouvés : 2

Norrie m'a donné un coup de main pour accrocher les lustres, plongeant ainsi la Salle écossaise dans le noir pendant toute la matinée. Ils ont bien meilleure allure que les hideux néons qui conféraient à la pièce une ambiance de couloir d'hôpital.

Andrew (le bénévole qui a Asperger) est arrivé à 11 heures et a travaillé jusqu'à midi. Il a atteint la lettre C du rayon Romans policiers ; mais quand quelqu'un lui a demandé où se trouvait le rayon Chemin de fer, cela l'a tellement perturbé qu'il a été obligé de s'asseoir un moment pour retrouver ses esprits.

Ce matin, j'ai reçu un e-mail de ma mère, qui avait dû emprunter l'iPad de mon père pour me l'envoyer parce que le sien était « constipé » – est-ce que je pouvais passer le réparer un de ces jours ? Je lui ai répondu que je m'en occuperai dès que possible.

À 15 heures, je me suis rendu à la banque de Newton Stewart et suis revenu juste avant la fermeture, pour découvrir que Cash for Clothes était enfin passé, avait récupéré les cartons de livres, et m'avait laissé 25 £. Ils paient au poids, et sont repartis avec cinq cents kilos de livres.

Dans le courrier du jour se trouvait une lettre de Mme Phillips (« quatre-vingt-treize ans et aveugle »), simplement adressée à « Shaun Bythell, Libraire à Wigtown, Écosse ». La faible densité de population du Galloway a permis à cette missive d'arriver à bon port. Comme d'habitude, elle voulait commander un ouvrage destiné à l'un de ses petits-enfants : cette fois-ci il s'agissait d'*Enlevé !*, de Robert Louis Stevenson.

Montant dans la caisse : 71 £
10 clients

MERCREDI 2 AVRIL

Commandes en ligne : 1
Livres trouvés : 1

Le premier visiteur de la journée était une femme aux cheveux ébouriffés qui vient régulièrement déposer à la librairie le *Guide écolo du sud-ouest de l'Écosse*, une brochure remplie d'adresses d'homéopathes et de gens qui soignent avec des cristaux. J'étais au téléphone quand elle est arrivée. Chaque fois qu'elle passe, je suis au téléphone, ce qui fait que je n'ai jamais l'occasion de lui dire que je ne veux plus qu'elle laisse ses brochures ici parce que personne ne les prend jamais.

Peu après est entré un couple qui devait approcher les soixante-dix ans, vêtu de tenues de cycliste moulantes en Lycra. Quand ils ont rejoint le comptoir, ils tenaient entre leurs mains quatre guides de montagne Wainwright sur le Lake District, presque à l'état neuf. L'homme les a posés et m'a lancé : « Qu'est-ce que vous pouvez me proposer, comme remise ? » J'ai calculé le prix total : 20 £. Je lui ai répondu qu'il pouvait les avoir pour 17 £. Il a grimacé de manière ostentatoire avant de renchérir : « Vous pouvez me les faire à 15 £ ? » Quand je lui ai fait remarquer que cela représenterait tout de même 22 % de remise, il a répliqué : « Qui ne tente rien n'a rien. » Ils ont fini par cracher les 17 £ et sont repartis, laissant une traînée de ressentiment dans leur sillage.

Montant dans la caisse : 115,94 £
10 clients

JEUDI 3 AVRIL

Commandes en ligne : 6
Livres trouvés : 5

La journée a mal commencé, avec un coup de fil de Carol-Ann à 8 h 50 m'informant qu'elle se trouvait devant le magasin et qu'elle ne comprenait pas pourquoi c'était fermé. Je lui ai dit que je n'ouvrais qu'à 9 heures et suis descendu déverrouiller la porte. J'avais complètement oublié qu'elle m'avait appelé la veille dans l'après-midi pour me demander si elle pouvait organiser un rendez-vous avec l'un de ses clients dans ma cuisine. Elle travaille pour une société qui aide les gens à monter de petites entreprises, et comme elle doit couvrir une vaste zone géographique, elle utilise souvent la librairie comme lieu de rendez-vous. Elle m'a immédiatement accusé d'avoir mauvaise mine et de perdre mes cheveux. Nicky est arrivée juste après et a manifesté son accord sur ces deux points.

Ma mère m'a de nouveau envoyé un e-mail pour que je vienne m'occuper de son iPad constipé.

Après le déjeuner, j'ai pris la route pour Glasgow afin d'examiner une collection de livres sur le chemin de fer. Les ouvrages se sont avérés d'une qualité extraordinaire, et en excellent état. Le vendeur était un vieil homme qui gérait la succession de son frère. Je lui ai donné 400 £ pour huit cartons de livres.

La journée s'est achevée par une réunion de l'Association des libraires de Wigtown (l'AWB) à 17 h 30. Comme d'habitude, thé, gâteaux, etc. On a surtout parlé du lieu qui pourrait accueillir le Festival du printemps, maintenant que la distillerie a fermé. C'est un peu gênant, parce que le thème en est le whisky, et que la plupart des événements étaient programmés là-bas. Nous n'avons pas de budget, et la fête s'organise avec trois fois rien. Elle n'a pas le même poids financier que le festival de septembre, et n'accueille aucune célébrité, mais elle trouve peu à peu sa place dans le calendrier culturel de Wigtown. Anne, l'une des employées à temps plein du Festival du livre, nous procure une aide précieuse dans l'élaboration du programme, et je crois bien que sans elle la fête ne pourrait avoir lieu.

La réunion se passait plutôt bien – les habituelles discussions sur la nouvelle signalisation, qui va faire quoi, l'épaule cassée de Joyce, etc. –, quand la conversation a soudain pris un autre tour. Quelqu'un a proposé de créer une application sur les Martyres de Wigtown : la plupart d'entre nous étaient soit vaguement d'accord avec le projet, soit parfaitement indifférents ; mais deux membres de l'assemblée avaient des vues plutôt extrêmes et totalement opposées sur le sujet. Une dispute a éclaté, et des noms d'oiseaux ont volé d'un bout à l'autre de la table – l'un serait un bigot, l'autre bourré de préjugés –, tandis que nous assistions à la scène, gênés et mal à l'aise.

Les Martyres de Wigtown étaient deux femmes en lutte contre le carcan religieux de leur époque, à la fin du XVIIe siècle. En ce temps-là, le dogme édictait – entre autres – que le roi soit reconnu comme chef officiel de l'Église. Certains Écossais, connus sous le nom de covenantaires, s'y sont opposés. Les rebelles ont alors été persécutés de manière impitoyable par les forces gouvernementales, lors de ce que l'historien Robert Wodrow a nommé « the Killing Time », le temps du massacre. Margaret Wilson et Margaret McLaughlan étaient deux covenantaires exécutées pour leurs croyances. Au moment de la marée montante, on les a ligotées à des piquets en bois sur le rivage, au pied de la colline de Wigtown. L'aînée des deux Margaret a été attachée au plus près des vagues, dans l'espoir qu'en la voyant se noyer la plus jeune changerait d'avis et rentrerait dans le rang. Mais elle n'a pas cédé. Un monument dans le marais salant – The Martyrs' Stake, « le poteau des martyres » – indique le lieu de leur exécution, et leurs tombes se trouvent dans le cimetière de l'Église d'Écosse de la ville. Avant de les noyer, on les a emprisonnées dans une cellule de l'ancien poste de péage, une pièce désormais connue sous le nom de Martyrs' Cell, « la cellule des martyres ».

Il est regrettable que les deux enfants les plus célèbres de Wigtown aient connu une fin aussi peu édifiante. La ville a offert au monde un certain nombre de personnalités, parmi lesquelles Helen Carte, directrice (avec Richard, son mari) de la compagnie d'opérette D'Oyly Carte. Paul Laverty, le scénariste de Ken Loach, était à l'école catholique de Wigtown, aujourd'hui disparue. Quant au botaniste John McConnell Black et au footballeur Dave Kevan, ils sont eux aussi originaires de Wigtown. De fait, l'acteur James Robertson Justice – un ancien habitant de la ville – aimait tellement les lieux qu'à plusieurs reprises il a affirmé de manière mensongère y être né.

Montant dans la caisse : 301 £
14 clients

VENDREDI 4 AVRIL

Commandes en ligne : 3
Livres trouvés : 1

Trois commandes, toutes en provenance d'Amazon ; mais je n'en ai retrouvé qu'une seule. L'un des livres manquants était *En Afghanistan* de Rory Stewart, qui aurait dû se trouver sur l'étagère Q6 de la Salle écossaise, d'après les informations saisies par Nicky – alors qu'il a été écrit par un homme né à Hong Kong, et qu'il ne parle pas du tout de l'Écosse. Peut-être a-t-elle été troublée par le nom à consonance écossaise de l'auteur. En apportant les sacs de courrier à Wilma, je suis tombé sur Jock, qui travaillait à la librairie quand John Carter en était le gérant. Jock est connu pour ses histoires interminables et parfaitement invraisemblables. Elles sont généralement bâties sur la même trame : quelqu'un tente de l'escroquer, avant qu'il ne repère le stratagème et ne finisse par prendre le dessus. Presque toutes s'achèvent par une bagarre, de laquelle il sort immanquablement vainqueur. Personne ne parvient jamais à suivre ce qu'il raconte, parce qu'il parle en dialecte, avec un accent prononcé – mais aussi parce qu'il n'a plus de dents. Aujourd'hui, il m'a parlé d'une femme qui l'emploie comme jardinier une fois par semaine. Selon Jock, c'est une piètre conductrice parce qu'elle a des problèmes de vue : « Elle a des carottes dans les yeux », m'a-t-il expliqué.

À midi et quart, un client a appelé pour me dire qu'il avait acheté un livre chez nous, le premier d'une « trilogie ». Ça lui avait coûté 7,20 £, frais de port inclus, et il en était très satisfait. Il souhaite à présent acheter le deuxième volume, mais l'exemplaire que nous possédons – le seul disponible en ligne – vaut 200 £, ce qu'il n'est pas prêt à payer. Il veut l'obtenir au même prix que le premier volume. J'ai tenté de lui expliquer que si le nôtre était le seul exemplaire disponible en ligne, il était par conséquent beaucoup plus rare, et que je maintenais le prix à 200 £. Il m'a répondu qu'il était « dégoûté » et m'a raccroché au nez.

Après discussion avec Anna, j'envisage d'organiser un événement à Londres autour du Club du livre aléatoire, probablement une rencontre avec un auteur – sauf que l'auditoire ne saura pas qui c'est jusqu'à ce qu'il prenne la parole. J'ai envoyé un e-mail à Robert Twigger et il veut bien me donner un coup de main. Rob est un habitué du Festival du livre de Wigtown, et il séjourne habituellement chez moi pendant les dix jours que dure la manifestation. S'il a déjà été primé à de nombreuses reprises, son œuvre la plus connue est probablement *Senshusei*, pour laquelle il a obtenu le prix William Hill du livre de sport de l'année. C'est un homme très amusant doté d'une âme d'aventurier, et je m'estime particulièrement chanceux de le compter parmi mes amis. Il habitait au Caire avec sa famille jusqu'à la révolution de 2011, après quoi il a décidé de rentrer au Royaume-Uni, et réside désormais dans le Dorset. En septembre l'année dernière, pendant le Festival, j'ai remarqué qu'Eliot avait débranché l'une de mes lampes de table pour recharger son Kindle. Cela constituait un tel affront, et pour tant de raisons différentes, que lorsque j'ai montré le Kindle à Rob, celui-ci a décrété que le meilleur moyen de se venger était de télécharger sur la machine *Une main dans le buisson : l'art délicat du fisting vaginal*. Je ne suis pas sûr que la femme d'Eliot ait apprécié.

Callum et moi sommes allés boire une pinte après la fermeture, puis j'ai fait un saut à la coopérative pour acheter du lait. Mike était là, et il semblait plutôt penaud. Je lui ai demandé si le matou stérilisé depuis peu se faisait à sa nouvelle vie. Il m'a répondu qu'une femme était passée la veille à la coopérative et l'avait agoni d'injures, l'accusant d'avoir volé son chat. Apparemment, cela faisait des semaines qu'elle le cherchait – depuis qu'il avait pris la fuite. Elle n'avait pas tellement apprécié d'apprendre qu'on lui avait coupé les couilles.

Montant dans la caisse : 103,99 £
12 clients

SAMEDI 5 AVRIL

Commandes en ligne : 3
Livres trouvés : 2

Comme à son habitude, Nicky est arrivée avec un quart d'heure de retard – en brandissant une excuse qui, si invraisemblable qu'elle puisse paraître, n'est que la pure vérité, je le sais bien. Le récit du jour était le suivant : alors qu'elle dégustait un éclair tout en conduisant, elle l'avait laissé tomber sur ses genoux, et avait dû s'arrêter pour nettoyer sa jupe avant que le chocolat n'imprègne le tissu. Je lui ai servi du thé, dans une autre tasse que son récipient habituel, orné du tartan MacDonald ; mais Nicky tient de manière tatillonne à boire dans de la porcelaine tendre, et cette tasse en porcelaine quelconque a paru la troubler de manière excessive. Peu après son arrivée, Patrick qui Pue, son soupirant trempé dans le Brut de Fabergé, a pointé le bout de son nez et tenté de la convaincre de se joindre à lui pour une sorte de réunion de famille. Elle n'a rien voulu savoir.

Parmi les commandes du jour se trouvait un ouvrage intitulé *Histoire des orgies*.

Un nouvel abonnement au Club du livre aléatoire aujourd'hui.

À 11 heures, une femme extraordinairement grosse m'a apporté six cartons de livres de cuisine qui parlaient presque tous de régime. Je lui en ai donné 70 £.

Après le déjeuner, j'ai sorti de la camionnette les huit cartons de livres sur le chemin de fer obtenus à Glasgow jeudi dernier. Tandis que je les empilais dans l'entrée de la boutique, un homme (qui avait réussi à se placer de façon telle que je devais m'excuser auprès de lui à chaque nouveau carton que je portais à l'intérieur) m'a apostrophé : « Ce sont de nouveaux cartons de livres ? », comme s'il venait de découvrir un mystérieux secret. Quand je lui ai répondu par l'affirmative, il a longuement ri aux éclats, de manière assez inquiétante.

Quand on a tous les jours affaire à un grand nombre de personnes, on finit par noter des comportements récurrents. Le plus déconcertant à mes yeux, ce sont précisément les gens qui rient sans raison. Je ne sais pas du tout pourquoi ce client-là trouvait si incroyablement drôle qu'un libraire transporte des cartons de livres dans une librairie. Il n'est pas rare que quelque chose qui n'a absolument rien d'amusant déclenche les rires ; mais le plus souvent les gens s'amusent de leur propre remarque, si banale soit-elle. On dirait parfois qu'ils s'en servent comme d'une sorte de signe de ponctuation, pour indiquer la fin d'une phrase. Un jour, j'ai acheté une bibliothèque de livres de psychologie dans une demeure du Cumbrie, parmi lesquels figurait un ouvrage intitulé *Le Rire, sa vie, son œuvre*, par Robert R. Provine. Selon l'auteur, seuls les primates sont capables de rire ; et même s'il existe des milliers de langues différentes et des centaines de milliers de dialectes, tout le monde « parle le rire » à peu près de la même façon. Qui plus est, le rire n'est pas réservé à l'humour : les orateurs ont tendance à rire 20 % de plus que leur auditoire. Nonobstant ce fait – et même si le rire est de toute évidence une façon d'exprimer son amabilité –, je demeure perplexe devant ce qui fait rire les clients.

Après le travail, je suis allé chez mes parents réparer l'iPad « constipé » de ma mère. L'un de leurs amis était là, et nous avons eu une longue conversation sur les animaux domestiques. Il m'a avoué qu'il ne donnait jamais à son chien des aliments qu'il n'aurait pas été prêt à manger lui-même. À plusieurs reprises, cette règle l'a conduit à manger de la nourriture en boîte pour animaux.

Montant dans la caisse : 345,87 £
23 clients

LUNDI 7 AVRIL

Commandes en ligne : 6
Livres trouvés : 6

L'une des commandes du jour était l'édition Penguin de la correspondance de Steinbeck, enregistrée au catalogue il y a quelques semaines au prix de 5 £. Elle s'est vendue en ligne pour 24 £. Nous avions enregistré ce livre en alignant son prix sur celui de l'exemplaire qui était alors le moins cher sur Internet, et qui a dû être vendu depuis lors. Le prix du nôtre a donc été remonté pour rejoindre celui du suivant sur la liste, à savoir 24 £. C'est généralement le contraire qui se produit : les ouvrages en ligne voient leurs prix baisser à mesure que d'autres vendeurs viennent casser les prix pour arracher la mise.

À la suite des commandes non satisfaites de vendredi et samedi, notre évaluation vendeur est à nouveau passée de « Bonne » à « Correcte ».

J'ai vendu un ouvrage intitulé *Guide minceur pour perdre du poids en faisant l'amour* à une Américaine.

En triant les ouvrages qu'un homme m'a apportés samedi dans un sac-poubelle, j'ai découvert au milieu d'un livre un marque-page tissé datant de l'époque victorienne, sur lequel étaient brodés les mots « J'aime la petite chatte », avec une image de chat en arrière-plan.

Il y avait beaucoup de monde dans la librairie aujourd'hui, sans doute parce que ce sont les vacances scolaires. À 17 heures, une femme m'a demandé si son mari était parti, ce à quoi j'ai répondu que je ne savais absolument pas qui était son mari, ni de quoi il avait l'air. Elle m'a fusillé du regard et a quitté la boutique.

En fin de journée, j'ai trouvé dans ma boîte de réception un e-mail provenant de la librairie de Crail, dans le Fife, qui vient juste de mettre la clé sous la porte. Ils ont douze mille livres à vendre, et me proposent d'y jeter un coup d'œil si cela m'intéresse. J'ai décliné leur offre. Dans ce genre de situation, le stock a généralement été réduit et les meilleurs livres retirés du lot avant que le reste ne soit vendu en gros.

Un autre e-mail, d'un collectionneur d'Édimbourg qui a treize mille livres à vendre. Je lui ai répondu que j'avais besoin d'en savoir plus.

Montant dans la caisse : 239,37 £
33 clients

MARDI 8 AVRIL

Commandes en ligne : 4
Livres trouvés : 4

À 10 h 15, une femme est entrée en rugissant : « Me voici dans mon élément ! Les livres ! », avant de passer une heure à me poser des questions d'une voix tonitruante tout en « se dandinant comme une oie » d'un bout à l'autre du magasin, comme la femme de Sobakevitch dans *Les Âmes mortes* de Gogol. Comme je m'y attendais, elle n'a rien acheté du tout.

Andrew est arrivé à 11 heures et a travaillé jusqu'à midi. Il est parvenu au bout des C du rayon Romans policiers.

Alors que je revenais à peine de l'étage, muni d'une tasse de thé, un homme s'est approché du comptoir avec un bracelet en cuivre provenant de la table des objets anciens et m'a demandé : « *C'est combien* ? » Pourquoi a-t-il choisi de me parler en français, je l'ignore. Il n'était même pas français ; il était écossais.

Eliot est arrivé à 16 heures et a aussitôt retiré ses chaussures. Cinq minutes plus tard, j'avais déjà buté deux fois contre elles.

Quatre clients m'ont fait remarquer que Captain avait beaucoup grossi.

Les clients ont défilé toute la journée, mais j'ai quand même réussi à finir *Les Âmes mortes*.

Montant dans la caisse : 451,41 £
33 clients

MERCREDI 9 AVRIL

Commandes en ligne : 1
Livres trouvés : 1

Contrairement à son habitude, Nicky était à l'heure ce matin. Elle est entrée dans la boutique armée de sa brosse à cheveux et de sa brosse à dents et a couru à l'étage se faire belle. À son retour, elle n'avait pas changé d'un iota. Quand je lui ai demandé ce qui la mettait dans un état pareil, elle m'a répondu : « Essaye jamais de manger des légumes sautés froids quand t'es au volant. Je suis passée sur une bosse et presque tout a atterri au fond de mes manches et dans mon décolleté. »

Elle s'est esquivée pour aller déjeuner au moment même où une famille américaine entrait dans le magasin. Les trois générations étaient présentes. Le grand-père a brutalement jeté trois livres sur le comptoir avant d'aboyer : « Et voici, fiston ! » Puis il a enfoncé sa carte bleue dans la machine avant d'enchaîner : « Vous prenez bien les cartes de crédit, dans le coin ? », tandis que ses petits-enfants cavalaient dans la boutique en y semant une pagaille monstre et que leur père leur criait dessus. Ce dernier m'a demandé où se trouvait notre rayon sur Badenoch. Quand je lui ai dit que nous n'avions pas de rayon spécifiquement consacré à Badenoch, il s'est entêté et m'a expliqué que c'était de là que sa famille était originaire, comme s'il n'y avait pas de meilleur endroit où naître au monde. Quand ils sont partis, le sentiment de paix qui a envahi la librairie était quasiment palpable. À leur décharge, ils ont acheté les quatre volumes d'une *Histoire de l'Écosse* datant du XVIIIe siècle valant 100 £. Je leur pardonne.

Assez souvent, même quand on a annoncé aux clients que l'on n'a pas le livre qu'ils cherchent, ils tiennent à vous raconter – et dans les moindres détails les plus assommants – pourquoi ils sont en quête précisément de cet ouvrage. J'ai bien en tête quelques explications possibles de ce phénomène ; mais la plus convaincante à mes yeux, c'est qu'il s'agit là d'un pur exercice de masturbation intellectuelle. Les clients tiennent à vous faire savoir qu'ils sont experts en tel ou tel domaine, et même s'ils racontent des âneries sur le sujet choisi pour pontifier, ils s'obstinent à palabrer dans le vide – généralement de manière à bien se faire entendre du libraire pris au piège, mais aussi de tous ceux qui passent à proximité.

Finn, Anna et moi discutions dans la cuisine quand Eliot a déboulé dans la pièce en hurlant dans son téléphone. Au lieu de s'excuser de nous avoir dérangés, il a retiré ses chaussures en s'aidant de ses pieds et poursuivi sa discussion. Nous avons fini par migrer vers le salon, incapables de rivaliser avec le volume sonore de la moitié de conversation qu'Eliot nous faisait partager.

Nicky est restée pour la nuit. Comme Eliot voulait nous payer à dîner au pub, j'ai proposé à Nicky de nous rejoindre, et on y est allés tous ensemble. On a bu une ou deux pintes, et puis on est rentrés. Nicky a filé se coucher dans le Lit du festival ; Eliot et moi avons gravi les marches d'un pas lourd jusqu'au premier étage, situé à quelques centimètres à peine au-dessus de sa tête.

Montant dans le tiroir-caisse : 537 £
24 clients

JEUDI 10 AVRIL

Commandes en ligne : 3
Livres trouvés : 3

J'ai été réveillé à 7 heures au son d'un véritable chaos orchestré par Eliot, dont les pieds frappaient, martelaient et percutaient le sol, tandis qu'il se lavait, buvait du thé, préparait ses bagages, etc., avant de claquer la porte à 7 h 30. Peu après, j'ai entendu Nicky s'activer au rez-de-chaussée, infiniment plus discrète qu'Eliot dans l'exécution de son rituel matinal.

Nicky a suggéré que nous préparions de petites affiches pour proposer aux clients de les filmer dans la boutique en train de lire un extrait de leur livre préféré – ce que je n'ai accepté qu'à contrecœur, avant d'obliger Carol-Ann à faire une vidéo. Nicky a choisi de lui faire lire un ouvrage destiné aux enfants de onze ans, trouvé au rayon Jeunesse. Carol-Ann a semblé profondément vexée mais s'est quand même prêtée au jeu.

Montant dans la caisse : 424 £
31 clients

VENDREDI 11 AVRIL

Commandes en ligne : 3
Livres trouvés : 3

Vendredi, jour des gourmands : Nicky est arrivée avec deux tartelettes à la crème renversée glanées lors du petit saut au Morrisons.

Elle s'est assise par mégarde sur l'une d'elles en venant ici en camionnette.

À 11 heures, alors que je regagnais le rez-de-chaussée après m'être préparé une tasse de thé, un client en chaussettes et sandales m'a abordé ainsi : « Je voudrais vous parler du prix de votre *Poinçonneur Hines*. Il y a marqué 65 £. C'est sans doute une erreur. » J'ai vérifié : le nôtre était bien le moins cher des exemplaires disponibles en ligne de la première édition, avec jaquette en parfait état. L'homme a émis un petit son désapprobateur avant de s'approcher du comptoir en brandissant une édition de poche de l'ouvrage, vendue 2,50 £. Il m'est arrivé exactement la même chose la semaine dernière avec *Effroyabl Ange1* de Iain M. Bank.

Pendant le déjeuner, j'ai surpris par hasard un groupe de clients d'une vingtaine d'années en train de parler de la librairie. L'une des filles disait que c'était l'un des magasins les plus « branchés » qu'elle ait jamais vus. Sans doute faisait-elle allusion à nos nombreux luminaires.

En fermant la porte arrière du magasin, j'ai remarqué dans la mare plusieurs gros amas de frai de grenouille.

Montant dans la caisse : 182,49 £
19 clients

SAMEDI 12 AVRIL

Commandes en ligne : 4
Livres trouvés : 2

Nicky est arrivée, comme d'habitude en cette période de l'année, vêtue de sa combinaison de ski noire. Elle aurait été plus à sa place dans l'unité congélation d'une boucherie industrielle que dans une librairie. Ce matin, elle m'a sorti qu'elle « avait la flemme » d'aller sur le serveur de la Royal Mail pour s'occuper de l'affranchissement des commandes, et que je n'avais qu'à le faire moi-même lundi. J'ai cessé de me battre avec Nicky concernant ce genre de choses. Avant, quand je lui demandais d'accomplir certaines tâches, elle acquiesçait avec enthousiasme puis ignorait complètement ce que j'avais dit et n'en faisait qu'à sa tête. Elle est fiable et appliquée, cependant, en plus d'être vraiment amusante. Et puis, elle adore la librairie, et fait de son mieux pour enrichir le stock et améliorer les ventes. Il est juste un peu dommage que nous n'ayons pas le même avis sur les moyens d'y parvenir.

Le vent venait de l'est aujourd'hui, et il était glacial : j'ai fait un feu dès 10 heures du matin. Les clients ont défilé toute la journée. Alors que je traversais la boutique pour ranger de nouveaux ouvrages, j'ai repéré trois petits garçons en train de lire, tranquillement assis sur le Lit du festival. D'habitude, je dissuade les clients de s'y installer – surtout parce que les clients en question sont généralement des enfants, qui ont tendance à le prendre pour un véritable terrain de jeu et à y semer la pagaille, m'obligeant à monter mettre de l'ordre. Un cordon en interdit l'accès, mais ces gosses s'étaient probablement faufilés par en dessous. Il eût fallu avoir un cœur de pierre pour les chasser de là, en les voyant ainsi tranquillement plongés dans leur lecture.

Ce soir j'ai commencé à lire *Le Troisième Policier*, qu'une ancienne petite amie m'avait offert et que je n'avais jamais trouvé le temps de lire.

Montant dans la caisse : 479,97 £
36 clients

LUNDI 14 AVRIL

Commandes en ligne : 3
Livres trouvés : 2

La dernière cliente de la journée était une jeune Italienne. Elle a acheté une édition en deux volumes du *Décaméron* de Boccace datant de 1679, qui était posée sur l'étagère depuis au moins dix ans. L'ouvrage avait appartenu à une vieille dame qui vivait au-dessus d'un café italien tout délabré de New Cumnock. De tous les biens qu'avait possédé la défunte, c'était le seul valable.

Je suis allé à New Cumnock après la fermeture, un lundi soir de janvier 2003. La route était couverte de neige fondue et plongée dans le noir. Là-bas, j'ai rencontré la femme ayant la tâche ingrate de vider l'appartement. Les lieux étaient dans un état déplorable : le toit fuyait dangereusement, le papier peint à fleurs se décollait des murs, et des ampoules à nu étaient accrochées à des câbles couverts de toiles d'araignées, tombant de plafonds au lambris défait et au plâtre effrité. Le ménage semblait ne pas avoir été fait depuis des années. À l'évidence, la défunte était une vieille fille d'un certain âge ; toute la literie était rose et couverte de poils de chat. Il y avait deux mille livres environ, tous humides, et couverts de poils de chat également. À l'exception du *Décaméron,* il ne s'agissait que d'ouvrages édités par Book Club – une maison d'édition que les libraires évitent généralement comme la peste, car les clients n'en veulent pas. Alors que je fouillais dans l'humidité et la crasse, en quête de quelque objet susceptible de justifier le déplacement, la femme qui m'avait accueilli m'a raconté que la dernière occupante des lieux était la fille unique d'un immigré italien arrivé en Écosse dans les années 1920. Il avait rencontré puis épousé une Écossaise, et tous deux avaient ouvert un café dans le local vacant situé sous l'appartement. C'était rapidement devenu l'endroit le plus animé de la ville : tout le monde s'y pressait, et les affaires marchaient bien.

L'exécutrice testamentaire a alors déniché une commode poussiéreuse, ouvert l'un des tiroirs, et en a sorti un album jauni contenant des centaines de photos en noir et blanc du café à la grande époque – des gens souriants, des tables pleines, des couples qui dansent. Quand l'Italien était mort dans les années 1970, quelques années après sa femme, il avait déjà transmis l'affaire à son unique enfant, une fille ; mais les temps avaient changé, et le café avait périclité avant de fermer de manière définitive. Au rez-de-chaussée, les grandes vitrines étaient condamnées par des planches, et la pièce autrefois bondée était plus silencieuse qu'une tombe – à l'exception du bruit de la pluie s'infiltrant par le toit et gouttant sur le sol. Ce jeune Italien pétri d'optimisme, avec son épouse écossaise, son commerce florissant et sa petite fille, qui avait eu le courage de partir vivre dans un autre pays, d'apprendre une langue étrangère et de se lancer dans les affaires, n'aurait jamais pu deviner la triste fin que le destin réserverait à son rêve. Je suis presque sûr que le *Décaméron* en deux volumes faisait partie des rares biens qu'il avait apportés avec lui d'Italie ; et je me demande pendant combien de temps ce livre est passé d'une génération à une autre avant de finir dans cet héritage, au milieu de cet appartement humide de New Cumnock, sans personne pour prendre le relais. Désormais, il va connaître une vie nouvelle, entre les mains de la jeune femme qui l'a acheté aujourd'hui même… Qui sait ce que les prochains siècles lui réservent ?

Montant dans la caisse : 248,28 £
21 clients

MARDI 15 AVRIL

Commandes en ligne : 3
Livres trouvés : 2

Sandy, le païen tatoué, est passé voir si notre stock de bâtons de randonnée avait besoin d'être remis à niveau. Nous n'en avons pas vendu un seul depuis un mois, si ce n'est plus.

J'ai reçu un coup de fil de l'administration locale : Andrew ne viendra plus, parce qu'il trouve l'expérience trop fatigante. Je commençais à m'attacher à lui.

M. Deacon est passé à 16 h 20 commander *L'Homme qui aimait les paris : Charles II et la Restauration anglaise*, de Jenny Uglow – un ouvrage que j'avais, par pur hasard, rangé quelques heures plus tôt. Il s'est montré ravi, du moins autant qu'il se permet de l'être en société.

Montant dans la caisse : 179,99 £
12 clients

MERCREDI 16 AVRIL

Commandes en ligne : 5
Livres trouvés : 5

Deux filles rousses très mignonnes sont entrées dans la boutique ce matin pour me demander si c'était bien le magasin de Captain. Elles doivent habiter le quartier, ou alors elles suivent la librairie sur Facebook. La renommée de mon chat est plus grande que je ne l'imaginais. Tandis que nous discutions de la récente prise de poids de l'animal, un homme en short ultra-moulant m'a acheté un ouvrage intitulé *Réussir sa cheminée*.

En début d'après-midi, un type qui devait avoir mon âge est entré dans la librairie, s'est rapidement débarrassé de ses chaussures et les a laissées près de la porte. Je suppose que je suis plutôt mal placé pour critiquer : il n'est pas rare que je me balade pieds nus dans la boutique pendant l'été. Je ne suis cependant pas certain que j'agirais ainsi dans le magasin d'un autre.

Montant dans la caisse : 340,35 £
35 clients

JEUDI 17 AVRIL

Commandes en ligne : 3
Livres trouvés : 3

Nicky a remisé sa combinaison de ski dans sa garde-robe d'hiver jusqu'en novembre prochain, et a surgi drapée de sa tenue d'été. La panoplie du jour se compose d'une longue jupe en fibres d'ortie, ou tissu du même acabit, et d'un chemisier à motif cachemire fait main, dissimulé sous une tunique marron elle aussi faite main. Elle serait parfaite en figurante dans une adaptation à petit budget de *Robin des Bois*.

L'une des commandes du jour avait pour objet *L'Éducation des femmes*. Il s'agissait d'un « guide du bonheur domestique » datant du début de l'époque victorienne. Aujourd'hui, on dirait plutôt un guide de la maltraitance domestique.

Dans l'après-midi, un client m'a demandé s'il pouvait être filmé en train de lire un extrait de son livre préféré, alors j'ai installé le trépied et lui ai demandé de s'asseoir près du feu. Ç'a été un moment magnifique : il a choisi un passage de *La Ferme de froid accueil*, et l'a lu avec un accent gallois empli de lyrisme. Une fois sa lecture terminée, j'ai discuté avec sa femme et lui et leur ai demandé ce qu'ils faisaient dans le coin. Elle m'a expliqué qu'ils étaient en route pour Larne, ce à quoi j'ai répondu : « Pourquoi ? C'est affreux, comme endroit. » Il semblerait qu'ils vivent à Larne.

Montant dans la caisse : 319,70 £
30 clients

VENDREDI 18 AVRIL

Commandes en ligne : 5
Livres trouvés : 5

Katie était là aujourd'hui, parce que Nicky a pris une journée de congé pour ses histoires de témoins de Jéhovah. Katie est une étudiante en médecine qui a déjà travaillé plusieurs étés dans la boutique et se montre toujours extrêmement respectueuse à mon égard. Elle a quitté Oxford avec sa mère et sa sœur quand elle était petite pour venir s'installer ici.

Un client m'a dit : « J'ai regardé sous le W du rayon Fiction et je n'ai trouvé aucun livre de Rider Haggard. » Je lui ai suggéré d'aller voir la section H.

Montant dans la caisse : 197,89 £
18 clients

SAMEDI 19 AVRIL

Commandes en ligne : 3
Livres trouvés : 3

Katie était à nouveau là aujourd'hui pour remplacer Nicky. Je lui ai demandé de préparer les colis destinés au Club du livre aléatoire (qui compte désormais cent soixante-trois membres) et de se charger de leur affranchissement sur le compte en ligne de la Royal Mail. Quand je suis allé à la poste demander à Wilma si le facteur pouvait passer les chercher, elle m'a dit qu'il ne pourrait pas venir avant mardi (lundi de Pâques = jour férié).

Alors que le magasin était sur le point de fermer, j'ai reçu un coup de fil de Mme Phillips (« J'ai quatre-vingt-treize ans et je suis aveugle, vous savez »), qui ne se souvenait plus du titre du premier roman de Mme Gaskell et voulait savoir si je le connaissais.

Montant dans la caisse : 250,49 £
17 clients

LUNDI 21 AVRIL

Commandes en ligne : 3
Livres trouvés : 2

Le premier client est arrivé avec un livre enveloppé de papier bulle et de papier de soie. Il s'agissait d'un ouvrage théologique en latin datant de 1716. Il m'a demandé d'en évaluer le prix : je lui ai répondu qu'il serait sans doute raisonnable de le vendre 40 £, à la suite de quoi il s'est exclamé, l'air indigné, que Bonhams l'avait évalué à 50 £.

Parmi les commandes du jour figurait un ouvrage intitulé *L'Or liquide : les bienfaits de l'urine pour les plantes*.

Montant dans la caisse : 162,43 £
18 clients

MARDI 22 AVRIL

Commandes en ligne : 3
Livres trouvés : 3

À 11 heures, j'ai reçu le coup de fil d'un homme qui m'a demandé : « Vous savez comment faire, pour organiser des lectures dans votre boutique ? » Un examen plus attentif de son cas m'a permis de découvrir qu'il était auteur de fantasy et souhaitait lire des extraits de son dernier ouvrage, qui a pour thème les sirènes. « Ça se passe dans la mer. » a-t-il précisé. Difficile d'imaginer que ça puisse avoir lieu ailleurs.

À 14 heures, un client est venu vers moi avec un ouvrage sur la pêche au saumon magnifiquement illustré datant des années 1920, qu'il avait déniché dans la pièce consacrée aux livres sur la nature. Il n'y avait pas d'étiquette. L'homme m'a demandé son prix. Dans un élan de générosité, j'ai répondu : « Je vous le fais à 2,50 £. » Le type est reparti en marmonnant dans sa barbe : « Je l'aurai pour moins cher sur Amazon. » J'ai vérifié juste après son départ : l'exemplaire le moins cher sur Amazon est à 22 £. Le mien est désormais pourvu d'une belle étiquette indiquant 12 £ – même si je doute que l'homme revienne un jour.

Alors que j'étais sur le point de fermer, une femme m'a appelé de Moffat pour me proposer une bibliothèque de livres de droit. J'ai tendance à éviter ce genre d'ouvrages parce qu'ils sont difficiles à revendre, mais sait-on jamais ce que je pourrais trouver au milieu de tout ça. J'ai dit à la femme que j'irai la voir samedi.

À 16 h 30, le facteur est passé chercher les sept sacs de plis pour le Club du livre aléatoire.

Montant dans la caisse : 286,49 £
22 clients

MERCREDI 23 AVRIL

Commandes en ligne : 2
Livres trouvés : 2

Une heure après l'ouverture, je n'avais encore eu qu'un seul client – un homme qui empestait le désinfectant cutané. Comme il n'y avait personne d'autre dans la boutique, j'ai profité de ce répit pour tenter de renouveler un peu l'offre dans les rayons. L'homme avait une étonnante capacité à se camper devant toutes les étagères auxquelles j'avais besoin d'accéder – quel que soit le thème des ouvrages que j'avais dans les bras et l'endroit où je devais les ranger.

Montant dans la caisse : 233,48 £
19 clients

JEUDI 24 AVRIL

Commandes en ligne : 2
Livres trouvés : 2

Nicky a travaillé aujourd'hui pour pouvoir prendre une journée de congé demain. Elle a choisi de manger son petit déjeuner dans la boutique, non dans sa camionnette – évitant ainsi de répandre l'essentiel de son repas sur sa jupe en toile de jute et son surcot à la Robin des Bois.

Une cliente d'âge mûr m'a dit que le prochain ouvrage de son Club du livre était *Dracula,* mais qu'elle ne se souvenait plus de ce qu'il avait écrit.

J'ai remarqué que deux des trois œufs en chocolat que ma mère m'avait donnés ont disparu.

Montant dans la caisse : 160,70 £
14 clients

VENDREDI 25 AVRIL

Commandes en ligne : 3
Livres trouvés : 3

Pas de Nicky aujourd'hui, ce qui veut dire aucun délice gastronomique parfaitement abject glané au Morrisons.

Après le déjeuner, un client m'a apporté quatre cartons de livres : « Vous allez adorer, il n'y a que des best-sellers. » J'ai sélectionné quelques ouvrages et lui en ai offert 5 £.

L'air horrifié, il m'a annoncé qu'il préférait les donner à la boutique de vente d'occasion – où les employés, a-t-il décrété, « savent apprécier les articles à leur juste valeur ».

Un best-seller est peut-être la poule aux œufs d'or pour un éditeur, mais pas pour un bouquiniste. Peut-être est-ce l'usage, chez ceux qui apprécient le concept de « best-seller », de n'acheter que des livres neufs – une manière d'être au sommet de la vague avant qu'elle se brise, non dans le creux qui la suit. Peut-être aussi parce que tous les Dan Brown et Tom Clancy de ce monde sont publiés en de telles quantités d'exemplaires que leurs livres n'ont aucune valeur de rareté aux yeux d'un vendeur ou d'un collectionneur. Ce que l'on considère comme un best-seller sur le marché du livre neuf est précisément le genre de livre condamné à faire un flop sur le marché de l'occasion. Les clients ont souvent du mal à comprendre ce phénomène, et sont persuadés que leur *Harry Potter et les reliques de la mort* en première édition vaut une fortune, quand, dans les faits, 12 millions d'entre eux ont été imprimés. À mesure que le succès et la renommée d'un auteur s'accroissent, le tirage de ses ouvrages augmente également ; c'est pourquoi une première édition reliée de *Casino Royale* (il n'en a été imprimé que 4 728 exemplaires) aura incroyablement plus de valeur que *L'Homme au pistolet d'or*, dont le premier tirage de la première édition était de 82 000 exemplaires.

Montant dans la caisse : 243,40 £
20 clients

SAMEDI 26 AVRIL

Commandes en ligne : 3
Livres trouvés : 2

Nicky était là aujourd'hui. Je lui ai demandé si elle savait ce qui était arrivé à la boîte de trois œufs au chocolat que ma mère m'avait donnée pour Pâques et que j'avais rangée derrière le comptoir. Elle a commencé par me dire qu'elle n'en savait strictement rien, puis m'a expliqué qu'elle avait dû en donner un à « un enfant qui pleurait parce qu'il avait trébuché sur l'un des tapis du magasin ». Quand je lui ai demandé si elle en avait mangé un elle aussi, elle a répliqué : « Une 'tite bouchée, peut-être. » Il aurait vraiment fallu être un imbécile pour ne pas comprendre que l'enfant en larmes, c'était elle. Elle a fini par m'avouer qu'elle les avait tous dévorés, avant d'ajouter : « Je sais même pas pourquoi. C'est pas du tout mon truc, les œufs au chocolat. »

À 10 heures, une cliente s'est présentée devant le comptoir et m'a demandé où se trouvaient les livres pour enfants. Je lui ai montré le rayon Jeunesse avant d'ajouter : « Juste derrière cette porte, là-bas. » La cliente a pivoté sur elle-même, tournant ainsi le dos à l'endroit que je venais d'indiquer, et pointé le doigt vers la porte d'entrée qu'elle avait franchie trois secondes – véritablement trois secondes – plus tôt, avant de s'exclamer : « Cette porte-là, vraiment ? »

Après le déjeuner, je suis allé à Moffat examiner la bibliothèque d'un cabinet juridique qui a fermé il y a quelques années. Il y avait là l'équivalent d'une quarantaine de cartons de livres. La plupart n'avaient guère d'intérêt : je n'ai donc pris que les volumes des audiences de la Cour de session – environ cent cinquante ouvrages, à la reliure juridique assez quelconque. Je les vendrai en vrac sur eBay. Des reliures comme celles-ci se vendaient autrefois autour de 300 £ le mètre : je suis curieux de voir combien celles-ci rapporteront. Il y en a sept mètres en tout.

Les relents caractéristiques du Brut de Fabergé de Patrick qui Pue flottaient dans la boutique à mon retour. J'ai eu la chance de le rater de peu.

Montant dans la caisse : 269,99 £
24 clients

LUNDI 28 AVRIL

Commandes en ligne : 4
Livres trouvés : 4

Peu après l'ouverture du magasin, j'ai reçu un coup de fil au sujet d'un ouvrage commandé en ligne : il était bien arrivé samedi mais la cliente n'en était pas satisfaite, parce que les cinq dernières pages étaient déchirées. « J'ai un problème avec les livres aux pages déchirées, ça me file les chocottes. Je peux vous le renvoyer ? » J'ai accepté de mauvaise grâce de la rembourser.

À 16 h 30, un homme avec moustache et casquette de baseball m'a lancé : « Vous ne vendez quand même pas des livres ! » avant d'éclater de rire.

Montant dans la caisse : 92,96 £
13 clients

MARDI 29 AVRIL

Commandes en ligne : 3
Livres trouvés : 2

La Maltaise qui était venue au mois de mars (et s'était plainte qu'il n'y ait pas de bouquiniste à Malte) est entrée dans la librairie pour se présenter. Elle s'appelle Tracy, et si elle se trouvait dans le coin la dernière fois, c'était pour passer un entretien d'embauche dans la Salle des balbuzards pêcheurs avec la RSPB, la Société britannique de protection des oiseaux, qui cherchait une chargée de communication. Depuis six ans, un couple de balbuzards vient nicher juste à l'entrée de Wigtown, et l'accueil de la RSPB, dans les anciens bâtiments du comté, diffuse en direct une vidéo du nid. Tracy va travailler pour eux tout l'été

– même si l'on peut se demander ce qu'elle va faire exactement, étant donné que personne n'a vu les balbuzards cette année.

Trois clients, en passant le seuil de la porte, se sont plaints de ne rien voir dans le magasin, parce qu'il faisait tellement beau dehors que leurs yeux ne parvenaient pas à s'habituer au changement de luminosité. J'entends assez souvent cette remarque – généralement prononcée sur un ton laissant supposer que je suis personnellement responsable du mouvement réflexe de l'iris de mes clients.

J'ai profité du calme de l'après-midi pour finir *Le Troisième Policier*.

Montant dans la caisse : 121,98 £
12 clients

MERCREDI 30 AVRIL

Commandes en ligne : 0
Livres trouvés : 0

Katie travaillait aujourd'hui. Elle a passé la majeure partie de la journée à étiqueter de nouveaux ouvrages et à les ranger sur les étagères.

J'ai allumé le poêle dans le magasin pour la dernière fois jusqu'au prochain automne. De mai à octobre, il fait suffisamment chaud dans la boutique pour que je n'aie pas besoin de faire du feu. En outre, les passereaux, martinets et hirondelles reviennent en mai, et les hirondelles nichent dans le bûcher. Je n'aime pas les déranger une fois qu'elles ont commencé à se reproduire.

Aucune commande ce matin, ce qui signifie généralement qu'il y a un problème avec Monsoon. Je leur ai envoyé un e-mail. Avec un peu de chance, ils vont réparer tout ça.

Un client m'a apporté une collection d'ouvrages sur la Birmanie qu'il souhaitait vendre – une cinquantaine de titres. Il a décliné mon offre de 85 £.

Après le déjeuner, je suis allée à Dumfries chercher Anna, qui revient assister au Festival de printemps. Elle ne supporte pas de rater le moindre événement se déroulant à Wigtown. Je la soupçonne parfois d'être aussi impatiente de revoir le chat que de me retrouver, vu les attentions qu'elle lui prodigue.

En revenant de Dumfries, nous sommes tombés sur un client qui voulait savoir si nous vendions d'anciens volumes de *La Revue écossaise*. Je lui ai répondu par la négative, ce qu'il a considéré, pour une raison que j'ignore, comme le signal qu'il pouvait m'expliquer – en long, en large et en travers – quels numéros il cherchait et pourquoi.

Juste avant la fermeture, j'ai vérifié ma boîte de réception et trouvé un e-mail de Rob Twigger m'informant qu'il débarquait chez moi demain pour quelques jours.

Montant dans la caisse : 147,50 £
14 clients

MAI

> Il serait faux de dire que les hommes ne lisent pas de romans, mais ce qui est vrai, c'est qu'il y a des pans entiers de la littérature de fiction qu'ils se gardent bien d'aborder. Très schématiquement, ce que l'on pourrait appeler le « roman moyen » – le bon mauvais roman, genre Galsworthy coupé d'eau, qui représente le parangon de la littérature romanesque anglaise – semble n'exister que pour les femmes. Les hommes lisent soit des romans pour lesquels on peut avoir une véritable estime, soit des histoires policières, dont ils font alors une consommation effrayante.
>
> George ORWELL
> « Quand j'étais libraire ».

Malgré le succès de l'adaptation TV de *La Dynastie des Forsyte*, les livres de la catégorie « Galsworthy coupé d'eau » évoqués par Orwell sont complètement négligés par les clients actuels. Quant à Jeffery Farnol, Dennis Wheatley, Warwick Deeping, O. Douglas et la baronne Orczy – si avidement lus pendant leur heure de gloire –, ils ne servent plus aujourd'hui que de réceptacles à la poussière et de tombeaux pour les mouches. S'agissant du penchant féminin pour la fiction, le cliché d'Orwell concernant le beau sexe est encore d'actualité ; mais affirmer que seuls les hommes « lisent [...] des romans pour lesquels on peut avoir une véritable estime » semble pour le moins anachronique à nos yeux. Mes propres goûts lui auraient sans doute paru singuliers : j'ai une préférence pour la fiction, à l'exception des romans policiers. La plupart des essais, à moins que le sujet ne me passionne (le Galloway, par exemple – je suis en train de lire *Les Montagnes du Galloway*, de Dan Love), me demandent pas mal d'effort de lecture, tandis qu'un bon roman a ce pouvoir unique de nous plonger dans un autre univers.

Généralement (tout du moins dans ma librairie), ce sont majoritairement des femmes qui achètent des romans, quand les hommes demandent rarement autre chose que des essais – une tendance corroborée par une expérience tout sauf scientifique que l'écrivain Ian McEwan a menée à Londres il y a quelques années : à l'heure du déjeuner, il est allé distribuer des exemplaires de l'un de ses romans dans un jardin public rempli de gens qui pique-niquaient. Presque tous ceux qui ont apprécié le geste étaient des femmes ; quant à ceux qui se sont montrés suspicieux, c'étaient essentiellement des hommes. Dans un article écrit pour le *Guardian*, McEwan en a tiré la conclusion suivante : « Quand les femmes arrêteront de lire, ce sera la mort du roman » – une opinion qu'Orwell, dans une certaine mesure, aurait sans doute approuvée. Il est difficile de prédire ce que les clients vont acheter – même s'il est troublant de voir le nombre d'hommes qui se précipitent d'instinct vers le rayon Chemin de fer.

Pendant le Festival du livre de Wigtown, ce sont toujours les manifestations autour des essais qui attirent le plus de monde. La poésie semble être le seul domaine qui n'intéresse personne – un bien triste constat, qui se reflète en librairie : les textes poétiques ne font guère tourner la boutique. Heaney, Hughes, Auden, Eliot, MacDiarmid, Wendy Cope et un petit nombre d'autres auteurs tirent leur épingle du jeu, mais les ouvrages de Tennyson, Cowper, Browning et Lowell ne quittent pas les étagères, et ne sont que rarement dérangés par la main d'un client curieux. Ces recueils sont autant de fossiles qui, un jour peut-être, seront déterrés et soigneusement époussetés par des paléontologues de la littérature.

JEUDI 1er MAI

Commandes en ligne : 0
Livres trouvés : 0

Une fois de plus, aucune commande aujourd'hui, et toujours pas de nouvelles de Monsoon.

Nicky a débarqué dans la boutique parée de son surcot médiéval et d'un pantalon tellement jaune qu'on eût dit du jaune d'œuf soumis à un niveau critique de radiation. Elle m'a annoncé qu'elle allait arrondir ses fins de mois en transformant sa camionnette en boutique ambulante d'objets faits maison. Elle s'est volatilisée à l'heure du déjeuner pour réapparaître un peu plus tard avec un énorme morceau de champignon prélevé par ses soins sur un tronc d'arbre près du Poteau des Martyres, au pied de la colline de Wigtown. Elle a décrété qu'il était comestible, et qu'il s'agissait vraisemblablement d'un polypore soufré – avant de passer le reste de la journée à tenter de me convaincre d'y goûter. La seule chose dont je suis convaincu, c'est qu'elle essaie de me tuer.

Les équipes de Monsoon ont fini par répondre à mon e-mail : elles sont entrées à distance dans notre système et ont résolu le problème.

Au milieu de l'après-midi, Nicky et moi étions en pleine dispute au sujet de l'évolution – nous venions juste d'atteindre l'habituel « T'es peut-être un singe mais moi j'ai dépassé ce stade » – quand M. Deacon a fait son apparition. Il avait, semble-t-il, perdu son exemplaire du livre sur Charles II avant de l'avoir fini et voulait en commander un autre. À peine est-il reparti que nous avons repris notre dispute là où nous l'avions laissée.

Montant dans la caisse : 99,50 £
10 clients

VENDREDI 2 MAI

Commandes en ligne : 3
Livres trouvés : 3

Nicky travaillait à nouveau aujourd'hui. Quand j'ai ouvert la boutique, je suis tombé sur Twigger qui attendait dehors avec son sac. J'avais oublié de laisser l'une des portes ouverte avant d'aller me coucher : le pauvre avait dormi dans le jardin. Je me suis excusé. « T'inquiète pas, mon vieux. J'aime bien dormir à la belle étoile », a-t-il répondu.

Aujourd'hui, c'était le premier jour du Festival de printemps de Wigtown, organisé par l'association de libraires de la ville. Les événements se tiennent dans des magasins et de petits espaces accessibles à notre bourse, et le public est généralement constitué d'habitants de la région.

Nicky est retournée au pied de la colline chercher un autre morceau de polypore soufré et l'a fait frire dans la cuisine. Sera-t-elle encore en vie demain ? Twigger a lancé les paris.

Anna et moi avons passé les trois quarts de la journée à aménager le salon en vue d'un Dîner au whisky qui aura lieu à l'étage. Seize personnes ont réservé une place. C'est Maria – une Australienne qui a emménagé dans le coin avec mari et enfants il y a quelques années – qui se charge du repas. Lui est enseignant, tandis qu'elle dirige une entreprise de restauration. C'est une femme au caractère enthousiaste : tout est « formidable » à ses yeux, que ce soit vrai ou non. Les plats étaient excellents – de même que le whisky, que nous avons bu sans modération aucune.

Nicky a dormi dans le Lit du festival et m'a promis de gérer l'ouverture demain pour que je puisse faire la grasse matinée.

Montant dans la caisse : 182,49 £
13 clients

SAMEDI 3 MAI

Commandes en ligne : 4
Livres trouvés : 4

À 8 h 30, ne percevant aucun signe de vie émanant du rez-de-chaussée, je suis descendu ouvrir la librairie. Nicky dormait encore à poings fermés. Conséquence du Dîner au whisky d'hier soir, Twigger, Nicky et moi-même avons passé la matinée complètement patraques.

Après le déjeuner, je suis allé à Dumfries avec Anna chercher son amie Lola, qui travaille dans l'industrie cinématographique et, tout comme Anna, est une Américaine vivant à Londres. C'est une petite femme aux cheveux bruns, extrêmement spirituelle. Anna l'a présentée à son amie Diana – une autre expat' américaine qui habite Londres et travaille elle aussi dans le cinéma. Diana et Lola ont créé une société de production et souhaitent adapter le livre d'Anna en long-métrage. Sur le chemin du retour, nous nous sommes arrêtés au château de Threave, un donjon construit sur une île au milieu du fleuve Dee, auquel on accède en hors-bord. Érigé au XIVe siècle par un homme qui aimait se faire appeler Archibald le Sinistre, seigneur de Galloway, ce château était le fief des comtes « noirs » de Douglas. Avec ses pierres massives, il tient plus de la fortification que de la luxueuse demeure et a clairement été conçu comme tel.

En rentrant à la librairie nous sommes tombés sur Alex, mon beau-frère, qui devait faire un petit discours à 18 heures sur la construction d'une nouvelle distillerie de whisky. Alex travaille pour une entreprise nommée Adelphi, dont la stratégie, au moment de son lancement, a été de racheter aux distilleries tous leurs fûts de purs malts d'exception, puis de les embouteiller et de les vendre sous sa propre marque ; mais le patron d'Alex a décidé qu'ils avaient tout intérêt à produire leur propre whisky, si bien qu'ils viennent de bâtir une distillerie à Ardnamurchan, à l'extrémité ouest de la Grande-Bretagne. Pour quelqu'un d'apparence si timide, Alex s'est vraiment exprimé avec brio. De fait, son exposé a été une indéniable réussite – et les nombreux échantillons de whisky qu'il a généreusement distribués à la ronde n'ont pas peu contribué à cette impression.

Montant dans la caisse : 417,57 £
28 clients

DIMANCHE 4 MAI

Commandes en ligne : 3
Livres trouvés : 2

Quand j'ai tenté d'ouvrir la boutique, à 11 heures – Twigger avait une lecture à l'étage à midi –, j'ai découvert que le verrou ne marchait plus et que la porte était bloquée. On a bricolé des panneaux à la hâte, pour orienter les visiteurs vers l'entrée latérale, puis je suis allé à Newton Stewart acheter une nouvelle serrure à mortaise. J'ai passé presque tout l'après-midi à tenter d'ouvrir la porte sans l'abîmer, afin de fixer le nouveau verrou. Cela n'a guère été pour moi la journée la plus pro du Festival du printemps, ni la plus fructueuse ; mais la lecture de Twigger était excellente, et le public au rendez-vous. C'est Anna qui l'a présenté à l'auditoire et l'a remercié à la fin.

Anna et Lola ont passé cette belle journée de printemps à flâner dans la ville. Anna, qui avait tout de la guide touristique surexcitée, était manifestement ravie de montrer à Lola ses endroits préférés de Wigtown et des environs. Elle a totalement adopté la façon de vivre de la région, et s'est liée d'amitié avec bien plus de gens que je ne l'aurais imaginé. Il faut dire qu'elle a la chance de n'être absolument pas timide. L'un de ses autochtones préférés était un homme qui arpentait la ville en trombe sur un scooter pour handicapé immatriculé à son nom, « Gibby ». Elle a été bouleversée par sa mort il y a deux ans. En vérité, Anna s'est tellement immergée dans la vie locale que, comme la plupart des habitants de Wigtown, elle peut mettre vingt minutes à traverser la rue, selon les personnes qu'elle croise sur sa route.

J'ai commencé *Senshusei*, l'un des ouvrages de Twigger. Même si cela fait quelques années que nous nous connaissons, je n'ai jamais trouvé le temps de le lire.

Montant dans la caisse : 128,50 £
13 clients

LUNDI 5 MAI

Commandes en ligne : 2
Livres trouvés : 2

Jour férié.

Nicky a travaillé aujourd'hui pour qu'Anna et moi puissions nous occuper de Lola. Nous avons déjeuné tous les trois chez Margie, puis avons préparé un gigot d'agneau pour dix amis qui venaient dîner ce soir. Margie est une universitaire de Cambridge qui s'est installée à Wigtown il y a deux ou trois ans. Elle est néerlandaise et a deux filles – toutes deux des sommités dans leurs domaines scientifiques respectifs. Margie vivait dans le Galloway quand ses filles étaient petites, avant de s'installer à Cambridge. Si elle est de retour, c'est – en partie – grâce au livre d'Anna. Margie est vraiment l'une des personnes les plus intéressantes de Wigtown : en plus d'être incroyablement futée, elle est drôle, irrévérencieuse, et généreuse à l'excès.

Tracy m'a dit qu'elle avait vu des passereaux pendant sa pause. Le printemps est arrivé.

Twigger est reparti dans le Dorset à 22 heures.

Encore une soirée prolongée, à carburer au vin rouge et au whisky qui restait de la conférence d'Alex samedi dernier.

Montant dans la caisse : 106,99 £
13 clients

MARDI 6 MAI

Commandes en ligne : 3
Livres trouvés : 3

C'est Norrie qui a tenu la boutique, parce que Nicky, tous les mardis, va toquer chez les gens pour leur parler de Jésus. Anna et Lola voulaient assister à une vente aux enchères, alors je les ai emmenées à Dumfries. Anna est revenue avec deux cartons remplis de cochonneries – sa moisson habituelle. J'ai longuement discuté avec Angus le sous-marinier de l'absence notable de Dave le Chapeau, qui ne manque pourtant jamais une vente. Nous avons bâti les hypothèses les plus folles sur ce qui avait bien pu lui arriver. Anna, Lola et moi sommes allés déjeuner, avant de nous promener en ville et de faire un petit saut au château de Caerlaverock. À 17 heures, nous avons déposé Lola à la gare et sommes rentrés à la maison.

Au courrier, parmi les habituelles factures et réclamations d'argent, se trouvait le livre de M. Deacon.

Montant dans la caisse : 120,50 £
13 clients

MERCREDI 7 MAI

Commandes en ligne : 8
Livres trouvés : 7

À l'heure du déjeuner, j'ai laissé un message sur le répondeur de M. Deacon, pour lui dire qu'il pouvait passer chercher son livre quand il le voulait.

Montant dans la caisse : 140,01 £
18 clients

JEUDI 8 MAI

Commandes en ligne : 4
Livres trouvés : 4

Un client sympathique et bavard a engagé la conversation. Il souhaite se défaire des ouvrages sur l'histoire maritime de son oncle, entreposés à Glasgow, dans un appartement du West End. J'irai y faire un saut la semaine prochaine.

M. Deacon est venu chercher son livre à 15 heures. Quand il est reparti, j'ai remarqué qu'il lui manquait sa chaussure gauche.

Montant dans la caisse : 180,83 £
19 clients

VENDREDI 9 MAI

Commandes en ligne : 2
Livres trouvés : 2

Un client patientait devant la porte avec deux cartons quand j'ai ouvert ce matin. Ils ne contenaient que des livres des éditions Penguin, et la plupart étaient des polars à la couverture verte, qui sont de loin les plus susceptibles de se vendre. Je les ai achetés 60 £. Nicky a surgi dix minutes plus tard et s'est montrée curieuse de savoir combien je les avais payés. Je lui ai demandé de deviner : elle a rapidement examiné le contenu des cartons et répondu 20 £.

Cette semaine, la surprise du Vendredi gourmand était une génoise industrielle périmée, en forme de damier bicolore et enrobée de pâte d'amande. Nous avons passé la journée à évaluer le prix des Penguin, à les ranger – et à nous chamailler sur le crédit à accorder aux prix pratiqués par Amazon quand nous étiquetons nos ouvrages. Nicky est convaincue que nous devons les vendre moins cher que sur le site ; quant à moi, j'estime que la plupart des gens comprennent que nos prix ne peuvent pas toujours être plus compétitifs que ceux d'Amazon, étant donné nos frais généraux.

Montant dans la caisse : 192 £
14 clients

SAMEDI 10 MAI

Commandes en ligne : 6
Livres trouvés : 6

Le frai de grenouille dans la mare a complètement disparu, remplacé par des centaines de minuscules têtards.

Montant dans la caisse : 170,70 £
14 clients

LUNDI 12 MAI

Commandes en ligne : 5
Livres trouvés : 3

Après le déjeuner, j'ai été abordé par un homme en K-Way affligé d'un terrible zézaiement. Il est venu de mon côté du comptoir et, dans cette embarrassante proximité, m'a lancé : « Alors, c'est quoi, votre spécialité ? », à quoi j'ai répondu : « Les livres » – ce qui, j'en conviens, n'était pas très futé de ma part. Comme on pouvait s'y attendre, il m'a jeté un regard froid avant de répliquer : « Pas la peine de faire le malin. » M'entêtant sans raison à lui répondre de manière idiote, je me suis alors exclamé : « Peut-être bien que si ! » Inutile de dire que la conversation ne s'est pas bien terminée. En fait, l'homme est devenu tellement odieux que j'ai dû faire valoir ma supériorité hiérarchique et contraindre Nicky à s'occuper de lui.

Montant dans la caisse : 84,50 £
14 clients

MARDI 13 MAI

Commandes en ligne : 5
Livres trouvés : 5

À l'évidence, nous avons un problème avec AbeBooks, car toutes les commandes du jour venaient d'Amazon. J'ai vérifié sur le site : notre stock référencé sur AbeBooks est passé de dix mille à quatre cent cinquante livres. Je leur ai envoyé un e-mail pour savoir quel était le problème. La perte, en termes de ventes, doit avoisiner les 100 £ par semaine. AbeBooks est le meilleur endroit pour vendre des ouvrages qui ont de la valeur, et le panier d'achat moyen de nos clients sur ce site tourne autour des 30 £ – soit l'équivalent de six ventes par le biais d'Amazon.

Deux couples de passereaux ont commencé à faire leurs nids, l'un dans la ruelle entre la librairie et la maison voisine, l'autre dans le bûcher.

À midi, un client a attaché son terrier qui aboyait à l'un des bancs installés devant la boutique, puis est entré feuilleter des livres en compagnie de sa femme. Une heure plus tard, le chien jappait toujours. Ses maîtres n'ont rien acheté. Peu après leur départ, un homme arborant ce qui semblait être un coquetier scotché sur l'œil gauche m'a demandé si j'avais des ouvrages sur la « numérologie ». J'ai dû lui demander de quoi il s'agissait.

Montant dans la caisse : 107,99 £
12 clients

MERCREDI 14 MAI

Commandes en ligne : 3
Livres trouvés : 2

À 11 heures, une cliente s'est approchée du comptoir, les bras remplis de livres sur le chemin de fer destinés à son mari. Tout en payant elle m'a dit : « N'épousez jamais un cheminot ! » – comme si j'avais déjà pu sérieusement réfléchir à la question.

Voici ce que j'ai trouvé dans la boîte de réception de mes e-mails ce matin :

> Cher propriétaire de la plus prestigieuse librairie d'Écosse,
> J'espère que vous allez bien.
>
> Je suis un auteur de fantasy et d'histoires paranormales non lié aux grosses maisons d'édition. Trois de mes livres électroniques sont actuellement disponibles et je viens de faire paraître une nouvelle fiction courte, jaillie de l'endroit sur lequel j'aime écrire par-dessus tout, l'océan. Oui, je fais partie de ceux qui croient en l'existence des sirènes, ou, comme j'aime à les appeler, les asperini. Ce roman, *La Reine Blanche*, est le premier d'une mini-série intitulée *Par-delà les vagues infinies*, dans laquelle plusieurs tributs [*sic*] d'asperini luttent pour un avenir plus sûr, quand elles s'aperçoivent que les créatures océaniques de tous les mondes existants, grandes et petites, vont bientôt disparaître parce qu'il y a de moins en moins de planctonium. La plupart de ces tributs pensent que la clé de leur survie est de quitter totalement les océans et de vivre sur terre au milieu des humains, ou, comme elles les appellent, les nghozas. La seule façon d'y parvenir est de s'accoupler avec eux et de devenir elles-

mêmes des nghozas. Certaines asperini ne croient pas à cette manœuvre et, comme Morg, se mettent en quête d'une autre solution.

Morg est contrainte de s'accoupler avec un nghoza mais elle a la chance d'avoir avec elle un ami d'avec son père qui l'aide à s'enfuir. Elle sait où sont les autres asperini et se dépêche de les rejoindre, sans trop savoir ce qu'elles pensent de cette histoire d'accouplement avec les nghozas. À sa plus grande joie, elle est acceptée dans une famille, mais quand sa tribut d'avant arrive, elle est obligée de s'enfuir. Avant de s'en aller avec le jeune mâle de la famille, elle apprend l'existence de la Reine Blanche, une sirène (une lighpur), capable de voir les grandes choses qui les attendent et qui est peut-être la clé de la survie de toutes les asperini. Morg et Ethos, ensemble, se dirigent vers le sud pour aller voir la mystique lighpur.

Je m'arrête là pour l'instant, mais si vous voulez en savoir plus n'hésitez pas à me demander.

Je vous écris aujourd'hui parce que je serais très intéressé par une lecture dans votre magasin et que j'envisage de faire une tournée promotionnelle pour présenter mon livre, ce qui veut dire que je pourrais être dans votre coin le vendredi 19 septembre 2014. Est-il possible de prévoir un événement à ce moment-là ? Si j'ai laissé ce message trop tard pour cette date, je comprends, alors dites-moi je vous prie ce qui vous convient le mieux. Enfin si vous accueillez des auteur [*sic*] inconnus comme moi, bien sûr.

J'apporterai mes propres exemplaires à l'événement pour les dédicaces après la lecture et bien sûr, si vous voulez en acheter pour votre librairie, je pourrai vous en laisser des exemplaires avec droit de retour et 35 % de remise sur le prix public le plus bas. Je les vends grâce au système d'impression et de vente à la demande d'Amazon à 4,99 £, et sur un autre site de publication à compte d'auteur à 5,99 £, ils ne m'autoriseront pas à le vendre moins cher étant donné nombre de pages.

Dans l'attente de vous rencontrer,
Bien cordialement

Sandy le païen tatoué m'a apporté trois bâtons de randonnée et les a échangés contre trois livres.

Montant dans la caisse : 324,47 £
29 clients

JEUDI 15 MAI

Commandes en ligne : 2
Livres trouvés : 2

Il faisait beau et chaud aujourd'hui.

L'homme qui a écrit *Le Guide Observer des guides Observer* est venu se plaindre que notre stock de guides Observer – de petits ouvrages thématiques de vulgarisation – était moins fourni qu'avant. Après un bref décompte, j'ai calculé que nous en avions environ cent cinquante.

Nicky a tenu la boutique aujourd'hui, pour que je puisse emmener Anna à la gare de Dumfries. On s'est arrêtés à Gatehouse pour déjeuner au Galloway Lodge avec Carol-Ann et Ruaridh. Le Galloway Lodge est une vaste salle de restaurant tenue par Ruaridh lui-même. Nous sommes amis depuis l'enfance – bien qu'il soit perpétuellement grossier et insultant à mon égard, et l'ait toujours été. Quand je suis revenu à la librairie, à 16 h 30, Nicky était en train de subir le laïus d'une cliente qui se vantait d'avoir appris à son chat à se servir des toilettes à la manière d'un humain – il allait même jusqu'à tirer la chasse. Le visage de Nicky offrait un extraordinaire mélange de fascination et de mépris.

Montant dans la caisse : 75,50 £
9 clients

VENDREDI 16 MAI

Commandes en ligne : 3
Livres trouvés : 2

Une fois de plus, le temps était superbe aujourd'hui. Nicky est venue travailler.

Après le déjeuner, je me suis rendu à Glasgow pour examiner la collection sur l'histoire maritime dont m'a parlé l'un de mes clients la semaine dernière. L'air était chaud, le soleil resplendissait dans le ciel, et la demeure se trouvait dans une avenue géorgienne qui avait fort belle allure, dans le quartier du West End. David, ainsi qu'il s'est présenté, m'a ouvert la porte et guidé vers le splendide salon du premier étage, inondé d'un soleil printanier. Les livres, dont je ne voyais que le dos, occupaient une vingtaine de cartons posés à même le sol. Tandis que je commençais à les parcourir, David m'a appris que feu son oncle était officier de marine pendant la guerre et avait passé sa vie à réunir cette collection. Il m'a aussi précisé que sa femme et lui avaient acheté cet appartement plusieurs années auparavant, quand on lui avait proposé un poste que – selon ses propres termes – « il eût été malvenu de refuser ». J'ai prélevé les meilleurs ouvrages du lot et lui ai fait un chèque de 700 £.

J'ai profité de ce petit voyage à Glasgow pour aller dans un grand magasin m'acheter une nouvelle paire de chaussures. Je me suis garé dans le parking aérien de Mitchell Street, mais ma camionnette était à la limite de la hauteur autorisée : au moment où j'en suis ressorti (pourvu d'une nouvelle paire de chaussures en cuir marron), le bras de la barrière s'est bien levé pour me laisser passer, mais – sans doute programmé pour des véhicules plus petits – a commencé à s'abaisser avant que la camionnette ne soit de l'autre côté : une chaîne de la barrière s'est accrochée à ma portière arrière, entraînant avec elle tout le bras du portillon. Heureusement, il est tombé par terre dans Jamaica Street, avant que je n'atteigne l'A77.

En novembre 2001 – cela ne faisait pas un mois que je tenais la librairie –, un vieil homme a parcouru les ouvrages du rayon Histoire maritime, puis s'est approché du comptoir et m'a lancé : « C'est pour quand, le feu de joie ? » Perplexe, je lui ai demandé ce qu'il voulait dire par là. Il m'a répondu : « Vos livres. J'ai jamais vu une camelote pareille. Tout juste bonne à être brûlée dans le jardin. » C'était la première fois que je rencontrais un client d'une telle grossièreté, et à cette époque-là j'étais encore empli de doutes concernant ce magasin, ces livres, ce que je faisais de ma vie. Heureusement, un client qui avait assisté à la scène a deviné ma gêne et s'est interposé pour lui dire : « À vrai dire, c'est le meilleur rayon d'histoire maritime que j'aie jamais vu dans une librairie. S'il ne vous plaît pas, vous feriez sans doute mieux de partir. » Et c'est ce qu'il a fait.

Montant dans la caisse : 127 £
11 clients

SAMEDI 17 MAI

Commandes en ligne : 3
Livres trouvés : 3

Fiona, qui tient la boutique d'à côté, est arrivée ce matin légèrement paniquée pour me dire qu'ils avaient besoin d'une tente en plus, pour une démonstration prévue lors du Festival de cuisine qui a lieu ce week-end. Heureusement, je possède un petit chapiteau démontable, que j'avais acheté pour un événement organisé dans mon jardin l'été dernier.

Nicky et moi avons parcouru la liste des membres du Club du livre aléatoire qui se sont abonnés en avril l'année dernière et n'ont pas renouvelé leur adhésion, malgré le courrier de relance que nous leur avons adressé le mois dernier. Le club se réduit à nouveau : il ne compte plus que cent trente-sept membres. Après avoir fait le tri entre les gens encore abonnés et ceux qui ne l'étaient plus, nous avons préparé les colis du mois et nous sommes occupés des frais de port.

Nicky venait tout juste de se volatiliser pour sa pause déjeuner quand Patrick qui Pue a surgi. Elle doit avoir le nez suffisamment affûté désormais pour repérer la progression du Brut de Fabergé et être prévenue de son arrivée, ce qui lui laisse le temps de s'enfuir. Déçu de l'avoir manquée, il s'est tourné vers moi à contrecœur. D'après ce que j'ai compris, il doit être hospitalisé la semaine prochaine pour une opération de la hanche.

Un Irlandais du Nord – un vieil homme en pull bleu sans manches – s'est approché de la caisse avec deux ouvrages et m'a lancé : « Qu'est-ce que vous pouvez me faire comme remise pour ceux-là ? » Le tout s'élevant à 4,50 £, je lui ai répondu que je ne pouvais absolument pas lui accorder de ristourne sur des ouvrages déjà moins chers que les seuls frais de port d'Amazon. Il l'a admis à contrecœur avant de marmonner : « Eh bien, j'espère que vous serez encore là la prochaine fois que je passerai dans le coin. » Au ton de sa voix, il était difficile de savoir s'il insinuait qu'en refusant d'accorder des remises sur des sommes telles que 4,50 £ je ferai fuir tous mes clients et serai contraint de fermer boutique, ou s'il était sincère et espérait que la librairie survivrait à ces temps difficiles.

Montant dans la caisse : 119 £
19 clients

LUNDI 19 MAI

Commandes en ligne : 5
Livres trouvés : 5

Un client est arrivé à 10 heures et m'a demandé si nous avions des ouvrages sur les noms de famille en Écosse. Je l'ai orienté vers l'ouvrage de Black, *Les Patronymes écossais*. Il y a jeté un coup d'œil, puis a conclu que c'était « trop détaillé ». Quand il est reparti, il n'y avait plus aucun client dans la boutique, alors je suis allé à la poste demander à Wilma si elle pouvait m'envoyer le facteur dans la journée. William, le revêche Irlandais du Nord, a complètement ignoré mon « Bonjour William. Belle journée, n'est-ce pas ? »

À mon retour, un jeune couple attendait devant le comptoir avec deux cartons remplis de livres de littérature contemporaine en parfait état. C'étaient de jeunes mariés qui emménageaient dans leur premier appartement commun, et ils étaient convenus que chacun se séparerait de la moitié de ses ouvrages. Un charme désuet émanait de la situation. J'ai acheté leurs livres 45 £.

Un client s'est approché de la caisse avec deux ou trois livres à la main, notamment un fac-similé très défraîchi de la première édition des poèmes de Burns. Le tout s'élevait à 14,50 £ – somme qu'il a payée sans marchander. Je lui ai demandé s'il voulait un sac, à quoi il a répondu : « C'est probable. » Je crois bien que c'est la première fois qu'on me fait cette réponse.

Le facteur est passé juste avant 17 heures chercher les cinq sacs de livres aléatoires.

Montant dans la caisse : 110,99 £
15 clients

MARDI 20 MAI

Commandes en ligne : 5
Livres trouvés : 5

Encore une belle et chaude journée. Comme Nicky était là, je suis allé faire du vélo avec Callum dans l'après-midi, sur les pistes de VTT de la forêt de Kirroughtree, à douze ou treize kilomètres de Wigtown. Nous sommes parvenus à achever sans encombre le circuit rouge, ce qui était loin d'être le cas lors de nos premières sorties sur ce parcours, il y a plusieurs années de ça. Au cours de nos dix premières tentatives, l'un de nous deux – si ce n'est les deux – finissait toujours par percuter un arbre, ou évaluait mal un virage et tombait tête la première dans le fossé.

Montant dans la caisse : 217,50 £
16 clients

MERCREDI 21 MAI

Commandes en ligne : 6
Livres trouvés : 5

Toutes les commandes du jour provenaient d'Amazon – notamment une première édition d'un Patricia Wentworth qui aurait dû partir à 50 £ mais s'est vendu 4 £. L'écart ne cesse de se creuser. C'est la faute d'un logiciel intégré à Monsoon, réglé pour s'aligner sur le prix le plus bas d'Amazon. Quand nous avons enregistré notre exemplaire, c'était le moins cher du marché ; mais son prix a diminué par la suite pour rejoindre celui d'un autre exemplaire, vendu moins cher que le nôtre. De temps à autre, dans l'espoir de faire une bonne affaire, certaines personnes mettent en ligne de faux catalogues d'ouvrages onéreux qu'ils souhaitent acquérir, en leur conférant des prix ridiculement bas ; puis ils attendent que le logiciel fasse ses petits calculs, et que le prix de l'exemplaire d'une liste non truquée s'aligne sur celui de la liste fantôme qu'ils ont eux-mêmes établie. Ils n'ont alors plus qu'à acheter le livre, avant de retirer leur fausse liste du serveur.

Un client qui venait d'acheter le journal de Pepys a lu la citation d'Einstein inscrite à l'avant du comptoir (« Seules deux choses sont infinies, l'univers et la stupidité humaine. Et encore, je ne suis pas sûr de la première ») et m'a lancé : « Einstein a vraiment dit ça ? » Nombreux sont ceux qui la jugent apocryphe, semble-t-il.

Après le travail, je me suis assis dans le jardin et j'ai regardé les passereaux et les hirondelles descendre en piqué et faire des loopings.

Montant dans la caisse : 309 £
15 clients

JEUDI 22 MAI

Commandes en ligne : 4
Livres trouvés : 4

La première cliente était une Australienne. Elle avalait tellement ses mots que je n'arrivais pas à savoir si elle cherchait des livres cochons ou des livres sur les cochons. Ce n'est qu'après lui avoir indiqué le rayon Littérature érotique que j'ai compris qu'elle cherchait des contes pour enfants du genre *Trois Petits Cochons*.

Les clients qui entrent pour la première fois dans la boutique ont tendance à se mouvoir de manière étrangement lente, comme s'ils s'attendaient à ce qu'on leur reproche d'avoir pénétré dans une zone interdite ; et quand ils choisissent de s'immobiliser, c'est systématiquement dans l'embrasure d'une porte. Ce qui, bien sûr, est extrêmement contrariant pour quiconque se trouve derrière eux – et comme il s'agit généralement de moi, je vis dans un état de perpétuel agacement. Selon les anthropologues, quand l'être humain se trouve au seuil d'un espace qu'il ne connaît pas, il a le réflexe de s'arrêter et de regarder autour de lui, en quête d'un possible danger – même si je me demande quel genre de danger peut bien rôder dans une librairie, si ce n'est un libraire exaspéré et prêt à mordre celui ou celle qui lui bloque le passage.

Deux clients m'ont demandé où étaient passées les spirales qui encadraient l'entrée de la librairie. Il s'agissait de deux grandes colonnes de livres empilés en colimaçon et recouverts de résine. L'an dernier, des gosses ont tenté de mettre le feu à l'une d'elles – en vain, car la résine a fini par craqueler, et la pluie s'est infiltrée à l'intérieur. J'ai demandé à Norrie d'en fabriquer deux autres pour le festival de septembre, en béton cette fois-ci.

Montant dans la caisse : 324,49 £
20 clients

VENDREDI 23 MAI

Commandes en ligne : 5
Livres trouvés : 4

La journée, froide et grise, était tout sauf printanière. La radio de la librairie, réglée sur la BBC 3, fonctionne de manière variable selon les conditions atmosphériques : quand il y a de l'humidité dans l'air, elle ne parvient plus à capter cette station. Aujourd'hui, elle est restée presque totalement mutique, ne diffusant de temps à autre que quelques secondes de Mahler ou de Chostakovitch.

Nouvelle invasion de cyclistes septuagénaires en Lycra ce matin : la plupart ont acheté un livre ou deux et m'ont complimenté sur la boutique et les livres que je propose.

Après leur départ, un client est venu me voir avec un livre, l'a ouvert, a pointé du doigt l'étiquette indiquant 40 £ puis s'est exclamé : « Combien il vaut, celui-là ? Certainement pas 40 £. » Je lui ai répondu que si, ce livre valait bien 40 £. Il l'a laissé retomber sur le comptoir. Le livre a rebondi et atterri sur le sol, ce qui a abîmé l'un des coins de la couverture. Le client l'a contemplé quelques secondes puis est reparti sans piper mot.

La plupart des ouvrages que j'ai vendus aujourd'hui proviennent de la collection de livres sur les trains achetée à Glasgow il y a quelques semaines. Je me demande si les fans du chemin de fer ont prévenu leur communauté que cette collection a atterri ici. Il m'est arrivé la même chose avec un lot d'ouvrages sur l'ornithologie que m'a vendu un collectionneur de Stranraer l'année dernière : pendant plusieurs semaines, des ornithologues amateurs ont défilé dans la boutique et, au bout de quelques jours à peine, j'étais rentré dans mes frais.

Montant dans la caisse : 281,99 £
18 clients

SAMEDI 24 MAI

Commandes en ligne : 4
Livres trouvés : 4

Il a fait beau et chaud toute la journée. Nicky est venue travailler. Elle a acheté sur eBay un lot de mille stylos à bille – d'affreuses petites choses rouges qu'elle s'obstine à apporter au magasin alors que j'en ai déjà toute une boîte de bien meilleure qualité. Il y en a en ce moment une dizaine qui traînent un peu partout dans la boutique. Je passe mon temps à les mettre à la poubelle, mais elle les récupère et recommence à les semer de tous côtés dans le magasin.

En apportant les sacs de courrier à Wilma, j'ai salué William et lancé une remarque sur le beau soleil qui brillait dans le ciel. Il m'a répondu : « Ouaip, la pluie va pas tarder. »

À 11 heures, dans le salon du premier étage, a eu lieu un exposé du professeur Ted Cowan sur Robert Service, le poète canadien. Comme c'est souvent le cas quand Ted donne une conférence, le public est venu nombreux. Il avait à peine commencé son discours que deux jeunes gens endimanchés sont entrés dans la boutique et m'ont demandé, avec l'accent américain, si nous avions *Le Livre de Mormon*. En les regardant de plus près, je me suis rendu compte qu'ils portaient des badges à leur nom, avec « L'Église de Jésus-Christ des saints des derniers jours » marqué dessus. Nicky, tel le chat quand un chien entre dans la pièce, n'a pas caché la méfiance qu'ils lui inspiraient. À peine étaient-ils hors de portée de nos voix que je l'ai entendu ronchonner : « J'aime point ces gens-là. Y z'ont vraiment de drôles d'idées ! »

Montant dans la caisse : 420,20 £
34 clients

LUNDI 26 MAI

Commandes en ligne : 6
Livres trouvés : 5

À 9 h 05, un client a essayé de me refourguer un carton de livres sur la science chrétienne. Il m'a précisé qu'une flopée de scientistes chrétiens avaient déjà examiné le lot et en avaient prélevé certains sans les payer. Il me racontait ça alors même qu'il essayait de me les vendre ; or si une bande de scientistes ne voulait pas de livres gratuits sur la science chrétienne, je n'allais certainement pas payer pour les avoir – sans même parler du fait qu'ils étaient couverts de poils de chat.

Plus tard dans la journée, un client à qui je demandais s'il désirait un sac m'a répondu : « Énormément. »

Ces derniers jours, j'ai vendu pour 400 £ d'ouvrages sur le chemin de fer, tous issus du lot acheté à Glasgow. Cela représente sans doute la moitié des livres écoulés la semaine dernière.

Montant dans la caisse : 408,88 £
46 clients

MARDI 27 MAI

Commandes en ligne : 3
Livres trouvés : 3

Tandis qu'un client, au rayon Nouveautés, feuilletait la réimpression par les éditions Birlinn de l'ouvrage de Barnard, *Les Distilleries de whisky du Royaume-Uni*, je me suis approché de lui pour disposer des livres sur les étagères et l'ai entendu chuchoter à sa compagne : « Moins cher sur Amazon. » Il n'a même pas eu la politesse d'attendre que je me sois éloigné.

Montant dans la caisse : 426,50 £
21 clients

MERCREDI 28 MAI

Commandes en ligne : 7
Livres trouvés : 3

Après le déjeuner, Alastair et Leslie Reid sont passés me dire bonjour. Ils vivent à New York, mais viennent tous les ans dans le Galloway profiter du printemps. Alastair est né dans le village de Whithorn, non loin d'ici, d'un père pasteur de l'Église d'Écosse. C'est un écrivain de très grand talent qui a désormais plus de quatre-vingts ans. À côté de son œuvre poétique, il écrit aussi pour le *New Yorker*. Ces dernières années, il a fini par apprécier à sa juste valeur ce qu'il appelle « son enfance dure comme de la pierre » dans le Galloway. L'accueil chaleureux de ses amis d'enfance et les odeurs printanières familières le ramènent à l'époque où son désir de voir le monde ne l'avait pas encore poussé à arpenter les quatre coins du globe. C'est grâce à lui que l'Europe a découvert la poésie de Neruda et de Borges. En dépit (ou peut-être à cause de) ses racines, il n'a jamais caché son aversion envers certaines caractéristiques de la vie écossaise. Dans l'introduction de l'un de ses livres, *De quel lieu*, il écrit ainsi : « Les deux poèmes intitulés "Déterrer l'Écosse" et "Spectres" incarnent le moment où j'ai réussi à accepter mon enfance dure comme de la pierre ; mais si je suis toujours hanté par certains paysages et certains cieux écossais, je ne me sens jamais chez moi dans la méfiance propre à son atmosphère humaine. »

Ces mots ont été écrits en 1987. Sa visite annuelle est probablement l'indice qu'il se sent davantage chez lui, dorénavant, dans « l'atmosphère humaine » écossaise. C'est un rituel printanier des plus agréables que de les voir, de les inviter à dîner, de boire du whisky avec eux, puis d'être invité à mon tour chez eux, au moins une fois au cours de leur séjour. J'ai beaucoup de chance de les connaître. Si Alastair a eu une existence incroyable et qu'il a bourlingué un peu partout, c'est parce qu'un jour, ainsi qu'il se plaît à le raconter, il a vu des Travellers – des nomades irlandais – passer devant le presbytère de Whithorn. Quand il a demandé à son père où ils allaient, celui-ci a répondu : « Ils n'en savent rien. » Il n'en fallait pas plus pour enflammer l'imagination d'Alastair, et j'ai dans l'idée qu'à n'importe quel moment de son existence, si on lui avait demandé où il allait, il aurait eu cette réponse : « Je n'en sais rien. »

Montant dans la caisse : 192 £
19 clients

JEUDI 29 MAI

Commandes en ligne : 5
Livres trouvés : 5

Un client vêtu d'un gilet de pêche et à la moustache trop bien peignée est arrivé à 9 h 15.

Il s'est penché par-dessus le comptoir et m'a demandé d'un ton pompeux si nous avions un rayon sur « la diplomatie britannique en Asie centrale », comme s'il était le gouverneur du Bengale en personne.

Un homme et une femme d'âge mûr ont acheté un livre sur la musique écossaise. Tout en payant, ils se sont étonnés du « prix élevé » d'un recueil de poésie de Stevie Smith en édition reliée qui valait 1 £ en 1970, au moment de sa publication, et que j'ai mis en vente à 6 £. Généralement, quand on me fait ce genre de remarque, j'essaie d'expliquer que tout ne perd pas de sa valeur à mesure que le temps passe, et que cette somme est très relative de toute façon. Si ce livre était publié aujourd'hui, il serait probablement mis en vente à 12 £, si ce n'est plus. Quand des clients l'accusaient de faire des bénéfices excessifs à leurs dépens, en vendant un pound tel ou tel livre valant autrefois une demi-couronne, John Carter (l'ancien gérant de la librairie) avait l'habitude de répondre : « Si vous avez encore sur vous des demi-couronnes, vous pouvez l'avoir pour une demi-couronne. » John a été très obligeant avec moi quand j'ai pris la relève : il m'a accompagné lors de mes premières transactions, et a passé un mois entier à m'apprendre les ficelles du métier. Parmi ses nombreux et précieux conseils figurait celui-ci : « Ma devise est la même que celle de l'armée romaine : SPQR : *small profit, quick return* – à prix bas, profits rapides. »

À 15 h 15, quatre Américains solidement bâtis sont arrivés, en quête de « bibles anciennes ». Je leur en ai montré plusieurs de diverses périodes historiques, dont une datant de 1644. Ils n'en ont acheté aucune, mais tous ont tenus à m'appeler « Monsieur ».

Montant dans la caisse : 271,49 £
13 clients

VENDREDI 30 MAI

Commandes en ligne : 3
Livres trouvés : 3

Journée très calme. J'ai passé presque tout mon temps à lire.

Montant dans la caisse : 114,98 £
12 clients

SAMEDI 31 MAI

Commandes en ligne : 3
Livres trouvés : 3

Nouvelle journée paisible dans la librairie. J'ai réétiqueté certains ouvrages du rayon Livres anciens, notamment une troisième édition (datant de 1774) de *Voyage en Écosse, 1769* de Thomas Pennant. Les livres narrant un périple en Écosse semblent avoir été très prisés au milieu du XVIIIe siècle.

Le voyage le plus connu – sans doute grâce à la réputation déjà bien établie de l'auteur et de son compagnon – est sans doute celui de James Boswell et de Samuel Johnson dans les Hébrides, en 1785. Pendant leurs déplacements, ils avaient toujours sur eux *Description des îles occidentales de l'Écosse*, de Martin Martin, qui date de 1703 – un ouvrage envers lequel Johnson se montrait (comme toujours) très critique. L'exemplaire du livre de Pennant vendu dans ma librairie provient d'une imposante demeure de l'Ayrshire, qui contenait une incroyable bibliothèque d'ouvrages de ce genre. Avec *En explorant toute l'île de Grande-Bretagne*, publié entre 1724 et 1726, Daniel Defoe a devancé Pennant et Boswell. Parmi les autres voyages en Écosse que je vends en ce moment au rayon Livres anciens figure un livre de Garnett datant de 1811 intitulé *Remarques sur un voyage dans les Highlands et les îles occidentales de l'Écosse*, accompagné de cartes et de magnifiques illustrations ovales gravées sur cuivre ; ainsi qu'un livre de Campbell de 1802, *Voyage depuis Édimbourg jusqu'à certaines régions du nord de la Grande-Bretagne*, lui aussi accompagné de belles gravures. La description des paysages, des gens et de leurs coutumes, ainsi que les illustrations d'époque, témoignent avec une incroyable précision de ce que devait être la vie à cette époque ; ces ouvrages sont donc non seulement de beaux objets, mais aussi des sources inestimables d'informations pour l'histoire sociale. C'est toujours un plaisir pour moi de dénicher de telles pépites.

J'avais prévu de faire un tour à vélo avec Callum après le travail, à 17 heures tapantes : j'ai donc commencé à verrouiller les portes à 16 h 55, pressé de fermer boutique, en racontant à la seule cliente du magasin – qui se trouvait alors dans la Salle écossaise – que je devais me rendre à une réunion importante. De mauvais gré, elle a regagné en traînant les pieds la pièce donnant sur la rue et s'est mise à feuilleter des livres de cuisine. Au moment où je recommençais à évoquer mon importante réunion, tout en essayant de l'entraîner vers la porte, Callum est arrivé d'un pas tranquille, vêtu de ce qui était de toute évidence une tenue de cyclisme, une pompe à vélo à la main, et s'est écrié : « Bon, alors, t'es prêt pour la balade ? » La femme est partie en mitraillant l'air de petits sons réprobateurs.

Montant dans la caisse : 179,48 £
24 clients

JUIN

> Dans une ville comme Londres, il y a toujours un bon nombre de fous non dûment catalogués comme tels qui se promènent par les rues, et ces fous échouent presque immanquablement dans les librairies, étant donné que c'est un des rares endroits où l'on peut s'attarder à loisir sans bourse délier. Au bout de quelque temps, on finit par repérer ce type d'individus rien qu'à leur allure. Car malgré leurs grands airs, il y a chez eux quelque chose de miteux et de hagard.
>
> George ORWELL
> « Quand j'étais libraire ».

Les choses ont un peu changé depuis l'époque d'Orwell. Peut-être le système de santé publique procure-t-il désormais un logement aux « fous non dûment catalogués comme tels » qui venaient le harceler dans sa librairie en ce temps-là ; peut-être ont-ils trouvé un autre moyen de distraction, tout aussi peu onéreux. Nous avons un ou deux clients réguliers à qui cette description pourrait parfaitement s'appliquer ; mais le type de client le plus fréquent aujourd'hui, c'est celui qui reste quelques minutes à peine dans la boutique avant de repartir les mains vides en s'exclamant : « Je pourrais passer des heures dans cette librairie ! » ; ou alors le jeune couple qui déniche l'endroit le moins commode des lieux pour y installer son landau vagissant et de la taille d'un char d'assaut avant de s'affaler, épuisé, dans les fauteuils qui encadrent le poêle chaud. De nos jours, quand les clients ont ces yeux « hagards », on peut être à peu près sûr que c'est parce qu'ils attendent que le pharmacien (trois portes plus loin) prépare leur ordonnance, ou que le garage de Wigtown les appelle pour leur dire que leur voiture a réussi le contrôle technique et qu'ils peuvent venir la chercher.

DIMANCHE 1er JUIN

Si Amazon semble profiter aux consommateurs, une multitude de personnes invisibles pâtissent des conditions dissuasives que la firme impose aux vendeurs : les auteurs ont vu leurs revenus s'effondrer au cours des dix dernières années, tout comme les éditeurs – ce qui veut dire qu'ils ne peuvent plus se permettre de prendre de risque avec des écrivains inconnus. Au bout du compte, cela nuit à la création elle-même, et les professions intermédiaires ont disparu. Amazon semble obsédée par l'idée d'égaler l'offre de ses concurrents, voire de vendre moins cher encore – au point qu'on se demande parfois comment elle peut bien en tirer profit. La triste vérité est la suivante : à moins que les auteurs et les éditeurs ne s'unissent pour résister au géant de la vente en ligne, le monde du livre finira complètement sinistré. Amanda Foreman a écrit un excellent article à ce sujet dans le *Sunday Times* aujourd'hui.

LUNDI 2 JUIN

Commandes en ligne : 3
Livres trouvés : 3

Comme on pouvait s'y attendre, Monsoon a une fois de plus fait des siennes aujourd'hui. Laurie est venue me filer un coup de main. Elle est étudiante à l'université Napier d'Édimbourg, lieu qu'elle vomit avec un mépris non dissimulé. Elle a déjà travaillé à la librairie l'été dernier et celui d'avant. Je l'ai réembauchée pour l'été qui vient – probablement pour la dernière fois avant qu'elle ne découvre le quotidien hideux de qui se met en quête d'un vrai travail.

Tracy, avec qui j'échange régulièrement mes impressions sur les clients, m'a rendu visite pendant sa pause déjeuner. Elle a franchi le seuil pile au moment où un homme posait un livre sur le comptoir. Quand j'ai pris l'ouvrage en main pour vérifier son prix, j'ai remarqué un vieux « 59 pence » écrit au crayon sur la première page, à côté de notre étiquette indiquant 2,50 £. Au cours de la querelle qui a suivi pour déterminer le bon prix, j'ai remarqué du coin de l'œil que Tracy ne pouvait s'empêcher de glousser. Quand le client, à contrecœur, a accepté mon prix et ajouté : « Je vais me débarrasser de ma petite monnaie », elle n'a pas pu se contenir et a éclaté de rire. L'homme a passé cinq minutes à faire l'appoint, en se servant uniquement de pièces d'un penny et de 2 pence.

Montant dans la caisse : 330,49 £
16 clients

MARDI 3 JUIN

Commandes en ligne : 2
Livres trouvés : 2

J'ai ouvert la boutique avec cinq minutes de retard parce que ma clé s'est coincée dans la serrure. Le premier client de la journée a posé sur le comptoir deux premières éditions de textes de Rider Haggard valant 8,50 £ chacune. Au moment même où je me disais : « J'aurais dû les vendre beaucoup plus cher », il m'a lancé : « Vous pouvez me faire les deux à 13 £ ? » Quand j'ai refusé de lui accorder la moindre remise, il m'a répliqué : « C'est toujours bien d'essayer, n'est-ce pas ? » – alors je lui ai dit que non, ce n'était pas bien d'essayer.

Après le travail, je suis allé dîner avec Alastair et Leslie Reid dans la petite villa de Garlieston qu'ils louent à Finn et Ella. Alastair a évoqué son premier voyage en Amérique, pour lequel il avait transité par Londres. Un maître de conférences à l'université de St Andrews, où il venait d'obtenir son diplôme, lui avait donné le numéro de téléphone d'un de ses amis vivant à Londres, nommé Tom. Alastair était arrivé dans la capitale à l'heure dite et avait appelé « Tom » pour savoir s'il pouvait l'héberger pour la nuit. Il s'est avéré que « Tom » était T. S. Eliot. Stewart Henderson, un autre ami présent au dîner, a alors demandé : « Il avait quoi, comme odeur ? », ce à quoi Alastair a répondu – sans réfléchir une seule seconde : « L'odeur d'une chaire d'église moisie, ce qui est exactement celle qu'il aurait voulu avoir. »

Plus tard, j'ai demandé à Stewart – qui est poète et présente des émissions sur Radio 4, notamment un best-of des meilleurs moments de la semaine – ce qu'il lui avait pris de poser cette question. Il m'a répondu qu'il avait un jour interviewé la dernière survivante d'une fanfare britannique qu'Hitler avait conviée pour un concert privé avant la Seconde Guerre mondiale. L'interviewée était une dame âgée qui ne comprenait manifestement pas que Stewart s'efforçait de lui arracher davantage que « oui/non » en guise de réponse. Finalement, en désespoir de cause, il avait choisi de lui poser la question suivante : « Il avait quoi comme odeur, Hitler ? » – ce qui avait ouvert les vannes de la confidence, et lui avait permis d'obtenir de la vieille dame toutes les informations qu'il pouvait espérer.

Montant dans la caisse : 125,38 £
19 clients

MERCREDI 4 JUIN

Commandes en ligne : 3
Livres trouvés : 3

C'était étonnamment calme aujourd'hui. J'ai donc eu le temps de sélectionner de nouveaux ouvrages dans les piles de cartons qui encombrent perpétuellement la boutique, d'en évaluer le prix et de les ranger. Étant donné le flot ininterrompu de livres qui déferle sur la librairie, nous devons batailler ferme pour garder les lieux propres et rangés – surtout qu'il nous faut désormais vérifier les prix sur Internet, pour savoir si un ouvrage vaut la peine d'être inscrit au catalogue. Tout le processus s'en trouve considérablement ralenti.

Le clou de la journée a sans conteste été l'arrivée de ma mère, qui serrait fiévreusement contre elle un livre que j'ai dû acheter il y a au moins six ans, à l'époque où j'entreposais les ouvrages nouvellement acquis dans la remise de mes parents. Je croyais avoir entièrement vidé la pièce, mais ma mère avait déniché un carton et s'était mise à farfouiller à l'intérieur : elle venait de découvrir une édition à tirage limité, numérotée et signée, de *L'Escalier en spirale* de W. B. Yeats. Le tirage n'était que de 642 exemplaires, dont 600 signés par Yeats. Il est rare de voir ma mère, qui ne s'intéresse guère aux livres, manifester autant d'enthousiasme ; mais ce n'était pas à cause de la valeur de l'ouvrage. C'était plutôt parce qu'elle avait entre les mains un livre que le plus célèbre poète de sa génération, originaire du même pays qu'elle, avait un jour manipulé lui aussi. J'ai passé le reste de la journée à me demander comment j'avais bien pu passer à côté de ce livre au moment de mon achat, et à tenter de me souvenir de sa provenance. En vain.

Montant dans la caisse : 157,48 £
20 clients

JEUDI 5 JUIN

Commandes en ligne : 2
Livres trouvés : 2

Vers 10 heures, Nicky et moi étions en train d'énumérer les risques qu'il y avait à prêter ses affaires quand un client nous a interrompus pour nous demander si nous avions un « cabinet d'aisance ». Après quelques échanges de regards perplexes, Nicky a brisé le silence pour annoncer : « Il y a un fauteuil confortable près du feu, si vous avez besoin de vous mettre à l'aise. » C'est dans des moments comme celui-ci que la présence de Nicky s'avère utile au-delà de toute mesure.

Patrick qui Pue a surgi, inondé, comme d'habitude, de Brut de Fabergé. Il marche désormais avec une canne, mais m'a assuré qu'il serait bientôt en pleine forme. Son entêtement à poursuivre Nicky est des plus réjouissants, surtout si l'on se souvient qu'elle n'a jamais répondu favorablement à ses avances, voire qu'elle lui a déjà expliqué en diverses occasions, et sans vraiment prendre de gants, qu'elle n'est en rien intéressée.

Je suis allé à Glasgow acheter quinze cartons de livres à un couple de retraités de Bearsden.

Montant dans la caisse : 115,50 £
10 clients

VENDREDI 6 JUIN

Commandes en ligne : 2
Livres trouvés : 2

Laurie a remplacé Nicky aujourd'hui, parce que celle-ci a déjà travaillé hier. Quant à moi, je suis allé pêcher sur la Luce. Je n'ai rien attrapé du tout, mais cette petite pause loin du magasin m'a fait beaucoup de bien. Eliot m'a informé par e-mail que le Bookshop Band serait dans la région à la fin de la semaine et qu'ils cherchaient un lieu pour donner un concert – à part ça, est-ce qu'il pouvait dormir chez moi quelques jours ? Je lui ai répondu que je serais ravi d'ouvrir dimanche pour permettre au groupe de jouer et qu'il était évidemment le bienvenu lui aussi.

Montant dans la caisse : 109,49 £
7 clients

SAMEDI 7 JUIN

Commandes en ligne : 2
Livres trouvés : 2

Laurie a géré la boutique toute la journée, qui s'est avérée belle et ensoleillée.

Sa première cliente a été une Galloise, venue en vacances dans la région avec dix cartons de livres écossais, dans l'espoir de les vendre. Son mari est allé les chercher dans leur voiture. Certains – peut-être un cinquième d'entre eux – n'étaient pas dénués d'intérêt, mais tous étaient dans un état déplorable. Tandis que je parcourais les trois premiers cartons, la femme a pris note des ouvrages que j'avais mis de côté – signe infaillible que quelqu'un avait surévalué leur collection. De temps à autre, elle en prélevait un et marmonnait : « Oh, oui, celui-ci est très rare », ou « Il a de la valeur », ou encore « C'est une première édition », comme si cela pouvait influencer en quoi que ce soit mon verdict. Quand elle s'est enfin tue, je lui ai proposé 60 £ pour une vingtaine de livres. Elle a répondu du tac au tac : « Oh non. Oh non non non non non » – à la suite de quoi j'ai quitté la pièce et suis allé me préparer du thé. Quand je suis revenu, cinq minutes plus tard, son mari et elle s'étaient volatilisés, ainsi que leurs ouvrages.

Eliot est arrivé à 16 heures et s'est immédiatement mis à l'aise, ce qui, comme d'habitude, a consisté à répandre dans toute la maison, et dans le rayon le plus large possible, le contenu de son nécessaire de voyage.

Montant dans la caisse : 128 £
20 clients

DIMANCHE 8 JUIN

J'ai ouvert la boutique à 14 heures, juste au moment de l'arrivée du Bookshop Band. Ils ont installé leur matériel et, à 15 h 30, ont commencé à jouer. C'était génial. Le groupe se compose de Ben, Beth et Poppy. Ils sont actuellement en tournée en Écosse et dans le nord de l'Angleterre, et Eliot les a convaincus de venir à Wigtown jouer dans ma librairie. Leur ami John les accompagne : il leur donne un coup de main pour installer les instruments. Leur truc en plus, c'est qu'ils jouent surtout dans des librairies, et que toutes leurs chansons parlent des livres qu'ils ont lus. La boutique était noire de monde pendant leur concert. Callum est venu, avec ses enfants. Dans la soirée, après le dîner, le vin et la bière se sont mis à couler à flots ; ils ont alors ressorti leurs instruments et entonné des chants folkloriques – la spécialité de John. Nous avons bu et chanté jusqu'à 3 heures du matin.

LUNDI 9 JUIN

Commandes en ligne : 3
Livres trouvés : 2

Me suis réveillé pour faire l'ouverture avec une gueule de bois d'enfer.

Sur Facebook aujourd'hui, il y avait un message haineux d'un homme nommé Paul :

> Nous avons croisé le fer par le passé et avant que vous ne me preniez de haut en m'expliquant ce que votre site est précisément censé dépeindre, n'oubliez pas qu'en raison de la vaste couverture d'Internet, vous êtes peut-être bien en train de faire plus de mal que de bien à votre commerce. Moi, par exemple, j'ai cessé d'aller dans votre librairie il y a quelques années, en raison de vos pitoyables posts sur Facebook, de votre ego gonflé à bloc et de votre arrogance. Je suis sincèrement convaincu que vous devriez cesser d'agir ainsi, étant donné qu'il s'agit de toute évidence d'une façon déloyale et puérile de vous montrer grossier dans le dos de vos clients. Grandissez un peu, bon sang, et trouvez-vous un passe-temps plus salutaire que celui-ci.

Dans la soirée, je suis allé boire un verre avec Eliot et Natalie McIlroy, l'une des artistes de la prochaine édition du festival, qui est là en résidence. Natalie a pour projet de trouver trente et un pommiers du Galloway – une variété de reinette originaire de la région – et de créer un verger intérieur dans un bâtiment vide de la grand-place. Elle souhaite donner les arbres aux gens lors d'une tombola, à la fin du festival. J'en ai déjà un dans mon jardin, qui produit énormément de fruits. Cette année, il y a trois artistes en résidence : Natalie, une femme nommée Anupa Gardner, qui fait de la peinture sur tissu, et Astrid Jaekel, qui nous a proposé l'année dernière une incroyable installation de silhouettes, derrière les fenêtres des anciens bâtiments du comté. Cette année, Astrid a créé des formes découpées dans du contreplaqué, qu'elle installera dans les vitrines des magasins. Astrid est allemande, mais elle a grandi dans la campagne irlandaise avant de retourner vivre en Allemagne. Elle mêle les deux accents de manière tout à fait singulière.

Parmi les ouvrages dénichés à Glasgow la semaine dernière figurait une collection de revues du Scottish Mountaineering Club, le club d'alpinisme écossais, qu'avec le recul je regrette d'avoir achetées. Elles sont presque impossibles à écouler, et les étagères du rayon Alpinisme en Écosse croulent déjà sous les textes de ce genre.

Montant dans la caisse : 294 £
17 clients

MARDI 10 JUIN

Commandes en ligne : 3
Livres trouvés : 2

Laurie travaillait aujourd'hui. Comme j'ai passé presque toute la journée dans le jardin, mon seul contact avec un client a eu lieu au moment de sa pause déjeuner, à midi et demi. Le client en question m'a lancé : « Vous avez des brochures sur l'histoire de la région ? », à quoi j'ai répondu : « Non, mais la Salle écossaise regorge d'ouvrages sur l'histoire locale. Je vous invite à aller y jeter un coup d'œil. » Il est reparti sur cette dernière remarque : « Oh, on s'en fiche des livres. Ce qu'on veut, ce sont des brochures gratuites. »

Le jardin derrière la boutique est étroit et tout en longueur – cinquante mètres de long sur sept mètres de large. Il semblerait qu'il ait servi de potager familial au début du XIXe siècle, pendant sa période de gloire ; cela signifie qu'il a été amendé à la chaux, et n'est donc guère propice à la culture des rhododendrons, magnolias et autres éricacées que personnellement j'aime faire pousser. Il y a bien un camélia qui semble en bonne santé et fleurit en avril, mais les fleurs brunissent en quelques jours et ne tardent pas à tomber.

Quand j'ai acheté la librairie, le jardin était rempli de rocailles et de conifères nains. Je les ai remplacés au fil des ans, et désormais, au printemps c'est un feu d'artifice de couleurs et de senteurs, dans lequel se mêlent gardénia, clématite odorante, glycine, viorne et laurier, ainsi que toutes sortes de plantes couvre-sol, d'arbres et d'arbustes de la région. À l'aide de pots et de terre de bruyère, j'ai même réussi à faire pousser des azalées et autres rhododendrons. C'est vraiment l'endroit que je préfère : en cette période de l'année, quand les journées sont longues et chaudes, s'asseoir dehors le soir est un plaisir à nul autre pareil. Les chauves-souris arrivent à l'heure du crépuscule, et c'est une véritable joie d'être assis sur le banc, un verre de whisky à la main, à les regarder voleter en tous sens et se découper contre la lumière déclinante du soleil. Un jour, l'une d'elles a volé si près de moi que j'ai senti le souffle de ses ailes contre mon visage, avant qu'elle ne s'éloigne en virevoltant. Les vieux habitants du Galloway les nomment *flittermice,* à savoir « souris volantes » – un terme que reconnaîtront certainement les amateurs de la *Fledermaus* de Strauss.

Montant dans la caisse : 184,89 £
19 clients

MERCREDI 11 JUIN

Commandes en ligne : 2
Livres trouvés : 2

Laurie a tenu la boutique aujourd'hui.

Pendant qu'elle prenait sa pause déjeuner, une cliente s'est mise à farfouiller dans un carton de livres non étiquetés et a déniché une édition Penguin du *Jour des Triffides* dans laquelle « 12 pence » avait été écrit au crayon – probablement par un brocanteur au cours des années 1970. Quand je lui ai annoncé que notre prix était de 1,50 £, elle a décrété que c'était « outrancier » et que si c'était comme ça elle « l'emprunterait à la bibliothèque, c'est tout ». J'ai comme dans l'idée qu'« être outrée » est le réglage de base de son logiciel personnel.

Après le déjeuner je suis allé à Dumfries chercher Anna, dont le train arrivait à 16 h 30. Nous étions de retour à 17 h 45.

Les œufs d'hirondelle sont maintenant éclos : trois dans un nid, quatre dans l'autre. Avec un peu de chance, les oisillons ne se feront pas tous dévorer par Captain.

Montant dans la caisse : 127,50 £
15 clients

JEUDI 12 JUIN

Commandes en ligne : 6
Livres trouvés : 5

Laurie a de nouveau travaillé aujourd'hui. Le temps était beau et ensoleillé, et Anna manifestement ravie d'avoir quitté Londres et d'être de retour dans le Galloway.

Mon père a téléphoné peu après l'ouverture pour savoir si j'avais envie d'aller à la pêche : j'ai donc passé la matinée sur un bateau en sa compagnie, à tenter d'attraper les truites de l'Elrig Loch. On a pris six ou sept truites brunes sauvages. L'Elrig est un lac situé à une dizaine de kilomètres de Wigtown. Gavin Maxwell, qui a passé son enfance dans les environs, en a livré une description dans *La Maison d'Elrig*. La maison en question appartient désormais à une famille nommée Korner, qui a quitté l'Europe dans les années 1930, quand la menace nazie prenait de l'ampleur. Par la suite, au cours de la Seconde Guerre mondiale, elle a accueilli l'artiste autrichien « dégénéré » Oskar Kokoschka, qui s'était enfui en 1938. La région regorge d'histoires sur Kokoschka offrant des croquis encadrés à des fermiers du coin et à d'autres personnes qui avaient fait preuve de bonté envers lui. Les bénéficiaires – incapables de comprendre le génie et la modernité de l'artiste – les auraient poliment acceptés avant de les jeter à la poubelle et de récupérer le cadre pour y mettre une photo.

Mon père et moi allons souvent pêcher ensemble. Dériver le long des berges de l'Elrig par une belle journée ensoleillée, quand une jolie petite brise fait onduler les flots, c'est franchement l'extase. Quand c'est la saison, on devient tous deux extrêmement attentifs à la météo : s'il fait assez chaud pour aller à l'Elrig, que le soleil n'est pas trop vif et que la brise est assez forte, on se retrouve au hangar à bateaux et on part pêcher la truite sur le lac. S'il a assez plu pour que l'eau de la Luce dépasse les trente centimètres de profondeur, on reste plutôt sur la berge pour pêcher le saumon ; et si les conditions météorologiques conviennent aux deux, on privilégie la rivière.

Mon père m'a emmené pêcher pour la première fois quand j'avais deux ans – âge auquel j'ai attrapé ma première truite. Évidemment, avec le recul, je sais que c'est mon père qui l'a attrapée, mais c'est moi qui l'ai remontée dans le bateau, et dès cet instant, tout comme la truite avait mordu à l'hameçon, je suis devenu complètement accro. Quand j'avais quatre ou cinq ans, j'insistais pour accompagner mon père à la rivière. Comme tout passionné de la pêche au saumon qui se respecte, il n'avait aucune envie qu'un gamin vienne lui casser les pieds et accapare son attention. Alors il me donnait une vieille canne ayant appartenu à son père et m'attachait à un arbre avec une longue ficelle : cela lui permettait de pêcher l'esprit tranquille pendant que je restais sain et sauf sur la berge à battre inutilement l'air de ma canne, convaincu que j'allais attraper quelque chose.

Après le déjeuner, de retour au magasin, j'ai découvert que la meilleure vente du jour était la chaise percée en acajou datant de l'époque géorgienne. Je l'ai achetée 80 £ aux enchères de Dumfries il y a une dizaine d'année, et m'en suis servi comme pot de fleurs amélioré pour une fougère de Boston qui, depuis lors, a vécu dans le salon du premier étage. Un jour, je ne sais plus pourquoi, j'ai décidé de me débarrasser de cet objet – peut-être parce que j'ai acheté quelque chose ayant moins l'allure d'un W.-C. pour ma fougère de Boston. La chaise percée a été vendue 200 £ à une femme charmante qui s'est montrée ravie de son acquisition. Nicky, qui se moquait sans relâche de cette chaise percée et croyait dur comme fer qu'elle ne se vendrait jamais, sera furieuse de se voir ainsi démentie.

Montant dans la caisse : 342,49 £
15 clients

VENDREDI 13 JUIN

Commandes en ligne : 2
Livres trouvés : 2

Nicky et Laurie étaient toutes les deux présentes aujourd'hui.

En arrivant, Nicky a regardé fixement l'espace vide laissé par la chaise percée : « Où est donc passé le truc hideux ? Ne me dis pas qu'un imbécile l'a acheté. Oh non, c'est-y pas possible d'être cinglé à ce point ! »

Un homme au visage de fouine et coiffé d'un béret s'est approché du comptoir et m'a dit : « Juste en passant, vous avez un livre au rayon Chemin de fer intitulé *Les Voies du destin*. Ce n'est pas un livre sur les trains, vous devez le changer de rayon. »

Point du tout. Je dois te matraquer avec. Certains clients adorent vous signaler qu'un livre est mal rangé, comme pour vous montrer qu'ils connaissent mieux les livres que vous ; or la plupart du temps, quand un livre se trouve dans le mauvais rayon, c'est la faute d'un client, pas d'un employé de la librairie.

Parmi les ouvrages achetés à Glasgow jeudi dernier s'en trouvait un intitulé *Pensées intimes de John Baxter, libraire*, publié en 1942. Quand je réétiquette les ouvrages que je viens d'acquérir, je ne peux pas m'empêcher d'en feuilleter certains, et celui-ci semble avoir été écrit exprès pour moi : je l'ai mis de côté et j'ai commencé à le lire après la fermeture.

Montant dans la caisse : 164,50 £
15 clients

SAMEDI 14 JUIN

Commandes en ligne : 3
Livres trouvés : 3

Nicky était là. Suis allé à Dunkeld pour les cinquante ans d'un ami.

Montant dans la caisse : 188,28 £
26 clients

LUNDI 16 JUIN

Commandes en ligne : 1
Livres trouvés : 1

Laurie a tenu la boutique aujourd'hui.

Anna et moi avons quitté Dunkeld pour aller dans les Borders chercher des livres au domicile de Stuart Kelly, avant de passer l'après-midi en sa compagnie à Summerhall, un centre culturel d'Édimbourg. Stuart est écrivain, journaliste, critique littéraire et ancien membre du jury du Booker Prize. À la suite de cette dernière fonction, il reçoit quotidiennement des dizaines d'ouvrages envoyés par des éditeurs prêts à tout pour qu'il en fasse la critique. Il les empile chez lui jusqu'à ce qu'il y en ait assez pour justifier que je fasse le voyage. C'est un habitué du festival, un homme d'une grande intelligence et un ami proche. Le centre culturel Summerhall faisait autrefois partie de la Royal Dick School of Veterinary Studies – le département de médecine vétérinaire rattaché à l'université d'Édimbourg –, plus connu sous le nom familier de « Dick Vet ». Le bâtiment, racheté par un philanthrope irlandais que Stuart connaît bien, est désormais rempli d'artistes et de créateurs. En me baladant à l'intérieur, j'ai eu une pensée pour mon grand-père, qui a soutenu sa thèse en ces lieux dans les années 1930.

J'ai demandé à Laurie de noter en notre absence deux ou trois des questions posées par les clients au fil de la journée. Son petit mot disait ceci :

« Pourquoi cette ville s'appelle-t-elle Wigtown ? »

« Pourquoi est-ce que Wigtown est un Village du livre ? »

« Combien y a-t-il de librairies à Wigtown ? »

Ces deux dernières questions me sont posées en moyenne deux fois par jour, de janvier à décembre. Cela signifie qu'en quinze ans, je les ai entendues 9 360 fois. Il m'est difficile désormais de mettre ne serait-ce qu'un soupçon d'enthousiasme dans ma réponse. Peut-être est-il temps que je commence à inventer des explications originales et n'ayant strictement rien à voir avec la réalité.

Montant dans la caisse : 114,50 £
12 clients

MARDI 17 JUIN

Commandes en ligne : 2
Livres trouvés : 2

Laurie était de nouveau là pour la journée – une journée qui, après des commencements peu prometteurs, nous a gratifiés d'un beau soleil et d'une température agréable. Les deux commandes en ligne du jour provenaient d'AbeBooks et non d'Amazon, ce qui est extrêmement rare. J'ai chargé Laurie d'emballer les ouvrages destinés au Club du livre aléatoire pour le mois de juin – nous sommes repassés à cent quarante membres. Elle les a également affranchis et enregistrés sur le site Web de la Royal Mail : les frais de port de ce mois-ci s'élèvent à 244,12 £. J'ai prévenu Wilma, qui demandera dès demain au facteur de venir prendre les cinq sacs.

Comme il faisait beau, j'ai passé une grande partie de la journée à travailler dans le jardin. En milieu d'après-midi, il s'est mis à faire trop chaud, alors Anna et moi sommes allés à la plage de Garlieston pour une petite baignade.

Le téléphone a sonné au moment de la fermeture. C'était une femme de la région qui avait des ouvrages à vendre, surtout des grands classiques illustrés de la Folio Society.

« Il va falloir que vous passiez chez moi pour les voir, je dois garder la chambre.

— Mardi prochain, ça vous irait ?

— Oui, mais pas le matin, l'infirmière vient le mardi matin panser une plaie sur ma jambe. C'est pas beau à voir. Ça suinte, ça fait des années que c'est comme ça. Y a du pus qui en sort, c'est dégoûtant. »

J'ai fixé notre rendez-vous à l'après-midi du 24.

Montant dans la caisse : 237,49 £
17 clients

MERCREDI 18 JUIN

Commandes en ligne : 3
Livres trouvés : 3

Aujourd'hui, toutes les commandes venaient d'Amazon et aucune d'AbeBooks – l'exact inverse d'hier.

Une autre belle journée de soleil, mais j'étais coincé à la librairie parce que ni Nicky ni Laurie n'étaient disponibles. Jim McMaster est arrivé à 9 heures pour fureter dans la boutique. Il a parcouru les cartons de livres provenant de Glasgow – dont quelques-uns seulement avaient été enregistrés et rangés sur les étagères, au cours des deux semaines précédentes. Jim est libraire dans le Perthshire. Il a commencé sa carrière dans le milieu du livre comme commissionnaire pour Richard Booth – l'inventeur du concept de « Village du livre ». Un commissionnaire achète des livres destinés à être revendus à des gens du métier, généralement à leur demande. Richard pouvait par exemple dire à Jim : « J'ai besoin de cinq cents livres sur la faune et la flore africaines », à la suite de quoi Jim partait en voiture ou en camionnette écumer les librairies aux quatre coins du pays en quête de livres d'occasion sur le sujet, jusqu'à ce qu'il en ait trouvé cinq cents. Jim a une connaissance encyclopédique des livres. En 2001, au tout début de ma carrière, il s'est montré des plus serviables à mon égard, me délivrant ses conseils sur ceci ou cela chaque fois qu'il passait à la boutique. C'est l'un des rares vendeurs qui va encore voir d'autres libraires en quête de nouveaux ouvrages ; et quand il m'est arrivé d'acheter de grandes quantités de livres à des particuliers – en 2008, par exemple, j'ai récupéré douze mille ouvrages dans une demeure de Gullane, près d'Édimbourg –, Jim est venu faire le tri, et en a écoulé des centaines auprès de ses nombreuses relations dans le métier. C'est une figure connue, respectée et appréciée du milieu des bouquinistes.

Curieusement, j'étais plongé dans ma lecture des *Pensées intimes de John Baxter, libraire* ce matin quand je suis tombé sur un passage qui m'a fait penser à David McNaughton, le libraire à qui j'ai acheté le livre contenant la signature de Florence Nightingale. Jim et David sont tous deux de la vieille école, et ces mots de Baxter ont trouvé un véritable écho en moi :

> À mes yeux, ces vieux gaillards sont le vrai pilier du monde de la librairie. Maintenant qu'ils tombent l'un après l'autre comme des feuilles mortes, un fossé se creuse qu'aucun jeune vendeur ambitieux ne pourra jamais combler ; et ils laissent derrière eux un souvenir à l'odeur beaucoup plus suave que celle de la malodorante huile capillaire de ces petits prétentieux, qui viennent me demander du travail du ton confiant de quelqu'un prêt à m'enseigner mon propre métier.

Non pas que Jim soit particulièrement âgé, ni sur le point de tomber comme une feuille.

À 11 heures, le téléphone a sonné – c'était M. Deacon : « Veuillez m'excuser de la qualité de la ligne. Je suis en Patagonie. Pourriez-vous me commander *En Patagonie* de Bruce Chatwin ? Je serai de retour la semaine prochaine. »

Une Américaine a passé une heure à choisir des livres sur les étagères du rayon Jeunesse et à en vérifier le prix sur Amazon grâce à son ordinateur. Juste sous mon nez, et sans gêne aucune. Avant que je puisse lui en faire le reproche, le facteur est passé chercher les sacs de livres aléatoires ; le temps que je l'aide à les charger dans sa camionnette, la femme avait disparu.

La librairie était calme tout l'après-midi jusqu'à 16 h 59 – moment qu'a choisi un couple d'une cinquantaine d'années pour franchir la porte d'un pas nonchalant. L'homme fredonnait dans sa barbe de manière extrêmement agaçante. Tous deux se sont dirigés sans hésiter vers les cartons d'ouvrages non encore étiquetés provenant de chez Stuart Kelly et se sont mis à farfouiller à l'intérieur, sortant des livres et les empilant partout sur le sol. Ils sont partis à 17 h 10 sans en remettre un seul à sa place ni acheter quoi que ce soit – et tout en se plaignant de manière bien audible que la librairie ne soit pas ouverte jusqu'à 19 heures.

Les cartons de nouveaux livres attirent les clients comme la lumière les papillons. Tous les libraires vous le diront : même quand on possède cent mille livres soigneusement triés et rangés sur les étagères d'une boutique chaude et lumineuse, il suffit qu'un carton soit posé dans un coin froid et mal éclairé pour que les clients se précipitent dessus et commencent à fouiller à l'intérieur. Un carton d'ouvrages non triés et non étiquetés recèle un charme extraordinaire. Bien sûr, la perspective de dénicher une bonne affaire y est pour quelque chose, mais je soupçonne que la raison en est plus profonde, et que ce geste s'apparente à celui d'ouvrir un cadeau. Ce qui compte, c'est la fièvre que suscite l'inconnu – un sentiment que je peux parfaitement comprendre, parce qu'acheter des collections de livres, c'est exactement la même chose. Quand je pars en voiture conclure une vente, que ce soit avec un particulier, une institution ou une entreprise commerciale, j'ai toujours le cœur qui bat à l'idée que je pourrais tomber sur quelque chose sortant du lot. C'est d'ailleurs souvent le cas, qu'il s'agisse d'une édition ancienne de l'herbier de Culpeper, d'un incunable, d'une première édition d'un texte de « jeunesse » de Ian Fleming avec jaquette à l'état neuf, d'une belle reliure artisanale en vélin, ou tout simplement de quelque chose que je n'ai jamais vu auparavant. Je n'ai pas encore trouvé de livre relié en peau humaine – mais un libraire de ma connaissance en a un jour déniché un dans une maison de Castle Douglas.

Montant dans la caisse : 163,99 £
17 clients

JEUDI 19 JUIN

Commandes en ligne : 6
Livres trouvés : 5

Nicky était là aujourd'hui. Son projet de boutique ambulante est provisoirement au point mort parce que la portière arrière de sa camionnette ne s'ouvre plus. Elle a finalement décidé d'acheter un vieux bibliobus à l'administration locale et de l'aménager en conséquence.

Dans la matinée, j'ai commencé à parcourir les ouvrages qu'Hamish Grierson est passé déposer à la librairie pendant mon petit séjour à Dunkeld. Antiquaire à la retraite et collectionneur de livres, Hamish est un client régulier. Les ouvrages étaient en bon état et, pour la plupart, consacrés à la préhistoire. J'ai vérifié sur AbeBooks le prix de certains livres parmi les plus intéressants de sa collection, pour connaître leur valeur et rémunérer correctement Amish. Quand j'ai dit à Nicky que j'allais lui offrir 100 £ pour ses ouvrages, elle m'a répliqué, comme d'habitude, que je devais diviser ce chiffre par deux.

Le soleil brillait dans un ciel sans nuage : Anna a insisté pour que nous allions gravir la colline de Cairnsmore, une grosse butte granitique située de l'autre côté de la baie de Wigtown. Nous sommes partis à 15 heures, avons atteint le sommet à 16 h 30, et étions de retour à 18 h 30. C'est toujours très amusant de partir en balade avec Anna : elle est la première à lancer l'idée mais, à peine l'expédition commencée, commence à se plaindre amèrement de ce qui lui arrive, d'une voix de plus en plus vibrante et accablée – avant de s'écrier, une fois la mission accomplie : « Ouah, c'était vraiment génial ! » Un jour, nous nous sommes lancés dans une promenade à bicyclette d'une soixantaine de kilomètres sur les sentiers forestiers des collines du Galloway. Au bout de trente kilomètres à se plaindre de manière de plus en plus énergique, elle est descendue de son vélo, s'est allongée sur un rocher et m'a lancé : « Va-t'en et laisse-moi. Sors vivant de ce traquenard. »

Montant dans la caisse : 155,44 £
23 clients

VENDREDI 20 JUIN

Commandes en ligne : 5
Livres trouvés : 5

Laurie était là aujourd'hui. Dans la matinée, j'ai emmené Anna à Dumfries, où elle a pris le train pour Londres. Je ne sais pas exactement quand elle va revenir. Cela dépend, j'imagine, de la façon dont elle avancera sur ses divers projets – le scénario de ses *Fusées* venant s'ajouter désormais à un documentaire pour la Nasa, un roman pour jeunes adultes, et un scénario de comédie romantique sur lequel elle travaille avec son amie Romiley.

Après le déjeuner, j'ai appelé Hamish Grierson et lui ai proposé 100 £ pour ses livres. Cela ne lui a pas plu : il s'est plaint qu'il y avait quelques ouvrages de grande valeur dans le lot. C'est un sale coup pour nous, car Nicky a déjà réétiqueté la plupart des ouvrages et les a rangés sur les étagères. Il m'a dit qu'il me rappellerait lundi pour qu'on en reparle.

Au moment de la fermeture, un homme a téléphoné pour me demander si je pouvais venir à l'école de Port Logan – un joli village de pêcheurs au sud de Stranraer – jeter un coup d'œil à sa collection de livres. J'ai fixé le rendez-vous à demain après-midi.

Montant dans la caisse : 164,50 £
15 clients

SAMEDI 21 JUIN

Commandes en ligne : 3
Livres trouvés : 3

Nicky travaillait aujourd'hui.

Alors qu'il était presque 13 h 30, je me suis brusquement souvenu que j'avais prévu d'aller voir des livres à Port Logan et me suis mis en route. J'ai loupé la bonne adresse, rebroussé chemin, et me suis retrouvé devant un bâtiment du voisinage au nom presque identique, « l'Ancienne École ». J'ai frappé à la porte : elle s'est ouverte sur un couple âgé qui m'a expliqué que j'avais dépassé la maison de « Bob et Barbara » et indiqué la bonne direction. Alors que je m'apprêtais à partir, le vieil homme m'a lancé : « Transmettez mes amitiés à vos parents. Votre père et moi étions autrefois chargés des commentaires au salon de la chasse de Lochinch. » Je ne sais absolument pas qui était cet homme, mais j'ai suivi leurs instructions et parcouru la courte distance me séparant de la bonne maison, où j'ai été accueilli par Barbara et ses deux chiens.

La maison était une école victorienne réaménagée avec goût et offrant un superbe panorama sur la mer d'Irlande. La jetée délabrée qui se trouvait là jadis a été remplacée en 1818 par un embarcadère et un clocher conçus par Thomas Telford. La baie actuelle ressemble à « un fer à cheval martelé », pour reprendre une expression de Seamus Heaney. Bob et Barbara, tous deux retraités, m'ont guidé à travers leur demeure jusqu'à la bibliothèque – Bob et moi avons dû baisser la tête pour franchir la porte basse menant à la pièce ; puis ils m'ont laissé examiner tranquillement leurs ouvrages, constitués pour l'essentiel de livres de poche à l'état presque neuf.

Nous avons bavardé un moment de ce que c'était que de vivre dans un village aussi loin de tout, et j'ai été surpris de voir à quel point le courant passait bien entre nous – la plupart du temps, lors de mes achats, la conversation se réduit au strict minimum. J'ai repéré cinq cartons intéressants et leur en ai offert 65 £ avant d'entamer le chemin du retour. Dans le lot figuraient de très bons ouvrages, à l'indéniable potentiel de vente : des œuvres de Hemingway, Steinbeck, Chandler et Buchan, publiées à chaque fois dans la même collection, et un grand nombre de classiques contemporains édités chez Penguin. Leur goût en matière de livres était étonnamment proche du mien : je me demande si c'est pour cela que je les ai trouvés si agréables. Aurais-je autant apprécié leur compagnie si je n'avais pas su que nos préférences de lecture étaient les mêmes ?

Alastair et Leslie Reid sont venus dîner à la maison. Quand on demande à Alastair ce qu'il veut boire, il répond invariablement « Du whisky ». J'avais prévu le coup cette fois-ci, et acheté une bouteille de Laphroaig. Alastair a fréquenté nombre de grands esprits du XXe siècle, notamment – épisode bien connu – Robert Graves, dont il a essuyé la colère en s'enfuyant avec sa muse, Margot Callas, alors qu'ils vivaient tous trois en Espagne. Dommage qu'Anna n'ait pas été là :

Alastair nous a raconté qu'autrefois, quand il partait enseigner au Sarah Lawrence College, il faisait régulièrement la route avec Joseph Campbell, qu'Anna idolâtre. Elle se serait ridiculement enflammée en entendant cette histoire.

Montant dans la caisse : 196,90 £
25 clients

LUNDI 23 JUIN

Commandes en ligne : 8
Livres trouvés : 5

Laurie travaillait aujourd'hui. Sa chatte a eu des petits hier soir, et elle n'a quasiment pas fermé l'œil de la nuit pour veiller sur la portée : elle n'était donc pas vraiment opérationnelle.

Hamish Grierson a rappelé au sujet de ses livres. Il avait fait la liste des titres les plus précieux dont il désapprouvait le prix. Laurie a vérifié, et découvert qu'elle les avait déjà référencés en ligne : elle avait cru qu'ils provenaient du lot acheté à Glasgow il y a deux ou trois semaines, et dont elle s'occupait alors. Au moins, on sait où ils sont, et je vais pouvoir en proposer un prix correct à Hamish.

Montant dans la caisse : 385,98 £
26 clients

MARDI 24 JUIN

Commandes en ligne : 5
Livres trouvés : 5

Laurie était là aujourd'hui, alors j'ai sorti de l'entrepôt du jardin les livres aléatoires du mois de juin, pour qu'elle puisse préparer les envois. Il y a environ cent cinquante abonnés en ce moment.

Après le déjeuner, je suis allé examiner la collection de livres de la femme avec la plaie sur la jambe qui a appelé la semaine dernière. Elle vit à Creetown, à une quinzaine de kilomètres de la librairie. Je lui ai acheté une vingtaine de classiques illustrés de la Folio Society, notamment quelques bons John Buchan, ainsi que trois ou quatre autres ouvrages. C'est une femme très âgée qui doit garder le lit. Dans l'allée menant à sa demeure, un petit pavillon moderne avec vue sur la mer, il y avait une vieille Ford Capri dépourvue de roues en train de rouiller, posée sur des cales. Un homme d'âge mûr, qui semblait s'y connaître encore moins que moi en mécanique, tripotait nerveusement des pièces du moteur. La transaction a été simple et rapide, et nous avons papoté quelques instants de la raison qui la poussait à vendre ces ouvrages. Originaire du Yorkshire, elle s'est installée ici au moment de sa retraite. Sa petite-fille vient juste d'être acceptée à Oxford, alors elle essaie de l'aider financièrement, et vend ces livres pour en tirer un peu de liquide. Je lui ai donné 70 £ pour un carton et demi de livres.

Les Pensées intimes de John Baxter, libraire s'avère presque aussi amusant que *Le Libraire fauché* de William Y. Darling. Dans sa préface, Augustus Muir décrit Jimmy Scriving comme « un jeune voyou qui ne pense pas plus loin que son estomac ».

Hamish Grierson a rappelé : il a accepté que je lui donne 225 £ en échange de ses ouvrages.

Montant dans la caisse : 123 £
14 clients

MERCREDI 25 JUIN

Commandes en ligne : 3
Livres trouvés : 3

Laurie était là. L'une des commandes du jour s'intitulait *Mieux connaître les juifs orthodoxes : le guide des professionnels de la santé*.

Kate, la factrice, est venue apporter le courrier au moment même où M. Deacon pointait le bout de son nez. Au milieu des lettres se trouvait un paquet contenant son exemplaire d'*En Patagonie*. Il l'a payé et est aussitôt reparti, sans me livrer le moindre indice sur ce qu'il avait bien pu faire en Patagonie, ni me laisser le temps de lui poser la question. Non pas que je l'aurais fait. Ce ne sont pas mes oignons – même si la Patagonie est l'une des meilleures zones de pêche au monde, et que, je l'avoue, je suis curieux de savoir s'il est allé là-bas taquiner la truite.

J'ai passé l'essentiel de la journée caméra au poing au Centre de loisirs du Galloway, près du Loch Ken : deux cabanes écologiques viennent d'y être construites, et le centre a besoin de vidéos pour en faire la publicité. Cela fait des années que tout l'argent que je gagne en faisant des films pour des gens du coin est réinvesti sous forme de matériel vidéo, et nous possédons désormais une impressionnante quantité de machines, notamment une grue de prises de vue, plusieurs très bons Caméscope, des microphones, et même un drone. Anna a étudié le cinéma à Prague ; quant à moi – si l'on excepte un master en création sonore – je suis un autodidacte, ce qui signifie sans doute que je suis parfaitement incompétent dans ce domaine. Les revenus générés par Picto, notre boîte de production, sont relativement faibles comparés à ceux de la librairie ; mais je suis sûr que si je ne pouvais plus vivre de la vente de livres et que j'avais davantage de temps, cela pourrait devenir une affaire rentable. En ce moment, cependant, Picto relève davantage pour moi du passe-temps rémunéré que du travail, et je ne cherche jamais activement de nouveaux projets de film – j'ai à peine le temps de gérer ceux qu'on me confie.

Front Row, une émission du soir de la BBC 4, a évoqué la croisade de l'écrivain

James Patterson contre Amazon. C'est un ardent défenseur des librairies, qui se montre violemment opposé au géant de la vente en ligne. Au cours de cet entretien, il a annoncé qu'il avait l'intention de donner 250 000 £ aux librairies britanniques, sous forme de subventions pouvant aller jusqu'à 5 000 £ chacune, afin de soutenir les initiatives incitant les enfants à lire. Pour développer le Club du livre aléatoire, ce serait une excellente idée d'y ajouter un rayon Jeunesse – et de refondre le site Web du club, qui me file désormais des migraines épouvantables.

Montant dans la caisse : 343,67 £
2 clients

JEUDI 26 JUIN

Commandes en ligne : 3
Livres trouvés : 2

Parmi les commandes du jour se trouvait un ouvrage intitulé *Les Aventures d'un contrôleur de train : de passionnantes histoires de chemin de fer*.

Sandy le païen tatoué est passé à la boutique juste après le déjeuner et m'a laissé une dizaine de bâtons de randonnée. Depuis sa dernière visite, nous en avons écoulé quelques-uns – ils se vendent particulièrement bien en cette période de l'année. Il a dépensé 33 £ de son avoir en livres sur la mythologie celtique.

En début d'après-midi, une jeune femme a apporté trois cartons de livres qu'elle souhaitait vendre. La plupart étaient des séries de livres anciens reliés en veau : Gibbon, Scott, Macaulay, etc., la bande de casse-pieds habituelle. Ils ne sont ni particulièrement précieux, ni particulièrement recherchés ; mais ils présentent bien sur une étagère – raison pour laquelle on m'en achète de temps à autre. Ça fait de jolis cadeaux de mariage. La jeune femme les avait hérités de ses grands-parents et n'avait aucune envie de les garder ; je lui en ai donné 200 £. Au moment de les étiqueter, j'ai remarqué, au début du premier volume des *Œuvres poétiques* de Scott, datant des années 1830, huit noms différents écrits (par des mains différentes) sur une page blanche – chacun correspondant à une vie dont je ne connais que le nom. Je me demande qui sera le prochain sur la liste.

Montant dans la caisse : 184 £
15 clients

VENDREDI 27 JUIN

Commandes en ligne : 4
Livres trouvés : 4

Nicky travaillait aujourd'hui. À peine arrivée, elle m'a demandé de lui donner un coup de main pour sortir de sa camionnette quelque chose qu'elle voulait mettre en vente dans la librairie. Dès qu'elle a entrouvert la portière latérale, j'ai découvert avec horreur un scooter pour handicapé. Elle est allée hier à Castle Douglas avec son amie Iris qui, pour une raison que j'ignore, est experte ès scooters pour handicapés. Elles ont repéré l'engin dans la vitrine d'une boutique d'occasions, et dès qu'Iris a expliqué à Nicky qu'il valait beaucoup plus cher normalement, celle-ci s'est ruée dans le magasin pour l'acheter. Je lui ai dit qu'il était hors de question que je commence à vendre des scooters pour handicapés dans la librairie ; mais j'ai finalement accepté qu'elle le laisse devant la boutique, avec un panneau « à vendre » posé dessus. Elle a fait l'aller-retour jusqu'à la coopérative pour l'essayer. On a parié dans la matinée qu'elle n'arriverait jamais le vendre. À 17 heures, elle l'avait vendu pour 150 £ à Andy, un habitant de Wigtown originaire d'Afrique du Sud, à qui l'on a récemment diagnostiqué un cancer en phase terminale.

Ayant perdu mon pari, j'ai dû inviter Nicky à boire un verre au Ploughman, un pub de Wigtown nommé d'après un ouvrage de John McNeillie, *Le Laboureur de Wigtown : tranche de vie*, publié pour la première fois par Putnam en 1939, et toujours édité aujourd'hui. On est restés assis au soleil sur le trottoir pendant une heure ou deux, en compagnie de Callum et de quelques autres amis.

Aujourd'hui c'était le dernier jour de classe dans les écoles écossaises, et les touristes vont commencer à affluer dans le Galloway :

espérons que ce sera bon pour mon commerce. Les hauts et les bas de ma librairie épousent le rythme des vacances scolaires.

Montant dans la caisse : 261,99 £
20 clients

SAMEDI 28 JUIN

Commandes en ligne : 3
Livres trouvés : 3

Nicky travaillait à nouveau aujourd'hui, et a plus ou moins repris son emploi du temps habituel, à savoir le vendredi et le samedi. À 5 h 30, je suis parti prendre le ferry pour Belfast, puis le train pour Dublin, où habite Cloda, une amie que j'ai connue quand je vivais à Bristol. Elle dirige désormais la pharmacie familiale, et nous échangeons souvent des anecdotes sur notre vie professionnelle. Les siennes sont généralement plus spectaculaires et impliquent régulièrement des accros à l'héroïne, des tentatives de cambriolage et *tutti quanti*. Son amitié m'est précieuse : grâce à elle j'ai l'impression que je ne suis pas le seul, au sein de ma bande d'amis, que les clients rendent complètement cinglé. Amazon ne s'est pas encore tournée vers la vente de médicaments, comme elle l'a déjà fait avec à peu près tout le reste, mais le commerce indépendant de Cloda, qui doit rivaliser avec des chaînes comme Lloyds et Boots, rencontre des problèmes identiques aux miens.

Parvenu à Dublin en début d'après-midi, je me suis rendu à Stoneybatter, le quartier de Cloda. Nous avons déjeuné et j'ai fait la connaissance de son bébé de six mois, Elsa ; puis nous nous sommes rendus à l'embarcadère pour récupérer Anna, qui avait réussi à nous rejoindre depuis Londres, en passant par le port de Holyhead. Cloda nous a invités à un concert en plein air dans un parc au sud de Dublin, avec pour têtes d'affiche les Pixies et Arcade Fire. Cela faisait des années que je n'étais pas allé dans ce genre de manifestation. Leo, son compagnon, ainsi que son amie Roisin, étaient là également. Il faisait chaud, c'était l'été, et on a passé une soirée vraiment géniale. Un type avec l'accent de Liverpool m'a proposé une demi-amphétamine après que je lui ai offert une bière, mais j'ai poliment décliné son offre.

Montant dans la caisse : 143 £
15 clients

LUNDI 30 JUIN

Commandes en ligne : 5
Livres trouvés : 5

Il ne faut pas que j'oublie de postuler à la bourse James Patterson.

Montant dans la caisse : 203,45 £
15 clients

JUILLET

> Il y a encore deux types de calamiteux personnages qui hantent les échoppes de bouquinistes. Le premier, c'est le monsieur autrefois prospère mais pour l'heure dans la gêne qui revient tous les jours, quand ce n'est pas plusieurs fois par jour, vous proposer des ouvrages sans intérêt. L'autre, c'est celui qui vous commande des quantités phénoménales de livres sans avoir la moindre intention de vous les payer jamais.
>
> George ORWELL
> « Quand j'étais libraire ».

Assurément, aujourd'hui encore, les gens se bousculent au portillon dans l'espoir de vendre des ouvrages sans valeur. Il ne se passe presque pas une journée, surtout au printemps, sans qu'une vague nouvelle de ce type de client ne déferle sur la boutique.

Concernant l'autre catégorie de « calamiteux personnage » – ceux qui commandent des livres sans avoir l'intention de les payer –, ils existaient assurément encore il y a quelques années. Désormais, il est rare que l'on nous demande de commander des ouvrages, étant donné la facilité avec laquelle les gens peuvent le faire eux-mêmes depuis leur canapé – ou n'importe où ailleurs. Commander des livres pour les clients n'a jamais été une activité particulièrement lucrative, mais c'était un petit complément, aujourd'hui disparu, aux revenus du magasin.

MARDI 1er JUILLET

Commandes en ligne : 4
Livres trouvés : 2

Laurie n'a pas pu venir aujourd'hui parce que sa chatte a été percutée par une voiture et qu'elle a dû l'emmener chez le véto. La bête est morte, malheureusement, laissant à Laurie quatre tout petits chats à surveiller.

Parmi les commandes de ce matin figurait *Le Livre de poche du pompier de la mine* dans l'édition de 1935. Nicky l'a enregistré, pour une raison que j'ignore, comme rangé au rayon Chimie, mais il ne s'y trouvait pas.

Le bail de l'appartement d'Anna expire à la fin du mois : elle m'a demandé si je pouvais la rejoindre à Londres avec la camionnette et rapporter l'ensemble de ses affaires à Wigtown.

Matthew est passé me voir et a sélectionné quelques livres parmi ceux que j'ai achetés à Glasgow – qui, pour la plupart, n'ont toujours pas quitté leurs cartons. Lui aussi fait partie de la poignée de confrères qui continuent à passer à la boutique m'acheter des livres. Il y a quinze ans, les libraires étaient des clients réguliers, qui venaient me rafler tout le stock relevant de leur domaine de spécialisation. De nos jours, ils sont tellement peu nombreux que je suis même étonné d'en voir encore. Matthew fait commerce de livres rares, et vend surtout dans les salons du livre ; pas les foires de province, mais les grands salons de livres anciens – celui de l'Olympia à Londres, celui de York – et tous ceux où le prix moyen d'un livre finit par trois zéros, non un seul. Matthew n'achète que des livres en excellent état, généralement des premières éditions d'ouvrages du XXe siècle. Il voyage dans toute l'Europe pour trouver des livres à acheter et revendre dans les salons, et se bat comme un lion dès que sonne l'heure des négociations.

Montant dans la caisse : 291,44 £
21 clients

MERCREDI 2 JUILLET

Commandes en ligne : 6
Livres trouvés : 6

Laurie était absente à nouveau, à la suite de ses devoirs d'aide-chatons. L'une des ventes en ligne du jour était destinée à un certain Keith Richards vivant à Londres, et une autre à quelqu'un portant le nom improbable de Jeremy Wildboar-Hands, littéralement « mains de sanglier ».

J'ai reçu un e-mail d'une veuve de Norwich désireuse de me vendre la collection d'ouvrages de feu son mari. Je lui ai demandé plus de précisions.

Montant dans la caisse : 280 £
21 clients

JEUDI 3 JUILLET

Commandes en ligne : 3
Livres trouvés : 1

Aujourd'hui j'étais censé me rendre à Londres pour vider l'appartement d'Anna, mais Laurie n'a pas pu venir travailler parce qu'elle fait garde-chatons, alors j'ai remis le voyage à plus tard. Anna n'a pas semblé s'en formaliser. Elle a l'appartement jusqu'à la fin du mois, et ne risque pas d'être flanquée à la porte.

Il faisait chaud aujourd'hui, même si plusieurs clients sont arrivés vêtus comme si on était encore au mois de janvier.

Les petits des hirondelles ont commencé à voler. Captain les surveille de près.

La veuve de Norwich a répondu à ma demande concernant la collection de livres de son défunt mari. Il s'agit surtout, semble-t-il, de littérature érotique. Elle va commander un livreur et nous la faire parvenir.

Montant dans la caisse : 247,88 £
17 clients

VENDREDI 4 JUILLET

Commandes en ligne : 4
Livres trouvés : 3

Nicky est venue travailler aujourd'hui. Elle n'a pas pu dissimuler sa joie en apprenant que je serai absent les deux prochains jours, d'abord pour vider l'appartement d'Anna, puis dans le Somerset, pour le mariage de ma cousine Suzie.

À 11 heures, j'ai fait mes adieux à Nicky de manière aussi affectueuse que notre relation le permet et suis parti pour Londres sous un soleil éclatant. Je suis arrivé dans le quartier de Hampstead à 19 heures, après avoir déposé des ouvrages à la salle des enchères de Dumfries. D'habitude j'envoie tout ce qui est vraiment rare à la salle des ventes Lyon & Turnbull d'Édimbourg. Quant à la salle d'enchères de Dumfries, elle est devenue plus exigeante, si bien que je ne peux plus y écouler ma camelote ; mais il m'arrive de temps à autre d'acquérir quelque chose qui, je le sais, se vendra là-bas mais pas dans ma librairie : des assortiments de reliures en assez bon état, par exemple. Ce sont souvent des antiquaires qui les achètent, parce que les bibliothèques qu'ils mettent en vente trouvent beaucoup plus facilement preneur si elles contiennent des livres à l'allure élégante.

Montant dans la caisse : 307,89 £
36 clients

SAMEDI 5 JUILLET

Commandes en ligne : 3
Livres trouvés : 3

Une fois de plus, c'est Nicky qui a tenu la boutique aujourd'hui, et comme elle n'a pas donné de nouvelles, je pars naïvement du principe que tout va bien.

Anna et moi avons quitté Londres pour Taunton au moment du pic de chaleur annuel. La camionnette n'a pas de climatisation, et nous sommes restés coincés trois heures sur la M25.

Le mariage de Suzie était splendide, et tout le monde était là pour acclamer les mariés. On a dansé et bu jusqu'au bout de la nuit. Ma mère avait loué une immense maison de vacances à un ou deux kilomètres de la fête, et nous étions une dizaine à y séjourner – y compris des cousins irlandais, ainsi que ma sœur Lulu et son mari, Scott. On s'amuse toujours beaucoup quand on se retrouve. Quant aux gens qui partagent nos vies, mais pas notre patrimoine génétique, ils peuvent échanger leurs impressions sur le caractère incroyablement velléitaire de la tribu Bythell. Tous nos compagnons/maris/épouses se sont ainsi regroupés et ont commencé à raconter des histoires sur notre incapacité à exprimer nos émotions. Les fous rires n'ont pas manqué, invariablement suivis d'un « Le mien fait ça aussi ! » lancé en chœur.

Montant dans la caisse : 351,46 £
35 clients

LUNDI 7 JUILLET

Commandes en ligne : 5
Livres trouvés : 4

Laurie est finalement parvenue à revenir travailler, après une semaine de sauvetage des chatons orphelins.

Anna et moi avons quitté Taunton et sommes arrivés à Wigtown avant 19 heures, juste à temps pour assister à une réunion dans les anciens bâtiments du comté sur un projet de parc éolien terrestre à Kirkdale. Nous avons protesté contre sa construction, arguant qu'il sera bien visible depuis Wigtown (à savoir, juste de l'autre côté de la baie), et qu'il n'est pas certain que nous relevions de la zone éligible au pot-de-vin en liquide versé aux municipalités qui accompagne généralement ce genre d'entreprise. Le chiffre d'affaires annuel du parc éolien, selon les estimations, tournerait autour de 30 millions de livres ; or la somme censée être reversée aux habitants (et qui sera décidée en commission) n'est que de 100 000 £, soit 0,3 % du chiffre d'affaires. De plus, alors que l'impact visuel de l'exploitation affectera en priorité notre côté de la baie, il est peu probable que nous bénéficions beaucoup de cet argent, parce que nous en sommes relativement éloignés ; ce sont ceux qui vivent à côté des éoliennes qui toucheront le plus, alors que la plupart d'entre eux ne les verront même pas. Beaucoup d'habitants des Machars sont furieux.

Montant dans la caisse : 213,48 £
17 clients

MARDI 8 JUILLET

Commandes en ligne : 3
Livres trouvés : 1

Le premier livre commandé aujourd'hui portait sur l'histoire des passages à niveau.

J'ai consacré presque tout mon temps à monter la vidéo pour le Centre de loisirs du Galloway, près du Loch Ken. Quand je suis descendu pour remplacer Laurie, au moment de sa pause déjeuner, elle m'a expliqué qu'un client lui avait fait « Chut ! » parce qu'elle mangeait une pomme trop bruyamment. Avant de marmonner, semble-t-il, et de manière volontairement bien audible, quelque chose comme : « Les gamins, de nos jours ! » et « Elle voit donc pas que c'est une librairie ? ».

Un homme est arrivé avec trois livres sur la musique, contre lesquels je lui ai donné 10 £.

J'ai reçu un texto de Nicky, concernant sa venue vendredi, qui ne présage vraiment rien de bon. Il s'achevait en effet par ces mots : « Attends de voir ce que je t'apporte CETTE semaine ! Tu vas adorer ! »

Il est temps pour moi de changer de camionnette. Elle affiche presque 277 000 kilomètres au compteur, et j'en suis au stade où je commence à me demander si elle est encore capable de supporter de longs trajets. Je suis allé voir Vincent, le vendeur de voitures de Wigtown, pour lui annoncer que je cherchais un nouveau véhicule.

Montant dans la caisse : 254,98 £
25 clients

MERCREDI 9 JUILLET

Commandes en ligne : 3
Livres trouvés : 3

Laurie a réussi à venir travailler aujourd'hui, mais elle a dû amener les chatons, parce qu'il n'y avait personne chez elle pour les nourrir.

L'heure est sans doute venue de rendre une petite visite, ô combien redoutée, au dentiste polonais de Stranraer : je me suis réveillé avec une épouvantable rage de dents ce matin. Ma réticence à prendre rendez-vous chez lui n'a rien à voir avec son talent de praticien, mais plutôt avec le souvenir de ma dernière visite, au cours de laquelle il m'a retiré une dent de sagesse. Ce traumatisme, cependant, avait rapidement été éclipsé par ma rencontre avec une vieille amie et deux de ses enfants en bas âge au supermarché Morrisons, peu après la séance. Tous trois avaient eu l'air terrifiés. Une fois rentré chez moi, je me suis regardé dans la glace et j'ai compris pourquoi :

j'avais presque tout le visage figé par l'anesthésique, comme si je venais d'avoir une attaque, et mon menton était couvert de traînées de sang qui avaient dégouliné sur ma chemise.

La dépressive du pays de Galles a de nouveau téléphoné. La déception habituelle perçait dans sa voix avant même que je ne lui réponde que je n'avais rien pour elle en magasin.

Montant dans la caisse : 334,99 £
28 clients

JEUDI 10 JUILLET

Commandes en ligne : 3
Livres trouvés : 2

Laurie travaillait à nouveau aujourd'hui. Il a fait beau, une fois de plus.

Parmi les e-mails de ce matin figuraient deux courriers émanant de clients mécontents, chacun se plaignant de ne pas avoir reçu le bon ouvrage. Le client ayant commandé un livre sur la tauromachie en avait reçu un sur la fabrication de bougies artisanales, et le fabricant de bougies artisanales celui sur la corrida. Nous avons accepté de les rembourser et de réparer notre erreur – ce qui n'a pas empêché le torero de laisser un avis négatif sur Amazon, accompagné du commentaire suivant :

> Le livre indiqué ci-dessus, dont j'ai passé commande, ne m'a pas été envoyé. J'ai reçu par erreur un ouvrage intitulé *Fabriquer des bougies artisanales*. Difficile d'imaginer 2 livres plus différents. J'ai contacté les fournisseurs – The Book Shop, à Wigtown – pour leur signaler leur erreur. Ils l'ont reconnue et ont accepté de me faire parvenir le bon livre quand je leur aurai renvoyé celui que je n'ai pas commandé.

Vincent m'a appelé pour me dire qu'il avait trouvé à Inverary une camionnette avec 80 000 kilomètres au compteur et mise en vente à 10 000 £ : je vais aller voir ma banque avant de me lancer dans un nouvel emprunt.

Montant dans la caisse : 89,29 £
14 clients

VENDREDI 11 JUILLET

Commandes en ligne : 2
Livres trouvés : 2

Nicky a repris du service par cette belle journée inondée de soleil, seulement ternie par sa présence. Elle m'a annoncé ce matin qu'elle ne participerait plus aux vidéos que nous tournons pour Facebook – dans lesquelles elle délivre sa sagesse sur des sujets divers, à la plus grande joie des gens abonnés au compte de la librairie –, parce que j'en ai modifié une alors que nous étions déjà convenus du montage final. Elle a cependant accepté de tenir la caméra et de faire de moi la victime.

J'ai découvert une cliente dans le jardin qui contemplait la mare, en dépit du portail orné du panneau « Privé » qu'elle avait dû ouvrir pour s'en approcher.

Un homme a posé trois livres sur le comptoir, en a désigné deux et m'a dit : « Je prends ces deux-là. Il faudra remettre celui-ci sur l'étagère. » Puis il m'a demandé s'il pouvait payer les deux ouvrages en question avec une carte de fidélité des supermarchés Tesco.

Montant dans la caisse : 149,90 £
14 clients

SAMEDI 12 JUILLET

Commandes en ligne : 2
Livres trouvés : 2

Nicky était de nouveau là aujourd'hui. Le temps s'est gâté, il fait désormais humide et gris.

Les commandes en ligne sont de plus en plus rares. Peut-être y a-t-il à nouveau un problème avec Monsoon.

Aujourd'hui débute une semaine de festivités municipales, et Tam Dingwall, l'ancien patron du Galloway – le pub qui fait face à la librairie – a marqué le coup en chantant sur la grand-place un titre country des années 1990, « Achy Breaky Heart », devant un petit groupe de jeunes gens trempés par la pluie. Cette semaine constitue l'un des temps forts de l'année à Wigtown. Elle inclut toutes sortes d'activités étranges entièrement destinées à la population locale, non aux touristes. Il y a des jeux-concours, des animations pour les enfants (comme une vivifiante balade dans la boue des marais salants), une course de radeaux, et diverses réjouissances propres aux petites villes – notamment le couronnement un tantinet anachronique de la Princesse de Wigtown. On remet des prix aux gens pour quantité de choses étonnantes, tel le Rouleau de papier toilette le mieux décoré. On se croirait revenus aux années 1950.

Un client a demandé à l'un de ses compagnons où se trouvait le rayon Philosophie. L'autre a répondu : « J'en sais rien, t'as qu'à demander au type, là-bas. » Le type ? Je ne crois pas, non.

Un homme d'âge mûr est arrivé avec un carton de livres contenant la bible d'une famille de l'époque victorienne. Ce genre d'ouvrage est peu demandé aujourd'hui, si tant est qu'il l'ait été un jour. Celle-ci contenait une lettre manuscrite datée du 22 février 1879 et rédigée à Carnwath :

Ma Chère Mère nous t'envoyons ce courrier
dans un état de grande liesse
pour remplir notre promesse
de te dire que nous sommes bien arrivés
dans ce vieux pays charmant
et que nous sommes tous bien portants

Je t'informe
que nos amis sont en pleine forme
et ils espèrent que vous aussi
Quand Maggie sera partie
Veille bien je t'en conjure
À éviter la froidure
Janet vient juste de décider
D'aller voir la grande cité
avec Alec lundi matin
Elle est prête à prendre le train
apprends donc par ce mot
qu'elle sera à Carluke bientôt,
Avec toute mon affection,
Marion

Il m'arrive souvent de trouver de vieilles lettres dans les livres, mais rarement écrites en rimes. Un jour, j'ai acheté un exemplaire des *Sept Piliers de la sagesse* qui contenait plus d'une centaine de lettres de condoléances adressées à une veuve, la plupart écrites par des personnes ne l'ayant jamais rencontrée mais connaissant feu son mari. Ce genre de choses pique toujours ma curiosité : difficile de ne pas échafauder des hypothèses sur la vie de ces gens, qu'il s'agisse de l'expéditeur ou du destinataire de la lettre.

Montant dans la caisse : 367,91 £
33 clients

LUNDI 14 JUILLET

Commandes en ligne : 6
Livres trouvés : 5

Laurie a réussi à venir travailler. J'imagine qu'un membre de sa famille fait le garde-chatons aujourd'hui. Peu après son arrivée, un client s'est approché du comptoir et s'est exclamé : « Bien le bonjour, monsieur ! Seriez-vous d'aventure suffisamment aimable pour me guider vers quelqu'une de vos étagères susceptible de contenir un quelconque ouvrage ayant pour thème l'histoire militaire ? »

Conséquence inéluctable de la ribambelle d'enfants ayant défilé dans le magasin aujourd'hui, les étagères étaient totalement en désordre au moment de la fermeture, encore plus que d'habitude. Certains parents ne voient pas ce qu'il y a de mal à laisser leurs rejetons galoper dans la boutique en gênant les autres clients et en semant la zizanie sur leur passage. La plupart, cependant, ne sont pas des rustres, et leurs enfants savent se tenir. Face à une étagère recouverte de livres, dont les dos sont soigneusement alignés avec le rebord de la bibliothèque, les petits garçons de quatre ans sont cependant tous animés de la même pulsion : ils les repoussent aussi loin que possible vers le fond du rayonnage. C'est plus fort qu'eux – ils sont incapables de réprimer leur désir d'y mettre le désordre, tout comme ils ne peuvent refouler leur irrésistible envie de tirer la queue d'un chat, ou de sauter dans une flaque.

Montant dans la caisse : 223,98 £
21 clients

MARDI 15 JUILLET

Commandes en ligne : 2
Livres trouvés : 2

Laurie était de nouveau seule aux manettes aujourd'hui. Elle est montée me voir pendant que je travaillais dans mon bureau pour me dire qu'un client avait apporté une gravure de Wigtown. C'était une jolie gravure encadrée datant du milieu du XIXe siècle, qui montrait des particularités architecturales de la ville depuis lors disparues. L'homme en voulait 50 £, somme que j'ai été ravi de lui donner.

Callum et moi envisageons d'aller faire du bateau demain. Il a acheté un Hurley 22 l'année dernière : c'est un petit voilier officiellement équipé de quatre couchettes, mais dans lequel, en vérité, quatre enfants en bas âge auraient du mal à tenir – alors deux hommes de plus d'un mètre quatre-vingts chacun, n'en parlons pas.

Montant dans la caisse : 374,96 £
37 clients

MERCREDI 16 JUILLET

Commandes en ligne : 3
Livres trouvés : 2

Laurie est arrivée à l'heure, mais la virée en bateau prévue par Callum exigeait qu'il fasse beau, et ce matin il pleuvait à verse. Il a appelé pour me dire qu'il fallait attendre que le ciel se dégage, si bien que je ne me suis pas donné la peine de préparer mon sac ni d'organiser mon départ. À peine le soleil a-t-il pointé à travers les nuages que Callum a déboulé sans prévenir, prêt à partir sur-le-champ. J'ai demandé à Laurie d'emballer les livres aléatoires, de s'occuper de leur affranchissement en ligne et d'informer Wilma qu'ils étaient prêts à être collectés.

Maintenant que les clients sont sortis de leur hibernation et se mettent à dépenser de l'argent, il commence à y avoir des trous sur les étagères – notamment au rayon des grands classiques illustrés de la Folio Society et au rayon Chemin de fer, qui ont fondu comme neige au soleil.

J'ai préparé mon sac en hâte, dit au revoir à Laurie, et nous sommes partis direction Stranraer. Nous avons pris la mer à 13 heures et mis le cap vers Ailsa Craig, une île déserte de la mer d'Irlande, où nous sommes arrivés à 19 heures. L'après-midi était ensoleillé, sans un nuage à l'horizon, et le disque solaire, d'une belle teinte orangée, se découpait contre l'île au moment de notre arrivée. Une fois amarrés à la jetée, nous sommes descendus sur le quai pour partir à la découverte des bâtisses en ruine et de l'ancien chemin de fer d'Ailsa Craig. L'île est tout ce qui subsiste d'un ancien culot volcanique. C'est un gros monticule en granit, au large de la côte de l'Ayrshire. Au cours de sa longue histoire, il a notamment servi de refuge aux récusants catholiques du XVIe siècle. Dans la région, on le surnomme « Paddy's Milestone », la « borne de l'Irlandais », parce qu'il se trouve à mi-chemin entre Glasgow et Belfast ; mais aussi à cause d'un récit folklorique qui veut que deux géants – l'un irlandais, l'autre écossais – se soient battus à cet endroit. D'après la légende, ils se seraient jeté des rochers au visage, et Ailsa Craig serait le dernier lancé lors du combat.

Callum et moi nous sommes assis dans le cockpit et avons bu de la bière jusqu'aux alentours de minuit en regardant passer des milliers de petites méduses, qui venaient de temps à autre troubler et rider la surface de l'eau, comme si quelqu'un jetait des cailloux dans la mer d'huile. J'ai dormi dans l'une des minuscules couchettes situées à l'arrière du voilier, en ayant la désagréable impression d'être allongé dans un cercueil.

Montant dans la caisse : 242,49 £
19 clients

JEUDI 17 JUILLET

Commandes en ligne : 3
Livres trouvés : 3

Nous nous sommes réveillés aux alentours de 9 heures et avons poursuivi notre exploration. On a d'abord marché jusqu'à la corne de brume, au nord d'Ailsa Craig, puis j'ai grimpé seul jusqu'au point culminant de l'île, en faisant une pause en cours de route pour jeter un coup d'œil au château. Callum, pendant ce temps, est retourné à la jetée pour passer de l'antifouling sur la coque, avant qu'on ne mette les voiles pour Lamlash, sur l'île d'Arran.

En atteignant le sommet d'Ailsa Craig, j'ai vu un bateau à moteur s'approcher lentement du voilier de Callum, comme s'il souhaitait s'arrêter pour lui dire bonjour ; mais soudain, il a modifié sa trajectoire et mis le cap vers Girvan. Quand j'ai regagné le bateau, Callum se trouvait à l'intérieur et se préparait une tasse de thé. Je lui ai expliqué que l'autre navire semblait avoir étrangement viré de bord. Il m'a alors répondu : « Ah, oui. Quand tu es parti escalader le sommet, j'ai décidé de me mettre à poil pour passer l'antifouling sur la coque, puisque j'étais tout seul. Je n'ai pas entendu le bateau approcher, et quand je me suis hissé à bord pour chercher un pinceau, je leur ai involontairement montré mon cul. C'est seulement quand je suis retourné dans l'eau que je les ai vus, mais ils étaient déjà repartis. »

Nous nous sommes mis en route pour l'île d'Arran à 14 heures, sous un vent capricieux qui nous a contraints à naviguer à voile mais aussi à moteur, selon ce qui nous permettait d'avancer le plus vite.

Nous sommes arrivés à Lamlash vers 19 heures, flanqués de tout un banc de marsouins. Callum a gonflé le canot pneumatique, et nous avons ramé jusqu'à la berge pour aller dîner et boire quelques bières au Drift Inn, avant de regagner le bateau pour la nuit.

Montant dans la caisse : 102 £
11 clients

VENDREDI 18 JUILLET

Commandes en ligne : 0
Livres trouvés : 0

Nous avons exploré l'île Sainte, au large de Lamlash.

À 15 heures, message de Laurie : il y a une panne de courant dans la librairie.

Montant dans la caisse : 389,45 £
29 clients

SAMEDI 19 JUILLET

Commandes en ligne : 0
Livres trouvés : 0

Après ma petite virée en bateau, je suis arrivé au magasin à 16 heures – sous l'œil interloqué de Nicky, qui ignorait complètement l'heure de notre retour. Elle était visiblement contrariée de me voir sain et sauf. Alors que j'avais déjà fermé la boutique, un homme a téléphoné pour me dire qu'il quittait sa demeure pour un foyer d'accueil médicalisé et souhaitait vendre ses livres. Il vit dans un hameau à côté de Kelso. J'ai accepté de passer le voir avant la fin du mois.

Montant dans la caisse : 298,98 £
38 clients

LUNDI 21 JUILLET

Commandes en ligne : 0
Livres trouvés : 0

Laurie travaillait aujourd'hui. Il faisait un temps splendide.

Monsoon était toujours en panne, sans doute à la suite de la coupure de courant de vendredi. J'ai envoyé un e-mail au service d'assistance technique.

La première cliente de la journée était une Irlandaise qui a surgi dans la boutique à 9 h 09 et s'est écriée : « Dites-moi, aucun magasin n'ouvre avant 10 heures, en Écosse ? »

Après le travail, j'ai assisté à une réunion organisée par la municipalité. Elle était présidée par un homme que l'on nous a présenté comme « le médecin des magasins », dont le boulot consiste à aider les détaillants à mieux faire tourner leur boutique. Cela s'est avéré une absolue perte de temps, et j'ai passé trois heures vaines à subir la torture de sa présentation PowerPoint – une monstruosité regorgeant de brillantes idées telles que : « Si vous gardez votre porte ouverte, davantage de clients entreront dans votre magasin que si elle est fermée », ou encore : « Le nom de votre commerce doit refléter ce que vous vendez. » De ce côté-là, au moins, je crois que j'ai tout bon. On ne peut pas dire que « La Librairie », soit particulièrement ambigu. J'ai décidé de quitter la salle, n'en pouvant plus, au moment où il nous montrait une série de photographies de boutiques complètement délabrées en nous demandant – comme si on était des gamins en maternelle : « Et celle-là, quelqu'un peut me dire ce qui ne va pas ? » À ce stade, tout le monde bouillait de rage, et pendant un instant j'ai craint qu'il ne se fasse lyncher – une crainte qui s'est rapidement muée en espoir quand il a pointé le doigt vers moi. « Vous. Vous n'avez encore rien dit. À votre avis, qu'est-ce qui cloche, dans cette devanture ? » a-t-il articulé d'une voix lente, tandis que son projecteur affichait soudain la photo d'une boutique dépourvue d'enseigne, à la vitrine brisée, devant laquelle gisait une carcasse de voiture brûlée.

Montant dans la caisse : 187,60 £
30 clients

MARDI 22 JUILLET

Commandes en ligne : 4
Livres trouvés : 0

Laurie travaillait à nouveau, et une fois de plus il a fait très beau. Elle a passé la journée à répertorier des ouvrages à vendre grâce à « Expédié par Amazon ». Une fois qu'on aura atteint les quatre cartons, elle se chargera de les envoyer à l'entrepôt Amazon de Dumferline.

Alors que Laurie était en pause, un homme s'est approché du comptoir et m'a montré un carton scellé portant une étiquette avec une adresse. Celui-ci contenait une collection de *Notices statistiques* que nous expédions à un acheteur aux États-Unis.

Le client : « Je suis un peu troublé, le carton, là-bas… »

Moi : « Navré, les livres qu'il contient ne sont pas à vendre. Ils ont déjà été achetés. »

Le client : « Ah, je croyais le contraire. »

Quand j'y repense, je suis toujours aussi perplexe.

Nicky m'a envoyé un e-mail dans lequel elle me décrit un client qui est passé samedi à la boutique, vêtu de pied en cap du costume traditionnel écossais : « Un magnifique gilet vert et des chaussettes tricotées main, avec des plumes de tétra qui dansaient au-dessus de son joli calot. » Apparemment, il est « entré d'un pas fier et décidé dans la librairie, accompagné d'un chien qui n'a pas arrêté de geindre jusqu'à ce que l'homme reparte, d'un pas tout aussi décidé. Ce qui a un peu bousillé son effet. Et il n'a pas du tout fait attention à moi. Un Anglais, sans doute. »

J'ai pris rendez-vous chez Richard, qui tient le salon de coiffure à trois maisons de chez moi, pour qu'il me coupe les cheveux demain.

L'assistance technique de Monsoon a fini par nous contacter : ils ont réussi à entrer dans notre ordinateur et à le réparer.

Montant dans la caisse : 268 £
27 clients

MERCREDI 23 JUILLET

Commandes en ligne : 13
Livres trouvés : 9

Laurie était là. Encore une superbe journée ensoleillée.

À 10 h 45, je me suis rendu d'un pas tranquille chez le coiffeur. Richard s'est montré, comme toujours, chaleureux et bavard. Au moment de partir, j'ai croisé M. Deacon, qui venait chercher un soin quelconque à appliquer sur l'unique mèche ramenée sur son crâne chauve. Il a à peine répondu à mon salut, et semblait légèrement perplexe. Peut-être a-t-il du mal à me situer, hors du cadre de la boutique.

Laurie a réussi à retrouver et empaqueter tous les livres commandés depuis vendredi, à l'exception de quatre d'entre eux. Nous avons reçu plusieurs e-mails et coups de fil furieux concernant des livres commandés au début du mois et qui ne sont toujours pas arrivés. Historic Newspapers a peut-être des problèmes d'expédition ; je vais voir ce que je peux faire.

Historic Newspapers est une entreprise de la région qui expédie de vieux journaux aux quatre coins du monde, ce qui signifie qu'ils ont un contrat très avantageux avec DHL, le service de livraison. Nous passons donc par eux pour toutes nos commandes en provenance de l'étranger. Ils viennent deux fois par semaine chercher nos colis destinés aux clients vivant hors du Royaume-Uni.

Après le déjeuner, je suis retourné à Carsluith voir d'autres ouvrages de la femme à la jambe purulente. Elle se débarrasse peu à peu de toutes ses affaires. Il y avait beaucoup de livres de la Folio Society en bon état – l'équivalent d'un carton. Les 55 £ que je lui ai donnés serviront à financer les études de sa petite-fille à Oxford.

Après le travail, je suis allé à Monreith prendre un petit bain de mer avec Tracy la Maltaise.

Montant dans la caisse : 236,49 £
16 clients

JEUDI 24 JUILLET

Commandes en ligne : 5
Livres trouvés : 3

Laurie a ouvert la boutique sur la journée la plus chaude de l'année depuis l'été dernier : le thermomètre du jardin indiquait 29 °C.

Alors que nous rangions des livres sur les étagères, un couple est entré. La femme a parcouru d'un pas brusque le rayon Livres anciens, en toussant et geignant, tandis que l'homme regardait des ouvrages dans la Salle écossaise. Puis il l'a rejointe ; elle s'est alors plainte d'une voix forte d'avoir la migraine, le nez qui coule et mal aux genoux. Quand elle s'est enfin tue, il lui a donné une sorte de cristal homéopathique pour lutter contre ses maux de tête. Ils avaient beau être particulièrement agaçants, ils ont dépensé 250 £ pour un ouvrage botanique écossais du XVIIIe siècle.

Peut-être parce qu'il m'a brièvement croisé hier chez le coiffeur, M. Deacon est passé me commander *Aliénor d'Aquitaine, reine de cœur et de colère* par Alison Weir. Il a semblé méfiant quand Laurie a pris sa commande – un peu comme le personnage de M. Pumpherston, dans *Pensées intimes de John Baxter, libraire*, quand c'est Alec le jeune apprenti qui le sert, et non Baxter lui-même : « Je crois qu'il serait prêt à reconnaître qu'il ne fait pas confiance au gamin. » Contrairement à Alec, cependant, Laurie a toutes les qualités requises pour s'occuper des clients, même les plus excentriques.

Laurie et moi avons passé le reste de la journée à emballer des livres pour le Club du livre aléatoire et y coller une étiquette avec l'adresse. Deux personnes n'ont pas renouvelé leur abonnement annuel. Une fois cette tâche terminée, je lui ai demandé de passer un coup de balai dans la vitrine. Sous le soleil estival, la boutique est une vraie fournaise.

Montant dans la caisse : 449,99 £
16 clients

VENDREDI 25 JUILLET

Commandes en ligne : 5
Livres trouvés : 5

Nicky travaillait aujourd'hui. Elle a passé la journée à s'occuper des frais de port des livres aléatoires – tâche qu'elle exècre par-dessus tout, et dont je m'évertue chaque mois à faire en sorte qu'elle lui incombe.

Juste avant la fermeture, une femme est venue m'apporter deux grandes cartes encadrées de l'Ayrshire, colorées à la main et datant de 1828. Je les ai payées 60 £ chacune.

Montant dans la caisse : 369,50 £
17 clients

SAMEDI 26 JUILLET

Commandes en ligne : 3
Livres trouvés : 3

Nicky est arrivée tôt pour ranger le magasin – en contradiction totale avec ses habituelles activités pendant ses heures de travail, qui consistent, pour l'essentiel, à semer le plus de pagaille possible dans la librairie. Elle m'a demandé de lui trouver un bon prétexte pour prendre la fuite si Patrick qui Pue venait lui renouveler ses avances parfumées. Comme on pouvait s'y attendre, il a repéré le minibus bleu de Nicky garé en face du magasin et débarqué aux alentours de 11 heures. J'ai prétexté que j'avais un colis à récupérer au bureau de poste de Newton Stewart et prié Nicky de bien vouloir aller le chercher pour moi, ce qu'elle s'est empressée d'accepter. Patrick qui Pue lui a alors demandé s'il pouvait venir avec elle, parce qu'il voulait passer voir son frère qui habite dans le coin – à la suite de quoi je n'ai pas eu d'autre choix que de me sacrifier et de dire à Nicky que j'irais moi-même à Newton Stewart en compagnie de Patrick qui Pue, si elle pouvait tenir la boutique à ma place. Le trajet a été particulièrement éprouvant : le nuage de Brut était si dense que l'air était presque irrespirable dans la cabine de la camionnette, même avec les fenêtres ouvertes.

À 15 heures, M. Deacon est passé prendre des nouvelles de sa commande. Je lui ai expliqué que le livre arriverait sans doute la semaine prochaine. Il serrait dans sa main une boîte de pâtée pour chat.

Nicky et moi avons passé l'après-midi à vider la camionnette et y mettre de l'ordre, car Vincent l'emporte à Inverary demain. Je l'ai laissée chez lui à 16 heures.

Nicky a décidé que son amie Morag et elle iront à Édimbourg, et souhaite y faire la promotion du Club du livre aléatoire. Elle m'a chargé de lui fournir des cartes de visite et des prospectus d'ici là.

Montant dans la caisse : 367,46 £
13 clients

LUNDI 28 JUILLET

Commandes en ligne : 6
Livres trouvés : 3

Laurie ne travaillait pas aujourd'hui, si bien que j'étais seul dans la boutique. Vincent m'a téléphoné pour me dire que la nouvelle camionnette est arrivée et que je peux passer la prendre quand je le souhaite.

Lorsque j'ai apporté les sacs de courrier au bureau de poste, Wilma m'a demandé si ça se passait bien avec Anna. William a surpris sa remarque et grommelé quelque chose de désagréable.

Suivant les consignes de Nicky, j'ai passé une ou deux heures à concevoir la publicité pour le Club du livre aléatoire qu'elle doit distribuer au festival d'Édimbourg. Après le déjeuner, je l'ai envoyée par e-mail à J&B Print, à Newton Stewart, accompagnée d'un mot précisant qu'elle devait être prête pour jeudi.

Je suis allé chercher la nouvelle camionnette chez Vincent après le travail. Elle est gris métallisé, avec GPS intégré, ouverture électrique des fenêtres et barre de remorquage : c'est beaucoup plus chic que ma vieille camionnette rouge. La croix de Saint-André du drapeau écossais est collée sur sa portière arrière, ce qui mettrait mon unioniste de mère hors d'elle.

Montant dans la caisse : 434,44 £
39 clients

MARDI 29 JUILLET

Commandes en ligne : 4
Livres trouvés : 4

Laurie est venue travailler aujourd'hui, mais non sans mal : son chien a eu l'œil crevé, m'a-t-elle dit. Le drame de sa ménagerie domestique se poursuit. Mais il semble que les chatons vont bien.

Une commande Amazon pour un ouvrage intitulé *Rééduquer les chevaux dangereux et inaptes à la compétition*. J'aurais dû l'envoyer à mon cousin Aoife, dont les canassons semblent tous relever des deux catégories.

Le livre de M. Deacon est arrivé : je lui ai laissé un message sur sa boîte vocale.

Montant dans la caisse : 341,48 £
33 clients

MERCREDI 30 JUILLET

Commandes en ligne : 3
Livres trouvés : 3

Laurie travaillait aujourd'hui. Le ciel a été couvert presque toute la journée.

Je suis allé examiner une collection d'ouvrages sur le catholicisme dans une élégante maison de ville géorgienne de North Berwick. J'ai donné 200 £ à l'homme – un grand type tellement mutique que je me suis demandé, à un moment, s'il n'appartenait pas à un ordre ayant fait vœu de silence – en échange de cinq cartons de livres, puis me suis rendu à Eyemouth, où j'ai trouvé un hôtel pour la nuit.

Montant dans la caisse : 541,90 £
44 clients

JEUDI 31 JUILLET

Commandes en ligne : 3
Livres trouvés : 2

Laurie a tenu seule la boutique. Elle n'a pas réussi à retrouver l'une des commandes du jour, un ouvrage intitulé *Évacuation des eaux usées dans les bâtiments isolés*.

Après le petit déjeuner, j'ai quitté Eyemouth et me suis rendu dans une demeure près de Kelso, où j'avais accepté de jeter un coup d'œil à une autre collection à vendre. Cette fois-ci, il s'agissait de la bibliothèque du vieil homme dont la femme était morte depuis peu, et qui quittait son pavillon pour un foyer d'accueil médicalisé. Il semblait content de déménager, probablement pour la dernière fois de son existence. Le pavillon se trouvait en haut d'une pente raide, et il fallait gravir une dizaine de marches pour accéder à la porte principale. L'homme avait du mal à se déplacer : je suppose qu'à ses yeux, le confort passe désormais avant tout, quitte à ce qu'il perde son autonomie. Les livres étaient autant les siens que ceux de sa femme. Il y avait environ six cents ouvrages en assez bon état, mêlant de manière intéressante la littérature et les essais, notamment des coffrets Folio Society des œuvres de Wodehouse, E. F. Benson et Orwell. J'en ai sélectionné une centaine, lui ai donné 190 £ et ai entamé le chemin du retour. À mon arrivée à la librairie, vers 15 heures, j'ai été accueilli par un client vêtu d'un costume en polyester bas de gamme qui m'a dit : « Vous vous souvenez de moi ? Je vous ai acheté un livre sur le bowling il y a cinq ans. »

Alison de J&B Print est passée déposer les nouveaux prospectus pour le Club du livre aléatoire, accompagnés d'une facture de 313,94 £. Nicky a intérêt à nous trouver une flopée de nouveaux abonnés pour couvrir une telle dépense.

J'ai reçu un e-mail d'Helen, la secrétaire de l'Association des agriculteurs de Wigtown, me rappelant que j'ai accepté de filmer le concours agricole qui a lieu mercredi prochain et d'en faire un DVD. Si l'on en croit les prévisions météo, il fera un temps de chien ce jour-là.

Montant dans la caisse : 277,73 £
31 clients

AOÛT

Comme la plupart des boutiques de ce genre, nous ne vendions pas que des livres. Nous avions ainsi des machines à écrire d'occasion et des timbres – des timbres oblitérés, pour être précis. Les collectionneurs de timbres forment une race étrange d'êtres silencieux, qui font penser à des poissons. Ils peuvent être de tout âge, mais sont invariablement de sexe masculin. Les femmes, apparemment, ne sont pas sensibles au plaisir que procure le fait d'aligner dans des albums des petits bouts de papier colorés. Nous vendions également des horoscopes à trois sous rédigés par quelqu'un qui se vantait d'avoir prédit le tremblement de terre du Japon. Ils étaient présentés sous enveloppes cachetées, et je n'ai jamais eu la curiosité d'en ouvrir une, mais les gens qui les achetaient revenaient souvent pour dire à quel point s'étaient révélées « justes » les prédictions les concernant. Il va de soi que chacun trouvera « juste » un horoscope qui lui dit qu'il est irrésistible aux yeux des personnes du sexe opposé et que son plus grand défaut est la générosité.

George ORWELL
« Quand j'étais libraire ».

Pour survivre – et c'est plus que jamais vrai par les temps qui courent –, les bouquinistes n'ont d'autre choix que de se diversifier. C'est précisément pour cette raison que je me rends régulièrement aux enchères de Dumfries. En ce moment, on trouve dans ma boutique un secrétaire géorgien en chêne (70 £), deux paires de boules de boulingrin victoriennes (25 £ la paire), dix-sept jardinières et pots de fleurs au prix variable, un robuste pare-feu de cheminée victorien (300 £), plusieurs gravures et peintures, une table en acajou (75 £), ainsi qu'un assortiment de breloques et bijoux fantaisie – qu'Anna a disposés dans un coin de la boutique rebaptisé par ses soins « le plus petit magasin d'antiquités du monde » (son idée, pas la mienne). Tous ces objets, s'ils sont bien choisis, peuvent donner une certaine atmosphère aux lieux et rappeler le passé de la bâtisse, qui a été habitée avant de devenir un commerce – d'abord un marchand de nouveautés, en 1899, puis une épicerie, dans les années 1950, et, depuis 1992, une librairie. Ajoutez à tout cela les bâtons de randonnée de Sandy le païen tatoué et il y a là, je l'espère, de quoi occuper les compagnons non lecteurs des bibliophiles pendant que ces derniers passent en revue les étagères.

VENDREDI 1er AOÛT

Commandes en ligne : 4
Livres trouvés : 4

Nicky était là.

Tracy est venue dire bonjour dans la matinée. C'est son anniversaire aujourd'hui.

Moi : « Joyeux anniversaire, Tracy, j'espère que tu passes une agréable journée. »

Nicky : « Eh bien, Tracy, te voilà d'un an plus proche de la mort. »

Norrie est venu nous montrer les prototypes des livres en béton qu'il a fabriqués pour remplacer les spirales en résine que nous avions en devanture du magasin. Ça va me coûter une jolie somme, mais si tout se passe bien, je n'aurai plus jamais à les remplacer.

M. Deacon est venu chercher son exemplaire d'*Aliénor d'Aquitaine* : « De toute façon je suis venu à Wigtown voir le médecin, alors je me suis dit que j'allais passer chercher mon livre, puisque je suis là. »

Mes parents sont venus prendre le thé à 16 h 30. Mon père était agriculteur ; il a pris sa retraite il y a une quinzaine d'années, à peu près à l'époque où j'ai acheté le magasin (avec le soutien enthousiaste de mes parents). En 2000, trente ans jour pour jour après avoir emménagé dans la ferme, ils l'ont vendue, ainsi que ses dépendances – aménagées en gîtes pendant mon enfance – et sont partis vivre dans une maison moderne, environ huit kilomètres plus loin. Ils ont gardé la terre et l'ont mise en fermage. Ma mère, toujours aussi dynamique, passe ses journées à s'occuper de divers projets, tandis que mon père, depuis qu'il est à la retraite, retape de vieilles voitures. Il a commencé par une Bentley, et travaille actuellement sur une Alvis. Alors que je fermais la boutique, cinq minutes après leur départ, j'ai surpris ma mère en train de gratter de l'ongle l'autocollant du drapeau écossais sur la portière arrière de ma nouvelle camionnette.

Après le travail, je suis allé au Ploughman boire un verre avec Callum et Tracy, et fêter le fait que Tracy soit d'un an plus proche de la mort.

Montant dans la caisse : 263,98 £
31 clients

SAMEDI 2 AOÛT

Commandes en ligne : 4
Livres trouvés : 4

Nicky, qui travaillait aujourd'hui, est miraculeusement arrivée à l'heure. La matinée a été humide et particulièrement maussade, mais le ciel s'est dégagé dans l'après-midi. Katie m'a envoyé un texto : apparemment, je lui ai proposé de venir travailler à la librairie cet été, et elle arrive demain. Aïe, aïe, aïe.

Je ne peux pas me permettre de payer deux salaires. Il va falloir que je réduise les heures de Laurie.

Nicky était fin prête à se rendre au festival d'Édimbourg mercredi prochain, pour distribuer les publicités du Club du livre aléatoire. J'ai donc cherché sur Internet quels événements et auteurs elle pourrait bien cibler. Il s'avère que l'inauguration a lieu samedi prochain seulement, et qu'elle s'est trompée dans les dates.

Anna Dreda, de la librairie Wenlock Books de Much Wenlock, dans le Shropshire, est arrivée avec sa compagne Hilary. Je les ai invitées à passer me voir au retour de leurs vacances sur l'île de North Uist. On s'est couchés tard, après avoir passé la soirée à parler boutique. J'ai rarement l'occasion d'échanger mes impressions avec d'autres libraires, mais c'est toujours réconfortant de savoir qu'on n'est pas le seul à affronter certains problèmes – généralement liés à l'implacable progression d'Amazon. Anna s'est adaptée à la situation en réduisant le nombre de ses employés et en comptant sur des bénévoles – ce à quoi je n'avais jamais songé –, ainsi qu'en organisant des événements dans sa librairie. Elles restent ici un jour ou deux.

Au moment de la fermeture, j'ai reçu un coup de fil d'un homme de Ballater, dans l'Aberdeenshire : il possède une série d'ouvrages sur l'exploration polaire qu'il est impatient de céder. J'ai accepté de passer le voir mercredi. Si cette collection en vaut la peine, c'est le genre d'ouvrage qui peut se vendre comme des petits pains au prochain Festival du livre.

Montant dans la caisse : 495,49 £
36 clients

LUNDI 4 AOÛT

Commandes en ligne : 7
Livres trouvés : 7

Jour férié. Katie et Laurie travaillaient toutes les deux. Les études de médecine de Katie semblent avoir eu pour seule fonction de la rendre plus acerbe encore : comme j'étais pieds nus à son arrivée, elle m'a expliqué que par ma faute, la boutique avait plus l'air d'un abri pour SDF que d'une librairie.

Un homme m'a apporté quatre cartons de livres sur la littérature médiévale. J'en ai prélevé quelques-uns et lui en ai donné 60 £. Katie a passé la journée à classer les romans policiers par ordre alphabétique, achevant le travail inauguré par Andew avant que la tâche ne devienne trop dure pour lui.

En rangeant les étagères du rayon Psychologie, je suis tombé sur un ouvrage intitulé *Structure des atomes et liaisons chimiques*, de toute évidence placé là par Nicky. Je lui en toucherai un mot vendredi. J'ai aussi vu qu'elle avait créé un nouveau rayon nommé « Romans sur l'effort de guerre » – que j'ai immédiatement supprimé, avant de mettre les livres dans des cartons pour les envoyer au recyclage.

Hilary aime beaucoup Gavin Maxwell, alors je l'ai emmenée avec Anna voir la Maison d'Elrig, où il a passé son enfance, ainsi que la sculpture érigée en son honneur à Monreith (une loutre en bronze juchée sur un rocher), avant de leur montrer la Monreith House, un manoir géorgien. Puis, comme le coucher de soleil était absolument sublime, je suis allé prendre quelques vues aériennes du concours agricole, à l'aide d'une petite caméra GoPro fixée sur un drone.

Il y a plusieurs années de ça, une amie m'a offert son livre préféré : *La Conjuration des imbéciles*, de John Kennedy Toole. Il était posé sur ma pile de livres à lire, alors je l'ai commencé dès la fermeture du magasin.

Montant dans la caisse : 346 £
26 clients

MARDI 5 AOÛT

Commandes en ligne : 0
Livres trouvés : 0

Une fois de plus, Laurie et Katie sont toutes deux venues travailler aujourd'hui. Il faut vraiment que j'évite qu'elles soient là en même temps, puisque je ne peux les payer toutes les deux. La semaine prochaine elles travailleront trois jours chacune, et je veillerai à ce que leurs emplois du temps ne se chevauchent pas.

Aucune commande aujourd'hui – je soupçonne un problème avec Monsoon. Je leur ai envoyé un e-mail pour le leur signaler.

Anna et Hilary sont retournées à Much Wenlock. Avant de partir, elles m'ont dit qu'elles voulaient revenir me voir avec un club de lecteurs et organiser un stage de création littéraire dans ma boutique en février. Je les ai mises en garde contre la température, mais ça n'a pas semblé les décourager. Comme je ne sais pas trop si ça pourrait marcher, financièrement parlant, je leur ai proposé de profiter de la maison gratuitement la première année – elles avaient l'air de penser que le salon serait parfait pour recevoir les gens. Si ça fonctionne, on trouvera un moyen de renouveler l'expérience, mais en échange d'une somme modique pour la location de la pièce, cette fois-ci.

Katie a passé la journée à ranger le rayon Poésie, qui était dans un effroyable désordre.

Internet a cessé de fonctionner à 15 heures.

Montant dans la caisse : 550,34 £
52 clients

MERCREDI 6 AOÛT

Commandes en ligne : 0
Livres trouvés : 0

Quand je suis descendu ce matin ouvrir la boutique, il n'y avait toujours pas de connexion

Internet, alors j'ai appelé Titan Telecom, mon nouveau fournisseur d'accès, qui m'a dit qu'il me fallait un nouveau nom d'utilisateur et un nouveau mot de passe. Quand j'ai rétorqué que c'était urgent, parce que nous ne recevions plus les commandes, on m'a répondu qu'un technicien me rappellerait sous peu. J'ai laissé des consignes à Laurie et Katie pour qu'elles arrangent tout ça.

Il a beaucoup plu la nuit dernière, et le ciel était couvert ce matin, mais la journée est devenue splendide par la suite, en dépit des prévisions météo. Ça tombait bien : c'était le jour de la Foire de Wigtown. J'ai passé des heures à filmer des brebis, des vaches, des chevaux et des poules, puis à papoter avec des agriculteurs. La Foire annuelle de Wigtown existe depuis deux cents ans, et c'est l'une des plus anciennes foires agricoles d'Écosse. On y trouve également des stands vendant de l'artisanat local et des produits alimentaires régionaux. À côté des enclos emplis d'animaux d'élevage, il y a de la musique, un bar, et plein de moyens de se divertir.

Le technicien de Titan Telecom a appelé à 15 h 45, et Internet a été rétabli à 16 heures. L'argent que j'ai donné aujourd'hui aux filles pour entrer des ouvrages dans le catalogue en ligne a donc été, grâce à ces problèmes techniques, entièrement jeté par la fenêtre.

Laurie et Katie sont allées à la fête sous chapiteau qui a suivi le concours agricole, et ont dormi à la librairie cette nuit. Quand je suis allé me coucher, vers 1 heure du matin, elles n'étaient toujours pas rentrées.

Montant dans la caisse : 386,90 £
43 clients

JEUDI 7 AOÛT

Commandes en ligne : 6
Livres trouvés : 4

Laurie était debout vers 8 h 50, Katie vers 9 h 15. Toutes deux semblaient avoir une sacrée gueule de bois, et se sont montrées jusqu'à la fermeture d'une efficacité toute relative.

Montant dans la caisse : 337,05 £
28 clients

VENDREDI 8 AOÛT

Commandes en ligne : 3
Livres trouvés : 2

Comme je suis parti pour Ballater à 7 heures du matin, c'est Laurie qui a fait l'ouverture aujourd'hui. Nicky est restée chez elle à fabriquer je ne sais quels objets destinés à promouvoir le Club du livre aléatoire lors du festival d'Édimbourg. En plus des prospectus, elle a l'intention d'y distribuer des ouvrages gratuits – généralement prélevés sans mon accord, a-t-elle fini par m'avouer, sur les étagères de la librairie.

Parvenu à Ballater juste avant midi, j'ai repéré la maison : un petit pavillon sans charme, situé dans un lotissement de petits pavillons sans charme similaires, tous ornés de rosiers tarabiscotés. Le petit homme barbu qui m'a ouvert la porte était en peignoir et pantoufles. Sa femme portait les mêmes atours. La maison était petite, encombrée, et tout semblait recouvert de poussière et de crasse. Les livres étaient éparpillés un peu partout – la plupart se trouvant à l'étage, dans un grenier aménagé auquel on accédait par un escalier particulièrement étroit. La femme m'a préparé un thé, puis je me suis frayé un chemin au milieu des ouvrages tandis qu'ils regardaient la télévision. Les livres étaient un peu décevants – *Vers le Pôle* de Nansen dans une édition en deux volumes reliée en cuir, en mauvais état ; l'édition Penguin du *Pire Voyage au monde*, de Cherry-Garrard ; et celle d'*Au pôle Sud avec Scott* de l'amiral Evans. La plupart des livres étaient dans un état passable ou abîmés. Il n'y avait aucune de ces têtes d'affiche qu'on espère toujours dénicher dans une collection sur les pôles, comme une première édition d'*Expédition au Sud polaire (1914-1917)* de Shackleton, ou alors *Au cœur de l'Antarctique, vers le pôle Sud* en édition de luxe – ce qui n'était probablement pas plus mal, mon budget étant serré cette année. Au bout d'une heure ou deux, j'avais amassé cinq à six cartons de livres ayant pour thème l'Antarctique, et nous sommes convenus d'un prix de 300 £. L'homme, tout comme son épouse, s'était montré assez réservé, sans être froid pour autant, et j'en avais vite conclu qu'il n'avait sans doute pas grand-chose à raconter ; mais tout en chargeant les cartons dans la camionnette, je lui ai demandé ce qui avait suscité chez lui un tel intérêt pour l'Antarctique, à la suite de quoi il est devenu étonnamment bavard. Vers l'âge de trente ans, il avait travaillé pour le British Antarctic Survey, un programme scientifique britannique, et s'était rendu en Antarctique à plusieurs reprises pendant la période estivale pour y mener des recherches. Je ferais vraiment mieux de me montrer moins méprisant envers mes clients et les gens qui me vendent des livres.

J'ai quitté l'Aberdeenshire juste après 13 heures et mis le cap vers le sud. J'étais chez moi à 18 heures.

Montant dans la caisse : 196,98 £
19 clients

SAMEDI 9 AOÛT

Commandes en ligne : 4
Livres trouvés : 4

Nicky travaillait aujourd'hui. Le soleil était radieux. Comme je pars quelques jours à la pêche la semaine prochaine, nous avons discuté des diverses tâches qu'il lui faudra accomplir en mon absence. Je suis presque sûr – absolument certain, en fait – qu'elle n'a rien retenu de ce que je lui racontais, et je m'attends à ce qu'elle n'en fasse qu'à sa tête en mon absence.

Au moment où Nicky s'en allait, un homme en scooter pour handicapé lui a presque foncé dessus sur le trottoir. Au début, j'ai cru qu'il s'agissait d'Andy, l'homme qui lui a acheté le sien il y a quelques semaines. Tandis que je méditais sur l'ironie qu'il y avait à se faire renverser par son propre scooter pour handicapé, elle est revenue dans la librairie chercher son chapeau, qu'elle avait oublié dans un coin quelque part. Je lui ai demandé si elle avait croisé Andy récemment, parce que ça faisait un moment que je ne l'avais pas revu. Elle m'a alors répondu – de ce ton indifférent et désinvolte propre à ceux qui sont persuadés que la mort est le commencement, non la fin : « Oh, il est mort la semaine dernière. »

Montant dans la caisse : 336,87 £
25 clients

DIMANCHE 10 AOÛT

Commandes en ligne : 3
Livres trouvés : 3

Je suis allé à Lairg pour trois jours de pêche avec mes amis Frederick et Fenella, en compagnie de leurs autres invités. La A9 est une route difficile – surtout quand on l'emprunte seul, car on n'y capte quasiment jamais la radio. D'habitude, je modifie le réglage pour passer aux grandes ondes et écouter *Test Match Special*, une émission de sport consacrée aux matchs internationaux de cricket, mais l'Angleterre a battu l'Inde hier avec un jour d'avance, ce qui fait que je n'ai même pas eu ce programme pour me tenir compagnie. Il a plu des cordes pendant tout le trajet, et les prévisions météo annoncent que ça va durer toute la semaine. Idéalement, pour la pêche au saumon, mieux vaut que la rivière soit en période en décrue. J'ai bien l'impression que ce ne sera pas le cas.

Ce voyage est pour moi l'un des temps forts de l'année, et je vis dans la perpétuelle crainte de ne pas être invité la fois suivante – probablement parce que je ne suis pas très doué pour la pêche (ni pour les relations en société). La famille de Frederick fait profiter un grand nombre de gens de son droit de pêche dans les rivières Shin et Oykel, et possède un cottage pourvu d'une grande extension juste à la sortie de Lairg. Ces dernières années, j'ai eu à chaque fois la chance qu'ils m'invitent à pêcher pendant quelques jours dans l'un des meilleurs coins à saumon du monde. Je connais désormais presque tous les autres invités – ils changent tous les ans. Cette fois-ci, en plus de Wilf et Daisy, les enfants de Frederick nés d'un premier lit, il y a Biffy, avec qui j'ai usé mes fonds de culotte sur les bancs de l'école pendant deux ou trois ans, ainsi que Will, un homme charmant que je vois pour la première fois.

La rivière Shin est absolument grandiose. Mohamed Al-Fayed a construit un centre d'information touristique non loin de ses chutes, équipé d'une plateforme depuis laquelle on peut voir le saumon patienter dans le plan d'eau en contrebas avant de jaillir des flots et de franchir la cascade pour gagner l'amont de la rivière, où il pourra se reproduire. La Shin fait partie de tout un hydrosystème, et creuse une gorge escarpée et profonde au milieu d'un magnifique paysage de feuillus avant de retomber de manière spectaculaire dans un estuaire nommé Kyle of Sutherland. Quand on se trouve près de cette rivière, on a l'impression de côtoyer quelque chose de vraiment ancien, peut-être en lien avec la période glaciaire (d'énormes rochers de la taille d'une maison émaillent son cours) ; et l'on comprend mieux la puissance des métamorphoses géologiques – car la rivière creuse son chemin jusqu'à la mer le long de la ligne de faille silurienne, dans le chevauchement du Moine. Le bassin supérieur de la rivière Oykel a une apparence similaire, mais le paysage y est plus dégagé. La Shin, quant à elle, est bordée de grands à-pics et véritablement prisonnière de la gorge – et, comme je l'ai découvert une année, totalement à la merci de l'hydrosystème : j'étais agenouillé sur un rocher au milieu des flots quand un technicien a probablement décidé d'ouvrir les vannes de l'écluse. Très concentré, je m'efforçais de bien faire dériver ma mouche, ce qui fait que je n'ai pas remarqué que le rocher sur lequel je me trouvais avait été complètement submergé. Le temps que je m'en aperçoive, le niveau de l'eau entre le rocher et la berge était tel que je n'ai pas eu d'autre choix, pour regagner la terre ferme, que d'inonder mes bottes et de tituber, trempé, jusqu'aux arbres et au sentier menant à la maison.

LUNDI 11 AOÛT

Commandes en ligne : 4
Livres trouvés : 3

Le mugissement du vent et la pluie battante m'ont réveillé à 7 heures. Frederick et moi avons quitté le cottage et roulé jusqu'à la Shin pour rejoindre les *ghillies*, nos guides de pêche. La Shin était impraticable, de même que l'Oykel, alors nous sommes allés voir leurs chutes, curieux de savoir de quoi elles avaient l'air quand un tel volume d'eau se déversait en elles, et avec une violence pareille.

Montant dans la caisse : 467,46 £
45 clients

MARDI 12 AOÛT

Commandes en ligne : 4
Livres trouvés : 2

J'étais debout à 7 h 30, tout comme Will. On a roulé jusqu'au secteur 3 de l'Oykel, où l'eau était très haute. J'ai attrapé un saumon d'un peu plus de huit kilos aux alentours de 9 heures, juste au moment où arrivait Peter, l'un des *ghillies*. Il n'y a pas eu d'autre prise dans l'Oykel ce jour-là. L'après-midi, j'ai pêché dans la Shin, et perdu un énorme saumon en haut des chutes : il a dévidé en quelques secondes tout le fil de mon moulinet et poursuivi sa route, laissant un « V » dans son sillage. Je suis sûr qu'il faisait plus de treize kilos ; mais je doute fort que les autres m'aient cru quand je le leur ai dit.

Montant dans la caisse : 534,57 £
54 clients

MERCREDI 13 AOÛT

Commandes en ligne : 5
Livres trouvés : 4

J'ai pêché toute la matinée. Après le déjeuner, j'ai fait mes adieux et suis parti pour Glasgow, où je passe la nuit à l'hôtel. J'ai des livres à acheter dans le coin demain matin.

Montant dans la caisse : 297,70 £
25 clients

JEUDI 14 AOÛT

Commandes en ligne : 3
Livres trouvés : 3

Réveil à 8 heures. J'ai roulé dans Glasgow jusqu'à une maison appartenant à un jeune couple qui déménage et souhaite vendre ses livres. Parmi ceux-ci se trouvait une collection d'ouvrages sur l'alpinisme : j'en ai sélectionné trois cartons intéressants et leur en ai proposé 75 £. Tandis que je rédigeais le chèque sur le secrétaire de leur bureau, j'ai involontairement effleuré du coude la souris près du moniteur, ce qui a activé l'écran jusqu'alors en veille : soudain a surgi un site Web pour échangistes exhibant la photo d'une jeune femme aux cheveux noirs extrêmement séduisante. Heureusement, aucun de mes deux interlocuteurs ne se trouvait dans la pièce à ce moment-là, et quand la jeune épousée est revenue chercher le chèque, l'écran de veille avait réapparu.

De retour à Wigtown à midi et demi, j'ai surpris Laurie et Katie en train de papoter en écoutant de la musique au lieu de travailler. Le comptoir était un vrai capharnaüm ; les tables et l'espace de travail étaient jonchés de livres et de bouts de papiers. J'ai tenté de leur faire un petit sermon au sujet de la propreté, à quoi elles ont répondu en me traitant de petite vieille tatillonne et en grimaçant pour m'imiter. J'ai donc vérifié sur Internet les niveaux des cours d'eau de la région et décidé de passer l'après-midi à la rivière Minnoch, dans l'espoir d'attraper un autre saumon – une initiative qui s'est avérée parfaitement infructueuse.

À 16 h 30, quand je suis revenu à la boutique, ma mère offrait une visite guidée des lieux à mon cousin Giles. Elle aime bien montrer ma demeure. Un jour, il y a quelques années, alors que le Festival du livre battait son plein, je suis allé dans ma chambre chercher un pull et l'ai trouvée dans la pièce en compagnie d'une Joan Bakewell visiblement embarrassée. Elle était en train de livrer à la baronne un véritable cours sur mes goûts en matière de décoration intérieure.

Un vieil homme est entré juste après 17 heures et m'a demandé si nous pouvions venir chercher des livres – huit cents titres environ – dans la maison de sa sœur décédée, près de Haugh of Urr. Comme il quitte la région samedi, il a besoin de s'en débarrasser de toute urgence ; j'ai donc accepté de passer les voir demain après le déjeuner.

Montant dans la caisse : 299,69 £
32 clients

VENDREDI 15 AOÛT

Commandes en ligne : 3
Livres trouvés : 0

Katie était là aujourd'hui, pour remplacer Nicky.

Monsoon était une fois de plus en panne, si bien que nous n'avons pas pu accéder aux cotes nous permettant de retrouver les livres dont on nous a passé commande. L'un d'eux avait pour titre *Il est né gay*, par Emlyn Williams.

Après le déjeuner, je suis allé à Haugh of Urr, un hameau situé à une soixantaine de kilomètres de Wigtown, jeter un coup d'œil à la collection de livres. Ils se trouvaient dans une charmante petite maison aux murs blanchis à la chaux. Elle était dans une pagaille incroyable, mais pleine d'un beau mobilier d'époque, de peintures anciennes et d'ouvrages variés. Il n'y avait rien d'exceptionnel dans le lot, et nombre des meilleurs livres étaient moisis et détrempés, à la suite d'une inondation au mois de mars. J'ai cependant déniché un *Don Quichotte* en deux volumes datant de 1755, et quelques premières éditions de A. A. Milne. Les livres, les tableaux et les meubles provenaient d'un manoir à la campagne, et avaient été partagés entre divers membres de la famille quand la propriété avait été vendue. Ils avaient l'air déplacés, dans cette maison de poupée. De toute évidence, on les avait achetés en prévision d'un lieu bien plus vaste pour les accueillir. Le vieil homme était là, et n'a pas dit grand-chose. Il était accompagné de son petit-fils, qui avait les mêmes baskets que moi. Quand je lui en ai fait la remarque, il a semblé frappé d'horreur. Je suis ressorti de là avec douze cartons de livres, après avoir rédigé un chèque de 525 £ à l'attention du maître des lieux.

En revenant à la boutique, j'ai découvert une liste de choses à faire laissée par Katie avant qu'elle ne rentre chez elle – notamment « Réparer Monsoon ». Cela devient un problème bien trop récurrent, et le moment est sans doute venu de se mettre en quête d'un autre logiciel. Le nôtre est désormais inutilisable 25 % du temps ; et bien que le service d'assistance technique soit efficace, ils opèrent à partir de l'Oregon, ce qui veut dire à tout coup huit heures de perdues – puisque, de manière fort commode, ils commencent à travailler quand je ferme boutique.

Montant dans la caisse : 217,98 £
26 clients

SAMEDI 16 AOÛT

Commandes en ligne : 5
Livres trouvés : 0

J'étais seul à tenir la librairie toute la journée, et Monsoon était toujours en panne ce matin, ce qui signifie que je n'ai même pas pu retrouver les cotes des livres commandés pendant la nuit. Nicky a passé sa première journée au Festival d'Édimbourg à délivrer à la ronde des tracts pour le Club aléatoire du livre, en plus de ses sages conseils. Elle m'a envoyé un texto à 16 heures pour me dire qu'elle avait lâché l'affaire et était allée au pub.

À midi, j'avais déjà eu un différend avec un client sur l'existence supposée des fantômes, ainsi qu'avec une cliente, qui était venue avec un volume dépareillé de Burns datant de 1840 (c'était une édition en quatre volumes, et il en manquait trois) soigneusement enveloppé dans du papier bulle en croyant que ça valait une fortune. Elle a eu l'air parfaitement outragée d'apprendre que je n'en voudrais pas même si elle me l'offrait. Les volumes dépareillés sont difficiles à vendre : les chances sont infimes de trouver un acquéreur à qui manque le volume que l'on possède, et dans l'édition correspondante, si bien qu'à moins qu'il ne s'agisse de quelque chose d'exceptionnel, ou bien d'un ouvrage illustré avec de belles gravures sur bois ou sur cuivre, j'ai généralement tendance – ainsi que la plupart de mes confrères – à les refuser.

Helen, la secrétaire de l'Association des agriculteurs de Wigtown, m'a demandé par e-mail des nouvelles de la vidéo, dont je n'ai même pas commencé le montage.

On nous a livré deux cartons d'ouvrages ce matin. J'ai découvert en les ouvrant qu'il s'agissait de la collection de livres érotiques de la veuve de Norwich – ils m'étaient complètement sortis de la tête. J'ai regardé sur Internet combien ils valaient et décidé de proposer 75 £ à la veuve pour l'ensemble du lot. Ce n'est pas facile de vendre des ouvrages érotiques : rares sont ceux à pouvoir être vendus sur Amazon ou sur eBay, parce qu'ils violent la susceptibilité puritaine des bégueules qui dirigent ces entreprises.

Eliot est arrivé à 19 heures pour un conseil d'administration et m'a semblé plutôt en forme : ses chaussures traînaient dans la cuisine quelques minutes à peine après son arrivée.

Montant dans la caisse : 407,97 £
29 clients

LUNDI 18 AOÛT

Commandes en ligne : 6
Livres trouvés : 5

Katie travaillait aujourd'hui. Elle s'est plainte d'être malade, alors je lui ai filé du paracétamol. À l'heure du déjeuner, je me sentait carrément patraque moi aussi.

Monsoon était en panne jusqu'à 14 heures – heure à laquelle une de ses équipes d'assistance technique de l'Oregon a fini par se réveiller et prendre une fois de plus le contrôle de l'ordinateur pour le réparer, de manière que nous puissions traiter les commandes et trouver les livres correspondants.

Dans l'après-midi, un client m'a demandé où nous rangions les « recueils de poésie illustrés ». Je lui ai expliqué que nous n'avions pas de rayon spécifiquement dédié à ce type d'ouvrage, et qu'il lui faudrait passer en revue l'ensemble du rayon Poésie. Quand il a réapparu deux heures plus tard, le visage radieux, il tenait entre ses bras pour 200 £ de recueils poétiques. Il venait juste de commencer à collectionner les livres, m'a-t-il confié, et trouvait que la poésie illustrée était un bon thème sur lequel bâtir une collection. Je croyais sincèrement que ce genre d'individu avait disparu de la surface du globe. J'aurais pu l'embrasser.

Quand l'heure de la fermeture a sonné, je me sentais vraiment mal fichu – mal à la gorge, migraine, nez qui coule. Callum est passé me voir et on est allés boire un verre.

Je n'ai toujours pas déchargé la camionnette, depuis mon passage à Haugh of Urr vendredi dernier. Il faut vraiment que je m'en occupe et que j'enregistre les ouvrages les plus intéressants dans le catalogue en ligne, de manière à me faire un peu d'argent frais.

Montant dans la caisse : 469,33 £
36 clients

MARDI 19 AOÛT

Commandes en ligne : 3
Livres trouvés : 3

Katie a appelé pour me dire qu'elle était malade, et je me suis retrouvé seul à tenir la boutique. Je crois que j'ai attrapé le même virus qu'elle – je ne me suis vraiment pas senti bien de toute la journée ; mais l'envoi des livres aléatoires est prévu pour demain, alors j'ai emballé tous les ouvrages. On est revenus à cent cinquante-trois abonnés – le coût de l'affranchissement s'élevait à 247,53 £.

Ce matin, quand je suis passé au bureau de poste/magasin de journaux, William a accueilli mon « Bonjour William, quelle belle journée, une fois de plus » de son habituel « Je ne vois vraiment pas ce qu'elle a de beau ».

Montant dans la caisse : 270,98 £
30 clients

MERCREDI 20 AOÛT

Commandes en ligne : 2
Livres trouvés : 2

Katie et Laurie ont toutes deux appelé pour me dire qu'elles étaient malades – Laurie à 23 heures hier soir et Katie à 8 heures ce matin. C'est extraordinairement mal venu de leur part de tomber malades en même temps.

Alors que je rangeais les étagères de la pièce consacrée à la nature, j'ai trouvé l'*Odyssée* au rayon Pêche. Je n'ai pas encore interrogé Nicky à ce sujet, mais sa réponse sera probablement la suivante : « Ils étaient bien sur un bateau pendant un petit moment. À ton avis, qu'est-ce qu'ils ont mangé ? Eh ben oui. Du poisson. »

Le facteur est passé chercher les livres aléatoires juste après la fermeture. Heureusement j'étais encore dans la boutique et l'ai entendu frapper à la porte.

Après le travail, j'ai envoyé un texto à Laurie : elle m'a promis qu'elle pourrait tenir la librairie même si elle était malade, pour que je puisse aller à Grimsby récupérer des livres chez Ian, mon ami libraire.

Montant dans la caisse : 276,70 £
30 clients

JEUDI 21 AOÛT

Commandes en ligne : 4
Livres trouvés : 4

Katie a réussi tant bien que mal à venir travailler aujourd'hui. Je suis parti à 5 heures du matin pour Grimsby – arrivée à 10 h 45. La boutique d'Ian est une ancienne église située en plein cœur de la ville. Il l'a louée il y a trois ans, dans le but de créer un catalogue en ligne d'une dizaine de milliers d'ouvrages ; mais aujourd'hui il abandonne, parce qu'il ne parvient plus à rivaliser avec les gros sites de vente de livres d'occasion : ceux-ci proposent un tel volume d'ouvrages qu'Amazon et la Royal Mail leur font d'énormes remises, dont les vendeurs plus modestes ne bénéficient pas.

Ian et moi avons passé en revue les livres que je lui ai envoyés il y a deux ans pour qu'il les vende sur son site. J'en ai extrait l'équivalent de dix cartons susceptibles selon moi d'être vendus dans ma boutique, et lui ai laissé le reste pour 500 £. Il m'a alors proposé 1 500 £ pour les livres qu'il avait déjà référencés, mais pas encore vendus, ce que j'ai accepté avec joie.

Après avoir passé treize heures à conduire et déplacer des cartons, j'ai des courbatures dans le dos. Ce soir, je dormirai comme Tchitchikov dans *Les Âmes mortes* de Gogol, quand il a passé une fructueuse journée à récolter les noms des morts sur le domaine de Pilouchkine – « d'un profond sommeil, du merveilleux sommeil, apanage des heureux mortels qui ignorent les puces, les hémorroïdes et l'excès d'intelligence ».

J'ai piqué dans la librairie, au rayon Classiques du XXe siècle, un exemplaire Penguin de *Tandis que j'agonise* de Faulkner, et j'ai commencé à le relire avant de me coucher. Il était au programme quand j'ai passé le bac, et j'ai souvenir de l'avoir apprécié à l'époque.

Montant dans la caisse : 603,63 £
41 clients

VENDREDI 22 AOÛT

Commandes en ligne : 3
Livres trouvés : 2

Laurie était là aujourd'hui.

Parmi les messages de ce matin, un e-mail tout sauf amical :

Nous sommes le 22 août et JE N'AI TOUJOURS PAS REÇU *POMFRET TOWERS*.
JE VIS EN CUMBRIE JUSTE EN FACE DE WIGTOWN, DE L'AUTRE CÔTÉ DU GOLFE DE SOLWAY.
UN LIVRE QUE J'AI COMMANDÉ PAR ABEBOOKS EST ARRIVÉ D'AFRIQUE DU SUD EN DEUX JOURS ET TOUTES MES AUTRES COMMANDES ONT ÉTÉ EXPÉDIÉES RAPIDEMENT ET JE LES AI REÇUES DANS LES TEMPS.
12 JOURS POUR RECEVOIR EN CUMBRIE UN LIVRE DU WIGTOWNSHIRE, C'EST FRANCHEMENT INADMISSIBLE. VOUS DEVRIEZ PEUT-ÊTRE SONGER À PROCÉDER AUTREMENT.

Après le déjeuner, je suis allé chez mes parents chercher mon fusil et j'ai fait feu sur un Kindle (à l'écran cassé, acheté 10 £ sur eBay) en imaginant qu'il s'agissait de l'exemplaire manquant de *Pomfret Towers*. C'était vraiment jouissif de le voir exploser en mille morceaux.

Avant la fermeture, un homme m'a apporté trois Ian Fleming en première édition – notamment *James Bond contre Dʳ No* (sans la jaquette) –, en échange desquels je lui ai donné 150 £, avant de le regretter immédiatement. Avec le recul, 100 £ eussent été bien suffisants.

Montant dans la caisse : 296,47 £
20 clients

SAMEDI 23 AOÛT

Commandes en ligne : 2
Livres trouvés : 2

Aucune des filles n'était là aujourd'hui. Mon dos me fait terriblement souffrir, et maintenant, c'est ma jambe gauche qui est tout engourdie. J'ai appelé Carol-Ann, qui a récemment eu un problème de dos. Elle m'a expliqué qu'il s'agissait là des symptômes de la sciatique.

Deux e-mails de clients Amazon se plaignant d'avoir été contraints de chercher leur colis à la poste et de payer un supplément parce que nous ne les avions pas affranchis. Les livres en question ont été envoyés le 14 ou le 15 août, alors j'ai vérifié : le 14, Katie et Laurie travaillaient toutes deux à la boutique ; le 15, il n'y avait que Katie. Quelqu'un va se prendre un savon à son retour d'arrêt maladie.

J'étais en train de chercher les commandes du jour quand une cliente m'a demandé : « Quel est le plus vieux livre que vous ayez en stock ? », avant d'exiger que je le lui montre. Il s'agit d'un ouvrage intitulé *Martialis* qui date de 1501, ce qui signifie qu'il rate de peu la consécration absolue – à savoir être un incunable, le nom pompeux de tous les ouvrages imprimés avant 1501. Elle m'a alors expliqué qu'elle en avait un plus vieux encore. J'ignorais que c'était une compétition. Notre *Martialis* – bien que n'étant pas un incunable – a le mérite d'être sorti des presses des éditions aldines, l'une des premières imprimeries vénitiennes, et parmi les plus prestigieuses. Elle est connue dans le monde de la typographie pour avoir introduit l'italique, et c'est la première à avoir publié des ouvrages de petite taille, au format – désormais standard – de l'« in-octavo ». Les éditions aldines sont aussi célèbres pour leur emblème : une ancre autour de laquelle s'enroule un dauphin.

Montant dans la caisse : 270,85 £
28 clients

LUNDI 25 AOÛT

Commandes en ligne : 2
Livres trouvés : 2

Katie a réussi à se traîner au travail aujourd'hui. J'ai évoqué le problème des colis non affranchis. Elle a admis que c'était probablement sa faute.

Sandy le païen tatoué m'a apporté cinq bâtons de randonnée pour réapprovisionner mon stock.

Mon dos me fait toujours atrocement mal. J'avais prévu d'aller voir le médecin, mais c'était férié aujourd'hui ; alors j'ai appelé Cloda, mon amie pharmacienne. Elle m'a conseillé de prendre un analgésique associant codéine et paracétamol, à la suite de quoi je suis allé à la pharmacie pour découvrir qu'elle était fermée également, si bien que j'ai fini par acheter du paracétamol et de l'ibuprofène à la coopérative.

J'ai reçu un coup de fil de M. Deacon, qui voulait savoir s'il pouvait commander *Aliénor d'Aquitaine, reine de cœur et de colère* par Alison Weir. Je lui ai demandé s'il était sûr de son choix, étant donné qu'on lui en avait déjà commandé un exemplaire récemment. Il est demeuré coi quelques secondes, puis m'a répondu : « Ah oui, c'est vrai, il est posé sur mon bureau. Mais où est donc passée ma liste ? La voilà. Je voulais dire le *Henry VIII* de David Starkey. Pouvez-vous me le commander ? » Je lui ai garanti qu'il l'aurait avant la fin de la semaine.

J'ai laissé Katie s'occuper de la librairie et suis parti à Partick, un district de Glasgow, déposer au Cash for Clothes quarante cartons de livres destinés au recyclage.

Comme j'ai très mauvaise mémoire, je me suis refait un pense-bête pour ne pas oublier de postuler à la bourse James Patterson. Cela figure désormais sur la liste croissante de choses que je m'en voudrai plus tard de ne pas avoir faites.

Montant dans la caisse : 367,05 £
72 clients

MARDI 26 AOÛT

Commandes en ligne : 2
Livres trouvés : 1

Laurie était là aujourd'hui. Juste après son arrivée, une femme colossale avec une moustache rousse à la Fu Manchu a acheté un livre sur la genèse du film *Le Seigneur des anneaux*.

Un libraire que je ne connaissais pas s'est approché du comptoir et m'a demandé si nous avions des premières éditions rares. Je lui ai dit qu'il pouvait avoir les trois Fleming que je venais d'acquérir pour 200 £. Il a décliné l'offre, mais acheté 225 £ notre première édition de *La Guerre des mondes*, en payant par chèque. C'était la première personne à régler par chèque cette année. Quand j'ai acheté la librairie, nous encaissions en général deux ou trois chèques par semaine. Désormais, les gens paient surtout par carte de crédit.

J'avais rendez-vous chez l'opticien de Newton Stewart après le déjeuner. Peter m'a fait une batterie de tests et m'a annoncé que ma vue était à peu de chose près la même que quatre ans plus tôt, lors de mon dernier examen. Quand je lui ai avoué que j'avais du mal à lire dans mon bain, il m'a demandé : « Et la journée, ça va mieux ? » J'ai répondu que oui. Il m'a alors conseillé de changer l'ampoule. Nous avons passé l'essentiel du rendez-vous à parler VTT et voilier, comme d'habitude. Je lui ai commandé deux nouvelles paires de lunettes avant de partir.

Carol-Ann est passée à 18 h 30 me demander si elle pouvait dormir chez moi. J'ai appelé Callum et l'ai invité à dîner. Anna et Carol-Ann sont allées au restaurant chinois de Newton Stewart chercher des plats à emporter. C'est ce qu'Anna appelle « cuisiner ».

Montant dans la caisse : 287,96 £
56 clients

MERCREDI 27 AOÛT

Commandes en ligne : 3
Livres trouvés : 2

Nicky travaillait aujourd'hui.

Il semblerait que le Vendredi gourmand de cette semaine ait été avancé au mercredi, et j'ai été accueilli ce matin par une Nicky tout sourire : « Regarde, je t'ai apporté un paquet de biscuits au caramel ! Bon, ils ont un peu fondu, c'est pour ça qu'ils sont tout collés entre eux. » Elle a également apporté un vélo qu'elle souhaitait mettre en vente. Je lui ai dit que personne ne serait assez stupide pour l'acheter. Elle venait à peine de poser un panneau « À vendre » sur la selle et d'appuyer le vélo contre le banc devant la boutique que Patrick qui Pue est apparu et lui a demandé combien il coûtait. Elle lui a répliqué que c'était un peu optimiste de sa part de vouloir acheter un vélo, étant donné qu'il marche désormais avec des béquilles.

Une vieille dame approchant visiblement les quatre-vingts ans est arrivée avec un sac de livres à vendre. Il ne contenait que des livres érotiques datant des années 1960, tous illustrés par des photographies. J'ai vérifié le prix d'un ou deux d'entre eux : ils avaient pas mal de valeur. Je lui ai donné 50 £ pour le tout. Juste avant de partir, elle a saisi l'un des ouvrages et m'a dit : « Devinez à quelle page de ce livre c'est moi qui pose. »

Carol-Ann passe à nouveau la nuit ici.

Montant dans la caisse : 461,39 £
34 clients

JEUDI 28 AOÛT

Commandes en ligne : 5
Livres trouvés : 5

Katie était là aujourd'hui.

Nicky a vendu sa bicyclette, ce qui m'a prodigieusement agacé. Elle a posté le message suivant sur Facebook :

> Désolée tout le monde, le vélo est vendu !
> Mais à la place il y a une table en bois faite sur mesure avec un battant qui se soulève ! C'est pas génial, ça ? Elle est à vous pour 20 £.

Une femme d'âge mûr s'est approchée du comptoir, un livre à la main : « Je prends celui-ci, merci. C'est pour mon fils, voyez-vous. Il est instituteur et il doit faire cours sur les dinosaures. Je ne connais rien sur le sujet, et lui non plus, alors je lui achète ce livre. Je le vois la semaine prochaine, je le lui donnerai à ce moment-là. C'est le soixante-dixième anniversaire de sa tante Florence. Elle fait dix ans de moins, vous savez... » Et ainsi de suite pendant encore dix minutes.

AbeBooks m'a envoyé un e-mail pour me dire que notre compte a été suspendu parce que nous sommes passés sous la barre minimale de satisfaction des commandes, fixée à 85 % par mois. Je les ai appelés et leur ai demandé comment faire pour être réintégré à leur site.

Un vieil homme avec une canne a abordé Nicky alors qu'elle était en train de fouiller dans un carton de livres destiné à Cash for Clothes : « Je cherche un livre, mais je ne sais pas comment il s'appelle. Par contre, je sais à quoi il ressemble. C'est un très vieux livre. »

Sandy le païen tatoué est passé à la librairie avec de nouveaux bâtons de randonnée. J'en ai vendu un juste après sa visite.

Montant dans la caisse : 388,03 £
39 clients

VENDREDI 29 AOÛT

Commandes en ligne : 1
Livres trouvés : 1

Nicky travaillait à nouveau aujourd'hui. Pour le Vendredi gourmand, elle m'a apporté des beignets d'oignon indiens accompagnés de légumes marinés – glanés, comme d'habitude, lors de son petit saut au Morrisons.

AbeBooks m'a envoyé un e-mail m'expliquant de manière ridiculement alambiquée la marche à suivre pour rétablir mon compte. On me demande notamment d'expliquer pourquoi notre taux de satisfaction a baissé et de préciser ce que nous allons faire pour être sûrs que cela s'arrange. J'avais vraiment l'impression d'être un gamin qui doit s'excuser parce qu'il a fumé en cachette. J'ai tout mis sur le dos de Laurie : j'ai expliqué à la dame d'AbeBooks (Emma) que j'avais viré mon employée pour fainéantise et que c'était ça, ma stratégie pour améliorer la satisfaction des commandes. Elle a paru très contente de ma réponse.

Dans l'après-midi, je suis allé à Dumfries jeter un coup d'œil à la bibliothèque d'un pasteur de l'Église d'Écosse à la retraite. Il venait de perdre sa femme, mais semblait malgré cela étonnamment joyeux. Ou peut-être à cause de cela. J'ai pris un carton contenant un mélange d'ouvrages et lui ai donné 75 £ en échange. Le seul livre valable qu'il contenait était un exemplaire des

Échos du Galloway ; autrefois, il se vendait 40 £, mais son prix est désormais passé en dessous des 20 £.

J'étais de retour au magasin à 15 h 30, juste à temps pour entendre une cliente dire à son vieux croulant de mari : « Je suis allée me promener dans le jardin. Il y a un portail avec un panneau qui dit "Privé", mais je suis entrée quand même. C'est ravissant. »

Nicky a trouvé un livre intitulé *Comprendre la dépression féminine*, qu'elle a décidé de garder pour elle. Nous sommes allés au pub après la fermeture, et elle a dormi dans le Lit du festival.

Montant dans la caisse : 328,89 £
27 clients

SAMEDI 30 AOÛT

Commandes en ligne : 3
Livres trouvés : 3

Aujourd'hui, nous avons eu notre première commande AbeBooks depuis le mois de juin. Ils ont visiblement fini par accepter que nous revenions vendre sur leur site.

Pendant que Nicky portait les sacs de courrier à la poste, une cliente a trouvé une édition de *Daniel Deronda* datant de 1876 dont l'étiquette indiquait 6,50 £ et l'a posée sur le comptoir en me disant : « Combien il pourrait bien coûter, celui-là ? » La tentation a été grande de lui répondre qu'il « pourrait bien coûter 7,50 £ » ; mais sans attendre que j'ouvre la bouche, elle a complètement changé de sujet et ajouté : « J'ai trouvé ça vraiment décevant, Venise. Il y avait des touristes partout » – l'éternelle plainte du touriste prétentieux.

J'ai laissé Nicky gérer la boutique et suis allé à l'aéroport de Glasgow avec Anna, qui va rendre visite à sa famille en Amérique.

Montant dans la caisse : 211,86 £
29 clients

SEPTEMBRE

> Nous avions aussi un important rayon de livres pour enfants, principalement des invendus soldés par les éditeurs. Les livres pour enfants sont de nos jours des objets plutôt répugnants, et plus encore quand ils sont en nombre. Personnellement, si je devais faire un cadeau à un enfant, j'offrirais plutôt *Le Satyricon* que *Peter Pan,* mais Barrie lui-même semble plein de vigueur et de virilité comparé à certains de ses émules ultérieurs.
>
> George ORWELL
> « Quand j'étais libraire ».

Le rayon Jeunesse du magasin est toujours en pagaille. On peut le ranger tant qu'on veut, impossible de le garder en ordre plus d'un jour ou deux, même en fournissant des efforts dignes de Sisyphe. J'aimerais pouvoir gronder les enfants qui sèment le désordre ; mais je suppose que c'est dans leur nature d'agir ainsi. Une lueur d'espoir s'allume en moi quand je vois un enfant en train de lire, tellement absorbé par son ouvrage qu'il en oublie le monde qui l'entoure. De manière générale, les filles – tout du moins, dans ma boutique – semblent des lectrices plus assidues que les garçons. (Le fait est que je ne m'intéressais moi-même guère aux livres quand j'étais petit.) Quoi qu'il en soit, ni les filles ni les garçons ne se soucient de Barrie aujourd'hui. De tous les écrivains écossais de cette époque, seuls Stevenson et Buchan semblent avoir résisté à l'épreuve du temps, et leurs livres continuent à bien se vendre dans ma boutique.

Les *Livres des fées* d'Andrew Lang, un ensemble d'ouvrages illustrés ayant chacun une couleur différente, rencontrent aussi pas mal de succès, mais davantage auprès des collectionneurs que des enfants. Un jour, j'ai acheté toute la série à un autre libraire et l'ai emportée à un salon du livre – un autre aspect de ce commerce qui, à quelques notables exceptions près, semble exhaler le dernier râle de l'agonie. Les transactions les plus lucratives, dans les salons du livre, ont lieu entre les marchands eux-mêmes quand ils installent leur stand, avant l'arrivée du public. Cette collection de contes de fées n'a pas échappé à la règle : moins d'une semaine après l'avoir achetée 400 £, je l'ai vendue 550 £ à un confrère au Salon du livre de Lancaster. Depuis lors, je ne suis plus jamais retourné dans ce type de manifestation. Le coût du voyage, du logement et du stand –

alors même que les gens ne sont prêts à débourser que des sommes dérisoires de nos jours – ont rendu les salons du livre, à l'exception des événements haut de gamme, quasiment non viables sur le plan financier.

LUNDI 1er SEPTEMBRE

Commandes en ligne : 3
Livres trouvés : 2

Laurie travaillait aujourd'hui. Quand elle est arrivée, je suis allé à Newton Stewart déposer la recette de la semaine dernière à la banque et récupérer mes nouvelles lunettes chez l'opticien. Isabel est passée à 15 h 30, a vu mes nouvelles binocles et s'est exclamée : « Oh, ça te donne l'air super intelligent. » Elle est passée maître dans l'art de critiquer sous couvert d'éloge.

Montant dans la caisse : 153,54 £
15 clients

MARDI 2 SEPTEMBRE

Commandes en ligne : 4
Livres trouvés : 2

Laurie est arrivée de bon matin. À 14 heures, un client à la moustache soigneusement taillée s'est approché du comptoir et m'a dit : « Cela fait des années que je cherche *Le Pire Voyage au monde* d'Apsley Cherry-Garrard – depuis que j'ai prêté le mien à un ami qui ne me l'a jamais rendu. J'ai vu que vous en aviez un, mais il est à 23 £. C'est une jolie somme pour un vieux bouquin. » Si je résume : après des années passées à chercher un exemplaire du *Pire Voyage au monde*, il a fini par en trouver un – et dans une édition rare, qui plus est

– mais n'est pas prêt à débourser 23 £ pour l'obtenir.

En triant les cartons de livres achetés à Haugh of Urr, je suis tombé sur un *Guide de conversation française* édité chez Collins. Il faudrait vraiment passer d'horribles vacances pour avoir besoin des phrases suivantes :

« Quelqu'un est tombé à l'eau. »
« Vous savez fabriquer une attelle ? »
« Elle a été écrasée par une voiture. »
« Aidez-moi à le porter. »
« J'aimerais faire une radio. »
« Laissez-moi tranquille. »
« Je n'aime pas ça. »
« La femme de chambre ne vient jamais quand je sonne. »
« J'étais là en 1940. »
« Onze otages ont été tués ici. »

Montant dans la caisse : 218,93 £
20 clients

MERCREDI 3 SEPTEMBRE

Commandes en ligne : 3
Livres trouvés : 3

Laurie a fait l'ouverture à 9 heures – en oubliant de retourner le panneau « Fermé ». Le temps que je m'en aperçoive, il était 10 h 30, et pas un seul client n'avait franchi le seuil de la boutique.

Un gros bus de tourisme Shearings s'est arrêté devant le magasin à 15 heures – signe infaillible qu'un bataillon de retraités du Yorkshire s'apprête à envahir ma boutique en se plaignant de tout, rafler n'importe quoi tant que c'est gratuit, et repartir dix minutes plus tard en demandant d'une voix pressante où se trouvent les toilettes publiques les plus proches. L'assaut d'aujourd'hui a été rendu légèrement plus supportable par le chauffeur de bus – le seul à acheter quelque chose. Nous avons échangé un regard de mutuelle compassion. Peu après leur départ, une femme a déambulé dans la librairie en piaillant : « Liz ! Karen ! » Le bus Shearings, apparemment, attendait leur retour pour démarrer. Le calme qui avait gagné la boutique après leur invasion a été brièvement rompu par ses hurlements stridents.

Le projet de parc éolien de Kirkdale a été rejeté par les urbanistes. C'est là une bonne nouvelle ; mais l'entreprise qui cherche à l'imposer est connue pour sa capacité à faire annuler les décisions locales d'aménagement du territoire par le Parlement écossais.

Laurie est partie à 15 heures. C'était son dernier jour ; mais comme elle a été embauchée par la compagnie qui gère le festival, elle reviendra plus tard ce mois-ci travailler au premier étage de la librairie. Pendant le festival, en effet, mon salon se transforme en « Refuge des écrivains », un lieu réservé aux auteurs invités pour des lectures. Nous faisons venir un traiteur, de manière qu'ils soient largement pourvus en nourriture et en vin durant leur séjour à Wigtown. Laurie aura pour mission de s'assurer que tout marche comme sur des roulettes – ce qui n'est jamais le cas. Une année, le matin même du jour de l'inauguration du festival, l'un de nos invités a pris un bain et, sans qu'il en soit en rien responsable, la canalisation de la baignoire s'est mise à fuir quand il a retiré la bonde : un torrent d'eau a franchi le plancher de la salle de bains et inondé la cuisinière électrique, qui a grillé d'un coup dans un bruit assourdissant. J'ai dû appeler Carol-Ann pour lui demander d'en acheter une neuve à Dumfries et de me la rapporter en urgence. La panne de courant liée à la destruction de la cuisinière avait également anéanti le routeur wi-fi, si bien que nous étions privés d'Internet ; plus tard dans la journée, c'est le lave-linge qui a lâché. Évidemment, il s'agit là des trois équipements de base dont nous avons le plus besoin pendant le festival.

Montant dans la caisse : 173,49 £
15 clients

JEUDI 4 SEPTEMBRE

Commandes en ligne : 3
Livres trouvés : 2

C'était le dernier jour de travail de Katie, alors je l'ai serrée dans mes bras pour lui dire au revoir. Elle déteste tout contact physique, et c'était particulièrement réjouissant de la voir aussi mal à l'aise.

Montant dans la caisse : 304,38 £
25 clients

VENDREDI 5 SEPTEMBRE

Commandes en ligne : 5
Livres trouvés : 4

Nicky était là aujourd'hui. Quelques minutes à peine après son arrivée, elle avait déjà jeté son sac par terre au beau milieu de l'entrée, balancé son manteau dans un coin, ouvert plusieurs cartons, et recouvert presque toutes les surfaces encore libres d'ouvrages non triés et non étiquetés. Elle a cependant trouvé la commande d'hier qui manquait et que j'avais cherchée en vain – et reconnu qu'elle avait rangé le livre sur la mauvaise étagère.

Alors que je réparais une planche cassée au rayon Romans policiers, j'ai surpris une cliente d'âge mûr, en pleine conversation avec son amie sur la littérature d'épouvante, en train de confondre E. L. James et M. R. James. Elle sera agréablement surprise, ou alors profondément choquée, quand elle ouvrira son exemplaire de *Cinquantes nuances de Grey* en rentrant chez elle.

Une cliente potelée et de petite taille, vêtue d'un pantalon en polyester imitation tartan, s'est plantée sur le seuil de la Salle écossaise et en a barré l'accès alors même que je tentais d'y ranger des nouveautés. Elle m'a regardé fixement pendant quelques secondes avant de me lancer : « Vous ne savez pas qui je suis, n'est-ce pas ? » Un silence embarrassé a suivi, puis je lui ai avoué qu'en effet, je n'en avais aucune idée. J'ai fini par comprendre qu'elle était l'auteur de plusieurs messages particulièrement déroutants laissés sur la page Facebook de la librairie – et de toute évidence une femme dotée d'une confiance impressionnante, à défaut d'être totalement justifiée, en son propre génie. Elle m'a rappelé que nous avions parlé un jour au téléphone : c'est elle qui a écrit *Je déteste la balançoire* – un texte autobiographique qui, sans surprise, n'a toujours pas trouvé d'éditeur à ce jour. Glacé d'effroi, je l'ai vue repérer l'un des panneaux affichés par Nicky, conviant les clients à lire des extraits de leur livre préféré devant la caméra pour qu'on les poste sur Facebook. Elle a foncé vers sa voiture et en est revenue avec un ouvrage, en insistant pour que je la filme en train de le lire. C'était une autobiographie de l'un de ses ancêtres, écrite juste avant la Première Guerre mondiale. Elle en a lu un extrait d'une voix plate et morne, ponctuée çà et là de brusques vagissements et d'un enthousiasme frénétique et gesticulatoire complètement déplacés par rapport au texte.

Avant de partir, elle m'a prévenu qu'elle avait l'intention de venir au festival « se faire une idée de l'ambiance », de manière à savoir à quoi s'attendre quand elle serait invitée à y donner une lecture, à la suite du succès de son livre – qui ne saurait tarder. Elle m'a alors demandé, comme lors de son coup de fil, si elle pouvait louer le Lit du festival. J'aurais dû le voir venir, mais bêtement, j'ai été complètement pris par surprise. Sans réfléchir, j'ai lâché une vague excuse qui me dédouanait de toute responsabilité et rejetait la faute sur Eliot : il avait décidé, lui ai-je expliqué, qu'on ne louerait pas le lit de la librairie cette année. Et je lui ai raconté ça alors même qu'il y a déjà deux réservations.

Après le travail, Tracy est venue prendre le thé, et m'a décrit la personne la plus odieuse qu'elle avait jamais vue passer à la Société de protection des oiseaux. Il s'agissait de la même femme.

Nicky a dormi dans le Lit du festival.

Montant dans la caisse : 246,60 £
14 clients

SAMEDI 6 SEPTEMBRE

Commandes en ligne : 3
Livres trouvés : 3

Nicky était debout de bonne heure et avait déjà rangé la cuisine quand je suis descendu au rez-de-chaussée. Nous avons reçu une commande pour un ouvrage intitulé *Incontinence*.

J'ai posté sur Facebook la photo d'une tasse au motif « Guerre d'indépendance écossaise », ce qui a suscité quelques commandes. C'est Bev qui a fabriqué ces tasses : elles reproduisent la couverture d'une brochure des années 1920 que j'ai scannée et lui ai envoyée par e-mail. La tentation est grande d'en offrir une à ma mère pour Noël.

À 10 h 30, un client a apporté onze cartons d'ouvrages mêlant l'art italien, la physique et les statistiques. Tandis que je les parcourais, une Australienne est restée plantée près de moi de manière fort embarrassante, à me regarder en souriant jusqu'aux oreilles. Au bout d'un moment, elle m'a demandé si on m'avait fait don de ces livres. Je lui ai expliqué que personne ne me donnait de livres, et que je les achetais tous. Elle m'a alors regardé rédiger un chèque de 120 £ pour les ouvrages que je souhaitais acquérir dans ce lot et le tendre à l'homme qui me les avait apportés. Au moment de partir, elle a chuchoté à son mari : « Il récupère tous ces livres gratuitement, tu sais. » À la fin de la journée, j'avais vendu six des livres sur l'art à un client aux anges qui cherchait deux d'entre eux depuis des années.

Sandy le païen tatoué est venu avec un ami et a passé un petit moment à feuilleter des livres. Nicky et lui ont eu un débat houleux au sujet des détecteurs de métaux, dont ils sont tous deux friands. Il y a quelque chose dans l'attrait que suscitent les détecteurs de métaux qui n'est probablement pas sans lien avec la bibliophilie. Il s'agit dans les deux cas d'explorer un champ précis en quête d'un trésor enfoui, et la fièvre qui brille dans l'œil de Sandy quand il parcourt la librairie est, je suppose, comparable à celle qui l'anime quand il est au milieu d'un champ en quête de trésors vikings.

Après le déjeuner j'avais rendez-vous avec Anne Barclay, qui travaille pour la compagnie chargée d'organiser le Festival du livre. Elle m'a demandé de préparer une petite vidéo pour la branche « jeunes adultes » du festival, nommée WTF (Wigtown, The Festival). J'ai accepté de filmer trois des organisateurs samedi prochain. Anne est administratrice du festival (quand Eliot en est le directeur artistique) : elle se charge de toute la logistique, des réservations, etc., et c'est une incroyable bosseuse. Il y a souvent de la lumière dans son bureau à l'heure où moi je vais me coucher (je le vois depuis la fenêtre de ma chambre quand je tire les rideaux) ; et quand le festival approche, c'est encore allumé à 1 heure du matin.

Montant dans la caisse : 496,96 £
36 clients

LUNDI 8 SEPTEMBRE

Commandes en ligne : 6
Livres trouvés : 5

Nicky travaillait aujourd'hui. La journée a commencé par une dispute, consécutive à son refus de répondre à ma demande – trier les cartons l'un après l'autre, et ne pas laisser des piles de livres éparpillées n'importe où dans la boutique. À l'heure de la fermeture, il y avait neuf cartons ouverts, et des tas de livres abandonnés en sept endroits différents du magasin. Quand je lui en ai fait la remarque, elle a mis ça sur le dos des clients.

À 11 heures, je suis allé jusqu'à l'obélisque érigé en hommage à Alexander Murray avec mon drone pour filmer une bande-annonce destinée à « Extérieur Noir », un événement que l'animateur radio Stuart McLean a lancé l'année dernière : il propose aux gens d'écrire et d'enregistrer un morceau de musique, puis de le lui confier. Cela lui permet de diffuser, à l'aide d'un émetteur FM installé non loin de l'obélisque, vingt-quatre heures de musique inédite dans un rayon de six à sept kilomètres. Ensuite, il détruit le disque dur sur lequel les œuvres sont stockées – ce qui signifie, au fond, que chacun de ces morceaux n'existe vraiment que pour cette unique diffusion.

Anne Brown, autrefois présidente de la compagnie qui gère le festival, a demandé qu'on lui fournisse des enregistrements sonores destinés à Wigtown Radio, une station qui émet pendant le festival. Cet après-midi, j'ai donc fait le tour de la place pour enregistrer de courts entretiens avec les commerçants et les entrepreneurs de la ville. Wigtown Radio a été inaugurée l'année dernière et émet depuis la Cellule des Martyres, une minuscule pièce voûtée située dans les anciens bâtiments du comté. Elle diffuse presque toujours en direct, et bénéficie d'un animateur et d'un réalisateur. Sa programmation se fait un peu à l'instinct : le réalisateur court chercher des invités à l'extérieur au moment même de la diffusion, tandis que l'animateur maintient le fil de l'émission.

J'ai fini *Tandis que j'agonise* ce soir. Un client m'a vu le lire cet après-midi et m'a dit que si cela m'avait plu, j'aimerais sans doute aussi un livre de Nick Cave intitulé *Et l'âne vit l'ange*. J'en ai trouvé un exemplaire au rayon Fiction poche et en ai commencé la lecture.

Montant dans la caisse : 242,30 £
18 clients

MARDI 9 SEPTEMBRE

Commandes en ligne : 3
Livres trouvés : 1

Pas de Nicky aujourd'hui : j'étais tout seul à la boutique par cette belle et chaude journée. Impossible de trouver deux des trois commandes du jour. Les cotes des ouvrages enregistrés par Nicky s'avèrent incroyablement illogiques ces derniers temps.

Parmi les e-mails reçus ce matin :

Objet : Je n'ai pas d'argent, j'adore les livres, donnez-moi du travail SVP

Message :

À l'attention de The Book Shop,

Je vous écris pour savoir si vous cherchez à embaucher du personnel parce que je suis auteure et que, comme la plupart des écrivains, je suis complètement fauchée. En temps normal, je chercherais un poste de serveuse, mais je croise les doigts pour trouver un emploi impliquant de travailler le plus près possible d'un grand nombre de livres.

Je vis dans un camping-car garé dans le coin pour un moment, car mon mari travaille actuellement avec Andy P., un potier de la région (c'est lui-même qui m'a dit de le mentionner dans ma lettre, alors vous ne pouvez pas m'accuser de vouloir citer des gens que vous connaissez pour me faire embaucher...). J'ai une grande expérience du travail collectif et de vraies qualités pour servir les clients, mais ce qui me qualifie selon moi pour un poste dans votre librairie, c'est mon amour profond des livres et le respect que je leur porte, quels qu'ils puissent être. J'ai toujours aimé les livres et les aimerai toujours. Si c'était légal, j'en aurais probablement épousé un.

Je suis de nature travailleuse et avenante, et je peux vous fournir des références si nécessaire.

J'ai bien conscience que ce n'est pas du tout pro de demander un poste dans votre librairie de cette façon, mais je peux vous assurer que je sais me montrer pro quand c'est nécessaire/quand on me le demande.

Bien à vous,

Bethan

Je lui ai répondu que le moment était bien choisi, parce que les préparatifs du festival demandent une énergie folle et que nous avons besoin de tous les bras possibles, mais que son contrat s'achèverait deux ou trois jours après la fin du festival.

Carol Crawford, la représentante de Booksource, est passée vers midi et demi. Elle prévoit toujours une petite visite avant le festival, pour s'assurer que les nouveautés contenues dans son iPad sont bien présentes dans ma librairie. J'ai passé commande d'une cinquantaine de titres, y compris trois *Jardins écossais oubliés*, dont j'ai l'intention de conserver un exemplaire. À nouveau, la logique douteuse de mes actes – acheter des livres chez un diffuseur, quand Amazon propose les mêmes titres moins chers que je ne les ai payés – me laisse en proie au doute. J'ai le sentiment que cela ne pourra pas continuer comme ça longtemps. Les clients se servent de plus en plus de ma librairie comme d'un simple moyen de feuilleter les ouvrages avant de les acheter en ligne. C'est particulièrement vrai pour les nouveautés, presque toujours vendues sur Amazon à un prix plus bas que celui conseillé ; c'est moins le cas pour les ouvrages d'occasion, souvent plus chers sur Internet.

En début d'après-midi, un client est entré dans la boutique et m'a demandé si nous avions « un livre nommé *Enlevé !* ». Je lui ai dit que nous en avions en effet plusieurs exemplaires dans la Salle écossaise. Il est reparti sans même daigner répondre, encore moins aller voir.

J'ai fabriqué un support en bois en forme de blason avec un vieux tiroir, y ai fixé le Kindle tué à coups de fusil, et l'ai accroché dans le magasin.

Captain a disparu depuis dimanche. Quand j'ai discuté par Skype avec Anna et que je l'en ai informée, elle a été très triste de l'apprendre et s'est montrée extrêmement soucieuse, imaginant toutes sortes d'improbables destins ayant pu échoir à la malheureuse créature.

Montant dans la caisse : 235,47 £
27 clients

MERCREDI 10 SEPTEMBRE

Commandes en ligne : 3
Livres trouvés : 3

Nicky est venue travailler aujourd'hui. Elle est parvenue à dénicher les deux livres que je n'ai pas réussi à trouver hier. Elle les avait bien enregistrés dans le catalogue, mais les avait rangés dans des rayons n'ayant strictement rien à voir avec la cote indiquée dans la base de données.

Nouveau coup de fil de la dépressive du pays de Galles, qui s'est conclu comme à l'accoutumée. Je m'interroge : peut-être possède-t-elle une longue liste de libraires à qui elle passe son temps à téléphoner pour leur poser la même question ? Je suppose que cette liste est suffisamment longue pour l'occuper deux mois durant, avant qu'elle ne soit contrainte de tout recommencer depuis le début ; cela correspond à peu près à l'écart entre deux de ses appels.

À 11 heures, Norrie et Muir sont passés avec les livres en béton et une tige en acier pour ériger les nouvelles spirales, suscitant l'émoi et la consternation des passants.

J'ai proposé une tasse de thé à Nicky aux alentours de 15 h 30. Elle m'a répondu : « Ouaip, mais seulement si tu me le sers avec une tasse et une soucoupe en porcelaine tendre. Je veux pas l'une de tes grosses tasses débiles. »

Après le travail, j'ai rempli la demande de subventions James Patterson pour la librairie. Je la relirai plus tard avant de la mettre au courrier.

Toujours pas de chat en vue.

Montant dans la caisse : 273,94 £
24 clients

JEUDI 11 SEPTEMBRE

Commandes en ligne : 4
Livres trouvés : 3

Nicky travaillait à nouveau aujourd'hui. Elle m'a apporté un cadeau : quatre conserves de tomate toutes cabossées vendues à prix cassé à la coopérative.

À 10 heures, je suis allé à Newton Stewart chercher des matériaux de construction. Je dois créer un espace de représentation à l'arrière de la boutique, qui servira pendant le festival. Alors que je me trouvais au magasin de bricolage, je suis tombé nez à nez avec Ronnie, l'électricien, et lui ai rappelé qu'il ne m'avait pas encore envoyé sa facture pour un travail qu'il a fait chez moi il y a trois ans.

La coopérative a fermé à 15 heures pour des travaux de rénovation. Il nous faut désormais aller à Newton Stewart pour faire nos courses. Elle rouvre ses portes le 18. La nouvelle est accueillie par certains habitants de la ville avec au moins autant d'enthousiasme que le référendum sur l'indépendance de l'Écosse, qui se déroule à la même date.

Montant dans la caisse : 411,44 £
19 clients

VENDREDI 12 SEPTEMBRE

Commandes en ligne : 4
Livres trouvés : 4

Nicky est de nouveau venue travailler aujourd'hui. Ses premiers mots ont été les suivants : « Tu veux de la confiture de mûre sauvage ? Bon, c'est pas vraiment de la confiture, en fait. Et c'est pas très ragoûtant, c'est beaucoup trop sucré et en plus j'ai ajouté de la poudre de piment. À mon avis ça pourrait être pas mal pour accompagner de la viande. »

Nous avons trouvé toutes les commandes : j'ai demandé à Nicky de s'occuper des frais postaux sur le site de la Royal Mail et de déposer les colis à Wilma au bureau de poste. À 17 heures, quand j'ai vu qu'ils traînaient toujours au milieu de la boutique, j'ai décidé d'aborder le sujet avec elle de manière frontale. Elle m'a répondu que ça pouvait attendre jusqu'à demain. Quand je lui ai fait remarquer que les clients qui avaient commandé des livres jeudi ne les recevraient donc pas avant lundi ou mardi prochain, alors que nous nous engagions à livrer sous quarante-huit heures, elle m'a répliqué : « Y vont pas se vexer pour ça. »

Après le déjeuner, je suis allé à l'aéroport de Glasgow chercher Anna, qui a passé l'essentiel du trajet de retour à énoncer diverses théories improbables sur ce qui avait bien pu arriver à Captain.

Au moment de la fermeture, j'ai remarqué – sur l'étagère autrefois destinée aux « Romans sur l'effort de guerre » de Nicky (et que j'avais supprimée) – une nouvelle étiquette intitulée « Témoignages sur les traumatismes et les abus ». Je l'ai immédiatement retirée. De toute évidence, Nicky l'a mise là pour m'agacer.

Au moment de partir, elle m'a dit qu'elle viendrait peut-être lundi, mais seulement si l'envie l'en prenait.

Montant dans la caisse : 141,22 £
17 clients

SAMEDI 13 SEPTEMBRE

Commandes en ligne : 6
Livres trouvés : 4

À 10 heures, une jeune femme blonde et très jolie a débarqué dans la boutique. Il s'agissait de Bethan, celle qui m'avait envoyé un e-mail le 9. Elle avait l'air charmante et vive, si bien que je lui ai proposé quelques jours de travail ponctuel, d'aujourd'hui à la fin du festival, selon que Nicky puisse venir ou non.

Une cliente a saisi un livre de Lyn Andrews et lancé à son amie : « Je suis en train de le lire sur mon Kindle. » J'espère sincèrement qu'elle a vu la liseuse mutilée exhibée comme trophée de chasse, et réfléchi aux conséquences potentielles des e-books sur les librairies – même si je doute que son cerveau soit particulièrement troublé par des pensées de ce genre.

À l'heure du déjeuner, un client coiffé d'une casquette, dont la jambe gauche du pantalon était remontée jusqu'au genou et la droite roulée sur sa cheville, a acheté un ouvrage sur le sexe tantrique.

Devant l'insistance d'Anna, j'ai imprimé des affiches « Chat disparu » et les ai diffusées un peu partout dans la ville.

J'ai dîné avec des amis sur l'île de Whithorn – un repas composé, pour l'essentiel, de vigoureux arguments pour ou contre l'indépendance de l'Écosse. Anna y était d'abord opposée, en raison de son aversion bien compréhensible du nationalisme (ses grands-parents maternels étaient tous deux des survivants du génocide, et son grand-père prisonnier à Auschwitz au moment de la libération du camp) ; mais elle semble peu à peu se ranger à l'idée que nationalisme et indépendance ne sont pas forcément synonymes. La moitié des convives présents au dîner était pour l'indépendance, l'autre moitié contre. Si les votes, le jour venu, sont aussi également répartis que nous l'étions ce soir, la nuit du décompte des voix, le 18, devrait se révéler intéressante.

La soirée s'est achevée de manière inattendue par une discussion sur la poésie. Christopher, notre hôte, est un agriculteur qui a étudié les mathématiques fondamentales à l'université, et c'est la dernière personne que j'aurais soupçonnée d'être passionnée de poésie. Je le connais depuis l'enfance, mais jusqu'à ce soir je ne me doutais pas une seconde qu'il pouvait avoir ne serait-ce qu'une once d'intérêt pour autre chose que la pluviométrie et le rendement de sa récolte. Ce soir, il a récité par cœur « Le chant d'Aengus errant » de Yeats. C'était extraordinaire et étonnamment émouvant.

Montant dans la caisse : 239 £
17 clients

LUNDI 15 SEPTEMBRE

Commandes en ligne : 5
Livres trouvés : 5

Nicky avait un empêchement aujourd'hui, alors j'ai envoyé un e-mail à Bethan pour lui dire qu'elle pouvait venir travailler, si elle était libre.

Notre évaluation Amazon est passée de « Bonne » à « Correcte », sans doute à cause des demandes non satisfaites. Parmi les commandes du jour, l'une a été envoyée en Belgique, une autre en Allemagne. Cela se produit habituellement quand le cours de la livre est en baisse, ce qui est le cas en ce moment, en partie – si l'on en croit les militants opposés à l'indépendance – à la suite de l'incertitude engendrée par le référendum de jeudi.

Bethan est arrivée vers 13 heures. Je lui ai fait faire un petit tour du propriétaire avant de lui demander de ranger les étagères, activité qui offre le double intérêt d'améliorer l'allure générale de la boutique et de lui montrer où se trouvent les différents rayons.

Peu après l'arrivée de Bethan, Anupa, l'une des artistes du festival en résidence, est venue me voir à la librairie. Même si j'avais énormément de travail en retard, nous avons passé une heure à papoter, notamment au sujet du vote de jeudi. On s'est dit que la prochaine fois qu'on se verrait, dans une semaine et quelque, l'Écosse serait peut-être indépendante – et que, quel que soit le résultat, au moins la coopérative aurait-elle rouvert ses portes.

Un vieux barbu au pas traînant m'a demandé si nous avions des livres sur « les artefacts culturels des royaumes de Cumbrie et de Northumbrie » –, attisant davantage encore ma haine des gens qui tentent de se donner l'air plus futé qu'ils ne le sont en usant de mots pompeux. Dans ma librairie, inutile de s'y connaître en philatélie. Quelques minutes plus tard, incapable de trouver le rayon Topographie, il est revenu me voir et m'a demandé : « Où se trouve la Northumbrie ? » J'ai résisté à l'envie de lui dire que c'était le sud de l'Écosse, point barre. Sa femme s'est approchée du comptoir avec dans les bras sept ouvrages sur la Northumbrie, y compris une première édition à l'état neuf de *Tous les chemins*, un vieux guide illustré des régions britanniques. Cela faisait 27 £ en tout. L'homme a baissé les yeux vers le sol et marmonné : « Vous pouvez me faire une remise de combien ? »

Montant dans la caisse : 211,17 £
28 clients

MARDI 16 SEPTEMBRE

Commandes en ligne : 1
Livres trouvés : 1

Bethan était de nouveau là ce matin, alors j'ai passé presque toute la journée dans l'ancien entrepôt à bâtir un « espace de création » pour le spectacle de marionnettes d'Allison pendant le festival. L'année dernière, j'ai transformé une partie de l'entrepôt en une sorte de salon à l'atmosphère intime, que nous avions élogieusement présenté comme « le Club du festival ». Maria (le traiteur qui s'est chargée du Dîner au whisky pendant le Festival de printemps) nous avait fourni de quoi manger, du thé, du vin, de la bière et des sodas, et ç'avait été un franc succès. Mais cette année, au moment du festival, Maria livrera ses services au Refuge des écrivains. Comme nous n'avons pas trouvé d'autre traiteur, l'entrepôt servira d'espace pour divers événements, notamment celui d'Allison.

À 16 heures, une femme est entrée dans la boutique en essuyant son bras couvert de sang. Elle était certaine d'avoir trouvé Captain près du court de tennis et avait voulu le ramener à la librairie ; mais quand elle était passée devant la coopérative, le chat s'était mis à cracher et à la griffer avant de prendre la poudre d'escampette.

Dans l'après-midi, j'ai été brièvement interviewé par Border TV au sujet du prochain

Festival du livre. Quand on vit dans le Galloway, dont la densité de population est faible, on est souvent mal desservi en services qui semblent tout naturels à d'autres – les transports publics, par exemple ; mais rien ne symbolise mieux ces gigantesques lacunes que notre chaîne de télévision régionale. Certes, ils font de leur mieux, mais le Galloway ne fait pas partie des Borders, et notre station de télé « locale » émet depuis la côte d'en face, à savoir dans un autre pays : Gateshead, le siège de ITV Border, se trouve en Angleterre, à plus de trois cents kilomètres à l'ouest du Galloway. C'est comme si le journal télévisé de Londres était transmis depuis Swansea, au sud du pays de Galles, et tentait de couvrir toutes les infos entre les deux villes.

Montant dans la caisse : 152,49 £
13 clients

MERCREDI 17 SEPTEMBRE

Commandes en ligne : 0
Livres trouvés : 0

Alors que nous étions en train de trier le dernier carton provenant d'Haugh of Urr, Bethan est tombée sur les *Œuvres poétiques complètes* de Kathleen Raine. Je m'attends généralement à ne pas savoir grand-chose, voire à ne pas connaître du tout la plupart des auteurs dont l'œuvre figure sur nos étagères ; mais j'ai un peu appris à connaître Kathleen Raine en achetant des livres à un vieux monsieur vivant près de Penpont, à soixante kilomètres de Wigtown. Il y a six ans, il m'a appelé pour me dire qu'il vendait ses livres, alors je suis passé chez lui. Il habitait une belle maison de maître, avec une sculpture d'Andy Goldsworthy dans le jardin. Avant que je ne commence à m'aventurer dans sa bibliothèque bien fournie, nous avons pris place devant une marmite de soupe préparée par ses soins, au-dessus de laquelle il m'a révélé qu'on lui avait diagnostiqué une leucémie en phase terminale. Il avait visiblement du mal à accepter ce verdict, et m'a répété à plusieurs reprises que deux ans plus tôt, pour son soixante-quinzième anniversaire, il avait grimpé en haut du Kilimandjaro. Sa femme était morte quelques années plus tôt, et de toute évidence il avait cru qu'il vivrait beaucoup plus longtemps que ce qu'il pouvait raisonnablement espérer, selon les médecins. On sentait un net sentiment d'injustice et de colère dans ses propos, ce qui peut aisément se comprendre. J'ai acheté environ huit cents ouvrages de sa bibliothèque, qui contenait près de six mille volumes, et lui en ai donné 1 200 £. L'objet le plus intéressant du lot était une lettre qu'il avait reçue de Kathleen Raine, et dont il s'était servi comme d'un marque-page dans *Mes amies les loutres* de Gavin Maxwell. Quand il l'a sortie du livre et me l'a montrée, j'ai dû lui avouer que je n'avais jamais entendu parler de Kathleen Raine. Il m'a expliqué que Maxwell et elle avaient été bons amis jusqu'à ce que, en 1956, alors qu'elle était venue lui rendre visite à Camusfearna (la demeure de Maxwell à Sandaig, sur la côte ouest de l'Écosse), il l'avait chassée de chez lui pendant un orage. Raine s'était alors plantée sous un sorbier du jardin et l'avait maudit. Par la suite, elle avait jugé que tous les malheurs – prompts et nombreux – qui avaient frappé Maxwell après cet épisode étaient liés à sa malédiction ; et elle demeurait persuadée que les amis de Maxwell, eux aussi, l'accusaient de la série d'infortunes dont il avait été victime. La lettre contenue dans *Mes amies les loutres* était une réponse à une invitation à l'inauguration de la sculpture érigée en l'honneur de Gavin Maxwell à Monreith, ville près de laquelle il avait passé son enfance. Raine avait décliné la proposition parce qu'elle pensait que les amis de Maxwell se montreraient hostiles à son égard. Le vieil homme est mort quelques mois après m'avoir vendu ses livres.

Quelqu'un aurait vu Captain sur l'aire de stationnement du Poteau des Martyres, au pied de la colline de Wigtown. Anna s'y est précipitée mais est revenue sans lui. De toute évidence, le chat trouvé hier sur le court de tennis n'était pas Captain. Cela explique pourquoi il a griffé la femme bien intentionnée qui tentait de l'arracher à son habituel lieu de résidence.

Plus aucune hirondelle en vue sur les fils électriques.

Montant dans la caisse : 158,50 £
16 clients

JEUDI 18 SEPTEMBRE

Commandes en ligne : 2
Livres trouvés : 1

Bethan et Nicky travaillaient toutes les deux aujourd'hui, alors je leur ai demandé de choisir et d'empaqueter les livres aléatoires du mois. Je n'ai confiance ni dans l'une ni dans l'autre pour sélectionner le genre de livres qui, selon moi, plaira aux abonnés ; mais avec le festival qui approche, je ne sais plus où donner de la tête et je suis bien obligé de déléguer.

L'une des commandes du jour était impossible à retrouver : j'ai envoyé l'ouvrage en question à Ian Grimsby quand il a récupéré notre stock vendu en ligne, mais je n'ai jamais réussi, depuis lors, à le retirer de Monsoon – ce qui fait qu'il apparaît toujours comme disponible chez nous. J'ai été contraint d'annuler la commande, ce qui va encore me valoir un commentaire négatif.

J'ai passé une partie de l'après-midi à interviewer d'autres commerçants du coin pour la radio du festival. L'une des interviewées était

Nicky, qui m'a décrit comme une « grande énigme aux cheveux roux ».

La coopérative a rouvert aujourd'hui, suscitant l'enthousiasme général ; mais à la fin de la journée, tout le monde se plaignait de ne plus réussir à y trouver quoi que ce soit.

Jour de référendum : je suis allé voter en mon nom, et par procuration pour Callum, parti sur le *Camino*, le chemin de pèlerinage de Saint-Jacques de Compostelle. Après la fermeture, Eliot est venu me voir avec Beth et Cheney, les stagiaires du festival – qui héritent des tâches les plus exaltantes, comme empiler des chaises et répondre au téléphone du bureau. On a passé la soirée devant la télé pour découvrir les résultats. J'ai fini par aller me coucher à 2 heures du matin, abattu par ce qui s'annonçait à l'évidence comme un vote en faveur du « non » à l'indépendance écossaise.

Montant dans la caisse : 237,96 £
20 clients

VENDREDI 19 SEPTEMBRE

Commandes en ligne : 3
Livres trouvés : 3

Bethan et Nicky travaillaient toutes les deux aujourd'hui.

J'ai passé la journée à enregistrer d'autres entretiens pour la radio du festival, laissant

Nicky gérer la boutique. Dans une semaine exactement, c'est le début du festival.

Montant dans la caisse : 157 £
10 clients

SAMEDI 20 SEPTEMBRE

Commandes en ligne : 2
Livres trouvés : 2

Nicky est arrivée avec dix minutes de retard, en jubilant du résultat du référendum.

Twigger m'a envoyé un e-mail :

> Salut Shaun, espèce de grand couillon de rouquin – insulte quelques écrivains pour moi, d'accord ?
> Mes amitiés à tous mes potes de WIGTOWN, Rob.

Cette année, pour la première fois depuis longtemps, Twigger ne sera pas là pour le festival. Il est parti à l'aventure quelque part dans l'Himalaya pour préparer son prochain livre, qui sera, je crois, une sorte de biographie topographique, comme l'était déjà son dernier ouvrage, *Le Nil rouge*.

Tandis que je déchargeais des cartons de la camionnette, Carol Carr, une éleveuse de moutons de la région, est passée dans la rue et nous avons échangé quelques amabilités. Elle m'a demandé comment j'allais : je lui ai expliqué que la santé était bonne, si l'on exceptait mon dos. Elle a eu l'air surprise et m'a répondu que Rob, son mari, avait lui aussi des problèmes de dos, comme la plupart des paysans. Il ne lui avait jamais traversé l'esprit que les libraires passaient une bonne partie de leur temps à charger et décharger des cartons de leur véhicule, ainsi qu'à soulever des livres posés à même le sol dans des espaces exigus et malcommodes. J'ai calculé que je porte autour de quinze tonnes de livres par an, et que ces quinze tonnes changeront au moins trois fois de place.

Plus que six jours avant le début du festival.

Montant dans la caisse : 193,50 £
17 clients

LUNDI 22 SEPTEMBRE

Commandes en ligne : 5
Livres trouvés : 5

Nicky et Bethan sont venues travailler. Nicky a apporté un gâteau en forme de gigantesque chenille qu'elle a acheté ce week-end – il était vendu au prix cassé de 49 pence au Morrisons. Il avait l'air absolument écœurant, et était couvert du glaçage le plus hideux qu'on puisse imaginer.

Le festival commence vendredi, dans quatre jours à peine. La semaine qui vient sera donc surtout consacrée à de frénétiques préparatifs de dernière minute.

Bethan a passé la journée à étiqueter et ranger sur les étagères les Penguin apportés par Bev un peu plus tôt.

Zoe et Darren sont arrivés. Ce sont des comédiens avec qui Anna a prévu d'effectuer une sorte de performance artistique pendant le festival. Ils ont l'intention de rejouer des scènes de films connus (*Le Grand Sommeil, Coup de foudre à Notting Hill, L'Histoire sans fin*) ayant pour cadre une librairie. Les répétitions commencent demain.

J'ai vérifié où en était la livraison à l'entrepôt de Dumferline des ouvrages qui doivent être « Expédiés par Amazon » : les cartons qu'UPS est passé prendre ne sont toujours pas arrivés.

Nous avons reçu de bien tristes nouvelles aujourd'hui. Alastair Reid est mort hier. J'écrirai à Leslie, sa veuve, dès demain. Finn a téléphoné pour m'en informer à l'heure du déjeuner.

Montant dans la caisse : 145 £
22 clients

MARDI 23 SEPTEMBRE

Commandes en ligne : 4
Livres trouvés : 4

Nicky et Bethan travaillaient toutes les deux. Comme le festival approche, elles ont passé la journée à vérifier que les étagères étaient pleines de livres et bien rangées. Plus que trois jours avant l'inauguration.

Après plusieurs whiskies, j'ai écrit à Leslie. Le printemps va perdre un peu de son charme maintenant que je sais qu'il ne sera plus ponctué par la venue d'Alastair.

Montant dans la caisse : 372,96 £
21 clients

MERCREDI 24 SEPTEMBRE

Commandes en ligne : 2
Livres trouvés : 1

Bethan était là aujourd'hui, mais pas Nicky.

J'ai déplacé les meubles du salon et préparé le Refuge des écrivains. Davy Brown, l'ami artiste qui donne des cours d'art plastiques à l'étage, est venu y accrocher ses tableaux – ils y resteront pendant toute la durée de la manifestation. Le Refuge a été inauguré au début de l'histoire du festival, au moment où Finn dirigeait encore la compagnie chargée de son organisation. Une année, il avait entre autres invité Magnus Magnusson à venir parler de son livre. La lecture était prévue à 20 heures. À 18 heures, Magnusson a décidé de se mettre en quête de quelque chose à manger. En ce temps-là, comme le public était relativement rare, la plupart des cafés, des pubs et des restaurants arrêtaient le service à 18 heures. Magnusson ne trouvant rien à se mettre sous la dent, Finn m'a téléphoné, en désespoir de cause, pour me demander s'ils pouvaient passer à la librairie grignoter un petit quelque chose.

J'ai rapidement préparé de la soupe et une assiette de restes, et nous avons tous trois pris place chez moi pour partager ce repas. Par la suite, Finn m'a demandé si je pouvais garder du fromage, des galettes d'avoine et de la soupe à portée de main pendant toute la durée du festival, en cas de nouvelle urgence. Urgence qui a eu lieu. Et pas qu'une fois. Au bout de quelques années, cela avait pris une telle ampleur que nous avons dû mettre en place des horaires d'ouverture officiels et faire appel à Maria. Désormais, quand il y a du monde, nous ravitaillons jusqu'à soixante-dix personnes, et le week-end, nous leur proposons du homard frais pêché dans le coin.

Les chapiteaux ont été installés dans les jardins du centre-ville. D'autres camions sont arrivés avec des chaises, une piste de danse, un équipement de chauffage et du matériel sono, ainsi qu'un second chapiteau. Plus que deux jours avant le début du festival.

J'ai passé une heure au téléphone avec UPS et Amazon pour tenter de savoir où pouvaient bien être les six cartons de livres envoyés à Dunfermline pour qu'ils soient « FBA », expédiés par Amazon – sans le moindre succès. Selon toute apparence, je viens de pénétrer dans un univers diabolique composé d'acronymes commerciaux de trois lettres.

L'un des bénévoles du festival m'a emprunté la camionnette pour aller chercher dans l'atelier d'Astrid, à Édimbourg, les silhouettes découpées en contreplaqué destinées au festival et les rapporter ici.

Cet après-midi, j'ai fabriqué une estrade en contreplaqué et bois d'œuvre pour le spectacle d'Allison. Comme elle voulait du parquet, j'ai déniché des autocollants en vinyle imitation parquet et les ai commandés pour elle.

Je me suis résolument efforcé de poursuivre ma laborieuse lecture de *Et l'âne vit l'ange*, pour le finir avant le début du festival. Plus que trente pages à tirer.

Montant dans la caisse : 146,49 £
9 clients

JEUDI 25 SEPTEMBRE

Commandes en ligne : 3
Livres trouvés : 3

Nicky et Bethan étaient là toutes les deux aujourd'hui.

Les répétitions des comédiens (Zoe et Darren) dans la boutique ont semé la consternation parmi les clients, surtout maintenant qu'ils ont déniché accessoires et costumes.

Amazon a appelé pour dire qu'ils avaient fini par retrouver les cartons disparus, et qu'ils sont désormais enregistrés et disponibles en ligne.

Les comédiens, Anna et moi-même sommes passés voir la maison qu'Eliot a louée pour le festival. Il a préparé un petit repas pour nous et les stagiaires, Cheyney et Beth. Quand nous sommes revenus à la librairie, Nicky m'a proposé la dernière bouchée du gâteau-chenille au chocolat. Il n'en restait que la tête – elle avait mangé tout le reste.

Carol-Ann est arrivée, ainsi que Stuart Kelly : la maison est bien pleine. Les deux Italiens qui dorment dans le Lit du festival doivent arriver demain dans la journée : je suis allé à Newton Stewart faire des doubles des clés, de manière que mes hôtes puissent circuler comme bon leur semble.

Après la fermeture, j'ai passé une heure ou deux à composer de manière frénétique une piste audio pour l'événement « Extérieur Noir » de Stuart McLean, qui commence samedi midi.

L'inauguration du festival a lieu demain.

Montant dans la caisse : 227,49 £
15 clients

VENDREDI 26 SEPTEMBRE

Commandes en ligne : 4
Livres trouvés : 3

J'ai terminé *Et l'âne vit l'ange* avant l'ouverture. Nicky et Bethan étaient là toutes les deux aujourd'hui.

Maria est venue installer la cuisine du Refuge des écrivains. Cela semblait consister, pour l'essentiel, à ce que je l'aide à déplacer des réfrigérateurs.

Nicky et moi avons passé la matinée à nous charger de diverses tâches liées au festival, telles que s'assurer qu'il y ait assez de papier toilette, de liquide vaisselle et autres produits du même genre dans la maison, installer des panneaux montrant comment se rendre aux manifestations, et dénicher des chaises. Les lattes autocollantes imitation parquet pour l'estrade d'Allison sont arrivées. Laurie, Nicky et moi avons eu notre querelle annuelle pour savoir s'il fallait écrire le Refuge « de l'artiste » ou « des artistes ».

Anna était nerveuse aujourd'hui : les numéros qu'elle répète avec les comédiens commencent demain. Il semblerait qu'on appelle ça du « théâtre immersif ».

J'ai reçu un e-mail des Italiens censés dormir dans le Lit du festival, qui m'annonce qu'ils ne peuvent pas venir. Le bon côté des choses, j'imagine, c'est que le lit est désormais disponible pour tous les amis en quête d'un lieu où passer la nuit.

Le festival s'est ouvert à 20 heures, comme tous les ans, sur un feu d'artifice. Nicky avait apporté de la bière faite maison et en a bu une ou deux pintes avant que nous ne gagnions le centre-ville. Personne d'autre n'a osé y toucher. Elle s'est mise à danser comme une folle au son de l'orchestre de cornemuses de Creetown, comme si elle était dans une rave des années 1980 à écouter de la house music.

Après le feu d'artifice, nous nous sommes tous rendus sous le chapiteau pour la soirée d'ouverture du festival. Après le petit discours de bienvenue d'Eliot, Zoe a lu un poème d'Alastair Reid, puis Lauren McQuistin, une soprano originaire de Stranraer, nous a livré son interprétation de « Ye Banks and Braes », une chanson traditionnelle écrite par Robert Burns.

Montant dans la caisse : 346,75 £
30 clients

SAMEDI 27 SEPTEMBRE

Commandes en ligne : 3
Livres trouvés : 2

Nicky était là, mais Bethan a pris deux jours de congé parce qu'elle doit couper du bois pour l'hiver.

À 9 heures, en faisant l'ouverture, je me suis rendu compte qu'un écrivain patientait devant la boutique. Avant même que je n'actionne la lumière dans la pièce, il s'est planté sur le seuil pour réclamer sa pitance. Nicky a dû lui expliquer que le Refuge des écrivains n'ouvrait qu'à 10 heures. Maria n'était même pas encore arrivée avec les plats.

J'ai trouvé deux des commandes du jour et porté les sacs de courrier au bureau de poste. L'irascibilité de William est à son comble pendant le festival, et il se plaint amèrement

– malgré les milliers de personnes qui débarquent en ville précisément pour cette manifestation – de la baisse de ses ventes. Baisse qu'il attribue au fait qu'il est difficile de se garer, ce qui pousse les gens du coin à acheter leurs journaux ailleurs.

Nicky a décidé qu'aujourd'hui – traditionnellement le jour le plus chargé du festival – serait une belle journée pour repeindre la devanture de la librairie. Elle a passé presque toute la matinée à s'y employer, tandis que je gérais les clients et le chaos du premier jour dans le Refuge des écrivains. De manière générale, cela signifie pour moi chercher des rallonges électriques pour brancher la soupière – puis des fusibles pour la remettre en marche quand elle a fait sauter les plombs –, en plus de déboucher l'évier engorgé, de remplir les paniers de bûches et de lancer de beaux feux de cheminée.

Pour parachever le tout, Anna m'a demandé si je pouvais filmer ses performances théâtrales dans diverses librairies de la ville. Partout où elle jouait, la petite troupe semblait susciter autant le trouble que l'enthousiasme chez les clients. L'un des libraires a trouvé ça tellement déconcertant qu'il m'a téléphoné pour me dire qu'ils n'étaient plus les bienvenus dans sa boutique.

Ma sœur Lulu et Scott, mon beau-frère, sont arrivés dans la matinée avec leurs enfants. Ce sont de fidèles soutiens du festival, et chaque année ils viennent assister à

« Wigtown a un incroyable talent », un événement qui a lieu le premier samedi soir. Je leur ai proposé de déjeuner au Refuge des écrivains – repas au cours duquel l'un des auteurs invités nous a raconté une histoire de nécrophilie particulièrement atroce. Heureusement, les enfants jouaient à ce moment-là dans l'arrière-salle avec Captain, revenu depuis peu à la maison.

J'ai tenu le rôle de réalisateur pour Wigtown Radio dans l'après-midi, entre 15 et 16 heures.

Après la fermeture, je me suis rendu à la première d'Anupa avec Anna, Carol-Ann, Astrid et Stuart ; puis, en compagnie de Nicky et Stuart, je suis allé écouter les solos accompagnés au piano de Lauren McQuistin, et enfin assister à « Wigtown a un incroyable talent ». Stuart a semblé très impressionné par la prestation de Lauren. Une fois rentrés, on a bu un verre. Astrid a dormi dans le Lit du festival, que les Italiens avaient fort opportunément laissé vacant.

Montant dans la caisse : 989,30 £
95 clients

DIMANCHE 28 SEPTEMBRE

Commandes en ligne : 4
Livres trouvés : 3

Nicky était là à 9 heures. Maria est arrivée juste après et m'a annoncé que le frigo ne marchait pas, alors j'ai changé le fusible avant de me rendre à la décharge de Newton Stewart avec toutes les bouteilles vides et les sacs remplis des assiettes en carton de la veille.

Lee Randall, une journaliste qui anime plusieurs manifestations du festival, voulait savoir si je pouvais lui trouver dans ma boutique des livres aux titres insolites pour un événement dont elle s'occupe – le Club du mauvais livre, un concept créé par Robin Ince. J'ai réussi à lui en dénicher quelques-uns, notamment un énorme ouvrage médical intitulé *Le Rectum*. Elle l'a rapidement feuilleté avant de le poser devant moi et d'annoncer : « Très intéressant. J'ai presque toutes les maladies décrites dans ce livre. »

Anna et les comédiens ont joué des scènes extraites du *Grand Sommeil* et de *Coup de foudre à Notting Hill* dans la librairie, à la plus grande joie et la plus grande perplexité, une fois de plus, de tous ceux qui en ont été les témoins. J'ai surpris une jeune femme en train de chuchoter : « C'est du théâtre immersif » à sa mère parfaitement décontenancée.

Alors que je me rendais au bureau du festival (je devais voir Eliot au sujet d'un auteur qui réclamait un projecteur pour son intervention), j'ai repéré M. Deacon en train de papoter avec l'ancien député Menzies Campbell devant l'un des lieux dévolus aux manifestations. Il m'est déjà arrivé d'assister à des lectures auxquelles M. Deacon était présent lui aussi. S'il pose une question – ce qu'il fait généralement –, elle est systématiquement accueillie par la réponse suivante, quel que soit son interlocuteur : « C'est une question très intéressante. »

Nicky a déniché un ouvrage de Ian Hay dans lequel le personnage principal s'appelle Nicky, et passé la journée à le lire en gloussant au lieu de travailler. Il semblerait qu'un autre personnage se nomme Stiffy, « La Trique », et que celui-ci, ainsi en a-t-elle décidé, soit mon avatar. Elle adapte donc le texte pour le faire coller à son propre récit.

Le Refuge des écrivains a grouillé de monde toute la journée. Sont passés, entre autres têtes connues, Kate Adie, Menzies Campbell, Clare Short, Kirsty Wark et Jonathan Miller. Pendant un bref moment ils se sont tous trouvés réunis dans la boutique à papoter. On aurait dit un salon littéraire.

Le soir venu, Eliot s'est pointé avec une bande d'écrivains ; on ne risquait pas de se coucher tôt. À un moment, Stuart Kelly s'est versé un verre de vin qu'Eliot lui a arraché des mains pour le boire à sa place, laissant Stuart perplexe. Plus tard, nouvel outrage : Stuart a trouvé une paire de chaussures sous une table alors qu'il mettait un peu d'ordre dans le Refuge (vers 2 heures du matin) et les a posées dans le couloir. Quand Eliot a découvert qu'il s'agissait des siennes, il a demandé à Stuart de les lui rapporter. Stuart, à ce moment-là, avait dans les bras un gros tas de journaux, qu'il a laissé tomber sur les pieds d'Eliot en s'écriant : « Édition spéciale, édition spéciale. Le directeur du festival est incapable d'aller chercher ses chaussures tout seul. »

Montant dans la caisse : 447,98 £
44 clients

LUNDI 29 SEPTEMBRE

Commandes en ligne : 3
Livres trouvés : 3

Nicky, Bethan et Flo étaient là toutes les trois aujourd'hui. Flo est une étudiante qui a déjà travaillé à la librairie l'été dernier, et qui manifeste un manque de respect absolument admirable envers les clients, mais bien davantage encore envers moi. J'aurais préféré qu'elles soient venues tenir la boutique ce week-end, et j'ai eu du mal à les occuper toutes les trois.

Le Refuge des écrivains était plutôt calme aujourd'hui, sauf quand la journaliste Clare Balding s'y trouvait. J'ai passé presque tout mon temps à remplir le panier de bûches, ainsi qu'à ramasser dans la cuisine les sacs remplis de carcasses de homard, d'assiettes en papier et de bouteilles et à les descendre aux poubelles.

Nicky m'a apporté des comprimés homéopathiques contre le stress et m'a obligé à en avaler deux, que j'ai fait passer avec une pinte de son infecte bière faite maison.

Montant dans la caisse : 467,12 £
51 clients

MARDI 30 SEPTEMBRE

Commandes en ligne : 2
Livres trouvés : 2

Bethan et Flo étaient là, même si Bethan a loupé son bus et n'est arrivée qu'à 10 heures. Flo n'a pas réussi à trouver la première commande de ce matin, *Tokyo Lucky Hole*, au rayon Livres érotiques, ni la seconde au rayon Poésie. Je les ai dénichées en moins d'une minute et lui ai demandé de préparer les colis. Quand je suis revenu, dix minutes plus tard, elle était plongée dans l'érotisme plutôt cru de *Tokyo Lucky Hole*.

Le soir, au pub, Allison, Anna, Lee Randall et moi-même avons fait équipe pour le quiz littéraire de Stuart Kelly. On est arrivés troisièmes, avec vingt-cinq bonnes réponses sur trente-cinq. Anupa est rentrée avec nous et on a bu un verre ou deux.

Montant dans la caisse : 291,49 £
27 clients

OCTOBRE

> Les snobs amateurs d'« éditions originales » étaient beaucoup plus nombreux que les amoureux de littérature, et les étudiants orientaux marchandant le prix de manuels à trois sous plus nombreux encore, mais les braves dames hésitant sur le choix d'un cadeau d'anniversaire pour leur petit-neveu constituaient une majorité écrasante.
>
> George ORWELL
> « Quand j'étais libraire ».

Les snobs amateurs d'« éditions originales » sont malheureusement une espèce en voie d'extinction ; mais nombre de gens venus me voir dans l'espoir de me vendre des livres pointent le doigt vers le verso de la page de titre, où est indiquée l'édition, et attendent avec impatience que je leur en offre un véritable pactole. Désormais, je ne vérifie que rarement de quelle édition il s'agit, à moins qu'il ne s'agisse d'un Ian Fleming antérieur aux années 1960, du premier livre d'un auteur célèbre, ou de tout autre ouvrage du même acabit. Dans le domaine des essais, à de rares exceptions près, l'année d'édition n'a presque aucune espèce d'importance – ce qui n'empêche pas les gens de se cramponner à l'idée que les premières éditions sont nimbées d'une sorte d'aura magique et d'une valeur inestimable sur le plan financier. Quant aux manuels scolaires, nous ne vendons même plus ce genre de livres. En effet, ils sont légèrement revus et corrigés tous les ans, ce qui donne lieu à une nouvelle édition ; or on attend des étudiants (orientaux dans la librairie d'Orwell, du monde entier me concernant) qu'ils soient pourvus de l'édition la plus récente, ce qui retire presque toute valeur aux précédentes. De nos jours, l'écrasante majorité des clients n'est pas constituée de « braves dames » mais d'hommes en quête d'un titre précis. Leur déception quand ils apprennent que nous n'en avons pas d'exemplaire en stock n'a d'égale que le sentiment de satisfaction arrogante qui les envahit à cette nouvelle. La quête de leur Graal personnel serait-elle un jour satisfaite que la plupart d'entre eux perdraient tout intérêt à l'existence. L'objet de leur recherche est le plus souvent un volume dépareillé destiné à compléter une quelconque série d'ouvrages – qui se doit d'être dans la même édition, avec la même reliure, et dans la même couleur que les autres. La plupart des libraires ne gardent pas les volumes dépareillés, à moins qu'il ne s'agisse d'un titre particulièrement intéressant, ou d'un volume joliment illustré ; ce qui signifie que le croisé plongé dans les ténèbres de l'ignorance qui se lance à la recherche du troisième volume manquant des *Œuvres complètes de Tacite* préfacées par Thomas Gordon (quatrième édition, Rington, Londres, 1770, reliure en veau raciné, dos à cinq nerfs, pièce de titre violette) peut être assuré que sa quête se poursuivra jusqu'à ce qu'il ait même complètement oublié ce qu'il cherchait.

MERCREDI 1er OCTOBRE

Commandes en ligne : 4
Livres trouvés : 4

Nicky et Flo travaillaient toutes les deux.

J'ai quarante-quatre ans aujourd'hui. À midi, je suis allé avec Anna me baigner dans la baie de Rigg, comme je le fais depuis treize ans pour marquer le coup.

Pour un jour de semaine, le Refuge des écrivains était singulièrement animé à l'heure du déjeuner. Parmi les auteurs qui s'y étaient réfugiés se trouvaient le journaliste Allan Little et l'artiste Richard Demarco, qui doit avoir plus de quatre-vingts ans maintenant. Richard a grandement contribué à la création du festival d'Édimbourg ; quant à Allan, qui a grandi dans l'ouest du Galloway, c'est l'un des meilleurs journalistes que la BBC ait connu. Au pic de la journée, il devait y avoir trente personnes dans la salle – moment qu'a choisi Maria, qui apportait alors un plateau de nourriture, pour repérer quelque chose sur le sol ressemblant étrangement à de la matière fécale. Elle a discrètement fait signe à Laurie de la rejoindre, et toutes deux ont ourdi un plan pour que cette dernière aille chercher un chiffon et l'enlève avant que quelqu'un ne s'en aperçoive. Maria a surveillé le machin du coin de l'œil pour s'assurer que personne ne marche dessus. Tandis qu'elle veillait au grain, Allison est entrée en trombe dans la pièce, a vu la chose, et l'a pointée du doigt en s'écriant : « Oh, regardez, du caca ! » avant que Laurie n'ait eu le temps d'agir.

L'origine de cet étron est devenu l'objet de toutes les discussions jusqu'à la fin de la journée. Nicky a mené l'enquête avec la rigueur d'un expert médico-légal – ce qui exigeait entre autres de devoir fouiller dans la poubelle pour l'en extraire, de manière à juger de sa taille. Elle a acquis la conviction qu'un invité d'âge vénérable l'avait libéré de ses entrailles sans s'en apercevoir, et que la chose avait glissé le long de son pantalon. D'autres théories circulaient, notamment qu'il s'agissait d'un morceau de glaçage du gâteau d'anniversaire que m'avait préparé Anna. Quand Stuart a suggéré que Captain en était peut-être responsable, la réponse de Nicky a été immédiate et sans appel : « Aucune chance, c'est pas le bon calibre. »

L'interview enregistrée il y a quelques jours par Border TV a été diffusée dans un magazine intitulé *La Vie dans les Borders*. Je l'ai ratée, et c'est tant mieux.

Montant dans la caisse : 395,93 £
45 clients

JEUDI 2 OCTOBRE

Commandes en ligne : 2
Livres trouvés : 2

Flo et Nicky étaient là.

J'ai passé les trois quarts de la journée à m'occuper du montage d'un petit film publicitaire sur Wigtown. Si j'ai rassemblé ces images, c'est tout simplement en raison de diabolique manque d'attention que Visit Scotland, l'office du tourisme national écossais, accorde à cette partie du pays. Certes, ça fait des dizaines d'années que la région de Dumfries et Galloway est décrite comme le « recoin oublié de l'Écosse », et nombre de touristes apprécient cette caractéristique propre à notre contrée ; mais ce n'est guère à l'honneur de l'office du tourisme écossais – financé par des fonds publics – de nous négliger de la sorte. Sur le site Internet de Visit Scotland, sous le texte de présentation de Wigtown, on trouve une photo du parcours de golf de Glenluce, à presque vingt kilomètres d'ici. Ça ne doit pas être si compliqué que ça de trouver une photo de Wigtown. Je leur en ai même envoyé une, prise par mes soins ; mais ils ne l'ont pas encore mise sur leur page Web et ne le feront sans doute jamais.

J'ai déjeuné avec deux journalistes italiennes, qui sont venues à Wigtown parce qu'elles ont lu le livre d'Anna et voulaient voir la ville. J'ai le sentiment que ses *Fusées* ont davantage fait pour le tourisme à Wigtown que Visit Scotland ne le fera jamais.

Nicky et moi avons géré la tranche 15-16 heures de Wigtown Radio. Malheureusement quelqu'un avait coupé le son de la musique sur l'ordinateur, obligeant Nicky à poursuivre son babillage jusqu'à ce que je parvienne à résoudre le problème, à savoir pendant presque une demi-heure. Elle a séché de temps à autre, et de toute évidence n'a pas trouvé l'expérience agréable ; mais elle s'est révélée une animatrice radio tout à fait convenable. Dès qu'elle a pu s'éloigner du micro, elle a quitté la Cellule des Martyres et réclamé du whisky.

L'humoriste Robin Ince, l'inventeur du Club du mauvais livre, est passé me voir vers 18 heures. Il souhaitait fureter un peu dans la librairie, alors j'ai rallumé toutes les lumières et l'ai laissé se promener à sa guise. Il a acheté une pile d'ouvrages. Nicky et moi sommes allés voir son spectacle dans les anciens bâtiments du comté à 19 h 30.

J'ai posté sur Facebook mon petit film sur Wigtown.

Montant dans la caisse : 319,05 £
40 clients

VENDREDI 3 OCTOBRE

Commandes en ligne : 3
Livres trouvés : 3

Flo et Nicky travaillaient aujourd'hui.

Une cliente a demandé à Nicky si nous avions en réserve des titres rares de John Buchan. Elle lui a déniché un exemplaire des *Gitans érudits* valant 100 £, en lui expliquant qu'elle pouvait l'avoir pour 80 £ puisqu'elle était une invitée du festival. Il s'est avéré qu'il s'agissait de la propre petite-fille de Buchan, Ursula.

Dans l'après-midi, je suis passé prendre les journalistes italiennes et nous avons roulé jusqu'à l'église de Cruggleton, un édifice datant de l'époque normande érigé au beau milieu des champs, qui n'a ni vitres aux fenêtres ni électricité.

À Cruggleton était prévue une lecture poétique de Tom Pow, accompagné par Wendy Stewart à la harpe et Alex McQuiston au violoncelle : l'événement était entièrement éclairé aux chandelles, et incroyablement beau. Alors que nous étions tous trois dans ma camionnette, sur le chemin du retour, j'ai vidé mes poches pour montrer le programme à l'une des journalistes (elle voulait le nom des artistes pour son blog) et en ai extrait un petit étui contenant un sachet de thé, piqué au Refuge des écrivains. Malheureusement, il avait exactement l'aspect d'un préservatif. Les deux Italiennes l'ont vu : il y a eu un silence gêné tandis que j'essayais de manière pitoyable de leur prouver que ce n'était en fait qu'un sachet de thé, et qu'elles s'éloignaient peu à peu de moi.

Le spectacle de marionnettes d'Allison – une pièce consacrée à Borges – a eu lieu à 18 heures. Anna avait passé la semaine à diriger les répétitions. Comme l'éclairage du sentier dans le jardin a sauté, il a fallu modifier l'accès à la salle et le faire passer par la route. J'ai guidé les spectateurs par petits groupes jusqu'à l'entrepôt, sous une pluie battante. En un clin d'œil, j'étais trempé jusqu'aux os. Le spectacle s'est bien passé, même si Anna n'avait pas l'air particulièrement contente.

L'averse s'est poursuivie une bonne partie de la nuit. Il n'a pas fallu longtemps avant que la gouttière ne soit complètement engorgée et que l'eau ne se mette à couler dans le Refuge des écrivains : Laurie, Nicky, Anna, Stuart et moi avons passé pas mal de temps à courir partout comme des fous avec des seaux et des casseroles. Malgré nos efforts pour limiter les dégâts, l'eau a traversé le parquet du Refuge et s'est infiltrée dans la boutique.

Montant dans la caisse : 239,05 £
38 clients

SAMEDI 4 OCTOBRE

Commandes en ligne : 4
Livres trouvés : 2

Flo, Bethan et Nicky travaillaient aujourd'hui.

En faisant l'ouverture, Nicky s'est aperçue que l'eau provenant de la gouttière bouchée coulait toujours dans le bâtiment. Depuis la fenêtre de la chambre, nous avons tenté de retirer ce qui faisait obstruction à l'aide d'un manche à balai ; mais celui-ci était trop court, alors je suis allé à la cave, où j'ai déniché un furet de plomberie. Sous la pluie battante, à moitié pendu dans le vide à la fenêtre du deuxième étage, avec Laurie qui me retenait par les chevilles, j'ai fini par réussir à déboucher la gouttière. À 10 heures, juste au moment de l'ouverture, l'eau a cessé de couler dans le Refuge.

Sally Magnusson et Margaret Drabble se trouvaient déjà dans le Refuge quand j'ai déboulé dans la pièce, trempé jusqu'aux os, pour vérifier que tout était prêt. Lucy, l'assistante de Maria, a accaparé Sally pour l'interroger sur le métier de journaliste, et celle-ci a passé plusieurs minutes à lui répondre avec enthousiasme et gentillesse. L'écrivain Damian Barr m'a acheté quelques livres. À ce moment-là, je ne savais absolument pas qui c'était.

Au début de la journée, j'ai installé la caméra GoPro derrière le comptoir pour faire un petit film en accéléré de la vie dans la librairie – à l'instant même où Dylan Moran, le libraire de la série *Black Books*, a franchi le seuil de la boutique. J'ai maintenant une vidéo de lui en train d'acheter un livre dans ma librairie. C'est Flo qui l'a servi. De manière tout à fait exaspérante, elle s'est montrée d'un calme olympien.

Flo a entendu une femme demander à son compagnon : « Alors comme ça, ils n'ont pas le livre que tu cherches ? » ; ce à quoi il a répondu, en hochant la tête : « Si, ils l'ont, mais en un seul exemplaire. »

Dans la soirée était organisé un *ceilidh* – un bal écossais – sous le grand chapiteau. Il y avait foule : beaucoup de filles dansant avec des filles et de garçons avec des garçons, en plus des configurations traditionnelles. Dans les premiers temps du festival, le public était globalement assez clairsemé, mais rarement autant qu'au moment du *ceilidh*. Les deux ou trois premières années, nous n'étions qu'une poignée à répondre à l'appel, et pour éviter que cela ne devienne embarrassant nous finissions par danser tous ensemble, quelle que soit la chanson. C'est bien différent aujourd'hui. Il faut acheter un billet pour y prendre part, et ils se vendent tous jusqu'au dernier. L'événement est devenu incroyablement populaire. À un moment, je me suis retrouvé juste à côté de Damian Barr, qui dansait avec un autre homme. Je lui ai demandé d'une voix avinée lequel des deux faisait la femme, avant de découvrir un peu plus tard qu'il était homo. Si je l'ai offensé, il n'en a rien laissé paraître. C'est mon seul faux pas du festival pour l'instant. Je suis repassé à la maison pour tenter de convaincre Nicky (qui avait décidé de ne pas venir) de changer d'avis et de nous rejoindre. En arrivant devant la boutique, je me suis retrouvé nez à nez avec Jen Campbell, l'auteur de *Propos cocasses et insolites entendus en librairie*, qui était venue avec ses parents. Je leur ai offert un verre et nous avons papoté un peu.

La soirée s'est poursuivie jusque tard dans la nuit, en compagnie de Colin, Peggy, Stuart, Nicky et Natalie Haynes, qui faisait partie du jury du Booker Prize en même temps que Stuart. Peggy dirige le festival littéraire de Dundee – elle pourrait être la sœur de Stuart tellement ils se ressemblent. Quant à Colin, son compagnon – que la plupart des gens appellent Beard, « la barbiche » –, il gère la communication du festival sur les réseaux sociaux. Ce sont des piliers du Festival de Wigtown, et ils ont façonné son identité tout autant qu'Eliot, Stuart, Twigger ou Finn.

Grande agitation dans la boutique toute la journée : les derniers sursauts avant un long hiver de calme plat.

Montant dans la caisse : 1 274,03 £
87 clients

DIMANCHE 5 OCTOBRE

Commandes en ligne : 6
Livres trouvés : 4

Nicky et Flo travaillaient aujourd'hui. Je suis tombé nez à nez avec Nicky dans la cuisine vers 8 h 30. « Tu sens aussi bon qu'un sandwich au jambon », m'a-t-elle assené.

Comme toujours lorsque le festival s'achève, une sorte de blues de fin des vacances plane dans l'air. Dernier jour ou pas, le chaos habituel régnait dans le Refuge des écrivains. Maria et le personnel sont demeurés d'un calme admirable.

Eliot a enrôlé Anna pour qu'elle présente l'événement de Jen Campbell, une discussion autour de son dernier ouvrage, *Le Grand Livre de la librairie*. Ça s'est vraiment très bien passé, si l'on excepte la question particulièrement stupide que j'ai posée. Anna et Jen connaissaient toutes deux bien le sujet et savaient divertir le public.

Comme tous les ans le dernier jour du festival, nous avons transformé le Refuge des écrivains en cinéma. Cette année, nous avons installé le projecteur et regardé *Doctor Who* avec Stuart, Beth et Cheyney.

Montant dans la caisse : 568,75 £
32 clients

LUNDI 6 OCTOBRE

Commandes en ligne : 5
Livres trouvés : 4

Nicky et Flo étaient là. On a passé la journée à déplacer des meubles et tenter de redonner au lieu son apparence habituelle. Maria est passée à l'heure du déjeuner récupérer ses ustensiles de cuisine. Anna et moi sommes allés à la décharge en camionnette jeter des cartons et des bouteilles de vin vides.

Nicky s'est concocté un toast au fromage grillé en guise de déjeuner et l'a dégusté au beau milieu de la boutique, entourée de clients.

Ce matin, un vieil homme à l'air fouineur que j'ai toujours trouvé très antipathique est passé me voir pour tenter de me convaincre de vendre son roman publié à compte d'auteur. C'est une situation à laquelle je suis souvent confronté, et j'accepte de prendre ce genre de livres en dépôt par pure diplomatie. À tous les coups, au bout d'un an, je finis par leur rendre l'intégralité de leurs exemplaires.

Le grand chapiteau a été démonté aujourd'hui, laissant derrière lui une parcelle de gazon jaunâtre qui nous rappellera sa présence tout au long de l'interminable hiver, jusqu'à ce que le sol se réchauffe en mars et que l'herbe verdisse à nouveau.

Anna et moi sommes allés dîner au Ploughman avec l'équipe de bénévoles.

Montant dans la caisse : 123,97 £
14 clients

MARDI 7 OCTOBRE

Commandes en ligne : 5
Livres trouvés : 3

Nicky travaillait aujourd'hui.

La boutique a reçu une carte postale anonyme ce matin, que j'ai postée sur Facebook. Avec un peu de chance, cela donnera des idées à d'autres. On y voyait la photo d'un lion en bronze, tandis qu'au verso était simplement écrit : « Des pans entiers de l'*Oxford English Dictionary* ont été écrits par un meurtrier vivant à l'asile. »

Après le déjeuner, j'ai démonté la structure que j'avais installée dans l'ancien entrepôt pour le spectacle d'Allison. Tout le monde souffrait d'une petite déprime post-festival aujourd'hui.

Le reste de la journée a été consacré à la poursuite de notre opération de remise en ordre. Après la fermeture, j'ai préparé à dîner pour les stagiaires, et nous avons regardé *Les Ailes du désir* grâce au projecteur du Refuge des écrivains.

Si c'est ce moment-là de l'année qui a été choisi pour le festival, c'était au départ pour prolonger la saison touristique, dans l'intérêt des commerçants de la ville ; mais le succès a été tel que les équipements municipaux sont désormais au bord de l'asphyxie – les hôtels et chambres d'hôtes sont presque aussi pleins qu'au moment du pic estival. La quantité de gens et d'argent que le festival draine vers la ville fait plus que justifier ses coûts en termes d'organisation.

Comme je passe mes journées à me rendre à la décharge et aux bennes de recyclage pour y déposer les sacs-poubelle et les bouteilles vides du Refuge des écrivains, j'ai rarement l'occasion de profiter de la programmation ; mais j'ai la possibilité de rencontrer des écrivains et autres invités célèbres (ou non) dans ma librairie – au Refuge, justement, où ils ont tendance à se montrer beaucoup plus détendus que lors de leurs lectures. J'ai donc l'extraordinaire privilège de pouvoir discuter avec eux dans une ambiance plus naturelle.

Eliot met un point d'honneur à ce que je fasse connaissance avec les gens, même quand il n'est pas là, et il excelle dans cette tâche. De temps à autre – en voyant que j'aide à débarrasser les assiettes ou que je remplis le panier de bûches –, les invités du festival s'imaginent que l'on m'a embauché comme extra, ce qui en pousse quelques-uns à me traiter de manière méprisante.

Une année, alors que je remettais des bûches dans le feu, un célèbre chroniqueur de presse, qui était assis à la table du Refuge à boire du vin à volonté et s'empiffrer de homard sans rien débourser, a claqué des doigts en me criant « Du sucre ! », tout en désignant un sucrier vide posé sur la table.

Ces gens-là, cependant, n'arrivent qu'en deuxième position sur la liste des visiteurs que je déteste. Le pompon, ce sont ceux qui – une fois qu'ils ont compris qu'ils étaient chez moi – commencent à me parler autrement qu'aux jeunes filles qui aident Maria à la cuisine et au service, ou qu'à Nicky, Flo et Bethan dans la boutique. Je suppose qu'on pourrait à juste titre me renvoyer la balle, étant donné le peu d'efforts que je fournis pour mieux connaître mes clients ; mais je ne me montre jamais impoli envers les serveurs, serveuses, femmes de ménage ou vendeurs dans les magasins, et j'espère n'avoir jamais traité quiconque comme un citoyen de seconde zone, mais m'être contenté de renvoyer leur grossièreté aux gens grossiers. Je peux me permettre d'être impoli envers les clients – c'est ma boutique, personne ne va me virer ; mais la plupart des gens qui travaillent dans des commerces ne sont pas dans ma situation, et ceux qui en profitent pour ne pas leur manifester la moindre once de courtoisie me choquent énormément. Certes, il m'arrive de faire des remarques sur l'apparence de mes clients, mais ce ne sont là que des remarques, pas un jugement. Enfin, la plupart du temps.

Montant dans la caisse : 143,90 £
14 clients

MERCREDI 8 OCTOBRE

Commandes en ligne : 6
Livres trouvés : 4

Juste avant le déjeuner, un client m'a offert 10 £ pour un ouvrage vendu 80 £. Je lui ai expliqué que s'il me le demandait poliment, il pourrait bénéficier de 10 £ de remise. Il a fait claquer le livre sur la table et, « dégoûté », s'est dirigé vers la sortie – à la suite de quoi j'ai décidé que la consigne du jour serait de fuir la dure réalité des clients et de trouver un nouveau livre à lire. Je suis donc allé me planquer dans le bureau avec *Enlevé !* – un sort que j'aurais volontiers réservé à ce dernier client.

Montant dans la caisse : 264,49 £
19 clients

JEUDI 9 OCTOBRE

Commandes en ligne : 3
Livres trouvés : 3

Toutes les commandes du jour émanaient d'Amazon.

La boutique était calme aujourd'hui, ce qui détonnait de manière incroyable avec la semaine dernière.

L'une des rares clientes de la journée a passé dix minutes à errer dans le magasin avant de m'aborder ainsi : « Alors c'est quoi, cette "librairie" ? Vous les vendez vraiment, ces livres ? Ou bien les gens se servent-ils comme ils veulent ? » Figé par la stupéfaction, je suis resté coi quelques secondes. Heureusement, elle a elle-même rompu le silence et poursuivi, sans se laisser abattre : « Je ne suis pas du coin, je visite la région. Les livres qui sont ici, ce sont les gens qui vous les donnent ? Comment ça se passe, ici ? C'est bien comme ça que ça se passe ? » Je me suis lancé dans ce qui n'était, avec le recul, qu'une vaine tentative pour lui expliquer les principes de base de la vente au détail – que pour être honnête elle aurait déjà dû connaître, du haut de ses cinquante ans passés ; mais elle s'est tranquillement dirigée vers la sortie tandis que j'essayais d'éclairer sa lanterne.

Sandy le païen tatoué est passé vers 15 heures et m'a pris deux livres. Je les ai déduits de son avoir.

Montant dans la caisse : 222,45 £
19 clients

VENDREDI 10 OCTOBRE

Commandes en ligne : 3
Livres trouvés : 2

Une fois de plus, parmi les commandes du jour, figurait un ouvrage qui n'est plus dans notre entrepôt mais chez Ian, et que nous n'avons pas réussi à retirer de notre catalogue.

À 11 heures, un client a étalé sur le comptoir une dizaine de cartes de l'Irlande et exigé de connaître l'année de publication de chacune d'entre elles, avant d'entonner le refrain tant redouté : « Je vais vous dire pourquoi je cherche de vieilles cartes et des livres anciens concernant cette région. C'est parce que je fais des recherches généalogiques en ce moment et que mon arrière-grand-père... » Son monologue a duré environ cinq minutes avant que je ne puisse lui répondre que ces cartes n'étaient pas datées, mais qu'on pouvait les situer aux alentours de 1910.

Je vais m'acheter un masque, écrire dessus « JE M'EN FOUS » et l'enfiler chaque fois qu'une telle situation se produira à l'avenir.

Une femme du service de l'urbanisme est venue inspecter mes spirales de livres en béton. Il s'avère que quelqu'un s'en est plaint, ce qui m'oblige désormais à demander une autorisation à la municipalité. Cette dame a été d'une franchise surprenante, et m'a avoué que si ça ne tenait qu'à elle, elle ferait semblant d'ignorer que je n'ai pas d'autorisation ; mais puisque quelqu'un s'est plaint de manière officielle et que la boutique est un bâtiment classé, elle est contrainte de suivre toute la procédure.

Le *Guardian* a publié un article intitulé « Les librairies les plus bizarres et les plus géniales au monde » : une fois de plus, nous nous classons troisièmes. Je ne sais pas si cela fonctionne par cycles, ou si les librairies sont soudain devenues des lieux à la mode. Peut-être qu'à cause des hipsters il est plus tendance aujourd'hui de s'exhiber avec des vinyles et de vrais livres qu'avec des iPod et des Kindle.

Montant dans la caisse : 133 £
15 clients

SAMEDI 11 OCTOBRE

Commandes en ligne : 2
Livres trouvés : 2

Comme Nicky était là, j'ai pu aller à la rivière avec mon père ce matin. Il a attrapé un saumon de cinq kilos quatre cents ; quant à moi, chou blanc. Nous avons pêché tout en amont de la rivière – là où j'ai attrapé mon premier saumon, sous l'œil vigilant de mon père. Il pesait quatre kilos, ce qui fait neuf livres ; je l'ai pêché un 9 septembre, et j'avais neuf ans. Si je croyais au hasard, je suppose que le chiffre neuf serait mon porte-bonheur.

Je suis revenu au magasin à l'heure du déjeuner, en disant à Nicky qu'elle pouvait prendre une pause. Un client s'est planté devant le comptoir et m'a dit : « Je ne veux pas paraître grossier, mais votre rayon Chemin de fer est surtout rempli de romans de gare et de beaux livres faits pour épater la galerie, or je suis en quête de quelque chose de très précis, bla-bla-bla… » Il a poursuivi dans la même veine pendant encore deux ou trois minutes avant d'en venir au fait et de m'annoncer enfin le titre du livre qu'il cherchait. À ce moment-là, j'étais déjà blême de rage, et sa femme avait reculé d'un pas en articulant silencieusement « Désolée » dans son dos.

Moins d'une minute après avoir appris quel était l'ouvrage qu'il cherchait, je lui en rapportais un exemplaire – à la suite de quoi il a décidé qu'après tout il n'avait pas *vraiment* envie de l'acheter.

Une phrase qui commence par « Je ne veux pas paraître grossier, mais... » active chez moi les mêmes sonnettes d'alarme que « Je ne veux pas paraître raciste, mais... » C'est très simple, pourtant : si vous ne voulez pas paraître grossier, ne soyez pas grossier. Si vous n'êtes pas raciste, ne vous comportez pas en raciste.

Montant dans la caisse : 312,30 £
22 clients

LUNDI 13 OCTOBRE

Commandes en ligne : 4
Livres trouvés : 2

Flo travaillait aujourd'hui.

À 11 heures, alors que je regagnais le rez-de-chaussée avec deux tasses de thé, j'ai littéralement foncé dans M. Deacon et couvert sa chemise de liquide brûlant. Il n'a pas semblé s'en offusquer le moins du monde, et m'a montré diverses autres taches dont sa chemise avait déjà été victime pendant son petit déjeuner ; puis il m'a demandé si nous pouvions lui commander *Une passion royale* de Kate Whitaker.

Après le déjeuner je suis allé à la rivière, où j'ai attrapé un saumon d'un peu plus de trois kilos.

Montant dans la caisse : 352,99 £
27 clients

MARDI 14 OCTOBRE

Commandes en ligne : 2
Livres trouvés : 2

Deux parfaits inconnus sont entrés dans la librairie au même moment et, par une incroyable coïncidence, m'ont demandé tous deux en chœur *La Maison d'Elrig* de Gavin Maxwell. Dommage que nous n'en ayons aucun exemplaire, j'aurais pu faire monter les enchères.

Ronnie l'électricien a surgi alors que la boutique était pleine de clients et s'est mis à énumérer à voix haute les divers moyens que nous pourrions employer pour bousiller des Kindle. Détail troublant, il sait très bien comment fabriquer une bombe. Je me laisserais volontiers tenter par un mélange sucre/chlorate de sodium, mais la bombe à l'oxyacétylène semble avoir sa préférence.

Les clients qui sont entrés dans la boutique pendant qu'on discutait l'ont évité du mieux qu'ils ont pu.

Montant dans la caisse : 72,30 £
11 clients

MERCREDI 15 OCTOBRE

Commandes en ligne : 2
Livres trouvés : 2

Flo était là aujourd'hui. Elle est passée maître dans l'art de la moue boudeuse et a employé sa journée à le prouver.

Alors que je me trouvais derrière le comptoir, un vieux *Traveller* qui n'avait pas mis les pieds dans la boutique depuis des années est arrivé avec une table basse sculptée ayant la forme de deux énormes livres. Il en voulait 60 £. On a fini par convenir de 35 £. La dernière fois que je l'ai vu, il y a dix ans de ça, il était venu me demander si j'avais *Les Nomades irlandais*. Mon père se trouvait dans la boutique à ce moment-là et avait immédiatement reconnu l'homme. Apparemment, il avait « acheté » à mon père de vieilles machines en métal une trentaine d'années plus tôt, quand celui-ci était encore agriculteur, mais n'était jamais revenu les payer. Aujourd'hui, il m'a dit qu'il cherchait un ouvrage bien précis et qu'il voulait savoir si j'en avais un exemplaire. Quand j'ai répliqué : « Oui, sur les nomades irlandais, c'est bien ça ? », il est resté interloqué. *Les Nomades irlandais* a été écrit en 1906 par un juriste de Newton Stewart nommé Andrew McCormick. Ce texte décrit de manière détaillée la communauté nomade du Galloway au début du XXe siècle, et constitue un document précieux sur le plan historique et social. À une époque, les gens se l'arrachaient – il se vendait vite, et à plus de 100 £ pièce ; mais je m'aperçois qu'il est désormais disponible en e-book, ce qui veut probablement dire qu'il ne vaut plus rien.

Ecotricity, l'entreprise qui se cache derrière le projet de parc éolien, a fait appel auprès du gouvernement écossais pour casser le refus de la municipalité.

Montant dans la caisse : 382,32 £
30 clients

JEUDI 16 OCTOBRE

Commandes en ligne : 2
Livres trouvés : 1

Dans la boîte de réception de ma messagerie aujourd'hui se trouvait un message de Stuart Kelly. Il y avait joint la lettre de refus suivante, reçue par l'un de ses amis qui venait de postuler dans une librairie :

Cher XXX,
On a déjà trop de monde ici. Qu'ils soient tous parfaitement idiots n'a aucune espèce d'importance. Je les

aime bien. Ils ont la peau ferme et un joli petit cul. Je les paye 3 £ de l'heure. Aux yeux d'un homme comme vous, désireux de pénétrer le monde de l'édition – où l'on presse comme des citrons les gens talentueux pour en tirer de l'argent –, je suppose que ce genre de salaire n'a rien de séduisant.

L'une des filles est en train de jacasser sur Bonnie Prince Charlie. Est-ce que ça m'intéresse ? Non, je m'en bats les flancs. Mais je l'aime bien. Elle y met du sien. Elle « va au charbon », pourrait-on dire. Iriez-vous au charbon ? J'en doute. Je crois que vous iriez vous réfugier en Italie pour vivre votre vie de paresseux et d'ivrogne.

PROUVEZ-MOI QUE J'AI TORT. VENEZ TRAVAILLER GRATUITEMENT PENDANT DES MOIS ET DES MOIS TOUT EN SUBISSANT DES ABUS, DONT CERTAINS D'ORDRE SEXUEL. VOUS PORTEREZ UN BONNET D'ÂNE ET UN PAGNE, ET TOUS LES JOURS VOUS SEREZ OBLIGÉ DE MANGER DES CREVETTES CRUES. AIMEZ-VOUS ASSEZ LE MONDE DES BOUQUINISTES POUR SUPPORTER LE CHOC ? L'AIMEZ-VOUS ASSEZ, VRAIMENT ? C'est ce que nous appelons un « stage en entreprise ». Ça présente bien sur les CV.

Qui vivra verra, j'imagine.

Amicalement,

XXX

Une autre carte postale anonyme est arrivée au courrier ce matin. Celle-ci disait : « The BookShop possède un millier de livres, de toutes les teintes, nuances et couleurs, et chaque couverture est une porte qui tourne sur des gonds enchanteurs. » J'ai dans l'idée qu'avoir posté la première carte sur la page Facebook de la librairie la semaine dernière va susciter des vocations.

Montant dans la caisse : 309,49 £
26 clients

VENDREDI 17 OCTOBRE

Commandes en ligne : 3
Livres trouvés : 1

Nicky a surgi alors que je venais d'ouvrir la boutique et brandi sous mon nez ce qui, au premier abord, semblait tout droit surgi d'une poubelle pour déchets hospitaliers. La chose était charnue et recouverte de ce qui semblait être du sang. « C'est un beignet à la confiture. Il a été un peu écrabouillé à l'arrière de la camionnette. Goûte, y sont délicieux. » C'était encore plus écœurant que ça en avait l'air. « C'est Vendredi gourmand, aujourd'hui », m'a-t-elle rappelé.

Alors qu'on discutait des diverses tâches à accomplir, j'ai soudain songé que je n'avais pas revu Patrick qui Pue, son irréfrénable prétendant – ni eu les narines agressées par la puanteur durable de son Brut de Fabergé – depuis un bon moment. J'ai demandé à Nicky si elle l'avait croisé dernièrement, à quoi elle m'a répondu d'un air nonchalant : « T'es pas au courant ? Il est mort il y a trois semaines. »

Trois personnes sont venues me vendre des cartons de livres aujourd'hui, notamment un homme très grand à la diction impeccable qui devait avoir dans les soixante-dix ans, et qui est arrivé avec dix-sept énormes caisses en plastique emplies de toutes sortes d'ouvrages, y compris un livre illustré et signé par Aubrey Beardsley. Je lui ai donné 800 £ pour le tout.

Nous nous sommes mis à discuter de nos familles : il m'a raconté que la sienne avait été extrêmement riche jusqu'à ce que son arrière-grand-père dilapide tout dans « la boisson, le jeu et les femmes ». Son grand-père était ainsi devenu le premier héritier mâle depuis des générations à devoir travailler à proprement parler, alors il était allé à Cambridge étudier la gynécologie. Comme la famille avait des relations, il avait fini par devenir le gynécologue de la famille royale. « C'était lui qui réparait le petit minou de la reine Mary », m'a-t-il confié.

Deux nouvelles cartes postales anonymes. L'une disait : « Les amis, ça va et ça vient, tandis que les ennemis s'accumulent » ; et l'autre : « Soyez prévenu, mon passeport est vert. Jamais nous n'avons levé notre verre pour boire à la santé de la Reine. » La seconde phrase me disait vaguement quelque chose, alors je l'ai cherchée sur Internet. C'est une citation du poète irlandais Seamus Heaney, dans sa *Lettre ouverte* – une réplique brillante et acerbe aux éditeurs qui voulaient l'inclure dans une anthologie de la poésie britannique.

Tous les ans, après le festival, Anna et moi allons passer une nuit dans un hôtel plus luxueux que ce que nous nous accorderions en temps normal. Cette année, Anna a choisi le château de Glenapp, près de Ballantrae : nous avons quitté la boutique à l'heure du déjeuner et nous sommes mis en route. J'ai passé presque tout l'après-midi allongé sur un lit gigantesque à lire *Enlevé !*

C'est Nicky qui fait l'ouverture demain.

Montant dans la caisse : 228,44 £
21 clients

SAMEDI 18 OCTOBRE

Commandes en ligne : 3
Livres trouvés : 3

Nicky a passé la nuit à la librairie et ouvert la boutique ce matin. Anna et moi sommes revenus de Glenapp à l'heure du déjeuner.

Un client est arrivé avec quatre sacs remplis de livres, pour l'essentiel bons à jeter. Parmi eux figurait cependant un ouvrage intitulé *Client d'un jour, client toujours*, que je le soupçonne d'avoir placé là volontairement pour m'agacer.

À 16 heures, un M. Deacon à l'allure inhabituellement distinguée est passé chercher son livre. Je lui ai fait remarquer qu'il était très chic, ce à quoi il s'est contenté de répondre : « Un enterrement », en se dirigeant vers la sortie.

Un couple avec un petit garçon est venu acheter des livres. L'enfant a repéré l'affiche de Nicky proposant aux clients d'être filmés en train de lire un passage de leur livre préféré et demandé s'il pouvait lire un extrait du sien. Il avait sept ans et s'appelait Oscar. Il a lu de manière très distincte une scène tirée d'un *Harry Potter*, après quoi Nicky lui a demandé ce qu'il lisait en ce moment, et il a répondu : « *Ne tirez pas sur l'oiseau moqueur* ». Nicky était manifestement impressionnée, et ses parents ont eu l'air fier, à juste titre. Ils nous ont expliqué que ce texte contenait certes des éléments peu adaptés à un enfant, mais qu'ils ne pensaient pas que celui-ci était en âge de comprendre toute l'implication du « crime » pour lequel Tom Robinson était jugé. C'était Oscar lui-même, apparemment, qui avait demandé à le lire.

Montant dans la caisse : 245,49 £
19 clients

LUNDI 20 OCTOBRE

Commandes en ligne : 2
Livres trouvés : 1

Nicky m'a remplacé pour que je puisse emmener Anna à Dumfries. Elle devait regagner Londres, où des rendez-vous l'attendent. Après cela, elle s'envolera pour l'Amérique : elle doit travailler sur un film pour lequel l'une de ses amies a réussi à trouver un financement. En revenant à la boutique, j'ai découvert que le *Traveller* qui m'avait vendu l'énorme table basse en forme de livre était repassé chercher *Les Nomades irlandais*. Il avait demandé une remise à Nicky, mais elle était restée intraitable.

Trois nouvelles cartes postales anonymes sont arrivées, toutes en lien avec le monde du livre.

Aujourd'hui, en Écosse, est entrée en vigueur la législation nous obligeant à faire payer 5 pence tout client désireux d'obtenir un sac. Ceux qui contreviendraient à la loi en ne facturant pas les sacs sont passibles d'une amende d'au moins 10 000 £. Cela explique peut-être pourquoi je n'ai pas vu le représentant de Marshall Wilson depuis un bon moment. Marshall Wilson est une entreprise de Glasgow à qui nous avions l'habitude d'acheter des sacs en plastique. Leur représentant venait nous voir tous les trimestres – même si, avant même que cette loi ne soit débattue, j'avais remarqué que les clients demandaient de moins en moins de sacs, et que ses visites se faisaient de plus en plus rares. En 2001, quand j'ai acheté la librairie, je ne demandais même pas aux gens s'ils en voulaient un – ils s'attendaient à récupérer leurs livres dans un sac en plastique. Au fil des ans, cependant, la situation a changé, et désormais, quand je leur propose un sac, j'obtiens autant de réponses positives que négatives. Je suis curieux de voir dans quelle mesure cette loi affectera la demande de sacs en plastique. Les employés de Marshall Wilson, dont les postes sont sans doute menacés désormais, ont toute ma compassion. J'imagine qu'une simple loi bien intentionnée peut avoir des conséquences involontaires sur de petites entreprises commercialisant ce genre de produits. Si le taux de TVA sur les livres, au Royaume-Uni, passait de 0 à 20 %, cela nuirait sans doute considérablement à mes affaires, tout comme cette taxe de 5 pence compromet l'industrie du sac en plastique.

Montant dans la caisse : 250 £
23 clients

MARDI 21 OCTOBRE

Commandes en ligne : 3
Livres trouvés : 3

Le premier client de la journée est venu me vendre un carton de livres contenant *Biggles se fâche.*

Kate, la factrice, a apporté le courrier du jour à 11 heures : il contenait deux nouvelles cartes postales anonymes.

Une femme a passé environ dix minutes à faire le tour de la boutique avant de m'expliquer qu'elle était bibliothécaire à la retraite. Je crois qu'elle supposait que cela créait une sorte de lien entre nous. Ce qui est faux. De manière générale, les libraires détestent les bibliothécaires. Pour tirer un bon prix d'un ouvrage, il faut qu'il soit en bon état ; et il n'y a rien que les bibliothécaires apprécient davantage que de s'emparer d'un livre en parfait état et de le couvrir de tampons et d'autocollants, avant – sans percevoir l'ironie de ce geste – d'en recouvrir la jaquette d'un film plastifié pour la protéger des lecteurs. L'ultime outrage, pour un ouvrage confié aux « bons » soins d'une bibliothèque publique, c'est de voir sa page de garde arrachée et un cachet « SORTIE DES COLLECTIONS » tamponné de manière bien visible sur sa page de titre, avant qu'il ne soit finalement possible de l'acheter en solde. Un livre passé entre les rouages d'une bibliothèque perd généralement plus des trois quarts de sa valeur.

Le facteur est passé à 16 h 30 chercher les sacs de livres aléatoires.

Juste avant la fermeture, j'ai reçu deux coups de fil. Le premier émanait d'un pasteur à la retraite de Durham possédant près d'un millier d'ouvrages de théologie : j'ai accepté de passer les voir vendredi. Le second appel venait d'une femme dont les parents vivaient à Newton Stewart. Sa mère, une veuve, est morte cet été, et la maison sera mise en vente la semaine prochaine. Elle arrive de Londres et doit débarrasser la maison de ses livres avant demain soir.

Montant dans la caisse : 166,99 £
17 clients

MERCREDI 22 OCTOBRE

Commandes en ligne : 2
Livres trouvés : 2

Nicky travaillait aujourd'hui. À peine était-elle arrivée que je suis parti examiner les livres se trouvant à Newton Stewart. Il y avait là quelques bons ouvrages d'histoire régionale, mais ça n'allait pas être facile de vider cette demeure : elle était emplie de meubles de mauvaise qualité et n'avait pas vu un aspirateur depuis un an ou deux.

Nicky et moi oublions tous deux régulièrement de facturer les sacs en plastique aux clients. Nous avons décidé de rectifier le tir en ne leur proposant même pas de sac et en les laissant en demander un s'ils le souhaitent.

Nicky a pris un appel téléphonique d'un homme de Lochmaben qui a des livres à vendre. Je l'ai programmé pour lundi soir.

Montant dans la caisse : 203,55 £
Clients : 14

JEUDI 23 OCTOBRE

Commandes en ligne : 6
Livres trouvés : 4

L'une des commandes introuvables de ce matin s'intitule *Les Extraterrestres et le Sexe*. Bethan l'avait classé au rayon Théologie.

J'ai passé presque toute la journée à vérifier les prix de nos livres anciens, pour m'assurer que nous étions bien les moins chers en ligne. Généralement, quand nous enregistrons les livres dans Monsoon, nous veillons à les vendre au meilleur prix, sauf si les autres exemplaires disponibles proviennent d'une bibliothèque ou sont en mauvais état. La plupart de nos livres anciens subissent désormais de plein fouet la concurrence – pas seulement celle des exemplaires moins onéreux, mais aussi celle des livres « imprimés à la demande ». En effet, quand un ouvrage tombe dans le domaine public, n'importe qui peut le réimprimer.

Jusqu'à une période relativement récente, il fallait pour ce faire scanner le livre ou le retaper sous forme de fichier informatique, et prévoir un tirage de quelques centaines (ou milliers) d'exemplaires. Cela représentait un coût, mais aussi une prise de risque sur le plan financier, si bien que la plupart des livres anciens bénéficiant d'une réimpression avaient pour thème l'histoire régionale – car les gens savaient qu'ils pourraient les vendre au niveau local. Depuis le début des années 2000, cependant, une innovation technologique permet à quiconque équipé d'une machine d'impression à la demande de fabriquer des exemplaires à l'unité d'ouvrages considérés comme épuisés, à un coût relativement peu élevé. Conséquence de tout cela : quand on cherche un livre rare sur AbeBooks ou de nombreux autres sites web, on est noyé sous les offres d'ouvrages à bas prix qui n'ont aucune existence réelle avant qu'un client ne les commande. Cela a fait plonger la valeur de ce qui était autrefois considéré comme des livres rares : leurs vendeurs sont désormais en concurrence avec un marché inondé de réimpressions. De nos jours, nous devons compter sur les clients qui s'intéressent à l'objet en tant que tel, pas seulement aux informations qu'il contient. Ajoutez à cela le projet Google Livres, qui prévoit de numériser et de rendre disponibles gratuitement les quelque 130 millions de titres originaux qui auraient semble-t-il existé depuis le début de l'histoire de l'édition, et vous obtenez là un mélange explosif pour les rares personnes qui vivent encore aujourd'hui du commerce de livres d'occasion.

Montant dans la caisse : 852,50 £
9 clients

VENDREDI 24 OCTOBRE

Commandes en ligne : 2
Livres trouvés : 1

Nicky est arrivée munie d'une substance ne ressemblant en rien à de la nourriture. « Des éclairs au chocolat. Délicieux. » C'était reparti pour un nouveau Vendredi gourmand.

À 9 h 15, j'allais me mettre en route pour le comté Durham, où je devais examiner la bibliothèque théologique, Nicky s'est soudain souvenue qu'elle avait oublié de me parler du coup de fil du pasteur mercredi dernier : il a appelé pour dire qu'il les avait déjà vendus à un autre libraire.

J'ai reçu un e-mail de Diana, une amie d'Anna : elle m'annonce qu'Eva, sa fille de quatorze ans, arrivera à Dumfries lundi après-midi et passera une semaine à la librairie. J'avais complètement oublié avoir accepté de la prendre en stage ; mais dans mes souvenirs c'est une jeune fille charmante, alors avec un peu de chance ça devrait bien se passer.

Une cliente m'a demandé si je pouvais l'aider à trouver des cadeaux de Noël pour ses quatre filles, tout en étant incapable de me dire quels étaient leurs centres d'intérêt, et combien d'argent elle était prête à débourser. N'ayant jamais rencontré sa progéniture, je ne savais absolument pas quoi lui conseiller – même si je lui étais très reconnaissant d'avoir choisi d'acheter leurs cadeaux chez un bouquiniste. Je lui ai recommandé Philip Pullman et C. S. Lewis : les œuvres de l'un comme de l'autre me paraissent convenir à un vaste public.

Le nombre de gens qui réclament un sac est sensiblement plus faible, même si les clients anglais ont souvent l'air franchement outrés de devoir débourser 5 pence pour en obtenir un. Je suppose qu'ils ignorent qu'il s'agit désormais d'une obligation légale, et qu'ils s'imaginent être plumés par ces grippe-sous d'Écossais.

Un enseignant à la retraite de Garlieston, un village côtier des environs, est passé déposer quelques cartons, pour l'essentiel composés de romans « club du livre » en mauvais état. J'y ai cependant trouvé une poignée d'intéressants ouvrages équestres sur la course au trot attelé et lui en ai donné 20 £.

J'ai fini *Enlevé !* C'était une édition relativement ancienne à reliure illustrée, que j'ai remise sur l'étagère. Ce titre se vend toujours très bien.

Montant dans la caisse : 149,39 £
16 clients

SAMEDI 25 OCTOBRE

Commandes en ligne : 2
Livres trouvés : 1

Nicky est restée à la librairie cette nuit et a géré l'ouverture de la boutique.

Captain a passé l'après-midi à dormir dans un carton vide de la Salle écossaise, à la plus grande joie des clients.

Montant dans la caisse : 170,99 £
12 clients

LUNDI 27 OCTOBRE

Commandes en ligne : 6
Livres trouvés : 5

Nicky est venue travailler aujourd'hui. Kate la factrice nous a apporté trois nouvelles cartes postales anonymes.

Le téléphone a sonné à 9 h 05.

Moi : « Librairie The Book Shop, bonjour. »

L'homme au bout du fil : « Ah, bonjour. Vous êtes ouvert aujourd'hui ? »

Le premier client de la journée était un homme arborant un fin collier de barbe et un bouc – ce en quoi il avait tort –, dont la voix autoritaire avait tout pour me déplaire : « Vous avez des livres de la Folio Society ? Vous connaissez la Folio Society, n'est-ce pas ? » C'est un peu comme demander à un fermier s'il sait ce que c'est qu'un tracteur. Je lui ai répondu que oui, je connaissais la Folio Society, et que j'avais environ trois cents de ses publications en stock. Il en a acheté deux, qui figurent parmi les titres les plus joliment illustrés : *Au cœur des ténèbres* et *Sa Majesté des mouches*. En partant, il s'est excusé pour le ton qu'il avait employé avec moi un peu plus tôt, m'expliquant que les trois derniers libraires qu'il était passé voir n'avaient jamais entendu parler de la Folio Society.

Après le déjeuner, je suis allé à Dumfries pour un rendez-vous à 15 h 15 chez le spécialiste du dos, puis je suis passé chercher Eva à la gare. Elle reste jusqu'à vendredi. Je l'ai emmenée à Lochmaben jeter un coup d'œil à des ouvrages dans un petit pavillon. Il y avait surtout des polars assez trash en édition de poche. L'homme les vendait parce que son épouse avait un cancer à un stade avancé et qu'elle partait vivre dans un foyer médicalisé.

Il avait acheté un petit appartement pour pouvoir être près d'elle, mais celui-ci était trop exigu pour accueillir leurs livres. Je lui ai donné 40 £ pour une soixantaine d'ouvrages.

Dans la camionnette, sur le chemin du retour, Eva m'a questionné sur ma façon d'acheter les livres – ce qui me poussait à en prendre certains et pas d'autres, comment j'en fixais le prix. J'ai fait de mon mieux pour le lui expliquer, mais cela m'a fait prendre conscience de la complexité du processus. Il n'existe aucune règle, si ce n'est celles qu'on se fabrique soi-même.

J'ai envoyé un e-mail à Flo pour voir si elle pouvait venir demain travailler quelques heures, simplement pour qu'Eva bénéficie de la présence de quelqu'un plus proche d'elle en termes d'âge. Sur les conseils d'Anna, je me suis aussi arrangé pour qu'Eva puisse travailler au bureau du festival mercredi, histoire de changer un peu d'ambiance.

Montant dans la caisse : 205,90 £
27 clients

MARDI 28 OCTOBRE

Commandes en ligne : 2
Livres trouvés : 1

Eva a fini par pointer le bout de son nez à 11 heures. Comme je le fais avec tous les nouveaux membres de l'équipe, je lui ai demandé de faire le tour de la librairie et de ranger les étagères, de manière qu'elle se familiarise avec la configuration des lieux.

Kate la factrice nous a apporté une carte postale ce matin, portant cette inscription au dos : « N'entre pas sans violence dans cette bonne nuit, tu ferais mieux de reprendre un whisky. » La mode des cartes anonymes semble prendre de l'ampleur. Le cachet de la poste était celui d'Édimbourg.

Flo a surgi aux alentours de 15 heures et entrepris de transmettre à Eva quelques mauvaises habitudes, comme se montrer grossière à mon égard et ne jamais tenir compte de mes instructions. Heureusement, Eva semble beaucoup trop polie et bien élevée pour suivre l'exemple de Flo la sauvageonne.

Montant dans la caisse : 314,46 £
30 clients

MERCREDI 29 OCTOBRE

Commandes en ligne : 1
Livres trouvés : 1

Eva a passé la journée au bureau du festival. Elle en est revenue à l'heure du déjeuner, épuisée par une matinée passée à entrer des données dans l'ordinateur, puis est repartie y subir un après-midi du même acabit. À son retour, à 17 heures, elle m'a avoué que l'ennui l'avait presque « plongée dans le coma ».

Kate la factrice nous a apporté quatre nouvelles cartes postales anonymes.

Une cliente en quête de livres sur les chiens n'a cessé de bavasser sans m'écouter alors que je tentais de lui indiquer le bon rayon. J'ai fini par baisser les bras et chronométré le temps qu'il lui faudrait pour cesser de jacasser. Deux minutes et quarante-trois secondes.

Après la fermeture, je suis allé me promener avec Eva pour lui montrer certains des monuments les plus intéressants de la ville, notamment les tombes des martyres, le puits médiéval et le monument commémoratif au sommet de la colline.

Montant dans la caisse : 106 £
26 clients

JEUDI 30 OCTOBRE

Commandes en ligne : 6
Livres trouvés : 4

Le courrier du jour nous a valu quatre nouvelles cartes postales anonymes. L'une d'entre elles contenait une citation du *Sens de la ville*, un ouvrage dans lequel Douglas Adams et John Lloyd s'emparent de divers toponymes britanniques et leur assignent une signification, comme dans un dictionnaire. Sur la carte du jour était écrit : « Moranjie (adj.) : être un peu nerveux à l'idée qu'une boîte aux lettres bien précise ne “fonctionne pas” au moment de poster un courrier important. » Pour ma part, je crois que ma définition préférée est la suivante : « Mavis Enderby (nom) : la petite amie presque oubliée de votre lointaine jeunesse que votre femme jalouse et déteste de manière parfaitement irrationnelle. »

Peu après l'ouverture, une famille de cinq personnes est arrivée. Le père – coiffé d'une casquette de baseball, une canette de Tizer à la main – a déambulé de tous côtés en marmonnant « Des livres sur les furets ». Je ne savais pas que le Tizer existait encore.

Vers 13 heures, alors que j'étais assis derrière le comptoir à papoter avec Eva, un homme corpulent est revenu du fond du magasin en compagnie de sa femme et s'est dirigé droit vers la sortie. Alors qu'ils étaient sur le point de partir, sa femme lui a lancé : « Est-ce que tu vas acheter quelque chose ? », et il a répondu : « Non, je n'ai rien vu qui me plaisait. » Eva m'a regardé bouche bée, l'air incrédule, et m'a rapporté qu'il avait passé trois heures assis dans le fauteuil près du feu à lire une énorme pile d'ouvrages qu'il avait amassés à côté de lui. Inutile de préciser qu'il ne s'était pas donné la peine d'en remettre un seul sur les étagères – une tâche qu'Eva et moi-même nous sommes partagée de manière équitable, une fois l'homme parti.

La mère d'Eva m'a envoyé un e-mail ce matin pour me demander si sa fille pouvait rentrer dès ce soir, parce qu'ils doivent partir en voyage pendant quelques jours de manière impromptue. J'ai appelé Flo pour lui demander de gérer la boutique dans l'après-midi. C'était la première fois qu'elle faisait la fermeture. À mon grand étonnement, elle s'en est bien tirée. J'ai emmené Eva à Dumfries à temps pour qu'elle attrape le train de 17 h 58. Je vais la regretter ; sa compagnie était fort agréable, maintenant que l'hiver approche et que je suis seul avec le chat.

Montant dans la caisse : 292,99 £
32 clients

VENDREDI 31 OCTOBRE

Commandes en ligne : 2
Livres trouvés : 1

Nicky travaillait aujourd'hui.

Ce matin, Kate la factrice a apporté une carte postale de Halloween non signée portant le message suivant : « Ray Bradbury avait pour ancêtre l'une des sorcières de Salem. » J'ai demandé à Nicky d'attribuer une note aux cartes arrivées cette semaine et de choisir la gagnante. Elle a pris cette tâche plus au sérieux que je ne l'aurais cru, allant jusqu'à concevoir un système d'évaluation fondé sur cinq critères :

1. Nicky devait comprendre la citation écrite au dos.

2. L'image de la carte devait avoir un lien avec la citation au dos.

3. La carte devait être en matériau recyclé.

4. Elle devait la faire rire.

5. La citation devait, d'une façon ou d'une autre, être en lien avec la littérature.

Juste avant la fermeture, M. Deacon est apparu accompagné de deux femmes qui devaient avoir la moitié de son âge. Il n'était pas aussi élégamment vêtu cette fois-ci, et sa chemise arborait une impressionnante mosaïque de taches nouvelles. Je suppose qu'il met la même chemise pour se rendre à des obsèques que pour s'occuper de son jardin. Il a acheté *Le Roi Charles II* d'Antonia Fraser, puis m'a présenté ses compagnes, qui se sont révélées être ses filles. Toutes deux avaient vu la vidéo où je détruis le Kindle à coup de fusil – M. Deacon aussi, à ma grande surprise. Je ne l'imaginais pas possédant le moindre outil technologique, ce qui expliquait qu'il passe par moi pour acheter ses livres, non par Amazon ou AbeBooks ; mais il est finalement assez au fait des ordinateurs – c'est juste qu'il préfère soutenir les commerçants de la région. Avant de rencontrer ses filles, j'avais supposé qu'il était vieux garçon ; et ce minuscule aperçu de son existence m'a fait l'effet d'un vaste panorama se déployant devant moi, comparé au peu que je savais de lui auparavant.

Après le travail, Tracy et moi sommes allés boire un verre pour marquer la fin de son contrat avec la Société britannique de protection des oiseaux. L'été qu'elle a passé dans la salle des anciens bâtiments du comté consacrée aux balbuzards à expliquer aux gens qu'il n'y avait aucun balbuzard dans le nid a fini par toucher à sa fin.

Montant dans la caisse : 245,99 £
8 clients

NOVEMBRE

En disposant d'un bon emplacement et des capitaux nécessaires, tout individu un tant soit peu cultivé devrait arriver à gagner convenablement sa vie en tenant une librairie. À moins de se spécialiser dans les « livres rares », ce n'est pas un métier bien difficile à apprendre et l'on dispose d'un avantage considérable dès lors qu'on sait à peu près de quoi les livres parlent. (Ce qui, pour la plupart des libraires, n'est pas le cas. Il suffit pour s'en convaincre de feuilleter les journaux spécialisés dans lesquels ils passent leurs annonces : Quand *Histoire de la décadence et de la chute de l'Empire romain* n'est pas attribué à Boswell, c'est *Le Moulin sur la Floss* qui l'est à T. S. Eliot.) Par ailleurs, c'est un métier où intervient le contact humain, qui ne peut être entièrement négligé.

George ORWELL
« Quand j'étais libraire ».

Si les libraires mélangeaient les auteurs et les titres à l'époque d'Orwell, ce sont les clients qui s'en rendent coupables aujourd'hui. On m'a réclamé un bon nombre de fois *1984* d'Aldous Huxley, et il n'est pas rare que l'on me demande un exemplaire du grand classique de Henry Fielding, *Tom Jones*, en me citant Helen Fielding, l'auteur de *Bridget Jones*. Nicky m'a rappelé récemment que le mois dernier des clients avaient attribué *Hommage à la Catalogne* d'Orwell successivement à Ernest Hemingway et à Graham Greene. Quant aux « journaux spécialisés » auxquels Orwell fait allusion, Internet les a quasiment fait disparaître. Quand j'ai repris la boutique, beaucoup d'affaires avaient lieu au sein même du monde du livre, et les réseaux permettant aux libraires d'en contacter d'autres et de retrouver un livre demandé par un client étaient encore assez solides. De nos jours, bien sûr, les clients n'ont plus besoin de nous pour trouver un livre. Il leur suffit de passer deux minutes sur Internet pour qu'un exemplaire leur soit envoyé. De temps à autre, je reçois encore la visite d'un confrère en quête de bonnes affaires, ou, si c'est un libraire spécialisé, venu fouiller un rayon bien précis, pour trouver les titres nécessaires au maintien de la crédibilité de son stock – mais c'est rare. Au début de ma carrière, c'était pourtant fréquent : toutes les semaines, un ou deux collègues venaient voir ma librairie. Ils rejoignaient le comptoir avec des piles de livres dans les bras, me montraient leur carte de visite, et bénéficiaient de la remise en usage dans la profession, à savoir 10 %. Ces derniers temps, même les clients exigent une ristourne – et généralement bien plus de 10 %. La fin des transactions interprofessionnelles a également mis un terme à la carrière des « commissionnaires » – ces gens qui connaissaient bien le marché et écumaient les librairies du pays. Ils remplissaient leur camionnette d'ouvrages achetés chez des détaillants, qu'ils savaient pouvoir revendre avec une petite marge à d'autres détaillants. Leur fonds de commerce, c'était surtout la topographie. Avant Internet, un livre sur le Galloway ne valait pas grand-chose dans une librairie du Dorset, et inversement ; si bien que le commissionnaire faisait son beurre en redistribuant ce type d'ouvrage dans une zone géographique plus appropriée. Aujourd'hui, à cause d'Amazon, peu importe l'endroit du monde où se trouve le livre en question. De même pour le côté « humain » du métier : s'il existait assurément autrefois, Amazon a rendu la concurrence sans foi ni loi.

SAMEDI 1er NOVEMBRE

Commandes en ligne : 6
Livres trouvés : 6

Nicky a passé la nuit à la librairie et fait l'ouverture ce matin. Quand je lui ai demandé quelle carte postale sortait gagnante de la compétition, elle en a désigné une qui était de toute évidence de sa main, et portait même notre cachet de la poste :

> « Cendrillon ! rugit la marâtre en arrosant les clients de salive et de cheveux roux, POURQUOI le poêle est-il allumé et POURQUOI ces 40 cartons de livres moisis sont-ils joliment empilés et POURQUOI as-tu géré toutes les commandes de manière aussi efficace ? » « Tu me rends FOLLE ! Va donc diluer la soupe et donner de la crème au chat à la petite cuillère. » « ET POURQUOI y a-t-il tout cet argent dans la caisse ? » « Tu n'auras plus jamais de dessert à la chantilly moisie, espèce de misérable. »

J'ai décidé de lire la biographie qu'Andrew McNeillie a écrite de son père, John McNeillie, l'auteur du *Laboureur de Wigtown*. Ce roman, publié en 1939, décrit l'état lamentable du système d'assainissement et d'hygiène dans l'Écosse rurale, et a permis la transformation radicale du système de protection sociale du pays. Andrew et moi sommes amis depuis que j'ai acheté la boutique ; je suis curieux de découvrir son style, et de voir quel usage il a bien pu faire d'une lettre écrite par son père à l'un de ses lecteurs, que j'ai retrouvée dans un ouvrage et lui ai donnée pour sa documentation.

Montant dans la caisse : 233 £
15 clients

LUNDI 3 NOVEMBRE

Commandes en ligne : 7
Livres trouvés : 7

Cinq commandes d'AbeBooks et deux d'Amazon.

Une seule carte postale au courrier aujourd'hui : « Les murs de livres qui l'entouraient, que le passé rendait compacts, formaient une sorte d'isolant le protégeant du monde actuel et de ses catastrophes. » Elle a été postée non loin d'ici.

Kate la factrice a laissé un avis de la Royal Mail m'informant que j'avais reçu un courrier dont les frais de port n'avaient pas été acquittés. Il se trouve au centre de tri de Newton Stewart. J'irai le chercher demain.

Callum est venu refaire le comptoir. Nous allons y intégrer un portique en chêne, que j'ai acheté il y a une dizaine d'années lors de la vente d'une ferme sur le domaine des Buccleuch, et qui est censé constituer une barrière plus solide pour me protéger des clients.

Un homme d'une trentaine d'années à la barbe bien fournie est venu me demander si nous serions intéressés par les deux mille ouvrages qu'il possède dans une ferme près de Newton Stewart. J'ai répondu que oui ; il me contactera bientôt. À peine était-il parti qu'un autre client m'a lancé : « Vous avez des toilettes, ici ? » J'ai répondu que non, mais qu'il y en a à la mairie, juste au bout de la place. Le client : « Oh, comme c'est décevant. Et en plus, il pleut. »

Montant dans la caisse : 238 £
15 clients

MARDI 4 NOVEMBRE

Commandes en ligne : 6
Livres trouvés : 5

Callum est revenu à 9 heures installer le portique du comptoir. Il a dû défaire une partie de son travail d'hier pour faire entrer le Placo.

Eliot est arrivé à 21 heures – il a un conseil d'administration dans la semaine. J'ai allumé le feu, devant lequel il a pris place en se plaignant de la température glaciale de la pièce. C'est sans doute pour cela qu'il n'a pas retiré ses chaussures à peine entré dans la cuisine, contrairement à son habitude.

Montant dans la caisse : 82,50 £
8 clients

MERCREDI 5 NOVEMBRE

Commandes en ligne : 2
Livres trouvés : 1

Réveil à 6 h 30 au son de portes qui claquent et de pieds qui martèlent le sol – puis je me suis souvenu qu'Eliot se trouvait dans la maison et me suis rendormi. J'ai fini par me lever à 8 h 30 et suis allé me laver les dents ; mais Eliot prenait un bain, alors je suis descendu préparer le petit déjeuner. Ses vêtements étaient éparpillés partout dans la cuisine. J'ai fait du thé et me suis rendu dans le salon, où les vestiges de son repas du matin – assiettes, tasses, couverts et miettes – jonchaient la table d'un bout à l'autre. Il avait également réussi à enfermer le chat dans la pièce. S'il agit ainsi, ce n'est pas de manière consciente : je suis presque sûr que c'est parce que son cerveau est plein à craquer des éléments qu'il va devoir exposer au conseil d'administration pendant sa réunion.

Cet après-midi, Mme Phillips a téléphoné (« J'ai quatre-vingt-treize ans et je suis aveugle »), en quête de *M pour Mabel* d'Helen Macdonald. Nous en avions un exemplaire : l'auteure est intervenue pendant le festival cette année, et sa lecture a été l'une des plus prisées du public.

Callum est revenu travailler après le déjeuner. Alors qu'il se trouvait sous le comptoir, quelqu'un a hurlé un « Bonjour ! » qui l'a surpris et distrait de son travail – au point qu'il en a lâché son marteau dans un moment crucial, l'envoyant s'écraser sur un panneau vitré. Le coupable était M. Deacon, venu passer commande de *L'Amour dans un climat froid* de Nancy Mitford – « C'est pas mon truc, ce genre de livres. C'est un cadeau pour ma fille. Je ne lis pas de romans. C'est surtout pour les femmes. » Nous en avions un exemplaire sur l'étagère, je n'ai donc pas eu besoin de le commander pour lui.

Calme plat dans la boutique aujourd'hui. Plus un seul client passé 11 h 45, à l'exception de M. Deacon. La journée a été sauvée par la commande en ligne de l'édition en deux volumes de *Don Quichotte*, celle que j'ai achetée le 15 août dans une petite maison de Haugh of Urr. J'en ai obtenu 400 £ et l'ai expédiée à un client au Japon.

Montant dans la caisse : 152,50 £
5 clients

JEUDI 6 NOVEMBRE

Commandes en ligne : 3
Livres trouvés : 2

Pas de carte postale aujourd'hui.

Nicky m'a demandé mon mot de passe Facebook pour pouvoir accepter les milliers de nouveaux amis qui, selon elle, suivent les actualités du compte. Elle a également décrété qu'une partie de la nouvelle zone de comptoir construite par Callum ne lui plaisait pas, et qu'elle comptait profiter de ma prochaine absence pour la retirer. Comme d'habitude, elle n'avait aucun argument rationnel à me fournir : « Je l'aime pas, pis c'est tout. »

La gagnante du concours de la meilleure carte postale anonyme envoyée la semaine dernière (avec pour récompense un livre au choix, d'une valeur de 20 £ maximum) venait de Londres et sa carte disait : « "Vous connaissez Yeats ? — Yates, le bar à vin ? — Non, W. B. Yeats, le poète..." Voilà, c'est ça l'assonance : se tromper de rime. » Apparemment il s'agit d'une citation de Willy Russell, qui a été invité au festival il y a quelques années.

Isabel est venue s'occuper des comptes. Elle a été très impressionnée par les nouvelles spirales de livres.

Dans la biographie qu'Andrew McNeillie a consacrée à son père, j'ai trouvé le passage dans lequel il cite la lettre que je lui ai donnée. Mon nom de famille est souvent mal orthographié, mais la variante qu'en donne Andrew – « Bithyll » – est tout ce qu'il y a de plus exotique.

Montant dans la caisse : 88 £
5 clients

VENDREDI 7 NOVEMBRE

Commandes en ligne : 3
Livres trouvés : 2

Ces derniers temps, de très nombreux clients m'ont demandé des romans de Terry Pratchett. Le fait qu'il décline malheureusement peu à peu, à la suite de sa maladie d'Alzheimer, y est sans doute pour quelque chose. Pratchett, tout comme John Buchan, P. G. Wodehouse, E. F. Benson et d'autres, est un auteur dont je n'ai jamais assez d'ouvrages pour satisfaire la demande. Ses livres se vendent vite, et généralement en grand nombre. L'année dernière, nous avons écoulé en une seule journée l'intégralité de notre rayon Wodehouse en édition Penguin – plus de vingt livres –, avec trois clients seulement.

Montant dans la caisse : 198,77 £
15 clients

SAMEDI 8 NOVEMBRE

Commandes en ligne : 2
Livres trouvés : 1

Journée assez bien remplie : j'ai passé les trois quarts de mon temps à lire la biographie qu'Andrew McNeillie a écrite de son père, *Ian Niall : tranche de vie*. Ian Niall était le nom de plume de John McNeillie ; et le titre est une allusion à l'ouvrage le plus connu de son père, *Le Laboureur de Wigtown : tranche de vie.*

Montant dans la caisse : 132,83 £
17 clients

LUNDI 10 NOVEMBRE

Commandes en ligne : 2
Livres trouvés : 1

À 11 h 15, un client m'a demandé *Loin des chaînes de la foule*. Malgré mes multiples tentatives pour lui faire entendre que l'ouvrage s'intitule en réalité *Loin de la foule déchaînée*, il a obstinément refusé d'admettre qu'il avait tort, même quand une preuve accablante – à savoir, un exemplaire du livre en question – s'est retrouvée posée devant lui : « Les imprimeurs ont fait une erreur sur celui-là, c'est tout. »

En dépit du caractère parfaitement exaspérant de cet échange, je devrais me montrer reconnaissant envers cet homme : il m'a donné une idée de titre pour mon autobiographie, si tant est que je puisse un jour partir à la retraite.

J'ai agrafé les cartes postales anonymes sur l'une des étagères de la galerie – la pièce située au centre de la boutique qui servait autrefois à exposer des tableaux, à l'époque où John Carter possédait les lieux. On l'appelle toujours « la galerie », même si elle ne contient plus aucune peinture. De la même façon, il y a un pub à Wigtown qui pendant un siècle au moins a été connu sous le nom de County Hotel. Quand il a été repris, il y a environ six ans, les nouveaux propriétaires l'ont renommé The Wigtown Ploughman. Les gens du coin continuent à l'appeler The County, et j'ai comme dans l'idée que ce sera toujours le cas.

MARDI 11 NOVEMBRE

Commandes en ligne : 3
Livres trouvés : 3

Je ne vais pas tarder à manquer de place pour exposer les cartes postales anonymes. Peut-être vais-je être contraint de les agrafer sur Nicky.

Une dame s'est approchée du comptoir avec *Tours et détours dans le Galloway et le Carrick* de C. H. Dick, publié en 1916 et relié en buckram bleu avec titre doré. L'exemplaire était en bon état et valait 16,50 £. Quand je lui ai annoncé le prix, la cliente – une femme d'âge mûr à l'accent snob – m'a craché au visage : « 16,50 £ ? C'est tout simplement du vol, je refuse de payer autant pour un vieux bouquin. » Je l'ai suivie jusqu'à la porte et l'ai regardée partir dans sa Range Rover flambant neuve.

Tours et détours offre un incroyable aperçu de la région telle qu'elle était il y a un siècle. De manière étonnante, peu de choses ont changé dans le coin depuis cette époque. Notamment le fait que – ainsi que Dick le signale – « ce district est resté ignoré du monde plus longtemps que toute autre partie de l'Écosse, à l'exception, sans doute, de l'île de Rockall ».

Montant dans la caisse : 125,03 £
7 clients

MERCREDI 12 NOVEMBRE

Commandes en ligne : 2
Livres trouvés : 2

Parmi les commandes du jour figurait l'édition Penguin de *La Paix des profondeurs* d'Aldous Huxley, un livre que j'ignorais complètement avoir en stock.

Juste avant le déjeuner, un client a apporté quatre cartons de romans de gare franchement sordides. J'en ai sorti quelques-uns du lot et lui en ai offert 15 £. Il s'est mis à geindre que 15 £ ne couvriraient même pas le prix de l'essence qu'il avait dépensée pour venir me montrer ces ouvrages. Quand je lui ai fait remarquer que je ne lui avais jamais demandé de me les apporter et ignorais même complètement qu'il en avait l'intention, il a continué de se plaindre, avant de finir par s'en aller en marmonnant qu'il possédait une immense bibliothèque de livres rares et anciens et qu'il « ne les vendrait pas à cet établissement, ça c'est sûr ».

L'hiver s'installe pour de bon. La boutique est sensiblement plus froide qu'il y a quelques semaines, même si j'allume le chauffage et fais du feu dans le poêle de la librairie tous les jours depuis début octobre.

Montant dans la caisse : 67,95 £
7 clients

JEUDI 13 NOVEMBRE

Commandes en ligne : 4
Livres trouvés : 2

J'ai descendu les escaliers quatre à quatre à 8 h 55 pour répondre au téléphone, qui sonnait depuis un petit moment. En chemin, j'ai réussi à renverser du thé sur ma braguette. J'ai décroché le combiné juste à temps pour m'entendre dire : « Vous savez à quelle heure le prochain bus pour Wigtown part de Newton Stewart ? »

J'ai envoyé par écrit mes plus plates excuses aux deux clients Amazon dont je n'ai pu honorer les commandes, dans l'espoir d'éviter un commentaire négatif.

En tentant d'accrocher une publicité pour le Club du livre aléatoire sur l'un des murs de la boutique, j'ai constaté que l'agrafeuse ne fonctionnait pas. Je l'ai donc testée sur ma main : elle a parfaitement fonctionné.

Montant dans la caisse : 34,50 £
3 clients

VENDREDI 14 NOVEMBRE

Commandes en ligne : 4
Livres trouvés : 3

Nicky est arrivée de bonne heure avec quelques abominables barres sucrées aux flocons d'avoine glanées au Morrisons. Elle s'est approprié le compte Facebook de la librairie pour mettre en ligne le message suivant :

> Promotions du jour !
> Vous avez toujours voulu cet exemplaire du *Guide entomologique du pêcheur à la mouche* avec ses mouches Coch-y-bondhu et ses Petites Heptagenia jaunes etc colorées à la main mais vous n'aviez pas 70 £ à dépenser pour ça – eh bien cette semaine il peut être à vous ! Faisons du TROC !
> Bois de chauffage, whisky, poules, cheval à robe pie, on accepte tout ! Amenez-les avec vous !

Un petit garçon qui devait avoir cinq ans est entré seul dans la boutique et nous a demandé si on pouvait l'aider à trouver un cadeau d'anniversaire pour sa mère. Il avait 4 £ sur lui. En l'interrogeant un peu, nous avons découvert qu'elle aimait le jardinage, et déniché un livre sur la culture en pots valant 6 £, que Nicky lui a vendu 4 £.

Après le déjeuner je suis allé à Rhonehouse, près de Castle Douglas, pour examiner une collection de livres vendue par la veuve d'un pasteur de l'Église d'Écosse. Quand je suis arrivé, à 14 heures, c'est elle-même qui m'a accueilli, accompagnée de son fils – un homme à peine plus jeune que moi, qui avait quitté Édimbourg pour revenir s'installer dans la région et s'occuper de sa mère pendant son grand âge. Elle nous a préparé du thé, puis m'a guidé vers la salle à manger, dans laquelle elle avait disposé l'ensemble des ouvrages – n'en laissant voir que le dos. Tout en me parlant de ses livres, elle a lâché un pet incroyablement sonore qui s'est prolongé pendant plusieurs secondes. Peu après, elle est partie faire un petit tour dans le jardin, au moment même où son fils entrait dans la pièce : il a de toute évidence senti le pet et m'a lancé le regard le plus noir qu'on puisse imaginer.

Je suis reparti avec quatre cartons de théologie hargneuse et une réputation d'homme en proie aux flatulences.

Montant dans la caisse : 105,90 £
11 clients

SAMEDI 15 NOVEMBRE

Commandes en ligne : 2
Livres trouvés : 2

Nicky a passé la nuit à la librairie et fait l'ouverture ce matin.

Premier coup de fil de la journée :

Le correspondant : « Je vous appelle simplement pour vous confirmer la publication de votre encart publicitaire dans le *Journal de la prévention du crime*. On vous a alloué un quart de page. Vous nous avez donné votre accord au mois d'août, quand vous vous êtes abonné » – suivi d'un baratin peu convaincant sur leur tirage, leur nombre de lecteurs, etc.

Moi : « Je n'ai pas souvenir d'une telle conversation, et je ne ferais jamais de publicité dans quoi que ce soit portant le nom de *Journal de la prévention du crime*. On dirait que vous venez de l'inventer. »

Le correspondant : « Mais vous avez accepté, en août ; c'est écrit là, sous mon nez. »

Moi : « Je ne crois pas, non. Donnez-moi votre numéro, je vérifie et je vous rappelle. »

Il a raccroché.

Une arnaque intitulée *Journal de la prévention du crime*. Quelle ironie. Ce genre d'appel se produit une ou deux fois par an. Généralement, la publication que je suis censé avoir accepté de sponsoriser se nomme *Soyez sympa avec les enfants malades*, ou quelque chose d'approchant.

Montant dans la caisse : 145,98 £
20 clients

LUNDI 17 NOVEMBRE

Commandes en ligne : 3
Livres trouvés : 2

Nicky travaillait aujourd'hui. Je suis allé à Lockerbie prendre le train pour Édimbourg : j'avais rendez-vous à la Bibliothèque nationale d'Écosse, pour discuter de la possibilité d'utiliser leurs enregistrements de musique classique tombés dans le domaine public. Mon but est de créer une station de radio à qui les commerçants pourraient verser une modeste cotisation et de ce fait éviter les redevances prohibitives fixées par PPL (Phonographic Performance Limited) et la PRS (Performing Right Society) – deux organismes dont la seule raison d'être semble de soutirer de l'argent à quiconque diffuse des enregistrements musicaux sur son lieu de travail. Dans le train, j'étais assis à côté d'un petit groupe dont l'un des membres avait un Kindle. D'une voix tonitruante, il a passé une heure à parler à ses compagnons de voyage bouche bée du petit miracle que constituait le satané engin, tandis que le reste des voyageurs tentait vainement de lire un livre, un magazine ou un journal. Il a fini par beugler, sans une once d'ironie : « Évidemment, je ne peux absolument pas lire si quelqu'un dans la pièce est en train de parler. » Toutes les têtes du wagon se sont immédiatement tournées vers lui pour le fusiller collectivement du regard.

Post du jour de Nicky sur Facebook :

Hier, journée très stressante – ai expédié plusieurs de nos meilleurs ouvrages à un nouveau client en Allemagne, les étagères ont l'air vides !
La cliente du jour était évidemment cette femme accompagnée de sa fille qui a touché presque tous nos magnifiques livres anciens & en a laissé tomber un par terre, ce qui a abîmé la couverture en cuir. Ensuite elle m'a demandé : avez-vous des livres de Steinbeck (« bien sûr », grand sourire, le client a toujours raison) et elle m'a ÉTERNUÉ DESSUS.
Non, elle n'a rien acheté du tout.

J'ai passé la soirée à Édimbourg avec ma sœur Lulu et sa famille.

Montant dans la caisse : 170,99 £
14 clients

MARDI 18 NOVEMBRE

Commandes en ligne : 3
Livres trouvés : 3

J'ai quitté Édimbourg à 10 heures. Comme Nicky travaillait aujourd'hui, je lui ai demandé si elle voulait bien empaqueter les ouvrages destinés au Club du livre aléatoire. Je suis rentré juste après l'heure du déjeuner : à ma grande surprise elle l'avait fait, et s'était arrangée pour que le facteur passe chercher les sept sacs.

En fouillant au milieu des cartons, j'ai trouvé un ancien guide du comté de Wigtown contenant une publicité pour la boutique datant des années 1950, quand c'était encore une épicerie. De temps à autre, quelqu'un de passage dans le coin vient m'expliquer qu'à l'époque où il vivait à Wigtown le magasin était celui de Pauling, l'épicier, ou bien qu'il est un parent des anciens gérants, à l'époque où c'était une épicerie.

Montant dans la caisse : 90,50 £
5 clients

MERCREDI 19 NOVEMBRE

Commandes en ligne : 5
Livres trouvés : 3

À 11 heures, un ado s'est traîné d'un air gauche jusqu'au comptoir et a posé sous mon nez un exemplaire de poche de *L'Attrape-Cœur*, ainsi que les 2,50 £ nécessaires à son achat. Peu d'ouvrages m'ont autant touché que celui-ci quand j'avais l'âge de ce garçon et que je vivais la délicate transition menant à l'âge adulte. La façon dont Salinger dépeint le sentiment de détachement d'Holden Caulfield face au monde dans lequel il est contraint de vivre a dû parler à des millions de lecteurs adolescents depuis sa première publication en 1951.

Montant dans la caisse : 48 £
9 clients

JEUDI 20 NOVEMBRE

Commandes en ligne : 3
Livres trouvés : 3

Nicky était là. Elle a continué à entrer dans le catalogue les ouvrages que j'ai achetés à Rhonehouse. Cela fait un mois désormais que la taxe de 5 pence sur les sacs en plastique a été instaurée : Nicky a calculé que le nombre de clients qui nous en demandent un est passé de 50 % à moins de 10 %.

Montant dans la caisse : 149 £
10 clients

VENDREDI 21 NOVEMBRE

Commandes en ligne : 2
Livres trouvés : 2

Nicky s'est mise à détourner régulièrement le compte Facebook de la librairie pour son propre usage. Voici son message du jour :

> Hier les clients se sont plaints de la CHALEUR quand nous avons allumé le poêle & brûlé les livres que nous n'aimions pas, je veux dire, que nous ne voulions pas, c'est-à-dire ceux sans les « guillemets » appropriés, ce qui veut dire : fini Roddy Doyle et Irvine Welsh – dommage !
> Quels livres souhaiteriez-vous qu'on brûle aujourd'hui ?

La petite douceur du Vendredi gourmand, aujourd'hui, était constituée d'un paquet de biscuits aux flocons d'avoine périmés.

M. Deacon est venu commander un livre mais n'a pas réussi à retrouver le bout de papier sur lequel il avait noté son titre.

Dans un moment de désœuvrement, j'ai calculé que nous avons expédié plus d'une tonne de livres cette année. Pas étonnant si je dois m'asseoir avant d'ouvrir une facture de la Royal Mail.

Montant dans la caisse : 57,30 £
5 clients

SAMEDI 22 NOVEMBRE

Commandes en ligne : 3
Livres trouvés : 1

Nicky travaillait aujourd'hui, alors j'en ai profité pour déjeuner avec quelques amis à l'auberge Steam Packet, sur l'île de Whithorn. Quand je suis revenu, en milieu d'après-midi, j'ai découvert qu'elle avait pris l'initiative de tapisser le pan de mur jouxtant le rayon Jeunesse d'images d'animaux sauvages découpées par ses soins dans une encyclopédie.

Je perds complètement espoir. Elle n'en fait vraiment qu'à sa tête.

M. Deacon a téléphoné. Il souhaite acheter *Grandeur et décadence* d'Evelyn Waugh. Quand je lui ai rappelé que, selon lui, les romans sont faits pour les femmes, il m'a répliqué : « La plupart, mais pas tous. »

Une cliente a roulé depuis Ayr, à quatre-vingts kilomètres d'ici, pour m'apporter deux cartons de livres à vendre : il s'agissait pour l'essentiel de guides touristiques de l'Europe datant de l'époque victorienne, mais en assez mauvais état. Elle les avait achetés par inadvertance au cours d'une vente aux enchères, croyant faire une offre pour un samovar. Je lui en ai donné 200 £ – somme qui, m'a-t-elle assuré, justifiait qu'elle ait fait le déplacement.

En fin de journée, juste avant de partir, Nicky m'a lancé : « J'ai une super idée, pourquoi on transformerait pas la boutique en discothèque ? »

Montant dans la caisse : 345,99 £
19 clients

LUNDI 24 NOVEMBRE

Commandes en ligne : 5
Livres trouvés : 4

Hier j'ai fait l'expérience quelque peu perturbante de me réveiller après une grasse matinée, de descendre dans la cuisine me préparer du thé, puis de déambuler dans le salon, le peignoir entrouvert – et de tomber nez à nez avec le laveur de carreaux, en train de regarder fixement la pièce depuis son échelle. J'ai rapidement battu en retraite. Ni lui ni moi n'avons évoqué le sujet ce matin quand il est passé chercher ses 5 £.

Un client s'est approché du comptoir avec à la main un ouvrage sur l'histoire écossaise relié en cuir et datant de 1817. Il m'a montré un prix écrit au crayon sur la page de garde – 1,50 £ – qui, de toute évidence, n'était pas celui que nous avions fixé. J'ai vérifié dans la base de données : nous l'avions estimé à 75 £, et notre exemplaire était le moins cher disponible sur Internet. Quand je lui ai expliqué que nous ne pouvions absolument pas le lui vendre à 1,50 £, il est parti en claquant la porte. Nicky m'a raconté plus tard qu'elle l'avait vu griffonner quelque chose dans un livre de la boutique, et qu'elle le soupçonnait d'avoir décollé notre étiquette et inscrit le prix lui-même. Il y a plusieurs années de ça, un libraire de sinistre mémoire venait régulièrement fouiner dans les librairies de Wigtown, et attendait qu'un petit nouveau se tienne derrière le comptoir – quelqu'un qui, supposait-il, connaissait moins bien les ouvrages que lui – pour gommer les prix marqués au crayon dans les livres rares, leur en attribuer un moins élevé, et faire ni vu ni connu une bonne affaire. À ma connaissance, il n'est plus de ce monde.

Les deux derniers clients de la journée – un jeune couple qui a acheté quelques titres de science-fiction – m'ont dit qu'ils avaient passé leurs vacances à faire le tour des bouquinistes du Royaume-Uni. Une lueur d'espoir subsiste pour nous autres libraires.

Montant dans la caisse : 78 £
7 clients

MARDI 25 NOVEMBRE

Commandes en ligne : 7
Livres trouvés : 4

J'ai oublié de mettre l'alarme et me suis réveillé en retard. Quand j'ai ouvert la boutique, à 10 heures, j'ai découvert une grappe de vieilles dames qui faisaient le pied de grue devant la librairie en tremblant de froid. Leur cours d'arts plastiques était censé commencer à 9 h 30.

Montant dans la caisse : 64 £
3 clients

MERCREDI 26 NOVEMBRE

Commandes en ligne : 2
Livres trouvés : 1

Grandeur et décadence était dans le courrier de ce matin : j'ai passé un coup de fil à M. Deacon pour le prévenir.

Sandy le païen tatoué est passé avec son ami. Il m'a laissé six bâtons de randonnée et a déniché un livre sur la mythologie celtique.

Un client est arrivé à 16 heures avec un carton de littérature du XXe siècle en édition de poche, dans lequel se trouvait un exemplaire d'un texte génial de José Saramago intitulé *L'Aveuglement,* ainsi que *Pereira prétend,* d'Antonio Tabucchi – qui tous deux m'avaient été offerts par un ami italien, horrifié de ma méconnaissance de la fiction européenne contemporaine. J'ai beaucoup aimé *Pereira prétend* ; quant à *L'Aveuglement*, j'ai trouvé ça vraiment surprenant. J'ai rarement été aussi absorbé par un livre, et – de manière ironique – j'ai rarement eu l'impression de visualiser aussi bien ce qu'il racontait. Saramago dépeint de manière frappante la crasse et le pitoyable chaos d'un univers dans lequel tout le monde est devenu aveugle, ainsi que la fragilité du contrat social et la rapide désagrégation de la société que provoquerait la perte d'un seul de nos sens : le lecteur se sent complètement immergé dans l'histoire, un peu comme s'il y participait, au lieu d'en être le témoin. On ressort de ce livre – tout comme de *Confession du pécheur justifié* de Hogg – en se posant davantage de questions sur le monde qui nous entoure.

Montant dans la caisse : 90,55 £
9 clients

JEUDI 27 NOVEMBRE

Commandes en ligne : 8
Livres trouvés : 6

Le sapin de Noël a été érigé sur la place.

Un petit groupe de trois femmes russes est entré dans la boutique. L'une d'elles, manifestement la seule qui parlait anglais, m'a demandé si nous avions des livres en russe, et a semblé sincèrement surprise que nous en ayons en effet quelques-uns. Aucune d'entre elles ne m'a rien acheté.

Cet après-midi, nous avons reçu une commande AbeBooks d'un client vivant en Irlande. Il s'agissait d'une collection de huit volumes dont le prix avait manifestement été mal enregistré dans Monsoon :

Titre : *Histoire de l'Europe : hommes et événements majeurs*

Auteur : Révérend H. J. Chaytor, William Collinge, Walter Murray

Prix : 3,48 £

Frais de port : 8,85 £

Total : 12,33 £

Les huit volumes en question pèsent en tout huit kilos deux cents, ce qui ferait 88 £ de frais de port pour l'Irlande. J'ai envoyé un e-mail au client pour lui exposer la situation.

Trois personnes aujourd'hui m'ont demandé si j'achetais des livres – notamment un homme venu avec trois *Harry Potter*, qui les a solennellement pointés du doigt en me précisant que l'un d'eux était une première édition. Quand je lui ai expliqué que les derniers *Harry Potter* avaient bénéficié d'un tirage tellement énorme dès la première édition qu'ils ne valaient quasiment rien, il les a rapidement remisés dans son sac et s'en est allé. Je ne crois pas qu'il m'ait cru.

Au moment de la fermeture, j'ai pu savourer l'extraordinaire spectacle de M. Deacon en train de courir à toutes jambes vers la librairie, comme seul en est capable un homme vieillissant souffrant de surcharge pondérale. Les pans de sa veste étriquée et mal ajustée flottaient dans son dos, et la mèche de cheveux rabattue sur son crâne chauve s'était dressée à la verticale : on eût dit qu'il était pourvu d'une paire d'ailes vestigiales et d'une grande nageoire dorsale – les premières pour le faire avancer, la seconde pour le guider. Comme il tentait manifestement d'atteindre la boutique avant la fermeture, j'ai laissé la porte ouverte pour lui. Il a payé son livre avant de repartir d'un pas traînant, hors d'haleine, et de s'enfoncer dans la pénombre.

Montant dans la caisse : 88,99 £
6 clients

VENDREDI 28 NOVEMBRE

Commandes en ligne : 1
Livres trouvés : 1

Nicky est arrivée à 9 h 15, comme d'habitude. Elle m'a immédiatement tendu une barquette en plastique emplie de ce qui aurait pu passer pour de la nourriture deux ou trois jours plus tôt, tout en s'exclamant : « Tu veux un roulé à la cannelle ? » (étiquette Tesco « 27 pence Prix réduit » bien en évidence). J'ai répondu : « J'en serais ravi, Nicky, merci. » Et tandis que je tendais la main vers l'un des roulés, elle m'a tapé sur les doigts en me disant :

« Je choisirais pas çui-là, à ta place. J'ai léché le glaçage ce matin en venant ici. »

La seule commande du jour concernait un ouvrage intitulé *L'Esclave en culottes courtes*.

Alors que j'étiquetais des ouvrages provenant des multiples cartons qui s'entassent dans la boutique, à la suite de mes divers achats, j'ai trouvé *Retenir les bêtes* de Magnus Mills, que Finn m'avait conseillé de lire. Je l'ai mis de côté et le commencerai dès que j'aurai le temps.

Nicky a décidé de passer la nuit ici pour que nous puissions boire de la bière en échangeant des potins. Nous avons bien sûr tous deux légèrement abusé de la boisson. Quand je lui ai proposé une bière Corncrake, « le roi caille », elle m'a répondu qu'elle n'aimait pas les bières portant un nom d'oiseau. C'est le genre de logique qui gouverne toutes ses décisions.

Montant dans la caisse : 62,50 £
5 clients

SAMEDI 29 NOVEMBRE

Commandes en ligne : 1
Livres trouvés : 1

Nicky a ouvert la boutique : j'ai pu faire la grasse matinée.

La seule commande du jour était un livre intitulé *Suivre sa voie d'homme* par un certain Mark Teller. Julian Clary, l'humoriste gay, s'est servi du même titre pour son autobiographie, mais je doute qu'il l'ait choisi pour les mêmes raisons.

Alors que nous classions de nouveaux ouvrages sur les étagères, Nicky et moi nous sommes exclamés en même temps, au moment d'entrer dans la galerie, qu'il faisait vraiment glacial dans la pièce. Le feu était pourtant allumé. Depuis que nous avons installé une pompe à chaleur au bas de l'escalier l'année dernière, la galerie est passée de la pièce la plus chaude à l'une des plus fraîches de la boutique, probablement parce que l'un de ses murs en pierre n'est ni doublé ni isolé. J'ai appelé Callum pour savoir ce qu'il en pense. Il va venir voir ce qu'il peut faire.

Montant dans la caisse : 100 £
10 clients

DÉCEMBRE

À l'approche de Noël, c'étaient dix jours de fièvre où nous nous débattions au milieu des cartes de vœux et des calendriers – articles particulièrement ennuyeux à vendre mais d'un excellent rapport. J'étais aussi fasciné par le franc cynisme qui présidait à l'exploitation du sentiment religieux. Les représentants en cartes de Noël commençaient leurs tournées de démarchage dès le mois de juin. J'ai encore en mémoire le libellé d'une de leurs factures : « 2 douzaines d'enfants-jésus avec lapins. »

George ORWELL
« Quand j'étais libraire ».

Noël et la période qui précède les fêtes sont sans doute les moments les plus calmes de l'année dans la librairie. Mon commerce dépend tellement de la fréquentation des touristes (qui, au mois de décembre, ont presque déserté les lieux) que pour un peu, nous ferions mieux de rester fermés entre novembre et mars. Malgré tout, les rares personnes à offrir des ouvrages d'occasion à Noël étant généralement assez excentriques, j'aime bien garder la librairie ouverte, pour le pur et simple amusement qu'ils procurent – ces clients-là sont de loin les plus intéressants. Et puis, ce ne serait vraiment pas convenable de ma part de fermer : les quelques âmes qui osent s'aventurer dans la campagne du Galloway au cœur de l'hiver seraient déçues de trouver porte close et risqueraient fort de ne jamais revenir ; et comme il leur arrive de dépenser un peu d'argent dans ma librairie – et que les courtes et froides journées d'hiver ne me permettraient guère, de toute façon, de me livrer à d'autres activités, si d'aventure je fermais boutique –, je préfère encore être seul dans mon commerce ouvert à cueillir tout ce qui passe, si maigre la moisson soit-elle, que de fermer et de ne rien récolter du tout. La seule semaine pendant laquelle cela vaut assurément la peine d'ouvrir, c'est entre Noël et la Saint-Sylvestre : c'est le moment où les gens reviennent dans la région passer les fêtes auprès de ceux qu'ils aiment – avant de s'apercevoir rapidement que ces derniers sont infiniment plus aimables quand on se trouve à plusieurs centaines de kilomètres de là que quand on est coincé sous le même toit. Cette semaine-là, le magasin est bondé. Il grouille de personnes ayant passé beaucoup trop de temps cloîtrées chez leurs proches, qui plus est pendant la période la plus sombre de l'année. Quêtant désespérément toute possibilité d'évasion, elles affluent alors vers la librairie, et tuent le temps en feuilletant et achetant – enfin, le plus souvent – des livres.

LUNDI 1er DÉCEMBRE

Commandes en ligne : 1
Livres trouvés : 1

C'est la Saint-André, jour férié en Écosse.

Une cliente a appelé, en quête d'un ouvrage :

La femme : « J'étais dans votre boutique pendant le festival et j'ai vu un livre sur les anciens jardins écossais en ruine dans votre rayon Nouveautés. Vous pouvez me dire comment il s'appelle ? »

Moi : « J'ai bien peur que non. Mais je vois de quel livre vous parlez et je serais ravi de vous en envoyer un exemplaire. »

La femme : « Et pourquoi ne voulez-vous pas me donner le titre ? »

Moi : « Parce que dès que je l'aurai fait, vous irez l'acheter sur Amazon. »

La femme : « Pas du tout, j'enverrai ma mère le chercher chez vous. »

Moi : « Oh, parfait, dans ce cas pouvez-vous me donner votre numéro de carte bleue et le nom de votre mère ? Je le mettrai de côté une fois que vous l'aurez payé. »

C'est à ce moment-là qu'elle a raccroché.

Tracy et moi sommes allés boire une bière au pub après le travail. Un fermier de la région a surgi en lançant à la ronde : « Quelqu'un veut un navet ? J'en ai plusieurs dans mon pick-up. » Laura, qui travaillait au bar, lui a dit qu'elle en voulait bien un. Il est revenu avec le plus gros navet que j'aie jamais vu de toute mon existence. J'ai cru comprendre que sa récolte avait été exceptionnelle cette année.

J'ai commencé à lire *Retenir les bêtes*.

Montant dans la caisse : 28 £
4 clients

MARDI 2 DÉCEMBRE

Commandes en ligne : 3
Livres trouvés : 2

Callum est passé comme promis : nous avons décidé d'isoler le mur en pierre de la galerie. Cela devrait vraiment faire la différence, en termes de température. Il s'y mettra dans la semaine.

C'était une belle journée aux teintes chaudes, inondée de soleil : la lumière rasante de décembre et de janvier illuminait le rayon Penguin comme elle ne le fait qu'à ce moment-là de l'année. Le temps fort de la journée a été sans conteste la vente d'un ouvrage intitulé *Sombres Souvenirs de Donald McLoad*, publié en 1892, à un client qui le cherchait depuis six ans.

Montant dans la caisse : 33 £
2 clients

MERCREDI 3 DÉCEMBRE

Commandes en ligne : 4
Livres trouvés : 2

La matinée était glaciale : j'ai fait un feu et me suis chargé des commandes en ligne. Alors que je me dirigeais vers le bureau de poste pour y déposer le courrier, j'ai doublé un homme avec une brique dans les bras et des clés de voiture pendues aux lèvres. Quand il a amicalement marmonné « Bonjour », les clés sont tombées de sa bouche et ont atterri – de manière fort commode – en plein milieu de la brique.

À 14 h 30, un vieil homme est arrivé avec un tas de livres sur l'histoire militaire, notamment plusieurs ouvrages concernant le KOSB (le King's Own Scottish Borderers, le régiment d'infanterie chargé de la sûreté des frontières britanniques que rejoignaient traditionnellement les Gallovidiens – quoique le Galloway ne soit pas une région frontalière). J'ai accepté de les lui prendre pour 120 £.

Montant dans la caisse : 46 £
4 clients

JEUDI 4 DÉCEMBRE

Commandes en ligne : 1
Livres trouvés : 1

Callum est arrivé à 10 heures et a commencé les travaux d'isolation. J'ai passé la journée à emballer des livres et démonter les étagères du mur sur lequel il doit travailler.

Montant dans la caisse : 48 £
5 clients

VENDREDI 5 DÉCEMBRE

Commandes en ligne : 1
Livres trouvés : 1

Nicky était là aujourd'hui. Elle est arrivée de bonne heure et semblait surexcitée : « Oh là là, j'ai un de ces cadeaux pour toi ! » Le « cadeau » en question était censé compenser, en quelque sorte, la viennoiserie à la cannelle dont elle avait léché le glaçage vendredi dernier. Elle a sorti un emballage couvert d'autocollants « Prix réduit » contenant un gâteau en forme de petit cochon.

Callum a passé la journée à isoler le mur.

À 11 heures, après avoir confié quelques menues tâches à Nicky (qu'elle a acceptées d'un hochement de tête enthousiaste, avant de décider de n'en rien faire), je suis parti acheter des livres à Sorbie, à dix kilomètres de Wigtown. Il s'agissait de la bibliothèque d'un ami de mon père, Basil, qui est décédé cette année. C'était son neveu qui était chargé de la succession. Peu de livres avaient un quelconque intérêt, et la plupart n'étaient que des manuels scolaires pour futur ingénieur, mais j'en ai pris deux cartons et lui ai fait un chèque de 100 £.

En 2001, quand j'ai quitté Bristol pour revenir en Écosse, j'étais assez peu en contact avec la mort – si l'on excepte la perte de grands-parents et de grandes-tantes d'âge vénérable. Sans doute dois-je m'estimer heureux de n'avoir jamais perdu d'ami proche. Quand on vit à la campagne, cependant, on fait la connaissance de gens de tous âges et de tous milieux, ce qui est moins le cas en ville. En 2001, quand j'ai acheté la boutique, les gens disaient souvent que j'avais l'air « bien jeune pour un libraire », et peut-être avaient-ils raison. Cela fait cinq ans qu'on ne me fait plus la remarque, et le nombre d'enterrements auxquels j'assiste ne cesse d'augmenter. Beaucoup d'amis de mes parents sont morts au cours de l'année qui vient de s'écouler. Récemment, ma mère m'a lancé : « Ton père et moi, on est en terrain miné, maintenant. »

Je suis allé boire un verre avec Callum après le travail. On a proposé à Nicky de se joindre à nous, mais elle nous a répondu qu'elle n'avait pas envie de bouger, alors j'ai fait un feu et je suis allé lui chercher de la bière artisanale à la coopérative – sans nom d'oiseau sur l'étiquette cette fois-ci. À mon retour, vers 20 heures, elle était assise devant le feu à coudre et assembler les morceaux d'une petite vache en peluche qu'elle retouche, semble-t-il, depuis plus de vingt ans. Ça ne ressemblait pas du tout à une vache.

Cette semaine, plusieurs clients se sont plaints, en entrant dans la boutique, d'avoir oublié leurs lunettes de lecture. C'est assez fréquent. Quand j'en ai parlé à Nicky, elle m'a fait remarquer que cela lui arrivait souvent à elle aussi.

Montant dans la caisse : 22 £
2 clients

SAMEDI 6 DÉCEMBRE

Commandes en ligne : 2
Livres trouvés : 2

À 8 heures, j'ai entendu Nicky préparer le petit déjeuner, alors je suis resté enfoui sous les draps et l'ai laissée gérer l'ouverture. J'ai été réveillé peu après par le bruit de la perceuse à percussion de Callum, en train de démolir le mur à l'étage en dessous. Mon après-midi a consisté, pour l'essentiel, à faire courir un câble de haut-parleur depuis la chaîne stéréo : nous avons déplacé celle-ci à l'avant du magasin, loin des mains des enfants – qui semblent incapables de passer devant sans en tripoter les boutons, généralement pour monter le son.

Montant dans la caisse : 72,29 £
9 clients

LUNDI 8 DÉCEMBRE

Commandes en ligne : 9
Livres trouvés : 8

La librairie a été d'un calme incroyable aujourd'hui. Le tout premier client est arrivé à 11 h 30 en s'exclamant : « Vos manuels de stratégie commerciale et financière, ils sont rangés où ? » Quelqu'un s'apprête à recevoir un chouette cadeau de Noël cette année.

En parcourant le courrier, j'ai trouvé une lettre de la mairie sur laquelle Nicky avait fait un croquis plus que sommaire – visage rond, lunettes, cheveux bouclés – censé à l'évidence me représenter. Quand je le lui ai montré en disant : « Nicky, c'est quoi, ça ? », elle m'a répondu : « Ça ? Un miroir. »

Montant dans la caisse : 78,44 £
6 clients

MARDI 9 DÉCEMBRE

Commandes en ligne : 2
Livres trouvés : 1

Anna m'a appelé pour me dire qu'elle ne travaillera pas sur le film qu'elle est en train de développer en Amérique avec son amie parce qu'elle trouve le budget trop modeste. Elle a réservé un vol pour Londres et sera à Dumfries jeudi.

L'un des clients du jour, un homme âgé, s'est dirigé d'un pas traînant vers le comptoir en serrant un ouvrage contre son buste, l'air tout excité. « Combien vous en voulez pour celui-ci ? » C'était un manuel d'apprentissage du latin, qu'il a ouvert d'un geste fébrile pour me montrer le nom écrit à la plume sur la page de garde : « Il était à mon père. » Le livre valait 4,50 £, mais je lui ai dit qu'il pouvait l'avoir gratuitement. Je ne me souviens absolument pas d'où vient ce livre ; mais l'homme était tellement content de l'avoir trouvé que ça me semblait juste de le lui offrir. Il était à Wigtown pour les vacances, et vivait dans le Kent : l'ouvrage provenait peut-être d'une grande collection privée que j'ai achetée il y a longtemps près de Canterbury.

Montant dans la caisse : 80 £
9 clients

MERCREDI 10 DÉCEMBRE

Commandes en ligne : 1
Livres trouvés : 0

Nicky est venue travailler aujourd'hui pour que je puisse aller jeter un coup d'œil à une collection aux environs de Stirling, sur la côte orientale du Loch Lomond. La maison se trouvait au creux d'un magnifique vallon, et la route, bordée d'une vénérable forêt de feuillus, était jalonnée de majestueuses demeures victoriennes, parmi lesquelles celle qui m'intéressait. Elle appartenait à un couple qui avait à peu près le même âge que mes parents, et était emplie de meubles et d'œuvres d'art d'un goût exquis. Tous deux se sont montrés sympathiques et chaleureux à mon égard, et n'ont cessé de me resservir du thé et des petits gâteaux tandis que j'examinais du mieux possible les quelques milliers de livres disséminés dans toute la maison. Leurs fils avaient été en pension dans le Perthshire, et l'un d'eux avait mon âge : nos chemins se sont probablement croisés un jour, sans doute lors d'un match de foot. Comme c'est souvent le cas dans ce genre de transaction, le couple vendait sa maison pour trouver quelque chose de plus petit – à savoir, les concernant, un appartement dans le quartier du West End, à Glasgow.

Leur bibliothèque était hétérogène mais contenait quelques livres anciens intéressants, notamment une première édition des *Distilleries de whisky du Royaume-Uni* de Barnard, publié en 1887. C'était la première fois que j'avais entre les mains un exemplaire de la première édition. En papotant avec le couple, j'ai découvert que l'homme avait travaillé dans l'industrie du whisky avant de prendre sa retraite, et que nous avions quelques connaissances en commun dans le milieu de la distillerie. Après quelques négociations fort courtoises, nous sommes convenus d'un prix de 1 200 £ pour dix cartons de livres.

Le trajet du retour a été épouvantable. J'ai fait l'erreur de choisir l'itinéraire passant par la montagne – trente kilomètres de route à une seule voie. Il pleuvait et le vent mugissait à tout rompre. J'ai croisé quelques camions forestiers remplis de bois. Plus haut, la pluie s'est muée en neige, et des éclairs diffus ont zébré les nuages. À 18 heures, j'ai enfin atteint la librairie.

Montant dans la caisse : 85,98 £
7 clients

JEUDI 11 DÉCEMBRE

Commandes en ligne : 3
Livres trouvés : 3

Parmi les commandes du jour figurait un livre intitulé *Carnet de notes d'un drogué*. William était absent quand j'ai apporté les commandes à Wilma. Je lui ai demandé où il était passé, à quoi elle a répondu, sur le ton de la conspiration : « C'est l'heure de sa sieste », tout en souriant d'un air malicieux. À mon humble avis, il pourrait dormir tout son soûl que cela ne changerait rien à son humeur de dogue.

Je suis allé à la gare de Dumfries chercher Anna après la fermeture.

Montant dans la caisse : 27 £
5 clients

VENDREDI 12 DÉCEMBRE

Commandes en ligne : 1
Livres trouvés : 0

Nicky est arrivée vêtue de sa combinaison de ski noire habituelle, et munie d'un friand à la viande. Cela ressemblait plus à une grosse masse croûteuse qu'à un délicieux petit en-cas. « Oh, c'est trop bon. Vas-y, goûte. » C'était infect. Le Vendredi gourmand est devenu l'un des pires moments de la semaine, surtout depuis l'épisode du roulé à la cannelle.

La boutique tournait franchement au ralenti aujourd'hui, et il faisait un froid de canard. Message de Nicky sur Facebook :

> Chers amis, c'est Nicky ! Quand je suis arrivée au travail ce matin, je me suis sentie toute chose en voyant qu'une lumière rouge luisait près du comptoir… était-ce un radiateur ? Pouvais-je retirer ma grenouillère en polaire ?
> Oui et non. C'était bien un radiateur, mais SEULE la lumière était allumée. La grenouillère en polaire ne bouge pas avant avril.
> Oh, une nouvelle vraiment atroce dans le *Free Press* de cette semaine – une pièce de monnaie a été dérobée dans un véhicule garé sur une exploitation agricole. Où va le monde ?
> Ne lui dites pas que j'étais là.

Nicky a laissé à la librairie cinq paires de lunettes qu'elle a achetées au magasin « Tout à 1 £ » de Bathgate, à l'intention des clients ayant oublié les leurs.

Un homme travaillant pour une distillerie de Basse-Écosse a entendu dire que nous avions acheté la collection d'ouvrages sur le whisky et est passé à la boutique. Il m'a proposé 600 £ pour le Barnard, somme que j'ai acceptée avec joie, car elle représente la moitié de ma mise. Cela veut dire que dans quelques jours à peine, je serai peut-être rentré dans mes frais. Le livre eût-il été en meilleur état que j'aurais sans doute pu en doubler le prix.

Callum a fini d'isoler le mur. Il nous faut maintenant trouver quelqu'un pour le recouvrir de plaques de plâtre, suffisamment vite pour je puisse reconstruire des étagères avant Noël.

Montant dans la caisse : 79,50 £
3 clients

SAMEDI 13 DÉCEMBRE

Commandes en ligne : 3
Livres trouvés : 2

À 9 h 22, j'avais fini de m'occuper des commandes du jour, et Nicky n'était toujours pas arrivée. À 10 heures, elle m'a envoyé un texto : « Suis dans un fossé près de Doon of May. J'attends qu'un tracteur me sorte de là. » Doon of May est un lopin de terre non loin du charmant village d'Elrig. Il appartient à un homme du nom de Jeff, qui le gère comme une sorte de communauté. Nicky a fini par surgir à 10 h 45.

Dans l'après-midi, mon père est venu me demander d'imprimer quelque chose pour l'un de ses rendez-vous mercredi prochain. Ma mère et lui savent à peu près se servir de leurs iPad ; mais pour tout le reste, dès qu'il s'agit d'ordinateurs, ils exigent l'aide de leur famille. La discussion dans la boutique a tourné autour du sujet suivant : à quelle heure « l'après-midi » commence-t-il officiellement ? J'ai dit midi. Anna a dit 11 heures. Quant à mon père, il a dit : « Quand j'ai fini de déjeuner, pas avant. »

Montant dans la caisse : 121,79 £
10 clients

LUNDI 15 DÉCEMBRE

Commandes en ligne : 2
Livres trouvés : 1

Alors que je fouillais dans des cartons probablement achetés à un pasteur, je suis tombé sur deux ouvrages qu'on ne s'attendrait pas à trouver rangés au même endroit : *Mein Kampf* et une Bible de Jérusalem en bois d'olivier.

C'est toujours délicat à un point de vue moral de tomber sur *Mein Kampf*. Celui que nous possédons vaut autour de 60 £. Nombre de libraires, de manière fort compréhensible, refusent catégoriquement d'y toucher ; mais il y a de la demande pour ce livre – pas beaucoup, mais suffisamment pour que je sois sûr d'avoir vendu celui-ci dans les trente jours qui viennent. Ce que l'on ignore, c'est dans quelles mains il va tomber – celles d'un cinglé d'extrême droite, ou bien d'un historien désireux de contrer les négationnistes. Quoi qu'il en soit, le marché pour *Mein Kampf* va changer en 2016, quand le texte tombera dans le domaine public en Allemagne.

Montant dans la caisse : 149,50 £
11 clients

MARDI 16 DÉCEMBRE

Commandes en ligne : 1
Livres trouvés : 1

Nicky est venue travailler aujourd'hui parce que j'avais rendez-vous à 11 heures chez un spécialiste du dos, à l'hôpital de Dumfries. Je dois passer un scanner dans le service d'IRM. J'ai profité d'être en ville pour examiner des ouvrages appartenant à une vieille dame dont le mari est mort au mois de mai. Elle vivait dans un appartement minuscule, situé de manière fort commode non loin de l'hôpital. Les livres concernaient tous la pêche, et quelques-uns étaient relativement rares. Nous sommes convenus d'un prix de 250 £ pour quatre cartons de livres ; et quand je lui ai avoué que j'étais un passionné de pêche à la mouche, elle a insisté pour m'offrir toutes les vieilles boîtes à mouches de son mari. En fouillant dans sa bibliothèque, j'ai remarqué sur plusieurs tables et étagères des cadres renversés de manière à dissimuler la photo qu'ils contenaient. J'en ai retourné quelques-uns, par curiosité. Il s'agissait toujours de la même personne, vraisemblablement son mari. Peut-être qu'elle n'avait pas le courage de se voir sans cesse rappeler son absence.

Nicky a encore frappé. Voici son dernier message sur Facebook :

Chers amis, c'est Nicky !
Certains d'entre vous ignorent peut-être à quel point Shaun est un homme bienveillant et généreux. Quand je suis enfin arrivée, par cette journée de Verglas, de Gros Verglas, sans ma camionnette, il m'a autorisée à aplatir un carton et à le poser par terre sous le plan de travail, EN DOUBLE ÉPAISSEUR, pour limiter un peu le courant d'air glacial. Comme c'est gentil de sa part ! Et avec la lumière rouge du radiateur, on se sent tellement bien ! (même s'il ne dégage pas de chaleur). Cet homme est vraiment adorable.

Je n'arrive pas à trouver de plaquiste pour finir le mur, et Noël approche à grands pas.

Montant dans la caisse : 58,49 £
8 clients

MERCREDI 17 DÉCEMBRE

Commandes en ligne : 3
Livres trouvés : 3

Un client – qui était entré dans la librairie deux heures plus tôt et n'y avait croisé personne – m'a interpellé ainsi : « Ça doit être un moment particulièrement chargé pour vous, juste avant les fêtes. » Il n'y avait pas un chat à part lui. J'ignore quelle idée il se fait de la boutique le reste du temps.

J'ai fini de lire *Retenir les bêtes*.

Montant dans la caisse : 103,09 £
8 clients

JEUDI 18 DÉCEMBRE

Commandes en ligne : 2
Livres trouvés : 2

À 10 heures, le premier client est entré et m'a dit : « Ça m'intéresse pas tellement, les livres », avant d'ajouter : « Le nucléaire, vous savez ce que j'en pense ? » À 10 h 30, mon goût pour la vie n'était plus qu'un lointain souvenir.

Quand j'ai apporté les commandes à Wilma, William gratifiait un client manifestement non consentant d'une plaisanterie tellement politiquement incorrecte que s'il existait une échelle de Beaufort pour ce genre de choses, celle-ci aurait explosé tous les échelons.

On ne peut pas dire que les gens se ruent sur les livres de pêche à la mouche achetés à Dumfries, mais force est de constater qu'ils se vendent plus vite que les autres. Cela n'a rien d'étonnant, même dans une boutique aussi grande que la mienne : ce sont toujours les nouveautés qui partent le plus vite. Je suppose qu'il y a une raison à cela. Un livre qui traîne sur les étagères depuis un an sans se vendre est probablement trop cher, ou alors c'est qu'il n'y a pas de clientèle pour ce type d'ouvrage. Ce n'est pas l'impression que j'ai, pourtant. Dans les faits, on dirait presque que les ouvrages fraîchement arrivés ont l'air plus neufs, et que ceux posés sur les étagères depuis des lustres ont subi une forme d'usure qui les rend invendables.

En fouillant dans les cartons de livres de Loch Lomond, j'ai trouvé un autre opuscule de Sorley MacLean contenant la signature de Seamus Heaney. Le tirage de ce livre était de cinquante exemplaires, et j'en possède deux désormais. Ils devraient se vendre 100 £ chacun. Comme c'était déjà le cas pour le livre signé par Walter Scott et l'ouvrage dédicacé par Florence Nightingale, on se sent mystérieusement relié à ces gens quand on manipule ce genre d'ouvrage. Mais l'énigme la plus intéressante, c'est peut-être bien celle-ci : ne pas savoir qui a touché tous les ouvrages sans dédicace ni signature atterrissant dans la boutique, et quelle peut bien être leur histoire secrète.

Nous avons reçu un autre e-mail de Bay Bookshop, une librairie qui se trouve dans la baie de Colwyn, au pays de Galles. Ils mettent bientôt la clé sous la porte et veulent savoir si nous souhaiterions acheter leur stock. De toute évidence, ils n'ont pas eu la chance de trouver preneur. Je leur ai demandé de m'envoyer quelques photos par e-mail.

Montant dans la caisse : 184,49 £
7 clients

VENDREDI 19 DÉCEMBRE

Commandes en ligne : 1
Livres trouvés : 1

Bay Bookshop m'a répondu en joignant à son message quelques photos de ce qui semble être un stock convenable de vingt mille ouvrages. Ils m'ont dit avoir reçu une offre bien en deçà de leurs espérances. Je crains que mon offre ne soit dans les mêmes eaux, alors je ne vais pas trop m'ennuyer avec ça. Aujourd'hui, rares sont les confrères prêts à se lancer dans un achat aussi énorme, ce qui veut dire qu'on peut plus ou moins fixer son prix. J'ai le sentiment qu'ils vont avoir du mal à s'en défaire.

La boutique était aussi froide et paisible qu'une tombe – maintenant que j'y pense, il faut que je demande à Nicky si l'un de nos clients réguliers a passé l'arme à gauche récemment.

J'étais en train de fouiller dans des cartons quand j'ai repéré le *Satyricon* de Pétrone. J'ai commencé à le feuilleter, et je crois que je vais tenter de le lire.

Le facteur est venu chercher les sacs de livres aléatoires à 15 h 30.

Nicky passe la nuit ici et tiendra la boutique demain. Je serai donc libre de faire des choses aussi passionnantes qu'aller à la banque, puis à la scierie, et même de nettoyer la camionnette.

Montant dans la caisse : 122 £
8 clients

SAMEDI 20 DÉCEMBRE

Commandes en ligne : 5
Livres trouvés : 5

Comme prévu, je suis allé à la scierie Penkiln, non loin de Wigtown, chercher le bois destiné aux nouveaux rayonnages – ceux qui tapisseront le mur récemment isolé. Pendant ce temps, Nicky s'est une fois de plus approprié la page Facebook :

> Chers amis, Nicky est là !
> WAOUH, qu'est-ce qu'on a énervé les voisins hier soir avec notre mélange de hip-hop et de swing spécial « Fin de l'année » à la librairie, suivi de quelques drogues dures (2 ibuprofènes chacun !) parce qu'on se doutait que les employés d'âge mûr

auraient des courbatures aujourd'hui. C'est comme ça que ça se passe ici. Yeah.

J'ai dit à Nicky que je n'arrivais pas à trouver de plaquiste pour finir le mur isolé par Callum, et qu'il fallait que ce soit réglé avant Noël. Elle m'a répondu : « Laisse-moi faire » et a quitté la boutique. Cinq minutes plus tard, elle était de retour avec un individu nommé Mark, qui a jeté un coup d'œil au chantier et m'a annoncé qu'il pouvait s'en occuper demain. Elle était allée à l'arrêt de bus demander « Y a-t-il un plaquiste parmi vous ? » aux gens qui attendaient, et il avait répondu oui.

Nicky a trouvé un lieu à Glasgow nommé Smurfit Kappa qui prendra le stock dont on ne veut plus et se chargera de le recycler (Cash for Clothes nous a récemment annoncé qu'ils n'opéraient plus dans le Galloway). Ils nous paieront 40 £ la tonne, ce qui devrait couvrir les frais d'essence du trajet. Je vais entrer dans la nouvelle année avec une camionnette bien pleine.

Montant dans la caisse : 82 £
9 clients

DIMANCHE 21 DÉCEMBRE

Mark le plaquiste est arrivé vers 8 h 30 et a couvert le mur de plâtre.

LUNDI 22 DÉCEMBRE

Commandes en ligne : 3
Livres trouvés : 2

Tous les livres que nous avons dû déplacer pour isoler la galerie ont été mis dans des cartons et placés devant un rayon que PERSONNE ne demande jamais à voir : celui de la géologie. Voici plusieurs jours qu'ils sont posés là – depuis le début des travaux. Le premier client de la journée, un homme qui boitait et marchait avec une béquille, est entré dans la boutique en me demandant où se trouvait le rayon Géologie.

Sandy le païen tatoué est venu, avec une journée de retard, me souhaiter un bon solstice d'hiver.

J'ai passé la soirée à construire des étagères et à y replacer les ouvrages remisés dans des cartons.

La librairie de la baie de Colwyn a mis son stock en vente sur eBay à 20 000 £. Impossible que ça parte à un prix pareil. Ils pourront s'estimer heureux s'ils en tirent 5 000 £.

MARDI 23 DÉCEMBRE

Commandes en ligne : 4
Livres trouvés : 4

Ce matin, un client nous a renvoyé un livre que nous lui avions expédié la semaine dernière, accompagné de ce mot : « Merci de me rembourser, c'est un livre d'occasion et non neuf comme il était prévu. » Le livre en question s'intitule *Le Drapeau dans le vent*, par John MacCormick, et le graphisme de la couverture est délibérément conçu pour lui donner un air patiné et ancien. L'exemplaire était flambant neuf.

Entre Noël et le premier lundi de la nouvelle année, la boutique ouvre à 10 heures, non à 9 : j'ai mis un écriteau dans la vitrine.

On ne peut pas dire que je me donne beaucoup de mal pour embellir la boutique au moment des fêtes. On s'en est occupés aujourd'hui seulement : cela se résume à quelques branches de houx offertes par Bev et quelques morceaux de lierre coupés dans l'allée d'une ferme du coin, illuminés par deux ou trois guirlandes électriques plutôt miteuses. J'ai décoré chaque vitrine de la devanture et un petit peu l'entrée.

Anna et moi sommes allés à Édimbourg passer le réveillon chez ma sœur Lulu. J'ai laissé un mot à Nicky (qui ne fête pas Noël) pour lui demander de ne pas semer la pagaille dans la boutique et de nourrir le chat.

Montant dans la caisse : 140,10 £
13 clients

MERCREDI 24 DÉCEMBRE

Commandes en ligne : 6
Livres trouvés : 5

Nicky s'occupe de la librairie pendant les fêtes.

JEUDI 25 DÉCEMBRE

C'est Noël. La boutique est fermée.

VENDREDI 26 DÉCEMBRE

Jour férié. La boutique est fermée.

Anna et moi sommes rentrés d'Édimbourg.

SAMEDI 27 DÉCEMBRE

Commandes en ligne : 3
Livres trouvés : 3

Nicky est arrivée à 9 heures et a fait les cent pas devant la porte – j'avais oublié de lui dire que la boutique ouvrait à 10 heures pendant les vacances. Elle était furieuse.

L'une des commandes du jour avait pour titre *Tout, tout, tout, vous saurez tout sur le coucou*.

Pendant des heures, j'ai laborieusement passé en revue une flopée d'e-mails me proposant d'améliorer l'audience de mon site Web, d'élargir mon pénis ou de me prêter de l'argent. La librairie n'a malheureusement pas les moyens de répondre favorablement à l'une ou l'autre de ces offres. Au milieu de tous ces spams se trouvaient quatre nouveaux abonnements au Club du livre aléatoire – probablement des cadeaux de Noël.

Journée d'un calme décevant. Peut-être que les gens de passage dans la région s'imaginent que nous sommes fermés.

Montant dans la caisse : 140,20 £
14 clients

LUNDI 29 DÉCEMBRE

Commandes en ligne : 2
Livres trouvés : 2

Journée marquée par le froid, le soleil et le givre. Il y avait de la glace sur les vitres de la cuisine – du côté intérieur – quand j'ai préparé le petit déjeuner. J'ai ouvert à 10 heures. C'est un vrai luxe pour moi de pouvoir m'accorder une heure supplémentaire sous la couette entre Noël et Nouvel An. Quand j'ai vérifié mes e-mails, j'en ai trouvé un de Nicky : « Tu travailles aujourd'hui ? Hahahahahaha ! »

La boutique était calme jusqu'à 11 h 30, puis quelques clients sont arrivés au compte-gouttes. Après le déjeuner, une adolescente – qui venait de passer une heure à lire près du feu – a posé trois Agatha Christie en édition de poche sur le comptoir : cela faisait 8 £ en tout. Elle m'a tendu un billet de cinq tout flasque et m'a dit : « Je peux les avoir pour 5 £ ? » J'ai refusé, lui expliquant que les frais de port d'Amazon, à eux seuls, lui coûteraient 7,40 £. Elle est partie en marmonnant quelque chose du genre : « Je les prendrai à la bibliothèque. » Je lui souhaite bonne chance : la bibliothèque de Wigtown est pleine d'ordinateurs et de DVD, mais ne contient guère de livres.

À 16 h 30, j'étais en train de me dire que j'allais fermer plus tôt que d'habitude quand neuf personnes sont arrivées et se sont mises à déambuler dans la boutique en feuilletant des livres. Je suis resté ouvert jusqu'à 17 h 30. Ils ont dépensé 60 £ en tout.

Comme je n'ai toujours pas postulé à la bourse James Patterson, j'ai fébrilement consulté son site web, et découvert que la date limite était fixée au 15 janvier 2015.

J'ai un peu de mal avec le *Satyricon*, mais davantage à cause des lacunes dans le récit que du style. C'est beaucoup plus amusant que je ne l'imaginais.

Montant dans la caisse : 323,97 £
25 clients

MARDI 30 DÉCEMBRE

Commandes en ligne : 1
Livres trouvés : 0

Grosse journée à la boutique, grâce aux gens venus voir leurs grands-parents et aux couples voulant échapper à leurs parents. Pas de ventes énormes, mais régulières toute la journée.

Montant dans la caisse : 401,33 £
30 clients

MERCREDI 31 DÉCEMBRE

Commandes en ligne : 3
Livres trouvés : 2

La boutique était bondée de l'ouverture à la fermeture. À l'heure du déjeuner, personne ne s'était encore montré impoli avec moi ni n'avait demandé de remise. Cette ambiance paradisiaque a finalement été brisée par Peter Bestel, venu me signaler qu'un chien avait chié devant ma porte. Peter est l'un de mes amis. Sa fille Zoe tente de percer comme auteur-compositeur-interprète, et elle a énormément de talent – Anna et moi avons tourné une vidéo pour elle il y a quelques années. Peter, quant à lui, est le cerveau qui se cache derrière le site web du Club du livre aléatoire, et il est toujours prêt à me donner des conseils techniques quand j'en ai besoin, à savoir presque tout le temps.

Je venais de retirer la crotte à l'aide d'une pelle quand une famille de cinq personnes est entrée dans la librairie. Les enfants ont frappé leurs bottes contre le sol pour en retirer la boue – mais à l'intérieur du magasin, non dehors. Ils sont repartis sans qu'aucun d'eux n'ait même regardé un livre.

Anna et moi sommes allés sur l'île de Whithorn passer la Saint-Sylvestre chez des amis.

Montant dans la caisse : 457,50 £
37 clients

JANVIER

> Un libraire est contraint de tromper ses clients sur la marchandise, et il en arrive à ressentir pour celle-ci un violent dégoût. Pire encore, il doit sans cesse épousseter et trimballer les livres d'un endroit à un autre. Il y eut un temps où j'aimais vraiment les livres ; c'est-à-dire que j'aimais les voir, les sentir, les toucher, du moins quand ils avaient plus de cinquante ans d'âge. Rien ne me ravissait tant que de pouvoir, pour un shilling, en emporter un lot dans une vente aux enchères de province.
>
> George ORWELL
> « Quand j'étais libraire ».

Je dois avouer que je suis assez d'accord avec ce que dit Orwell dans ce passage. J'aime toujours beaucoup les livres, mais ils n'ont plus l'aura de mystère qu'ils avaient pour moi autrefois – à l'exception des livres anciens, quand ils contiennent des illustrations gravées sur cuivre ou sur bois et colorées à la main. Un jour, j'ai eu entre les mains *Les Lys* : huit planches extraites du *Temple de Flora* de Thornton, mises en couleur de manière manuelle. Je crois bien que jamais je ne reverrai un livre aussi beau. Il se trouvait dans la demeure d'une vieille dame de l'Ayrshire. J'avais passé en revue le millier de livres qu'elle souhaitait vendre, et rares étaient ceux, selon moi, qui avaient un tant soit peu de valeur, voire un quelconque intérêt – jusqu'à ce que, alors que je m'apprêtais à partir, je remarque l'exemplaire des *Lys* posé contre le pied d'une table dans la salle à manger. J'ai demandé à la vieille dame si elle m'autorisait à le consulter, car c'était la première fois que j'en avais un sous les yeux. Quand je lui ai dit combien ce livre valait, elle m'a prié de le vendre pour elle (je lui avais avoué que je n'avais pas les moyens, à ce moment-là, de l'acheter moi-même). Je l'ai donc rapporté chez moi, confié à un relieur de la région pour de menues retouches, puis l'ai expédié à la salle des ventes Lyon & Turnbull d'Édimbourg, où il a trouvé preneur pour une somme avoisinant les 8 000 £. Même la série in-octavo des *Oiseaux d'Amérique* d'Aubusson (l'un des graals de tout libraire) que j'ai brièvement eu en ma possession ne pouvait rivaliser avec cet ouvrage. De tels objets ne perdront jamais de leur charme.

En vérité, si je suis toujours saisi par l'excitation du chasseur quand je m'apprête à pénétrer pour la première fois dans une demeure dont la bibliothèque est à vendre, je lis peu, toutes proportions gardées, depuis que j'ai acheté la librairie, sauf en train ou en avion. Quand je voyage, je ne suis plus interrompu à tout bout de champ dans ma lecture, comme c'est le cas d'habitude, et je peux me plonger complètement dans un ouvrage. Quand j'ai lu *Confession du pécheur justifié* de James Hogg – que j'ai dévoré d'un bout à l'autre lors d'un trajet en train, alors que j'allais rejoindre Anna à Londres –, je me souviens très bien d'avoir émergé du monde extraordinaire de Hogg pour pénétrer dans celui de la gare d'Euston en clignant plusieurs fois des yeux, complètement abasourdi – plus désorienté dans ces lieux que jamais.

Quand on négocie le prix d'une bibliothèque privée avec un vendeur, on voit toujours sa collection comme une prestigieuse récompense ; mais dès que le prix est fixé, qu'une poignée de mains est échangée et que le chèque a quitté mes doigts, les livres se muent en un lourd fardeau que je dois ranger dans des cartons, charger dans ma camionnette, décharger dans la librairie, puis vérifier, enregistrer, étiqueter et ranger sur les étagères, avant de voir revenir dans ma bourse le moindre penny de la somme investie. Le dégoût évoqué par Orwell surgit à l'instant même où les livres deviennent miens – ils se transforment soudain en « travail » ; mais ce désagréable sentiment n'est rien comparé à l'incroyable plaisir, à la jubilation rare et exquise que l'on éprouve en tenant dans ses mains un ouvrage comme *Les Lys* de Thornton.

JEUDI 1er JANVIER

Commandes en ligne : 3
Livres trouvés : 3

Fermeture pour cause de gueule de bois.

VENDREDI 2 JANVIER

Commandes en ligne : 7
Livres trouvés : 4

Nicky a débarqué dans sa combinaison de ski noire.

Parmi les commandes trouvées à notre retour ce matin figurait un livre intitulé *Qui est cet homme, ou Le Singulier Universel*. Nicky l'a nettoyé avant de l'expédier parce que la tranche supérieure était légèrement poussiéreuse.

Le stock de la librairie de la baie de Colwyn n'a pas atteint son prix de réserve sur eBay. Ils ont fait une nouvelle offre à 14 500 £, accompagnée de cette remarque : « IL N'Y AURA PAS D'AUTRE REMISE. » Je suis à peu près sûr qu'ils n'atteindront pas ce chiffre. Les grandes plateformes de vente en ligne récupèrent le fonds des bibliothèques publiques pour une somme très inférieure à celle-ci – autour de 1,20 £ le kilo. Aucun gros vendeur n'achètera ce stock à ce prix-là.

Anna m'a convaincu de l'emmener à Glasgow voir le film tiré de son livre préféré, *Promenons-nous dans les bois*, adapté en comédie musicale par Disney. C'est très exactement ce à quoi ressemble l'Enfer à mes yeux : je déteste les comédies musicales et je n'apprécie guère Disney, si bien que la combinaison des deux ne peut qu'aboutir à un film équivalant, sur le plan cinématographique, à une semaine dans l'aile de Guantanamo consacrée au simulacre de noyade. Il n'empêche qu'on y va vendredi prochain.

Le jeune homme barbu qui est passé le 3 novembre pour que je le débarrasse de deux mille ouvrages entreposés dans une ferme près de Newton Stewart est revenu me voir avec sa petite amie – il s'appelle Ewan et sa copine Sarah. Il m'a demandé si je pouvais venir voir les livres demain.

Nicky a passé la nuit à la librairie et nous avons éclusé un certain nombre de bières.

Montant dans la caisse : 145 £
15 clients

SAMEDI 3 JANVIER

Commandes en ligne : 3
Livres trouvés : 3

Nicky a ouvert la boutique à 10 heures. Elle était d'aplomb, quoique visiblement un peu barbouillée – pas assez cependant pour que cela l'empêche de se rendre sur la page Facebook de la librairie et de poster le message suivant :

Les braves gens de 2014

1. La friterie Ivy Leaf (de Stranraer)... a gardé pour me le rendre un billet de 5 £ que j'avais laissé tomber par terre : la meilleure friterie d'Écosse, et la plus honnête.
2. Au client qui a commandé un livre en mars 2014 : on l'a retrouvé il y a quinze jours, vous le voulez encore ? « Oh oui merci » & il a payé PLUS que ce qu'on lui demandait.
3. Une cliente, en apprenant qu'une bague valait 3,50 £, a hurlé « COMBIEN ? » – elle est VRAIMENT en argent, l'a-t-on rassurée – « Je m'attendais à ce qu'elle coûte au moins 35 £. »
Ça fait chaud au cœur !

Anna et moi sommes allés à la ferme de Newton Stewart chercher les deux mille livres. C'était une magnifique journée et la demeure, ainsi que les corps de ferme, étaient anciens et de toute beauté. Les livres se trouvaient dans la chambre d'ami, dans le bâtiment faisant office de laiterie. En papotant avec Ewan, nous avons appris que le service de l'immigration avait contraint sa petite amie américaine à quitter le pays de manière étrangement similaire à ce qu'avait vécu Anna. En 2010, elle avait été expulsée parce qu'elle était involontairement entrée sur le territoire plus souvent qu'il n'est permis de le faire quand on n'a pas de carte de séjour. Il avait fallu des efforts titanesques et un bon paquet d'argent pour qu'elle soit autorisée à reposer le pied en Écosse – un pays qui a pourtant grand besoin d'accueillir le plus possible de gens éduqués, intelligents et travailleurs désireux d'y vivre. Tout aussi étrange, le jeune homme s'appelait Ewan – le nom que j'ai choisi pour me désigner dans le livre d'Anna. Pendant que nous chargions les ouvrages dans la camionnette, nous avons découvert que les habitants de la laiterie étaient le frère d'Ewan, Will, et sa petite amie Emma ; or Emma a travaillé à la librairie pendant l'été il y a cinq ans de cela, et exerce désormais en tant que médecin à Dumfries.

Les livres étaient déjà emballés dans des cartons, si bien que, plutôt que de les passer en revue, je les ai tous emportés, pour les trier plus tard.

Il y avait un article aujourd'hui dans le *Guardian* intitulé « Et si on allait à Wigtown, dans la péninsule des Machars ? » Le sous-titre disait ceci : « Un trou perdu, dans le meilleur sens du terme » ; et dans le corps du texte se trouvait la phrase suivante : « Où qu'on aille, on est chaleureusement accueilli. »

La page Facebook de la librairie a été inondée de commentaires du genre « Ils ne sont pas venus dans votre boutique, c'est sûr », ou « Manifestement ils ne sont pas tombés sur vous ».

Après avoir déchargé les cartons de livres de la camionnette, Anna et moi avons retiré les décorations de Noël de la librairie. Ce n'était pas très difficile, étant donné le peu d'efforts que j'avais fournis. Étant juive, Anna est sans doute la seule personne moins intéressée par Noël que je ne le suis moi-même. Si l'on excepte Nicky.

Montant dans la caisse : 63,98 £
12 clients

LUNDI 5 JANVIER

Commandes en ligne : 4
Livres trouvés : 4

J'étais au travail à 9 heures. À 14 heures, la porte n'avait été ouverte qu'à trois reprises : la première fois par Katie, la factrice ; la deuxième fois par mon père, venu m'apporter un journal ; et la troisième par une rafale de vent, cinq minutes après le passage de mon père, qui avait mal fermé la porte.

Tandis que je parcourais les rayons en quête des commandes du jour, j'ai surpris Captain qui regardait par la fenêtre d'un air abattu. Deux semaines après le jour le plus court de l'année, c'est décidément une période déprimante pour tout le monde, que l'on soit chat ou libraire.

J'ai passé presque toute la journée à examiner les cartons de livres en provenance de la ferme – qui, à de rares exceptions près, se sont avérés décevants.

Peter Bestel est passé dans l'après-midi discuter de problèmes techniques concernant le site Web du Club du livre aléatoire. Malgré trente-deux nouveaux abonnements en décembre – en l'absence totale de publicité –, je repousse toujours à plus tard toute stratégie promotionnelle, parce que le système de gestion de la base de données que nous avons mis en place en 2013 n'est pas le meilleur pour faire face aux complications (les gens qui paient un abonnement pour l'offrir à quelqu'un, ceux qui ne le renouvellent pas, etc.) : jusqu'à ce que j'ai résolu le problème, je n'ai donc aucunement l'intention de me mettre en quête de nouveaux membres.

À 15 heures, j'étais en train de perdre tout espoir de vendre ne serait-ce qu'un seul ouvrage quand les Robinson, une famille nombreuse d'agriculteurs de la région, sont passés acheter quelques livres. Ken, qui a récemment intégré la tribu par les liens du mariage, a déniché un ouvrage sur l'île de Saint-Kilda pour lequel il souhaitait une ristourne. J'avais déjà remarqué à plusieurs reprises qu'il convoitait cet ouvrage – ce qui fait qu'après sa dernière visite, j'avais passé le prix de 40 à 45 £. Il n'était pas franchement ravi, mais l'a acheté quand même. J'ai accepté de lui faire une remise de 5 £.

Montant dans la caisse : 50 £
2 clients

MARDI 6 JANVIER

Commandes en ligne : 1
Livres trouvés : 0

Au milieu des messages du jour en provenance d'Amazon s'en trouvait un dans lequel une cliente se plaignait de l'état déplorable de *Qui est cet homme, ou Le Singulier Universel*, un livre qu'on nous a commandé il y a moins d'une semaine : « Les tranches (notamment la tranche supérieure) sont couvertes d'une épaisse couche de moisi – ce qui, en cas de manipulation, constitue un grave danger pour la santé. Le livre est désormais sous scellés et a dû être évacué du bâtiment. »

Même si c'était vain, je lui ai répondu que j'allais me débrouiller pour que quelqu'un en tenue de protection contre le virus Ebola vienne le récupérer, puisqu'il menaçait à ce point sa santé selon elle.

Montant dans la caisse : 70,47 £
7 clients

MERCREDI 7 JANVIER

Commandes en ligne : 3
Livres trouvés : 2

Journée de folie : pluie et vent qui glapit.

Une fois de plus, c'était le calme plat dans la boutique. Trois personnes sont passées après le déjeuner : elles étaient là en visite et venaient du lac artificiel de Rutland Water, où elles s'occupent d'un projet de réintroduction du balbuzard pêcheur. Elles voulaient voir ce que nous avions fait du couple de balbuzards qui résidait (jadis) chez nous. L'une d'elles a acheté une réimpression du *Guide Bradshaw des horaires de train de l'année 1895*.

À 16 heures, Tracy est passée dire bonjour. Elle travaille désormais dans un pub de Newton Stewart.

Un jeune couple est arrivé à 15 h 55 et a passé une heure et demie à lire près du feu des ouvrages prélevés sur les étagères. À 17 h 25, je leur ai annoncé que la boutique était fermée. Ils sont partis sans rien acheter, en abandonnant près du feu leur énorme pile de livres.

J'ai envoyé ma demande de subvention au site web de James Patterson. Elle présente plutôt bien, et au fond de moi je suis assez confiant – ce qui veut dire presque à coup sûr que ça ne va pas marcher.

Montant dans la caisse : 46,99 £
6 clients

JEUDI 8 JANVIER

Commandes en ligne : 3
Livres trouvés : 3

Nouvel épisode palpitant de la saga « Exemplaire moisi de *Qui est cet homme* ».

Voici la réponse à ma demande sarcastique d'une adresse où envoyer quelqu'un en tenue Ebola évacuer les lieux :

> L'adresse est la suivante :
> Satellite 13RTX-X11
> 3e orbite de Venus
> Voie lactée

J'ai passé la première demi-heure de la journée à ranger le désordre laissé par le couple qui s'est installé près du feu hier.

Les nouvelles sont déprimantes aujourd'hui : l'année dernière, les recettes mondiales tirées du téléchargement de musique ont dépassé celles des ventes de CD. Étant donné que la musique, les livres et les films sont probablement les trois médias les plus faciles à numériser, et pour un coût modique, ce n'est sans doute qu'une question de temps avant que notre marché ne suive le même chemin – même si, fait rassurant, beaucoup de gens qui passent à la librairie disent préférer, et de loin, le plaisir concret de lire un livre, et avouent détester les Kindle. Celui que j'ai détruit à coup de fusil et fixé sur un blason est sans nul doute l'objet le plus photographié du magasin.

Anna m'a rappelé que j'avais promis de l'emmener voir *Promenons-nous dans les bois* à Glasgow demain. Elle est incroyablement enthousiaste à l'idée de voir ce film – quand moi, j'appréhende toujours autant ce moment.

Montant dans la caisse : 36,49 £
10 clients

VENDREDI 9 JANVIER

Commandes en ligne : 1
Livres trouvés : 1

Nicky travaillait aujourd'hui, comme d'habitude revêtue de sa combinaison de ski noire. Après le déjeuner, elle s'est attaquée au tri des derniers ouvrages provenant de la ferme. On ne peut pas dire qu'elle ait été très emballée : il s'agissait surtout de livres de bibliothèque, pour la plupart en arabe, et nombre d'entre eux étaient des autobiographies de starlettes à l'air évaporé. Elle a jugé bon d'en garder un sur trente. Je ne sais pas trop ce que je vais bien pouvoir dire à Ewan.

Anna a décidé que nous devions réaliser une variante spécial librairie du clip de « Rapper's Delight », en en réécrivant les paroles pour que le « plaisir du rappeur » devienne le « plaisir du lecteur » – ce à quoi nous avons consacré l'essentiel de la matinée.

Après avoir fait nos adieux à Nicky, Anna et moi sommes allés à Glasgow voir *Promenons-*

nous dans les bois. C'était encore pire que ce que j'imaginais – franchement atroce. Anna était tellement énervée qu'elle a proposé qu'on parte avant la fin. À 21 heures, de retour à la librairie, nous avons découvert Nicky, toujours vêtue de sa combinaison de ski, en train de vider ma réserve de bières.

Montant dans la caisse : 41,99 £
5 clients

SAMEDI 10 JANVIER

Commandes en ligne : 2
Livres trouvés : 2

C'est Nicky qui a fait l'ouverture.

Dans la matinée, je suis allé au Picture Shop, une boutique de Wigtown, pour faire encadrer une gravure achetée aux enchères l'année dernière. J'ai été bouleversé de constater que Jessie, la propriétaire, avait l'air très malade au fond de son fauteuil. Elle aimerait beaucoup être hospitalisée, car, selon ses propres termes, elle n'arrive plus à prendre soin d'elle-même. Anna, inquiète elle aussi, est allée dire au médecin qu'il devait passer la voir. Jessie a beau avoir plus de quatre-vingts ans, elle travaille tous les jours dans sa boutique. C'est la seule personne encore en vie de la région à être née dans la maison de ses parents, à Mull of Galloway – la péninsule à l'ouest des Machars –, avant qu'un hôpital ne soit ouvert à Stranraer et qu'une maternité n'y soit créée.

Anna, Nicky et moi-même avons passé l'essentiel de la journée à répéter les paroles du « Reader's Delight ». Les Bestel sont venus dîner, et nous avons mis au point une vague chorégraphie – l'objectif étant d'en faire une vidéo vendredi prochain. Nicky tient le rôle de MC Kass Pié.

Dans l'après-midi, un client a déposé deux cartons de livres dans lesquels se trouvait *Bavardage* de Louise Stern. Louise est venue au Festival du livre en 2011, et c'est quelqu'un d'absolument incroyable. Elle est sourde et muette. Pendant son séjour à Wigtown, elle était généralement accompagnée d'un interprète en langue des signes, mais quand ce dernier n'était pas là, elle communiquait en griffonnant sur des bouts de papier. Le lendemain de sa rencontre avec les lecteurs, elle m'a avoué qu'elle avait envie de prendre un bain de mer, alors je l'ai emmenée à Monreith et nous avons bravé les eaux d'octobre.

Le soir de son arrivée à Wigtown, elle était passée vers 22 heures au Refuge des écrivains. Il y avait déjà pas mal de monde à l'intérieur, et le vin avait coulé à flots. Quand elle a franchi la porte, tout le monde s'est senti un peu dégrisé, tout simplement parce que très peu d'entre nous avaient déjà rencontré un sourd-muet. Elle a perçu la tension qui régnait dans la pièce et proposé que chaque convive, à tour de rôle, pose une question à un autre ; puis elle a pointé le doigt vers moi et Oliver, son interprète, lui a traduit en langue des signes ma question parfaitement quelconque (j'étais un peu nerveux) : « Votre voyage s'est bien passé ? » Elle m'a répondu : « Très bien, merci. C'est mon tour : à quel âge avez-vous été dépucelé ? » L'atmosphère a immédiatement retrouvé la légèreté paillarde qui était la sienne avant son arrivée.

Plus tard cette nuit-là, vers 2 heures du matin, alors qu'elle avait un peu trop bu, elle a tenté de regagner son logement, mais n'ayant aucune idée de l'endroit où il se trouvait (à part que sa clé portait le chiffre 3), elle a erré dans les rues jusqu'à trouver une demeure affichant ce numéro. Elle a alors tenté en vain d'introduire la clé dans la serrure, puis s'est mise à tambouriner à la porte jusqu'à ce qu'un homme aux yeux mi-clos vêtu d'un tricot de corps à grosses mailles paraisse sur le seuil et lui demande ce qu'elle voulait. Elle a alors émis quelques sons en agitant les bras. Il lui a envoyé une bordée d'injures et claqué la porte au nez. Heureusement, comme elle avait été la dernière à quitter le Refuge des écrivains et n'avait pas fermé la porte derrière elle, elle a pu rebrousser chemin et se dénicher un canapé en guise de lit. À 7 heures le lendemain matin, quand Janette (qui fait le ménage dans le Refuge pendant le festival) est passée s'occuper de la pièce, elle a découvert Louise endormie sur le sofa et s'est mise à tout nettoyer en silence, en prenant soin de la contourner sur la pointe des pieds. À 8 heures, Twigger est descendu de sa chambre. Voyant Janette, il a beuglé « Salut ! » – à la suite de quoi celle-ci a plaqué son index sur sa bouche pour lui dire de se taire, en lui montrant une Louise toujours aussi immobile. Twigger lui a jeté un coup d'œil avant d'ajouter : « T'inquiète pas, Janette, elle est sourde. Regarde. » Il s'est alors approché de Louise et a hurlé « Debout ! » juste sous son nez. Elle n'a bien sûr pas réagi du tout, si bien que Janette a sorti l'aspirateur et s'est employée à nettoyer du mieux possible le carnage de la veille, tandis que Louise continuait à dormir du sommeil du juste.

Montant dans la caisse : 149 £
9 clients

LUNDI 12 JANVIER

Commandes en ligne : 4
Livres trouvés : 4

L'imprimante était à court d'encre après avoir imprimé deux des quatre commandes : j'y ai glissé une cartouche neuve qui n'était pas de marque déposée – ce qui a complètement paralysé l'ordinateur, tandis qu'un message d'HP m'annonçait que la machine ne fonctionnerait qu'avec des cartouches de marque. J'en ai commandé deux ; mais cela veut dire que ces commandes ne partiront pas avant mercredi, ce qui suscitera probablement des commentaires négatifs de la part des clients.

Le livre « moisi » nous est revenu aujourd'hui par la poste. Il n'est absolument pas moisi. J'ai envoyé un e-mail à la cliente pour la remercier de nous l'avoir renvoyé, en ajoutant que « le moisi est dans l'œil de celui qui regarde », et en lui demandant si c'était sympa la vie sur Vénus.

Anna s'est rendue au Picture Shop pour vérifier que Jessie allait bien, et nous a annoncé à son retour qu'elle était désormais hospitalisée à Newton Stewart. On ira la voir mercredi.

J'ai continué à passer en revue les ouvrages d'Ewan. Le mélange était si singulier que je n'ai pas pu m'empêcher de lui demander leur provenance.

L'acheteuse du livre moisi a répondu à mon e-mail :

> C'est pas mal, mais je préférais vivre sur l'autre planète, celle qui n'existe malheureusement plus.
>
> Ici, on ne voit jamais d'étoiles, les journées durent une éternité. L'écran de veille au-dessus de nos têtes est opaque et rouge orangé, et puis il ne varie pas beaucoup... Il y a sans doute eu un problème avec Sa majesté le Ça qui commande ici.
>
> Je dois vous laisser : il est strictement interdit de se servir des ordinateurs en dehors du Temple.

Anna, Eliot et Finn ont fini par concrétiser le projet Livre ouvert : Ben et Beth, du Bookshop Band, ont accepté de venir vivre dans la librairie Open Book et d'en être les premiers gérants. Ils sont venus dîner à la maison, ainsi que Richard, l'un de nos bons copains. Lui et moi avons grandi dans le Galloway et sommes amis depuis l'enfance. Il est désormais comédien et vit à Londres. La dernière fois que je l'ai vu, il jouait dans une mise en scène de *La Tempête* de Sam Mendes à New York.

Montant dans la caisse : 61,50 £
4 clients

MARDI 13 JANVIER

Commandes en ligne : 2
Livres trouvés : 1

Flo est venue tenir la boutique pour qu'Anna et moi puissions nous rendre aux enchères de Dumfries. J'ai acheté une autre chaise percée, ainsi qu'un écureuil empaillé. Anna a obtenu un « lot de la baie » (à savoir l'équivalent d'un carton rempli de camelote) pour 3 £, la plus petite enchère possible à la salle des ventes. Chaque fois que le prix est aussi bas, sa main se dresse dans ce qui semble être un réflexe involontaire. Dieu seul sait quelles cochonneries elle a achetées cette fois-ci.

Il a neigé sur tout le chemin du retour : l'après-midi a été glacial. En arrivant à la boutique, j'ai découvert quatre cartons de livres en provenance de Samye Ling, le monastère bouddhiste.

Montant dans la caisse : 51 £
4 clients

MERCREDI 14 JANVIER

Commandes en ligne : 5
Livres trouvés : 4

Avant l'ouverture, je suis allé déposer la camionnette au garage pour la faire réviser (j'avais complètement oublié ce rendez-vous), ce qui fait que nous n'avions plus de véhicule pour aller voir Jessie. Quand j'ai expliqué à Vincent qu'elle était hospitalisée, il m'a assuré qu'il ferait la révision le plus vite possible.

Un bus de tourisme Shearings s'est pointé aux alentours de 11 heures. D'habitude, une nuée de retraités radins sort péniblement du véhicule et fond sur la librairie. Aujourd'hui, contre toute attente, la seule personne à franchir le seuil de la boutique était une jeune femme, qui s'est montrée polie, intéressante, et a même acheté quelques livres. Je lui ai demandé si elle avait été kidnappée par les vieillards. Elle m'a regardé d'un air interloqué et a lentement reculé vers la porte.

Dans l'après-midi, un client a passé une heure à déambuler dans le magasin. Il a fini par m'aborder pour me déclarer : « Je n'achète pas de livres d'occasion. On ne sait jamais qui les a tripotés ni où ils ont bien pu traîner. » Si l'on met de côté ce que cette remarque peut avoir d'agaçant quand elle s'adresse à un bouquiniste, qui peut jamais savoir quelles mains se sont déjà posées sur les ouvrages d'une librairie ? Celles de tout le monde, sans doute, du ministre au meurtrier. Pour nombre de gens, l'histoire secrète des livres et de leur provenance a quelque chose d'excitant, qui enflamme leur imagination. Un jour, j'ai eu un débat avec un ami concernant les annotations et commentaires que l'on peut trouver en marge des textes. Une fois de plus, c'est une question qui divise : il arrive que nos commandes Amazon nous soient renvoyées parce que le client a trouvé des notes griffonnées par de précédents lecteurs et ayant échappé à notre vigilance ; alors que selon moi, les annotations n'enlèvent rien à un ouvrage, bien au contraire : elles m'offrent un fascinant aperçu de ce qui se passait dans la tête de quelqu'un ayant lu le même livre que moi.

Montant dans la caisse : 77,80 £
8 clients

JEUDI 15 JANVIER

Commandes en ligne : 4
Livres trouvés : 2

Gros temps, grand vent, une fois de plus. La bonne nouvelle, c'est que la gouttière a tenu bon – aucune fuite d'eau dans la maison.

La première cliente de la journée m'a demandé : « Qui a écrit *Ne tirez pas sur l'oiseau moqueur* ? » Quand je lui ai répondu que c'était Harper Lee, elle s'est écriée : « Vous êtes sûr que ce n'est pas J. D. Salinger ? »

Le téléphone a sonné à 15 heures. C'était un journaliste de *L'Observer* qui voulait discuter du projet de parc éolien.

J'ai fermé la boutique à 15 h 30. Après avoir récupéré la camionnette, Anna et moi sommes allés à l'hôpital rendre visite à Jessie. Elle était d'excellente humeur. Comme nous étions de retour à 16 heures, j'ai rouvert jusqu'à 17 heures. Il n'y a pas eu un seul client.

Montant dans la caisse : 30 £
3 clients

VENDREDI 16 JANVIER

Commandes en ligne : 4
Livres trouvés : 4

Il neigeait quand j'ai ouvert la boutique – en conséquence de quoi Nicky est arrivée avec vingt minutes de retard. Elle a jeté un rapide coup d'œil à la chaise percée que j'ai achetée mardi et m'a dit : « Ça se vendra jamais, ce truc-là. »

Nous avons cherché les commandes dans les rayons, puis répété les mouvements de « Reader's Delight ». Peter, ainsi que sa femme Heather et leur fille Zoe, sont arrivés à 14 h 30 et nous avons tourné la vidéo. Il a fallu trois prises avant que nous ne parvenions à une version frisant la perfection. Anna a insisté pour qu'il n'y ait pas de coupe. Le pauvre Peter, qui tenait la caméra, a dû marcher à reculons pendant toute la durée du tournage.

Matthew, le libraire londonien spécialisé dans les ouvrages haut de gamme, a débarqué dans la boutique pendant qu'on filmait et m'a paru quelque peu dérouté. Il a dépensé 300 £.

Le comptable m'a appelé pour me dire que je n'avais pas renvoyé ma feuille d'impôts de l'année dernière. J'ai donc fouillé d'une main fébrile dans mes paperasses, dont le rangement laisse à désirer, jusqu'à trouver la feuille en question – que j'ai renvoyée dûment signée.

Nicky a dormi à la librairie et nous a régalés d'incroyables récits sur les trésors qu'elle avait dénichés au cours de son existence, que ce soit avec un détecteur à métaux ou dans les poubelles des supermarchés Morrisons.

Montant dans la caisse : 313 £
3 clients

SAMEDI 17 JANVIER

Commandes en ligne : 2
Livres trouvés : 2

Nicky a fait l'ouverture. J'étais en train de ranger des livres sur les étagères quand un client m'a abordé, un ouvrage à la main, pour me demander son prix. Je lui ai répondu qu'il valait 3,50 £. L'homme m'a regardé, puis a désigné Nicky, qui était en train de se laver les dents derrière le comptoir, et m'a lancé : « Je vais donner l'argent à votre femme, d'accord ? » Nicky, pétrifiée d'horreur, en a lâché sa brosse à dents, à l'instant même où je lâchais le livre que j'avais dans les mains.

J'ai laissé Nicky préparer les colis de livres aléatoires pour l'envoi de ce mois-ci. Dans la matinée, Anna et moi sommes allés faire une petite balade, avant que la neige ne fonde et que le paysage ne se modifie. À notre retour, une heure plus tard, Nicky n'avait pas touché aux cartons de livres aléatoires, mais s'était une fois de plus emparée de la page Facebook du magasin pour poster le message suivant :

> La galerie d'art Craigard vient juste de m'apporter des petits pains briochés faits maison (de la taille d'un navet moyen) avec plein de raisins secs dedans & recouverts de fromage frais à la cannelle ! NOS voisins sont comme ça – et les VÔTRES, ils sont comment ?

J'ai fini le *Satyricon* et suis allé me coucher à minuit.

Montant dans la caisse : 44,50 £
8 clients

LUNDI 19 JANVIER

Commandes en ligne : 3
Livres trouvés : 2

J'ai été réveillé par un message de Callum sur mon répondeur m'informant que mon nom a été cité hier dans un article de *L'Observer* sur le projet de parc éolien – que le promoteur, pour une raison sans doute connue de lui seul, a décidé d'appeler le Parc californien. Peu après, le propriétaire du terrain sur lequel les éoliennes doivent être construites, et qui a donc le plus à y gagner sur le plan financier, est passé à la librairie discuter de mes objections. Il a commencé par : « Je ne suis pas venu pour vous faire changer d'avis », avant de passer les trois heures suivantes à essayer de me faire changer d'avis. Anna a géré le bonhomme de manière impressionnante, en lui demandant quelle somme il allait recevoir en les autorisant à construire sur ses terres (plus du triple de ce que le reste de la ville recevra tous les ans), et s'il y aurait un seul endroit de son domaine depuis lequel elles seraient visibles. Il a baissé les yeux et répondu d'un air penaud qu'aucune de ses nombreuses propriétés n'aurait vue sur les éoliennes.

Anna aime passionnément, profondément le Galloway, et elle est tout aussi déterminée à faire connaître cette région au reste du monde qu'à la protéger de ce qui, à ses yeux, pourrait lui nuire – notamment de tout ce qui pourrait affaiblir l'industrie du tourisme, cruciale pour l'économie locale.

Aujourd'hui, une fois de plus, on nous a commandé un ouvrage récemment enregistré par Nicky comme relevant de son nouveau rayon Astronomie/Physique. Comme c'était déjà le cas pour le précédent, il ne s'y trouvait pas. À 10 heures, en apportant les commandes au bureau de poste, j'ai demandé à Wilma si elle voulait bien envoyer le facteur récupérer les livres aléatoires dans la journée. William était en train de la sermonner pour une quelconque broutille quand je suis entré.

La chaise percée s'est vendue à 11 heures ce matin. Nicky va être furieuse.

J'ai chopé un virus, semble-t-il – à coup sûr à cause d'un client –, et passé la journée à tousser, me moucher, me coller au radiateur et frissonner. On croit toujours que les profs sont les seuls à subir la présence de gamins remplis de germes et continuellement malades, mais cela vaut pour quiconque travaille dans un magasin. Les clients sont prodigues en maladies diverses.

J'ai posté la vidéo de « Reader's Delight » sur Facebook à 15 heures.

Montant dans la caisse : 99,99 £
7 clients

MARDI 20 JANVIER

Commandes en ligne : 3
Livres trouvés : 2

J'ai reçu un e-mail de ma cousine qui vit en Grèce : elle m'apprend qu'un blog grec consacré aux livres a publié un article sur ma librairie.

Un jour – je venais d'acheter la boutique –, un Irlandais du Nord m'a abordé tandis que je sortais des livres d'un carton pour me demander : « Avez-vous l'édition grecque du Nouveau Testament ? » Quand je lui ai répondu par la négative, il s'est écrié : « Tous les libraires ont en stock l'édition grecque du Nouveau Testament ! » J'ai marmonné qu'il était libre de le croire, ou quelque chose d'approchant, et me suis replongé dans mes occupations. Quand il est parti, muni de quelques ouvrages sur le calvinisme, il a eu la politesse de s'excuser et de me complimenter sur les livres que je vendais, notamment ceux du rayon Théologie.

Les vieilles dames ont débarqué à 13 heures pour leur cours d'arts plastiques.

Le facteur est passé chercher les cinq sacs de livres aléatoires à 16 heures.

Montant dans la caisse : 22,50 £
4 clients

MERCREDI 21 JANVIER

Commandes en ligne : 1
Livres trouvés : 1

À l'heure du déjeuner, j'ai reçu un coup de fil d'une collègue libraire intéressée par l'un de nos ouvrages. Monsoon, qui nous permet de gérer notre stock en ligne, est assez souvent utilisé par les gens qui vendent des livres sur Internet ; je suis donc parti du principe qu'elle le connaissait, au moins de nom. Le logiciel a planté alors que je tentais de trouver de plus amples informations sur l'ouvrage en question. Comme j'avais encore ma collègue au téléphone, je me suis excusé et lui ai expliqué que nous avions un problème avec Monsoon. Elle m'a répondu : « Ah bon ? Vraiment ? Vous avez subi la mousson ? Oh, je suis vraiment désolée de l'apprendre. »

J'ai pris sur une étagère les *Œuvres complètes* d'Auden et l'ai feuilleté jusqu'à tomber sur « Comme je me promenais un soir », l'un de mes poèmes préférés. J'ai décidé de l'apprendre par cœur d'ici la fin du mois.

Montant dans la caisse : 57,97 £
4 clients

JEUDI 22 JANVIER

Commandes en ligne : 1
Livres trouvés : 1

La commande de ce matin concernait un ouvrage sur la Seconde Guerre mondiale. Tandis que je parcourais les étagères à sa recherche, je suis tombé sur *Les Campagnes coloniales du XIXe siècle* et *La Guerre de Saddam*, ainsi que sur *Les Armées de Wellington*, tous rangés au rayon Seconde Guerre mondiale. Ce ne peut être que Nicky qui les a placés là. Quand je le lui signalerai demain, je suis sûr qu'elle me fera une réponse du genre : « Ben, y avait plus de place au rayon Armée, et puis tout ça, ça parle de batailles. Les clients comprendront. »

À 14 heures, un homme est entré et m'a demandé d'un ton péremptoire *Les Distilleries de whisky du Royaume-Uni* de Barnard. Je possède plusieurs exemplaires de sa réimpression en 2008, en plus de la première édition dénichée en décembre à Loch Lomond. Je lui ai donc répondu que nous en avions cinq exemplaires en stock. En apprenant cela, il a pivoté sur ses talons et poussé un long soupir avant de s'en aller.

Les tringles et rideaux isolants que j'ai commandés la semaine dernière sont arrivés : j'ai passé la journée à les installer dans tous les recoins du magasin propices aux courants d'air, dans l'espoir que, pendant la nuit, ils retiendront un peu de la maigre chaleur de la boutique.

Il s'est mis à neiger sans interruption dès 15 heures : les gens vont moins se déplacer, ce qui veut dire moins de clients.

À 16 h 30, un ami vivant de l'autre côté de la baie m'a passé un coup de fil : il avait entendu dire que le projet de parc éolien ne nous enchantait guère. Lui habite en plein milieu du parc prévu, et si ça continue comme ça, m'a-t-il dit, sa maison ne vaudra plus rien.

Ewan a répondu à mon e-mail concernant les deux mille ouvrages de la ferme. À mon grand soulagement, il n'en attend pas d'argent. Ces livres appartenaient à un cousin de son père, qui avait quitté le Pakistan quand il était jeune pour s'installer à Londres, avant de couper complètement les ponts avec les gens qu'il connaissait. Sa famille n'avait découvert son existence que lorsque les autorités leur avaient fait part de son décès.

Montant dans la caisse : 40,50 £
5 clients

VENDREDI 23 JANVIER

Commandes en ligne : 1
Livres trouvés : 1

Pluie battante et froid sibérien toute la journée. Nicky est arrivée à 9 h 15, comme à son habitude. J'étais vaguement jaloux de sa combinaison de ski molletonnée. Elle m'a raconté qu'elle avait été malade et fiévreuse toute la semaine, et que mercredi, elle avait commencé à avoir des hallucinations : « Yep, c'était génial. Exactement comme au bon vieux temps. » La première chose qu'elle a faite a été de s'émerveiller d'un ton sarcastique des nouveaux rideaux isolants pendus un peu partout dans le magasin – « Oh, c'est-y pas mignon tout ça ? On dirait qu'ils viennent d'un pavillon témoin de la banlieue de Swindon. Va voir sur YouTube. »

Heureusement, sa maladie l'a empêchée d'aller piller le Morrisons : nous avons échappé au Vendredi gourmand cette semaine.

M. Deacon est passé acheter le *Londres à l'époque géorgienne* de Lucy Inglis, qui se trouvait en vitrine. Il avait le bras gauche dans le plâtre, mais je ne lui ai pas posé de question, et lui-même ne m'a livré aucune explication à ce sujet.

Une femme vivant en Chine m'a envoyé un e-mail ce matin. Elle tient un blog qui parle de livres et a vu « Reader's Delight ». Elle m'a demandé l'autorisation de le partager sur l'équivalent chinois de YouTube. Je lui ai répondu que j'en serais enchanté. Cette blogueuse est un peu l'avatar de Jen Campbell en Chine : elle écume les librairies et écrit à leur sujet. Je l'ai invitée à venir faire un petit séjour ici.

Quand j'ai tendu à Nicky les paperasses de toutes les commandes que je n'étais pas parvenu à honorer cette semaine, elle a aussitôt accusé Bethan – qui ne travaille plus pour moi depuis septembre – d'avoir mal rangé les livres.

Anna et moi sommes retournés voir Jessie à l'hôpital. Elle a l'air d'aller bien mieux, et reçoit beaucoup de visites. Aux dernières nouvelles, Chris, son mari, a été admis à l'hôpital de Dumfries pour une crise cardiaque ; et la mère du pauvre homme est morte il y a un jour ou deux, à l'âge de cent six ans.

Nicky a décidé de rentrer chez elle au lieu de passer la nuit à la librairie parce qu'elle ne se sent pas très bien.

Montant dans la caisse : 118,95 £
8 clients

SAMEDI 24 JANVIER

Commandes en ligne : 3
Livres trouvés : 2

Le soleil brillait quand j'ai fait l'ouverture, mais à 11 heures tout était gris. Nicky a failli arriver à l'heure. Elle a passé la journée à se plaindre d'être grippée et à me voler mes analgésiques et mes médicaments contre la toux.

Montant dans la caisse : 447,05 £
15 clients

LUNDI 26 JANVIER

Commandes en ligne : 6
Livres trouvés : 5

Arrivée à 14 heures de Sandy le païen tatoué, qui est resté jusqu'à 16 heures et m'a acheté quelques livres sur le folklore écossais. Tandis qu'il parcourait les rayonnages, la Galloise dépressive a téléphoné. Cette fois-ci, elle avait déniché un exemplaire des *Œuvres* de Cicéron datant de 1642 que nous vendions en ligne : je n'ai donc pas pu faire semblant de n'avoir aucun ouvrage à lui proposer. Elle a voulu le payer par téléphone avec sa carte de crédit. Quand je lui ai demandé son nom et son adresse, elle m'a répondu : « Dafydd Williams ». Il s'agissait donc depuis le début d'un Gallois dépressif.

La librairie Open Book est tenue cette semaine par une femme de l'île de Lewis nommée Ishi, qui songe à en ouvrir une sur l'île et veut voir ce que cela donne en vrai. Mac TV, une société de production qui prépare un documentaire pour BBC Alba, la chaîne de télé en gaélique écossais, va venir la filmer cette semaine. J'ai invité Ishi à dîner. Il se trouve qu'elle a passé deux ans à gérer des circuits touristiques en Afrique – période au cours de laquelle elle a contracté la typhoïde. Elle n'est désormais plus contagieuse, mais Anna, toujours paranoïaque dès qu'il s'agit de sa santé, a eu un mouvement de recul bien visible quand Ishi nous l'a annoncé.

Montant dans la caisse : 12,99 £
5 clients

MARDI 27 JANVIER

Commandes en ligne : ?
Livres trouvés : ?

Nicky est arrivée en retard juste ce qu'il faut pour se faire remarquer, comme d'habitude.

Monsoon a décidé de faire une mise à jour, et on ne parvient plus à l'ouvrir. Je ne sais absolument pas si nous avons reçu des commandes aujourd'hui.

Comme un cours d'arts plastiques était prévu dans l'après-midi, j'ai allumé un feu deux heures avant – ce qui a permis à l'une des vieilles dames de m'expliquer en long et en large à quel point son poêle à bois était plus efficace que le mien. Cette semaine, les élèves apprenaient l'art du portrait et bénéficiaient d'un modèle absolument charmant. Quand je prenais des cours, il y a plusieurs années de ça, le modèle choisi pour notre séance sur le portrait était un nonagénaire qui a passé l'arme à gauche pendant qu'on le peignait.

Nicky a répondu à l'appel d'un homme qui s'est contenté de lui demander : « De quelle côté de la rue êtes-vous ? » – question dont la réponse dépend bien évidemment de l'endroit d'où l'on vient. Il est passé plus tard à la librairie avec une voiture pleine de livres à vendre. Nicky n'en a voulu aucun.

Ils annoncent d'abondantes chutes de neige demain.

Montant dans la caisse : 110 £
5 clients

MERCREDI 28 JANVIER

Commandes en ligne : 7
Livres trouvés : 6

Monsoon fonctionnait à nouveau ce matin : nous avons donc dû gérer deux journées de commandes.

Montant dans la caisse : 90,50 £
5 clients

JEUDI 29 JANVIER

Commandes en ligne : 6
Livres trouvés : 5

Nicky est venue travailler, aussi enjouée que d'habitude.

Une cliente est arrivée juste avant le déjeuner : il a suffi de quelques secondes pour que Nicky et moi soyons sur le point de suffoquer. Elle avait dû s'asperger des pieds à la tête d'un parfum tellement atroce, tellement écœurant, que je ne peux que supposer qu'il a été concocté pendant la guerre froide dans un laboratoire d'armes chimiques par un chercheur au sadisme particulièrement développé.

C'était le calme plat dans la boutique aujourd'hui, au point que même la femme chimique et toxique a été accueillie avec un enthousiasme feint. Il s'est mis à neiger sans discontinuer aux alentours de 15 heures.

Montant dans la caisse : 32 £
3 clients

VENDREDI 30 JANVIER

Commandes en ligne : 6
Livres trouvés : 5

Nicky travaillait à nouveau aujourd'hui. À mon grand soulagement, depuis qu'elle a été malade, elle semble avoir complètement oublié le Vendredi gourmand.

En cherchant l'une des commandes du jour sur les étagères, j'ai découvert *Ballades de la caserne* de Kipling au rayon Poésie écossaise, les *Rubaïyat* d'Omar Khayyam au rayon Histoire, et *Journal de la campagne de Waterloo* au rayon Première Guerre mondiale. J'ai cessé d'essayer de comprendre comment fonctionne le cerveau de Nicky.

Le pire client du jour était un homme atteint de calvitie naissante et affublé d'une queue-de-cheval blonde qui a passé une heure à haleter au rayon Livres érotiques, en tripotant presque tout ce qui contenait une illustration. Il est parti sans rien acheter. Pour tout dire, je me demande si ce n'est pas mieux qu'il soit parti les mains vides, m'épargnant ainsi toute forme de contact avec lui.

Montant dans la caisse : 107 £
7 clients

SAMEDI 31 JANVIER

Commandes en ligne : 5
Livres trouvés : 5

Nicky travaillait une fois de plus – c'était le troisième jour d'affilée. À l'heure de la fermeture, j'étais bon pour l'asile.

Je suis parvenu à me réciter dans ma tête « Comme je me promenais un soir ».

Montant dans la caisse : 383 £
12 clients

FÉVRIER

Les trusts ne parviendront jamais à faire disparaître le petit libraire indépendant, comme cela a été le cas pour l'épicier ou le crémier. Reste qu'il faut beaucoup payer de sa personne – je n'étais employé qu'à temps partiel mais mon patron faisait couramment ses soixante-dix heures de présence par semaine, sans compter le temps passé à aller acheter des livres à domicile – et qu'on mène une vie assez malsaine. L'hiver, il fait presque toujours un froid glacial dans une librairie, parce que s'il fait trop chaud à l'intérieur, les vitrines s'embuent, et la vitrine est capitale pour le libraire. Par ailleurs, les livres dégagent une poussière plus abondante et plus nocive que toute autre catégorie d'objets inventés par le génie humain, et il ne faut pas oublier que les mouches choisissent de préférence d'aller mourir sur la tranche supérieure des livres.

George ORWELL
« Quand j'étais libraire »

Les « trusts » évoqués par Orwell ont pourtant bien réussi à provoquer la disparition presque totale du « petit libraire indépendant » : c'est exactement ce qu'ont cherché à faire les chaînes Ottakar's, Waterstones and Dillons. Aujourd'hui, deux de ces trois-là ont elles-mêmes disparu, et grâce à Amazon – le trust des trusts –, la dernière encore debout, Waterstones, fait face à un avenir incertain. Waterstones a bien essayé de s'acoquiner avec « la boutique à tout vendre », en proposant des Kindle dans ses magasins ; mais quand on dîne avec le diable, il faut une très longue cuillère, et je crois bien qu'aucune cuillère – pas même la plus longue disponible dans la catégorie « Cuisine & Maison » du site – n'est assez longue pour empêcher Waterstones de se brûler les ailes en s'approchant un peu trop près d'Amazon.

En revanche, il est tout à fait exact que les librairies – la mienne, en tout cas – peuvent se révéler glaciales en hiver. Non à cause du risque de buée sur les vitres, s'agissant de ma boutique, mais parce qu'elle est dépourvue de portes et mal isolée, emplie de courants d'air qui sifflent à travers elle tels les esprits d'écrivains morts. Qui plus est, en hiver, les ventes sont trop faibles pour que je puisse me permettre d'allumer le chauffage plus de deux heures par jour.

LUNDI 2 FÉVRIER

Commandes en ligne : 7
Livres trouvés : 5

Mac TV a appelé pour préparer le tournage de mercredi. J'en ai parlé à Ishi : nous avons décidé qu'elle me retrouverait à la boutique mercredi à 14 heures pour discuter de la réalité du métier de bouquiniste.

Appel de ce matin :

L'homme au bout du fil : « Allô ? Allô ? Je crois que je me suis trompé de numéro, vous êtes bien Allison, le fabricant de moteurs ?

Moi : « En effet vous vous êtes trompé de numéro, c'est une librairie ici. »

L'homme au bout du fil : « Pas grave, vous pourrez peut-être m'aider quand même. Vous n'auriez pas un alternateur pour une Opel Corsa ? »

Il faisait nuit quand j'ai fermé ; mais les jours rallongent de manière sensible en ce moment.

Montant dans la caisse : 32,50 £
5 clients

MARDI 3 FÉVRIER

Commandes en ligne : 2
Livres trouvés : 1

L'une des commandes du jour s'intitulait *Les Arbres de Grande-Bretagne*. Si l'on en croit la cote que lui a attribuée Nicky, il était censé être classé au rayon Poésie écossaise.

Après le déjeuner, je suis allé à Newton Stewart voir le comptable. À ma grande surprise, il m'a annoncé qu'après quelques années de fragilité, mes comptes étaient désormais beaucoup plus sains. Le fait est que j'ai l'impression de travailler davantage que lorsque j'ai acheté la boutique, il y a quatorze ans de cela ; mais c'est, je suppose, parce que je passe plus de temps à enregistrer les ouvrages dans l'ordinateur, et que la concurrence en ligne est féroce – à l'époque, cet aspect-là du travail était encore relativement modeste en comparaison. Quoi qu'il en soit, je ferai tout mon possible pour maintenir la boutique à flot. Je préfère infiniment cette vie-là à devoir travailler pour quelqu'un d'autre.

Un homme extrêmement agaçant à la moustache graisseuse a acheté les *Romans de Waverley : contes de héros écossais* – dans une édition en plusieurs volumes reliée en cuir et datant de l'époque victorienne – pour 110 £. Quand je lui ai accordé une remise de 20 £, il s'est écrié : « C'est tout ? »

En rangeant des livres dans le rayon Poches écossais cet après-midi, j'ai repéré *Les Ramasseurs de pommes de pin* de Robin Jenkins, et commencé à le lire après le dîner.

Montant dans la caisse : 141 £
5 clients

MERCREDI 4 FÉVRIER

Commandes en ligne : 5
Livres trouvés : 4

Nicky est venue travailler pour que je puisse aller à Édimbourg examiner une bibliothèque privée dans l'après-midi.

Nous ne sommes pas parvenus à retrouver un livre sur l'art gothique médiéval que Nicky avait enregistré comme figurant au rayon Inde.

Dans l'après-midi, l'équipe de tournage est arrivée pour le documentaire consacrée à Ishi. La boutique est restée plongée dans un silence de mort toute la journée, jusqu'à ce que l'équipe commence à filmer – moment qu'ont choisi les clients pour envahir les lieux et se prendre les pieds dans les câbles. Un vieil homme de haute taille, en complet noir froissé, s'est montré particulièrement casse-pieds avant de partir s'installer devant le feu. En passant devant lui pour aller ranger un ouvrage au rayon Poésie, j'ai remarqué qu'il avait retiré son dentier et l'avait posé sur un exemplaire de l'autobiographie de Tony Blair traînant sur la table. En plein milieu du tournage, j'ai aussi vu du coin de l'œil que Nicky farfouillait en douce dans un carton de livres destiné à l'usine de recyclage de Glasgow.

Elle et moi avons eu une petite discussion au sujet de la mort. Nicky : « Si je meurs avant l'Armageddon, mon copain George me fabriquera un cercueil avec une vieille palette, me mettra au fond de ma camionnette et ira me jeter quelque part dans la forêt. » Je lui ai dit que je voulais un bateau de funérailles viking. Réplique de Nicky : « T'as pas le droit de faire ça. Le seul truc qui ressemble, c'est les funérailles tziganes. Faudra que t'achètes une caravane et que t'y foutes le feu. Ah oui mais attends voir, tu seras mort, en fait. Faudra que tu trouves quelqu'un d'autre pour y mettre le feu. »

Quand le vieil homme en complet froissé s'est dirigé vers moi pour acheter *L'Idiot* de Dostoïevski, je lui ai discrètement signalé que sa braguette était ouverte. Il a rapidement baissé les yeux – comme pour obtenir confirmation de ce que je venais de dire – puis a relevé la tête et m'a rétorqué : « Un oiseau mort peut pas tomber de son nid » avant de quitter la boutique, la braguette toujours ouverte.

À 16 heures, M. Deacon est passé commander *Les Princes de la tour* d'Alison Weir. Il n'a plus le bras dans le plâtre. Aujourd'hui, comme d'habitude, notre échange a été bref et pragmatique – jusqu'à ce que je sois saisi d'une quinte de toux au moment même de son départ. C'est alors qu'il m'a lancé : « Je compatis. Moi aussi, je suis malade. » Curieux de savoir de quoi il souffrait, je me suis risqué à le questionner. Il m'a répondu : « Alzheimer. J'ai du mal à me souvenir des mots, ces derniers temps. » À la suite de cette révélation quelque peu attristante, nous avons parlé de lui pour la toute première fois – si l'on excepte le jour où il m'a annoncé que les deux femmes qui l'accompagnaient étaient ses filles. C'est un ancien avocat, et il est très gêné de ne plus pouvoir trouver le mot juste.

J'ai quitté la librairie à 16 h 30 pour me rendre à Édimbourg. Quand la porte s'est refermée, je me suis retourné et j'ai vu Nicky scotcher une autre de ses étiquettes artisanales sur le rebord d'une étagère. Le rayon « Romans sur l'effort de guerre » semble malheureusement de retour.

Montant dans la caisse : 18,50 £
4 clients

ÉPILOGUE

Ce journal a été écrit en 2014, et nous sommes aujourd'hui le 1er novembre 2016 : cela fait quinze ans, jour pour jour, que j'ai acheté la librairie. Depuis que j'ai achevé le premier jet de ce texte, presque deux ans se sont écoulés, et certains changements ont eu lieu.

La distillerie a rouvert depuis peu, et un homme d'affaires australien la restructure dans l'espoir d'en augmenter la production de manière significative.

The Box of Frogs (la librairie pour enfants à côté de la mienne) a changé de mains il y a un an. Elle est gérée par Jayne, la mère de Flo, et s'appelle dorénavant Curly Tale Books.

Le Wigtown Ploughman a un nouveau propriétaire et se nomme désormais le Craft Hotel.

Captain est encore plus gros qu'avant, et les clients omettent rarement de commenter sa carrure.

En 2015, Waterstones a cessé de vendre des Kindle, étant donné la faiblesse des ventes et le regain d'intérêt pour les ouvrages imprimés.

La librairie Open Book continue d'attirer du monde, et fonctionne désormais sous l'égide de la compagnie qui gère le Festival de Wigtown. Elle a surpassé toutes les attentes, même les plus optimistes, et connaît un franc succès. Les gens viennent de loin pour profiter de la résidence : Canada, Amérique (du Sud et du Nord), France, Espagne, Italie, Nouvelle-Zélande et Taïwan. Nombre d'entre eux sont revenus par la suite passer des vacances à Wigtown ou dans la région, et à deux exceptions près, tous ont adoré l'expérience. C'est complet pour les dix-huit mois à venir.

Nicky a trouvé un nouveau travail, plus près de sa masure : elle est désormais employée au Keystore de Glenluce, où elle vend des billets de loterie, des cigarettes et du cidre bon marché.

Laurie est chocolatière et vit à Glasgow.

Katie a achevé ses études de médecine et travaille désormais à l'hôpital de Falkirk.

Flo a été autorisée à poursuivre son cursus à l'université d'Édimbourg, sans doute parce qu'elle n'est que grâce et douceur.

Eliot continue à s'occuper avec brio de la programmation du Festival du livre de Wigtown, qui grandit d'année en année.

Jessie, du Picture Shop, est malheureusement morte quelques jours après la fin de ce journal.

Je n'ai revu M. Deacon qu'une seule fois depuis qu'il m'a parlé de sa maladie d'Alzheimer. Il avait considérablement décliné, et ne m'a pas reconnu.

Anna et moi avons décidé de nous séparer, mais sommes restés bons amis.

La librairie est toujours ouverte.

TABLE

13163

Composition
NORD COMPO

Achevé d'imprimer en Espagne (Barcelone)
par BLACKPRINT
le 17 février 2021.

Dépôt légal février 2021.
EAN 9782290170601
OTP : L21EPLN002491N001

ÉDITIONS J'AI LU
87, quai Panhard-et-Levassor, 75013 Paris

Diffusion France et étranger : Flammarion